BUR
rizzoli

PAOLO MIELI

LE STORIE LA STORIA

Gli eventi nascosti nelle pieghe del passato

prefazione di Indro Montanelli

BUR rizzoli saggi

ISBN 978-88-17-07042-3

Prima edizione Rizzoli 1999
Prima edizione BUR Saggi novembre 2013

PREFAZIONE

Credo che di questo solido e sostanzioso saggio l'autore, Paolo Mieli, una cosa l'abbia sbagliata: il titolo. Che secondo me avrebbe dovuto essere: o «La storia delle storie», o «Le storie della storia». Perché di questo si tratta, cioè di un saggio su quel famoso o famigerato Revisionismo, che tante polemiche ha provocato nella nostra storiografia, specie per quanto riguarda le vicende nazionali dell'ultimo mezzo secolo. Com'era logico che accadesse, viste l'ostinazione e l'ottusità manichea con cui ne è stata difesa l'iniziale impostazione ideologica; e che ora, per reazione, rischia di condurre la revisione ad estremi altrettanto bugiardi. Alcuni lettori mi hanno chiesto, ed altri continuano a chiedermi, come mai il revisionismo abbia fatto, e continui a fare in Italia tanto chiasso. Ma io ho sempre dribblato la domanda perché non so risponderle senza cadere nella banalità. Quale saggio storico non cerca di revisionare le interpretazioni fornite, sui medesimi avvenimenti, da quelli che lo hanno preceduto? Altrimenti perché lo si scriverebbe: per ripetere le cose già dette?

Storico «dilettante» (ma solo nel senso che della

Storia lui si diletta e sa dilettarne il lettore), Mieli alla Storia è stato avviato da due grandi Maestri professionali, che del revisionismo sono stati anche i pionieri: Rosario Romeo e Renzo De Felice, entrambi scomunicati dalla storiografia accademica, che tollerò Romeo limitandosi a cercare di fargli il vuoto intorno (sosteneva, figuratevi, che il grande architetto e stratega del Risorgimento era stato Cavour, l'odiato Cavour piemontese e savoiardo); ma fu spietata con De Felice, quando questi annunziò la sua intenzione di ricostruire sui documenti, strappandolo così al pettegolezzaio, allo scandalismo, al sensazionalismo e alle polemiche di parte, il ventennio fascista. Orrore! Ci fu perfino chi propose di togliergli la cattedra universitaria per palese empietà: il ventennio fascista non poteva né doveva essere studiato, ma soltanto maledetto e ignorato.

Per scrupolo di onestà, debbo avvertire il lettore che probabilmente, nel ricordare queste vicende, io non posso essere considerato un testimone del tutto obbiettivo perché mi ci trovai personalmente coinvolto e, per difendere le nostre tesi, o meglio antitesi, dovemmo fondare un giornale apposta, di cui Romeo e De Felice furono assidui collaboratori. Questo avvenne non al tempo dell'Inquisizione, e nemmeno a quello del Minculpop, ma solo una ventina di anni orsono perché di acqua sotto i ponti dovette passarne tanta, ma proprio tanta, prima che, col Muro di Berlino, crollasse la resistenza della Resistenza come sacrale tabù e fonte battesimale del nuovo vero Risorgimento, quello di Cavour essendo stato, si diceva, soltanto uno dei tanti falsi della Storia, e fra i più smaccati.

Molto più giovane di noi (io ho quasi il doppio dei suoi anni) e reso esperto dalle nostre tribolate vicissitudini – cui anche suo padre aveva nei momenti caldi partecipato –, ma soprattutto grazie alle sue inappuntabili referenze, vidimate dai bolli e timbri della Sinistra da cui proveniva, Paolo Mieli ha affrontato questo scottante e (pare impossibile, ma è così) tuttora controverso tema del revisionismo con esemplare equilibrio e senso della misura, ma anche prudenza, mettendosi fin dall'introduzione sotto il patronato (e padrinato) ideologico dei suoi oramai finalmente indiscussi maestri: Romeo e De Felice, di cui da studente fu allievo e alla cui scuola è maturato. Non solo. Mieli ci spiega che il termine revisionismo ha più di un secolo di vita e fu coniato a Vienna dal capo della socialdemocrazia austriaca Kautsky contro il «compagno» tedesco Bernstein per via del suo troppo cauto riformismo (altro termine destinato a continue «revisioni»); e che poi, nel più crudo linguaggio di Lenin, diventò sinonimo di «rinnegamento». Ma prima di applicarlo alla scottante contemporaneità, Paolo Mieli ha fatto del revisionismo dimostrativa applicazione su capitoli di Storia resi ormai innocui dalla loro monumentale vetustà partendo addirittura da Gerusalemme (quella biblica di Mosè e di David) e dall'Atene di Alcibiade. Per dimostrare appunto che la storiografia non è che un continuo revisionismo e che appunto in questo consiste il suo fascino.

Ma, lasciando in pace i monumenti per venire alla contemporaneità, seguiamo Mieli quando per esempio cita, come caso «revisionato», quello tuttora inflazionatissimo e considerato poco meno che infamante del «trasformismo». È opinione comune che si tratti di una specialità italiana e di data recente.

Non vorrei addentrarmi troppo in queste che a me sembrano beghe di frati. Ma vorrei sommessamente obbiettare – e non certo per spirito nazionalistico o campanilistico – che la credenza della origine italiana del trasformismo è sbagliata soltanto dal punto di vista nominale. Cos'altro fu il matri-

monio morganatico di Cavour con l'avversario Rattazzi per sbalzare di sella l'alleato D'Azeglio e dare avvio al processo di unificazione nazionale? Lo chiamarono, più soavemente, «connubio». Ma trasformismo era nella sostanza. E ci si può anche chiedere (ma sarà meglio evitarlo) se, figlia com'è di trasformismo, l'Italia avrebbe potuto e potrebbe continuare ad essere e a vivere d'altro.

*Mieli ha ragione quando dice che al revisionismo si deve la demolizione di molte menzogne passate e accreditate come verità intoccabili. È vero. E figuriamoci se vogliamo metterlo in dubbio proprio noi che, sia pure dal modestissimo angolino giornalistico – ma molto apprezzato dagli stessi Romeo e De Felice – del revisionismo facemmo la nostra bandiera. Per esempio l'interpretazione che dal satrapismo repressivo e poliziesco di Stalin dà lo storico revisionista inglese (o americano?) Mastny, secondo il quale Stalin «dovette» agire come agì per la fragilità di un regime nato non dalla volontà popolare, ma dal colpo di mano di una esigua minoranza, non mi persuade né punto né poco. Nei secoli, nessuno dei regimi russi è stato figlio della volontà popolare: né quello di Ivan il Terribile (*nomen, omen*), né quello di Pietro il Grande, né quello di Caterina, né quello descritto da De Maistre: «Questo è uno Stato di polizia, che passa una metà del suo tempo a impedire che le notizie di fuori entrino dentro e l'altra metà a impedire che quelle di dentro escano fuori». Ma nessuno dei suoi predecessori riuscì ad accumulare 85 milioni di morti, anche se poi saranno stati 70, o magari 60. E che questo po' po' di macello sia stato dovuto all'atteggiamento aggressivo dell'Occidente durante la «guerra fredda», e prima di quella «calda», come sostiene Mastny, mi sembra che sia a sua volta da revisionare.*

Raccogliamo dunque l'invito di Mieli a non stan-

carci di revisionare la Storia, e gli esempi che con questo solido e ben costruito libro ce ne dà, ma guardiamoci da certe applicazioni che finora ne sono state fatte ai casi nostri. Che la Resistenza, da fonte battesimale e sacrale della Nazione italiana quale ci è stata per quasi un cinquantennio gabellata, abbia finalmente assunto il suo vero volto, quello di una guerra civile fra italiani, è un gran bel fatto. Ma che questo fatto venga continuamente revisionato nell'interesse non della verità storica – ammesso che ce ne sia una – e per approfondirla in tutte le sue sfaccettature, ma delle polemiche di parte, non è fatto altrettanto bello, anche se forse inevitabile.

Quanto al diritto, anzi al dovere del revisionismo, smettiamo di discuterne, tanto è insito e consustanziale alla ricerca della Verità, qual è o dovrebb'essere ogni libro o saggio di Storia che come tale voglia essere considerato.

Dall'impegno con cui Le storie La storia *(ma io continuo a rimpiangere quel latitante (*«della» o «delle»*), sembra di capire che Mieli abbia intenzione di cambiare qualifica professionale: da giornalista a storico. Gli auguro, se ci tiene, di riuscirci. Ma gli auguro anche di non rinunziare a quella di «dilettante». Perché solo chi prova diletto a raccontare la Storia (la quale è prima di tutto un racconto) riesce a comunicarlo al lettore e a invogliarlo a saperne di più.*

Indro Montanelli

A Kunca

INTRODUZIONE

Questo libro deve molto, moltissimo, a una coabitazione. Una convivenza che ebbe inizio nei primi anni Settanta e durò per oltre un decennio: non in un appartamento, bensì in una università. L'ateneo era quello di Roma, i protagonisti dell'avventura umana e intellettuale di cui stiamo parlando due tra i più grandi storici italiani di questo dopoguerra, Rosario Romeo e Renzo De Felice. L'aula in cui i due lavoravano assieme si trovava al secondo piano della facoltà di Lettere e Filosofia, in fondo a un corridoietto sul lato sinistro dell'edificio. Aula? Diciamo piuttosto che si trattava di una stanza piccola e assai modesta. E le loro «cattedre», una di fronte all'altra, erano scrivanie altrettanto sobrie, prossime ad essere dimenticate per sempre in qualche magazzino. Lo spazio in cui si sviluppò questo sodalizio era di pochi metri quadri. Lì i due storici trascorrevano molte delle loro giornate in compagnia di assistenti, ricercatori, borsisti che si davano il cambio approfittando di due o tre sedie e un piccolo divano. Compito di questi «aiuti» era quello di assistere decine, centinaia di studenti:

corsi, seminari, cura delle tesi, esami. Poi, nei momenti liberi, si restava lì a parlare. Di tutto. E la partecipazione a quelle chiacchierate era, come fu presto evidente, il vero compenso per i giovani collaboratori di quei due studiosi. Un gruppo di cui, per una non breve stagione, ho avuto la fortuna di far parte.

Anche a un osservatore non particolarmente attento, Romeo e De Felice davano l'impressione di essere molto solidali tra loro, di guardare con affetto oltreché con rispetto a ciò che li faceva diversi l'uno dall'altro. In poche parole, di essere amici. Autenticamente amici, in un modo che non mi è quasi mai capitato di ritrovare negli anni successivi. E questo spirito si trasmetteva a noi, giovani collaboratori. Noi, anche se raramente interpellati (se non per pura cortesia), cercavamo di essere all'altezza di quel loro modo di discutere fitto di riferimenti a testi e questioni di cui all'epoca sapevamo poco o niente. Così come guardavamo con estrema attenzione alla loro vita. Non ci sfuggiva niente del loro modo di stare al mondo, delle loro case di gente per bene da cui era bandito ogni genere di sfoggio, zeppe di libri disposti in un disordine assai ben curato. Disordine nel quale anche noi talvolta dovevamo saperci orientare almeno per grandi linee, e questa capacità segnalava intimità, più che con i due docenti, con i percorsi della loro ricerca. I rapporti personali erano rispettosi delle differenze d'età e di ruolo: con il tempo si veniva ammessi a qualche loro cena, ai piccoli riti, alle confidenze su alcune consuetudini come le serate domenicali a casa di Giuseppe Talamo da cui tornavano scambiandosi eleganti malignità sui loro colleghi e su quel che avevano ascoltato. La nostra mente accumulava, faceva tesoro. Da loro apprendevamo, prima di tutto, uno stile.

All'epoca Romeo e De Felice erano già due storici molto conosciuti. Liberali entrambi, il primo era sempre stato un laico di uno strano impasto conservator-rivoluzionario, vicino al Partito repubblicano nelle cui file avrebbe vissuto anche un'esperienza da parlamentare europeo. Romeo divenne già giovanissimo uno tra i più noti storici italiani quando diede alle stampe *Risorgimento e capitalismo* in cui – sulla base di un'analisi economica a tal punto rigorosa da mettere in forte imbarazzo i docenti marxisti in quegli anni completamente immersi nel brodo ultraideologico dell'epoca – aveva smontato da cima a fondo le tesi sull'unità d'Italia che erano state fin lì verità rivelata per la storiografia di sinistra. L'altro, De Felice, era stato invece iscritto al Pci fino al 1956, quando uscì dal partito in seguito al terremoto che sconvolse l'intellettualità comunista dopo l'ingresso dei carri armati sovietici a Budapest. I suoi primi passi da storico li aveva mossi guidato da un maestro ex gentiliano e poi togliattiano, Delio Cantimori. E il suo nome divenne celebre ben presto oltre la cerchia stretta dei colleghi allorché pubblicò la *Storia degli ebrei italiani sotto il fascismo*. Celebrità dovuta non tanto ai pregi della ricerca, che pure ne aveva, quanto al fatto che in quel libro De Felice portò alla luce qualche compromissione di intellettuali in procinto di diventare antifascisti con l'antisemitismo italiano di fine anni Trenta. Compromissione che, come fu consuetudine nell'Italia disinvolta di questo dopoguerra, era stata fin lì tenuta nascosta. E che quasi nascosta era rimasta anche nel libro: poche righe, peraltro del tutto marginali rispetto alla complessità di uno studio che non era affatto incentrato su quelle «rivelazioni». Ma quelle poche righe sollevarono un vero e proprio pandemonio. Con il che De Felice ottenne la notorietà di cui s'è detto, accompagnata, però, da qualche ritorsione, tra cui un non impercettibile rallentamento della sua carriera universitaria. Niente più che un assaggio di quella ben più abbondante razione di ostilità che avrebbe travagliato la sua vita di studioso nei decenni successivi.

Da quegli inizi era poi trascorso oltre un decennio. All'epoca della coabitazione di cui s'è detto, nei primi anni Settanta, Romeo e De Felice erano già ad uno stadio più avanzato della loro vita di storici e lavoravano alle opere della loro maturità: il primo aveva cominciato a pubblicare la biografia di Cavour, l'altro quella di Mussolini. E più matura o comunque più intensa era anche l'inimicizia di gran parte dei loro colleghi. Per Romeo l'ostracismo si manifestava con il silenzio: i tomi del suo importantissimo studio sul fondatore dello Stato italiano non solo non furono adeguatamente discussi; ma in pratica non furono neanche recensiti. Per De Felice fu l'opposto: all'uscita di ogni volume della biografia del duce partivano i fuochi d'artificio accesi dai suoi detrattori. Spesso i due si confidavano ironicamente che avrebbero volentieri fatto a cambio cedendosi l'un l'altro l'eccesso di indifferenza o di attenzione che veniva tributato ai loro libri. Comunque l'amicizia che li legava nonostante le loro personalità fossero agli antipodi, uscì molto rafforzata da questa esperienza di vita adulta. Capirono per tempo che quel tipo di atteggiamento ostile nei loro confronti era diventato qualcosa di duraturo, un problema con cui la loro esistenza doveva fare i conti in modo definitivo. E che il rapporto di fraternità che legava l'uno all'altro sarebbe stato un appiglio fondamentale per continuare a vivere, a studiare. Soprattutto per riuscire a non mostrare in pubblico la sofferenza che provocava in loro questa ostilità. Grazie a quel legame riuscirono ad affrontare quel genere di avversità (che per De Felice sconfinarono in più di un'occasione quasi nell'aggressione fisica a cui si accompagnò la pubblica esortazione – da parte di qualche storico tuttora in attività – ad allontanarlo dall'insegnamento) con un relativo *understatement*. Ciò fu fondamentale per la crescita del loro prestigio. Va aggiunto che la calibrata ostilità nei loro confronti, fatta di silenzi più che di attacchi diretti, è continuata anche dopo la morte, incontrata da ambedue in età relativamente giovane. E ha provocato un sottile senso di colpa in coloro che, quando i due erano in vita, «non videro» questo tentativo di moderno linciaggio, tanto che ancora oggi molti di loro nel ricordare in particolare De Felice (e nel rendergli il dovuto omaggio, postumo) si sentono stranamente in dovere di soffermarsi, come se si trattasse di una fermata d'autobus obbligatoria, a negare che tale aggressione vi sia mai stata.

A questo punto non c'è forse neanche il bisogno di aggiungere che alla fine degli anni Sessanta questa identità di Romeo e De Felice li mise in urto con lo spirito del tempo fortemente influenzato dalla rivolta studentesca. Non soltanto con i ragazzi, quanto con gli intellettuali più adulti che si disposero a indossare gli abiti di quella stagione. Con il risultato che le lezioni e gli esami di quei due docenti, in quegli anni a ridosso del '68, non si tennero mai in un clima di tranquillità. Fu allora che conobbi De Felice. Mi colpì che restasse indifferente al fatto che in quel periodo io fossi un esplicito simpatizzante della sinistra extraparlamentare. Discusse con me una tesi di laurea su Giuseppe Bottai e il fascismo di sinistra (correlatore fu Rosario Romeo), aiutandomi a venir fuori da un complicato retaggio di idee ricevute. Ma con grande rispetto per il mio punto di vista. Concedendosi al massimo qualche aggraziata ironia nei confronti delle parti più ingenue del mio elaborato. Ancor più De Felice mi stupì quando, dopo la laurea, mi propose di entrare a far parte della piccola compagnia che frequentava quella stanza in fondo al corridoio della facoltà di Lettere e Filosofia. All'epoca io lavoravo già da qualche anno al settimanale «L'Espresso» che (eccezion fatta per Leo Valiani, recensore ufficiale dei libri di storia, Livio Zanetti che stava per diventarne direttore e Nello Ajello buon amico di Romeo) non nascondeva la sua scarsa simpatia per De Felice. Nella controversia che si era aperta dopo la pubblicazione del suo libro su ebrei e fascismo, «L'Espresso» aveva preso le parti di Leopoldo Piccardi, un giurista di cui il saggio aveva rivelato la partecipazione a un convegno razzista. Episodio non irrilevante nella storia dell'«Espresso» anche perché contribuì a determinare la lacerazione con «Il Mondo» di Mario Pannunzio che aveva attaccato Piccardi e difeso De Felice. Inutile dire che io non avevo avuto niente a che fare con questa vicenda che aveva conosciuto il culmine quando ero in un'età tra i dodici e i tredici anni. Ritenevo però, del tutto pacificamente, che la mia dichiarata e orgogliosa appartenenza a quelle due famiglie, l'ultrasinistra e «L'Espresso», avrebbe reso impossibile un mio ingresso in quella terza comunità. E invece...

La sorpresa fu ancora maggiore quando conobbi da vicino quella nuova famiglia. Evidentemente il criterio con cui ero stato scelto, era valso per tutti. Gli assistenti e i collaboratori dei due storici costituivano un insieme disparato di caratteri e di idee politiche che andavano dalla destra all'estrema sinistra. Strani interessi, curiosità balzane, qualche autentica fissazione, il tutto tenuto insieme da De Felice e Romeo, ognuno per la sua parte, quasi senza regia. Si discuteva senza ordine apparente, la digressione era pressoché obbligatoria, l'assegnazione di corsi da tenere, tesi di laurea da seguire, libri di cui scrivere per la rivista «Storia contemporanea», avveniva sulla base di criteri che ci voleva un po' ad identificare. Eppure quel libero incrociarsi di diversità intellettuali che sulle prime provocò tra noi anche qualche lampo, lasciò una traccia importante nella nostra formazione. Quantomeno nella mia. De Felice ci parlava molto del suo lavoro di ricerca sul fascismo, spesso ci mostrava carte preziose provenienti da archivi personali che gli erano stati donati da protagonisti del ventennio e che venivano conservati in un garage magazzino di via Cesari, di fronte alla casa in cui abitava. Ma ci invitava a diffidare del documento-rivelazione che regala a un saggio grande risonanza del tipo di quella ottenuta per il caso Piccardi. Il contrario esatto dello stereotipo che gravava su di lui. Ci mise al corrente della scoperta di documenti imbarazzantissimi per qualche grande dell'Italia repubblicana spiegandoci che non li avrebbe mai usati dal momento che non era strettamente necessario per la sua ricerca.

Non saprei dire se questo fosse un comportamento giusto per uno storico o fosse dettato piuttosto dal non voler imbattersi in situazioni come quella che aveva dilaniato la famiglia del «Mondo». Oppure dalla legittima pretesa che fossero discusse le sue tesi o comunque quel che aveva da dire piuttosto che le sue «rivelazioni». Certo è che per effetto di questa idiosincrasia nei confronti del sensazionalismo storiografico, insegnò a studiare la storia in modo assai diverso da quel che si crede. Ci fece capire come si individuano i risvolti minori delle grandi vicende, come si scoprono i significati nascosti tra le pieghe degli eventi, quanto è importante provare (quantomeno provare) a capovolgere il punto di vista tradizionale su momenti chiave del passato, come si possono cogliere i legami meno espliciti che mettono in connessione questo passato con il presente. Ci insegnò a leggere bene i libri, a scovare quel breve periodo, quella nota significativa nascosta tra decine di pagine apparentemente banali, a leggere tra le righe e, per procedere a tale lettura, a smontare i meccanismi della dissimulazione. Ci fece assaporare il gusto del dubbio, della contraddizione in sé, della sfida che si produce nel momento in cui si è costretti a prender coscienza del fatto che i conti non tornano.

E quando due anni fa un giornale che mi è particolarmente caro, «La Stampa», mi ha offerto l'occasione di trasformare questa lezione in un genere giornalistico culturale, mi è sembrato che fosse giunta l'ora di saldare un debito con quella felice coabitazione di quasi trent'anni fa. Di rendere a Romeo, a De Felice e ai più giovani storici che con me hanno vissuto quella stagione qualcosa di quel che io ho ricevuto da loro. Nel nome di quel vincolo che, allo stesso modo di allora nel rispetto delle differenti scelte di vita e diverse idee sul presente, ancora ci tiene uniti. Come una famiglia, appunto.

Marzo 1999

GERUSALEMME, ATENE E LA VIA DEL RITORNO

A Gerusalemme. E ad Atene. È lì che bisogna tornare. Soprattutto ora che abbiamo avuto modo di far le spese del secolo dei totalitarismi. Ricongiungiamoci, dunque, a Gerusalemme, città della Bibbia e ad Atene città del logos, della ragione, della filosofia greca. Il progresso ci ha condotto sull'orlo del baratro; è tempo di prendere in considerazione la via del ritorno. Laddove ritorno è la traduzione della parola ebraica tesuvah il cui significato è anche quello di «pentimento». E pentimento è lasciare la via sbagliata per tornare a quella giusta. Ciò vuol dire che in principio eravamo sulla via giusta; la deviazione, il peccato, l'imperfezione non sono originari. In principio l'uomo sta a casa, nella casa del Padre. Si allontana poi attraverso un estraniamento peccaminoso. Pentirsi è dunque ritornare. È tornare a casa.

Questa la premessa di *Gerusalemme e Atene*, fondamentale libro di Leo Strauss, il filosofo ebreo tedesco che, per sfuggire ai nazisti, nel '38 si trapiantò negli Stati Uniti, dove è rimasto, fondando una sua scuola di pensiero, fino alla morte nel 1973.

Un testo, *Gerusalemme e Atene*, che, come vedremo, nel mondo anglosassone è considerato molto importante anche dall'agguerrito partito «antistraussiano» e che in Italia è pubblicato da Einaudi.

Secondo Strauss, dicevamo, si deve tornare ad Abramo e a Platone. Ma, al fondo, sono conciliabili o almeno compatibili Gerusalemme e Atene, la Bibbia e la filosofia greca? No, purtroppo. La peculiarità di chi si rifà alla filosofia greca è il totale dedicarsi dell'individuo alla competizione per l'eccellenza, per il riconoscimento, per la supremazia. La particolarità dei fedeli della Bibbia è invece l'estremo rispetto portato al padre e alla madre. L'unica cosa rivelata come indispensabile dalla Bibbia è esattamente l'opposto dell'unica cosa proclamata necessaria dalla filosofia greca. Secondo l'una, la Bibbia, è l'amore obbediente; secondo l'altra, la filosofia, è la libera indagine. L'intera storia dell'Occidente può essere vista come un tentativo sempre rinnovato di trovare una sintesi o un compromesso tra questi due principi antagonistici. Tentativo sempre rinnovato sì, ma sempre fallito: in ogni unione, per quanto suggestiva, uno dei due, fede o logos, viene comunque sacrificato in favore dell'altro. «La tradizione occidentale», scrive Strauss, «non ammette sintesi fra i suoi due elementi, ma solo la sintesi della loro tensione: è questo il segreto della vitalità dell'Occidente. La tradizione occidentale non consente di risolvere in maniera definitiva la contraddizione fondamentale, non ammette una società scevra di contraddizione. Finché ci sarà un mondo occidentale, ci saranno teologi che sospettano dei filosofi e filosofi irritati dai teologi.»

Dunque: la filosofia nel suo senso pieno e originario è certamente incompatibile con il patrimonio biblico. Di più: la filosofia e la Bibbia costituiscono un'alternativa, sono gli antagonisti del dramma dell'anima umana. Ognuno di questi due antagonisti afferma di conoscere o di detenere la verità, la verità decisiva. Ma ogni tentativo di armonizzazione è stato ed è condannato al fallimento. Questo dissidio radicale, però, lascia spazio ad un minimo comun denominatore: la Bibbia e la filosofia greca si accordano alla perfezione nell'essere intimamente ostili alla modernità. E vanno d'accordo nell'identificazione del contesto proprio della moralità che è la famiglia patriarcale, tendenzialmente monogamica, che costituisce la cellula di una società in cui dominano i maschi adulti liberi, e specialmente quelli anziani. Bibbia e filosofia greca concordano altresì nel collocare al vertice delle virtù, non il coraggio o l'ardore virile, ma la giustizia. E per giustizia intendono entrambe in primo luogo l'obbedienza alla legge.

Queste tesi ostili alla modernità di *Gerusalemme e Atene* hanno provocato in campo liberal irritazione e antipatia. Più spesso ostracismo. «Sebbene Strauss sia un filosofo morto da un quarto di secolo», ha scritto poco tempo fa lo studioso Harvey Mansfield, «nessuna influenza, più della sua, viene temuta e avversata a sinistra, né, più della sua, viene favorevolmente accolta a destra.» Perciò il fatto che una casa editrice come Einaudi abbia pubblicato un suo testo indubbiamente importante ma così lontano dai canoni del «politicamente corretto», non può essere considerato come qualcosa di ordinario. Ma ancor più non può essere considerato tale il raffinatissimo saggio con il quale uno tra i più vivaci filosofi della sinistra italiana, Roberto Esposito, ha presentato l'opera di Strauss. Esposito non si cura del fatto che Strauss sia stato fin qui considerato anche dalla cultura di casa nostra come un autore quasi reazionario; definisce «eccessive», «parziali» le critiche di «coloro che hanno rifiutato anche il beneficio del confronto» con le tesi di Strauss e che lo hanno letto con le «lenti inevitabilmente appannate della battaglia ideologica». Condanna, con garbo ma anche con decisione, i più importanti studiosi italiani per aver affibbiato a Strauss «il cliché del filosofo solitariamente arroccato in una rigida contrapposizione alla grande cultura novecentesca» e capovolge il loro giudizio mostrandolo «semmai proprio da essa [la cultura novecentesca] influenzato in una critica della modernità tutt'altro che al riparo dai suoi più penetranti veleni». E pur non fingendo di ignorare le divergenze che li divisero, Esposito mette in evidenza importanti punti di contatto tra Strauss e alcuni esponenti della sinistra ebraica tedesca, Adorno, Bloch, Löwenthal, Benjamin: «In comune con questi Strauss non ha solamente la secca avversione alla categoria storicistica di "progresso" [...] ma anche l'attenzione costante per le potenzialità inattuate o inespresse, celate nelle pieghe del passato in attesa di essere sottratte al cono d'ombra che il presente ha gettato su di esse».

In più c'è un dettaglio, nient'altro che un dettaglio per carità, che tuttavia non può non essere colto perché rivelatore, quantomeno, di un'assenza di pregiudizi: Esposito, che fa parte del ristretto e selezionato gruppo dei consulenti editoriali di «Micromega» (la rivista filosofica del più agguerrito antiberlusconismo dipietrista), non si esime dal rivolgere, in una nota a piè di pagina, un complimento a Giuliano Ferrara già curatore del libro di Strauss *Scrittura e persecuzione*.

E se vogliamo completare il quadro si deve necessariamente menzionare l'ottimo profilo di Leo Strauss tracciato da Giovanni Giorgini che, in questo libro einaudiano, integra le pagine di Esposito. Un profilo «tematico» che fa da premessa a *Gerusa-*

lemme e Atene difendendo l'autore dalle «incomprensioni, aspre polemiche e critiche feroci» che ha dovuto subire anche qui in Italia. Difesa incentrata nel tentativo di far luce sull'origine di queste critiche. E qual è questa origine? Negli anni Cinquanta le ostilità derivarono molto probabilmente dall'esser stato, Leo Strauss, erroneamente collocato, in particolare da parte di Guido Fassò che a lui dedicò una certa attenzione, nell'ambito di «un progetto di "reconquista" cattolico-tomista». E, dopo la sua morte, l'avversione si deve, con altrettanta probabilità, all'immagine negativa che ha avuto, a sinistra, il movimento straussiano per il fatto che alcuni allievi del filosofo occuparono posti di responsabilità nell'amministrazione Reagan: circostanza per la quale gli eredi di Strauss sono stati ostracizzati in blocco dall'America clintoniana, nonostante la scuola che a lui fa riferimento si fosse divisa in due tronconi assai diversi tra loro, quello guidato da Thomas Pangle e quello di Harry Jaffa. Anzi, questi discepoli sono stati letteralmente bombardati dall'intellighenzia liberal statunitense con l'accusa di essere portatori di un pensiero di élite antidemocratico. Nei panni di leader del partito antistraussiano si è distinto Myles Burnyeat un antichista di Cambridge secondo il quale «le letture del filosofo ebreo mirano ad avvalorare l'immagine di un unanime conservatorismo dei classici, di cui Platone sarebbe il capofila». Ma Giorgini definisce «perversa» l'interpretazione che di Strauss offre Burnyeat e accusa esplicitamente le riserve di quest'ultimo sull'ermeneutica di Strauss e sulla sua interpretazione dei testi platonici di essere «inficiate dal pregiudizio politico».

Ma cos'è che rende a tal punto incandescente il dibattito su Leo Strauss? Perché una battaglia così accesa attorno a questo autore ebreo metà tedesco, metà americano, scomparso venticinque anni or sono? Per i contenuti della sua opera, è fuor di dubbio. Ma anche per il suo metodo d'analisi, l'aver puntato lo sguardo sulle tecniche di reticenza e di dissimulazione. Nonché per i sottintesi di questa operazione. E il sottinteso è che anche i governi meno autoritari, anche quelli che si dicono democratici, sono fondamentalmente intolleranti nei confronti degli intellettuali. L'assunto è che i filosofi si sentano e siano minacciati dal potere politico. Non solo da quello «cattivo», anche dai «buoni». E a ragione, secondo Strauss.

Per questo la scrittura da secoli si è messa a giocare a rimpiattino con il potere politico. Usando quelle che Esposito cataloga come «l'insieme di espressioni ambigue, di infelicità stilistiche, di ripetizioni inesatte o di vere e proprie contraddizioni tese a sviare l'attenzione del lettore comune, ma "leggibili" al contempo da parte del lettore "intelligente" secondo il criterio generale di assumere come autentico punto di vista dell'autore quello più palesemente in contrasto con l'opinione dominante». Il testo di riferimento per Strauss è la *Guida dei perplessi* del filosofo ebreo del XII secolo Maimonide, il cui scopo «è fare in modo che le verità vi siano intraviste e che subito si sottraggano [...] tanto la verità ci appare chiara come il giorno, tanto è nascosta dalle cose materiali e usuali, in modo che ricadiamo in una notte profonda simile a quella in cui eravamo». Siamo in piena *qabbalah*: la verità è costituita dal suo nascondimento. Sempre, in tutte le epoche. Cosicché, come nota Giorgini, «il rapporto potenzialmente conflittuale tra ricerca della verità e opinione comune, tra libero pensiero e società, ha indotto gli autori con opinioni eterodosse a sviluppare una particolare tecnica di scrittura, quella di scrivere "tra le righe", in modo da rendere pubbliche le proprie opinioni ma con circospezione, così da evitare la persecuzione».

In *Scrittura e persecuzione* Strauss aveva già trovato un esempio di quel che intendeva dire. Aveva fatto il caso di un paese totalitario (anche se, ripetiamolo, quel che dice non vale solo per i paesi totalitari, tutt'altro) in cui si possa raccontare una qualche storia solo sulla base di dettami approvati dall'autorità. Bene: per usare le tecniche di cui stiamo parlando basta dare alle stampe un «attacco infervorato» contro le tesi disapprovate. Ovviamente per far ciò «si dovrà» descrivere l'oggetto del nostro attacco e il gioco sarà fatto. Righe su righe in cui daremo al lettore le informazioni che ci interessano in un'opera che trova la sua giustificazione agli occhi dell'autorità nella rituale quanto retoricamente irrilevante reprimenda che chiuderà e terrà insieme il tutto. Al lettore «intelligente» distinguere tra ciò che è rito e ciò che è il centro di quel che si vuole comunicare. Che è, ripetiamolo, proprio ciò che si finge di vituperare.

E se anche questa operazione è impossibile, ci sono mille modi per far capire come il senso di quel che è proposto al destinatario vada interpretato diversamente da quel che potrebbe apparire: eccessi, errori, contraddizioni, stravaganti digressioni, ripetizioni con particolari modificati, salti logici. E il lettore intelligente deve dunque saper leggere tra le righe. Tornando alla Bibbia e ai classici greci, Strauss si sofferma su decine di tali «stranezze»: la curiosa offerta che Dio fa ad Abramo di salvezza per Sodoma a patto che si fossero trovati dieci uomini giusti; l'apparente contraddizione tra l'ordine di sacrificare Isacco e la promessa divina fatta proprio ai discendenti di Isacco; la catena della tradizione che va da Mosè fino all'era talmudica in cui compare la figura di Hakis di Silo che si dice abbia ricevuto la

Torah da re Davide, ma che viene anche presentato come un contemporaneo di Mosè dal quale ugualmente avrebbe ricevuto la *Torah*.

E ancora: le istanze contraddittorie in Erodoto dove, sulla base di comandamenti che pretendono di essere tutti ugualmente divini, una tribù brucia i suoi morti e l'altra li seppellisce; Platone che falsifica platealmente la storia della battaglia di Salamina per poter fare a meno di riconoscere che la democratizzazione di Atene fu dettata non da scelta ma da necessità. E che dire di Tucidide? Lo storico della *Guerra del Peloponneso* registra sia le azioni sia i discorsi. Poi, quanto alle azioni o agli eventi, li riporta sostanzialmente allo stesso modo in cui lo farebbe uno storico moderno. Mentre, quando si tratta di allocuzioni, le mette in prima persona sostenendo che i discorsi da lui composti sono fedeli al nocciolo di quelli effettivamente pronunciati. Anche se, ovviamente, rispetto all'originale sono stati sottoposti ad una revisione che non è dichiarata. «Dal punto di vista dello storico odierno», scrive Strauss, «questa è una sorta di falsificazione.» In realtà, ad un'attenta analisi, risulta chiaro come tale falsificazione sia nient'altro che la base di un complesso gioco di specchi volto a far risaltare la guerra del Peloponneso su quella di Troia e la sua figura (sua di Tucidide) su quella di Omero. Ma non è che un passaggio. Strauss avverte di continuo il lettore: «Tutti i giudizi di Tucidide sono incompleti e perciò servono tanto a nascondere quanto a rivelare»; «Tucidide ci svia».

In realtà, più che mettere in guardia il filosofo o, in ogni caso, il lettore, Leo Strauss ci insegna un metodo. Un metodo per studiare il passato. Ma soprattutto per affrontare il presente. Prendendosi gioco del tiranno che si nasconde sempre e comunque dietro ogni potere. Anche quello democratico e liberale.

EURIPIDE E LA GUERRA DI TROIA, IL MITO CAPOVOLTO

Le *Troiane* di Euripide andò in scena ad Atene nella primavera del 415 a.C. È stato sempre considerato – e lo è – un dramma pacifista teso a mettere in evidenza quanto sia nefasta la guerra. Qualsiasi guerra, in ogni circostanza. Al punto che Euripide, per essere esplicito e quasi a mo' di provocazione nei confronti della platea ateniese, decise di assumere il punto di vista dei nemici dei greci: i vinti, i troiani. Di più, delle loro donne. Ecuba, la moglie del re di Troia, Priamo, che vide perire i suoi figli e le sue genti nel conflitto, è la protagonista della tragedia, unica presenza fissa sulla scena dall'inizio alla fine del dramma, mentre sullo sfondo si intravedono le rovine fumanti della città. Con lei Andromaca, moglie di Ettore il primogenito di Priamo e Ecuba, quell'Ettore che uccise Patroclo, fu ucciso da Achille e trascinato in segno di sfregio sotto le mura di Troia. O meglio è presente la sofferenza di Andromaca, madre di Astianatte che i greci vollero morto per vendicare gli uomini sterminati da suo padre. E per vederne estinta la stirpe.

Euripide scrisse il dramma quasi sicuramente a

ridosso della spedizione contro Melo (416 a.C.), la prima impresa bellica ateniese a cinque anni da quella pace con Sparta che porta il nome di Nicia, l'uomo di Atene che volle quel trattato e lo firmò (421 a.C.). Una pace che nelle intenzioni di Nicia avrebbe dovuto chiudere per sempre – a dieci anni dall'inizio e dopo la morte dell'ateniese Cleone e dello spartano Brasida grandi fautori di quel conflitto – la stagione delle guerre del Peloponneso che stava sconvolgendo la fine del V secolo. È vero che proprio nel 421 gli ateniesi avevano compiuto il massacro di Scione. Ma Scione, posta sotto assedio già dal 423, era stata abbandonata da Sparta al suo destino e in qualche modo immolata sull'altare della pace di Nicia. Per Melo fu diverso: Atene era nuovamente preda di istinti aggressivi e imperialisti, l'artefice del trattato, Nicia appunto, appariva soccombente mentre andava prendendo profilo la figura di Alcibiade che si candidava baldanzosamente ad essere l'erede di Pericle.

A rigor di logica, Euripide, drammaturgo pacifista, avrebbe dovuto parteggiare per Nicia ed essere avversario di Alcibiade. Invece fu il contrario. Euripide fu sicuramente un ammiratore di Alcibiade, gli tributò attestati di stima e rimase dalla sua parte almeno fino a quando Alcibiade, in quello stesso 415, si fece promotore della spedizione contro Siracusa. Spedizione da cui iniziarono le disgrazie per la città del Partenone. Ma come fu possibile che Euripide parteggiasse per Alcibiade nel 416 quando Melo fu espugnata nel più crudele dei modi, con tutti gli adulti maschi messi a morte e la deportazione in stato di schiavitù della restante comunità di donne e bambini? Come poteva Euripide scrivere le *Troiane*, una tragedia dove è trasparente l'allusione più che critica all'impresa di Melo, e ad un tempo essere ancora un sostenitore di Alcibiade? Anni fa,

Vincenzo Di Benedetto ha provato a spiegare in *Euripide: teatro e società*, questa apparente contraddizione avanzando l'ipotesi che la spedizione contro Melo si iscrivesse in una linea di politica estera che faceva capo non già ad Alcibiade bensì a Nicia, il quale dieci anni prima aveva guidato di persona un'azione militare contro la stessa Melo e adesso, nel 416, avrebbe voluto la distruzione della città ribelle per evitare che tale insubordinazione divenisse focolaio di contagio mettendo a rischio proprio la pace con Sparta. E che, anzi, Alcibiade fosse del tutto estraneo a quella spedizione. Adducendo, a riprova di tale estraneità, la circostanza, desumibile da Tucidide, che egli in quel periodo fosse impegnato in un'operazione in Argolide. Anche se questa non può essere portata come prova di una qualche ostilità di Alcibiade alla guerra, dal momento che la spedizione in Argolide, pur non avendo le caratteristiche di efferatezza dell'espugnazione di Melo e pur non essendo in sé un atto di aperta ostilità nei confronti di Sparta, si inseriva in un'interpretazione per così dire molto dinamica del trattato di pace stipulato cinque anni prima da Nicia.

In ogni caso Di Benedetto sosteneva che le *Troiane* può «agevolmente» essere interpretato «come un avvertimento che Euripide rivolgeva ai suoi concittadini a non intraprendere di nuovo iniziative di guerra». Non solo: il dramma dimostrerebbe, secondo Di Benedetto, che «Euripide considerava il comportamento di Atene nei confronti di alcune città più deboli come un tradimento di quegli ideali nel nome dei quali i greci, e in primo luogo gli ateniesi, si erano opposti al barbaro persiano; e non a caso nelle *Troiane* è confermato con forza quel rovesciamento del giudizio tradizionale del binomio grecibarbari che era già affiorato in qualche tragedia degli anni precedenti».

Questo è il punto: la simpatia di Euripide per Alcibiade assume dimensioni molto marginali se si considera il senso più profondo di quel che il drammaturgo fa emergere dalle sue tragedie. Che è in primo luogo la denuncia delle degenerazioni asiatiche della guerra. Degenerazioni probabilmente inevitabili e che, riscontrate nella spedizione contro Melo, provocheranno lo spostamento di Euripide sulle posizioni integralmente pacifiste evidenti nelle *Troiane*. Ma la cui denuncia porta con sé considerazioni molto raffinate sul confine che separa la «guerra circoscritta» dalla «guerra di sterminio». E, lungo gli stessi binari, riflessioni molto moderne sulle degenerazioni della democrazia, cioè su quel trionfo della demagogia, dell'omaggio del politico all'opinione prevalente individuato come il virus che è causa di una malattia destinata a segnare i destini della sua città.

Per compiere questa operazione, Euripide mira al cuore dei vincitori della guerra di Troia, i greci, i mitici progenitori del suo pubblico ateniese. Già nell'*Ecuba* (424 a.C.), in anticipo di nove anni sulle *Troiane*, si vede con chiarezza l'assunzione del punto di vista dei vinti, secondo lo schema che una guerra come quella di Troia provoca ai vincitori danni uguali a quelli che sono riservati agli sconfitti. E un monito quasi esplicito a quei condottieri che non sono capaci di fermarsi sull'orlo del precipizio e portano agli estremi la loro sfida. La guerra di Troia è presa a modello di conflitto in cui, anziché giungere a una pace finché si è in tempo, i condottieri dei due schieramenti si lasciano trascinare nel gorgo dell'autodissoluzione. L'allusione ai politici ateniesi del suo tempo, Cleone innanzitutto, è più che trasparente.

Per evidenziare meccanismi e responsabilità che innescano questa spirale, Euripide punta l'attenzione sull'uccisione di Polissena, la figlia di Priamo e Ecuba amata da Achille, sacrificata sulla tomba dello stesso Achille per volere dei greci. Greci tra i quali si apre un dibattito sull'opportunità di uccidere la fanciulla in cui si distinguono per determinazione a favore della morte di Polissena i Teseidi presentati come i «rampolli di Atene». Euripide li accusa di essere corrivi con lo spirito del momento, capaci solo di inseguire gli umori popolari, biechi, vanitosi e insensibili all'odio che si porterà dietro quel sacrificio. Ancor più duro è poi il giudizio su Ulisse – una costante in Euripide, poco tenero sull'intera condotta dell'eroe omerico – definito «l'astuto cialtrone dal dolce eloquio che parla per compiacere il popolo». Ulisse, le cui parole sono decisive nel far pendere la bilancia a favore dell'immolazione di Polissena, è denunciato come una figura abietta, il prototipo del demagogo. Un modo per dire agli ateniesi: attenti, che le vittorie ottenute con metodi come quelli astuti e spietati che furono di Ulisse sono vittorie apparenti, portano con sé per i vincitori disgrazie e lutti identici o addirittura peggiori delle disgrazie e lutti riservati ai vinti.

È evidente qui lo stravolgimento del mito classico ai fini di un'invettiva contro i leader del suo tempo. Uguale stravolgimento si ha nella polemica euripidea contro Agamennone, il capo supremo dei greci nella guerra contro Troia, presentato anche lui come un uomo disposto a tutto pur di piacere ai suoi. È un Agamennone che esita a dare risposte da grande politico nel momento in cui Ecuba gli chiede di aiutarla a vendicarsi contro il re del Chersoneso, Polimestore – grande amico della stessa Ecuba e di Priamo a cui i due avevano affidato il loro ultimogenito Polidoro – il quale, saputo della disfatta di Troia, non aveva esitato ad uccidere il ragazzo per impadronirsi delle sue ricchezze. Di fronte dunque a una madre che chiede la giusta punizione per una figura spregevole, Agamennone si domanda solo quale decisione sarà apprezzata dalle sue genti. E dimostra con ciò la sua pochezza.

Lo stravolgimento o quantomeno la modificazione dei miti omerici ai fini di queste polemiche diventa via via una costante della drammaturgia di Euripide: motivo di grande interesse dei contemporanei per la sua produzione artistica ma anche fonte di astiose polemiche contro di lui. Nell'*Andromaca*, la moglie di Ettore viene data in schiava al figlio di Achille, Neottolemo, e si scontra con la sua consorte legittima Ermione. È uno dei modi con cui la guerra di Troia viene presentata come origine, a distanza di anni, di guai e disgregazione per i vincitori. Nell'*Andromaca*, ha scritto Caterina Barone «la potenza destabilizzante e distruttrice della guerra viene individuata dal poeta nei gravi squilibri e nel deterioramento che si producono sia a livello familiare che sociale, e si perpetuano nel tempo ben oltre il periodo bellico. [...] Le conseguenze nefaste dei conflitti armati non colpiscono solo i protagonisti ma si riverberano sui loro discendenti, coinvolgendo l'intera casata».

E man mano che andrà perdendo anche le speranze in Alcibiade, Euripide porterà a punte di radicalismo estremo la sua ostilità alla tradizione greca che è fonte di legittimazione per i gruppi dirigenti del suo tempo, giungendo a stravolgere nell'*Elena* il mito che è all'origine del racconto omerico della guerra di Troia. L'Elena euripidea è sì moglie di Menelao, fratello di Agamennone. Ma Paride ha rapito un fantasma, non lei che per tutti gli anni della contesa è rimasta nascosta in Egitto e fedele al marito. La guerra dunque non ha nessuna, ma proprio nessuna giustificazione. «Con la singolare variante del mito adottata da Euripide», ha messo in luce Massimo Fusillo nel presentare l'*Elena*, «la guerra di Troia si trasforma così in simbolo di assurdità universale, di tragica instabilità della condizione umana: dieci anni di guerra sanguinosa, una serie infinita di lutti da tutt'e due le parti solo per un fantasma fatto di nuvole, per un doppio seduttore e ingannatore. È questo infatti il commento che viene ripetuto da quasi tutti i personaggi con un ricorrere ossessivo dell'avverbio "invano" riferito al lungo combattere dei greci e dei troiani.»

Ma ingredienti di questo stravolgimento del mito ai fini di una polemica sempre più decisa contro le responsabilità dei greci sono presenti già nelle *Troiane*. A dimostrazione che dagli anni Venti in poi per Euripide la coerenza dei ragionamenti sulla guerra e la democrazia ha la meglio sulla simpatia per questo o quel leader politico. Adesso Vincenzo Di Benedetto va ad approfondire il senso di questi ragionamenti con un lungo e complesso saggio introduttivo a una nuova edizione delle *Troiane*. Di Benedetto mette in evidenza come nelle *Troiane* Euripide aggredisce il tema della responsabilità degli achei nella guerra di Troia e in tutto quel che ne seguì, smontando e rimontando il mito, liberatorio per i greci, della colpa di Paride. Com'è noto il mito si divide in due parti. Prima parte: poco prima che Paride venga alla luce sua madre Ecuba sogna di aver partorito un tizzone ardente che incendia Troia. La moglie di Priamo decide in seguito a questa premonizione di affidare il bimbo appena nato a un pastore che lo avrebbe dovuto lasciar morire sul monte Ida. Ma il pastore tiene il piccolo con sé e lo alleva. Seconda parte: Zeus chiama Paride a giudicare quale sia la più bella tra le dee: il ragazzo sceglie Afrodite provocando le ire di Era e di Atena. Poi Paride torna a Troia e, a dispetto delle cupe profezie di Cassandra, è riammesso nella famiglia di

Priamo e Ecuba. Afrodite in segno di riconoscenza fa innamorare di lui Elena moglie di Menelao re di Sparta che lo segue «rapita» a Troia. Solidali con Menelao, i greci si coalizzano e muovono guerra a Troia aiutati dalle dee rivali di Afrodite. In questa guerra di cui, con il rapimento di Elena, Paride è stato responsabile, a lui toccherà in sorte di uccidere Achille e di essere poi colpito a morte da una freccia di Filottete. Dopodiché Troia sarà distrutta ma anche per gli achei saranno infiniti lutti. Fin qui il mito. Che Euripide fa suo, salvo esaltare la prima metà a danno della seconda. Quella seconda parte che, appunto, attribuisce a Paride le colpe della guerra e di conseguenza salva da ogni responsabilità i greci.

Di Benedetto sottolinea come nelle *Troiane* Euripide attenui le responsabilità dirette di Paride puntando sul modulo del «figlio che non dovrebbe nascere e la cui nascita provoca lutti e rovina» e collocando dunque la colpa a metà strada tra gli dei e sua madre Ecuba. La riabilitazione di Paride, che si accompagna oltretutto a una sminuizione di Menelao presentato come un personaggio «che si caratterizza per la mancanza di un forte sentire», è fondamentale per riequilibrare equamente tra greci e troiani le responsabilità del conflitto. Anzi per mettere sul banco degli imputati soprattutto i greci e comunque per togliere a loro ogni giustificazione. Per spiegare meglio la strategia di Euripide, l'autore del saggio approfondisce il tema che potremmo definire della riabilitazione di Paride risalendo fino all'*Iliade*. E qui ingaggia un gustoso duello con un altro illustre studioso, Sebastiano Timpanaro, che aveva messo in evidenza come il Paride di Omero alternasse «momenti di viltà (i più frequenti) a momenti di coraggio». Il che, quei «frequenti» momenti di viltà, sarebbe stato un modo di Omero di fargli pagare le sue «colpe». Non è vero, risponde Di Benedetto: «Nell'*Iliade* una colpevolezza di Paride è presupposta nella parte iniziale del poema. [...] Omero in un primo momento viene incontro a una impostazione tradizionale (che poteva ritenere fosse quella dell'uditorio) basata sul principio colpa/punizione, ma poi quest'impostazione viene superata (Paride si riscatta) e abbandonata». Già Omero, dunque, avrebbe iniziato un'opera di riscatto di Paride.

Di conseguenza il modo tradizionale di presentare gli accadimenti, ad esempio quello dell'*Agamennone* di Eschilo in cui la presa di Troia veniva valutata come un atto di giustizia, il sacrosanto esito a seguito della decisione di Zeus di far pagare a Paride l'infrazione della norma dell'ospitalità, è qui capovolto. Al punto che Euripide si spinge, servendosi di Ecuba, all'estremo limite di chieder conto in modo sfrontato allo stesso Zeus delle ingiuste sofferenze provocate ai troiani. Un attacco che porta dritto alla messa in crisi della fiducia che nelle cose umane, anche nel male, trovi realizzazione un disegno divino. Il tutto in un'intelaiatura drammaturgica pressoché perfetta nella sua ostilità ai greci. Allorché, ad esempio, si cerca di alleviare le colpe degli dei, come per l'uccisione del bimbo incolpevole, Astianatte, ecco pronto il greco che si deve caricare le responsabilità sottratte ai numi per quell'infanticidio: Ulisse che volle quella morte e che è evocato ogniqualvolta a Euripide serve qualcuno da additare a un particolare disprezzo.

A ben leggere le *Troiane*, non si può fare a meno di osservare quanto fosse straordinario quel modo di un intellettuale greco di guardare alla propria storia e al proprio presente. Che cosa formidabile fosse il fatto che avesse liceità un capovolgimento così radicale di un mito fondante per la politica e la cultura dell'Atene dell'epoca qual era quello della guerra di Troia. E che grande segno di civiltà fosse la circostanza che, nonostante si fosse in un periodo di guerre, di invocazioni al patriottismo, di retorica e di demagogia, il pubblico potesse accorrere numeroso ad assistere a una rappresentazione che si proponeva di distruggere la vulgata storica dell'epoca.

ALCIBIADE E I MISTERI DEL SUO PROCESSO

«Nella primavera del 415 gli ateniesi furono presi da una specie di "mal di Sicilia", una smania di salpare che Tucidide con parola che non adopera mai altrove definisce "eros" o anche "desiderio smodato".» Così cominciava il libro di Luciano Canfora *Storie di oligarchi*. Un libro fortunato, divenuto ben presto un piccolo *cult*, capostipite di un genere. Il racconto di quella spedizione siciliana proseguiva con le parole dello stesso Tucidide: «Volevano andare in Sicilia per sottometterla. In realtà i più non conoscevano neanche le dimensioni dell'isola, quali popoli la abitassero, quanti fossero i barbari e quanti i greci: non capivano di imbarcarsi in una guerra grande quanto quella che avevano combattuto contro Sparta e i suoi alleati. [...] Il loro vero desiderio era di conquistarla tutta quanta [la Sicilia], intanto dicevano di voler proteggere le popolazioni di stirpe affine ed i loro alleati recenti».

Siamo nell'Atene del periodo successivo alla splendida stagione di Pericle (460-429 a.C.). È quella che nelle scuole si studia come epoca della «guerra del Peloponneso» (431-404 a.C.), guerra che diede pieno sfogo alla rivalità tra Atene e Sparta. Meglio: siamo alla seconda fase di questa guerra, quella della spedizione in Sicilia (415-413 a.C.) in aiuto a Segesta contro Siracusa. Una spedizione fortissimamente voluta da Alcibiade, già pupillo di Pericle, il quale aveva grandi doti di leadership e appariva destinato ad essere un nuovo Pericle. Ma che proprio sull'avvio di quell'impresa in Sicilia, inciampò. E conseguenza del suo inciampo furono disgrazie per lui stesso nonché per la sua città. Alcibiade immaginava la guerra contro Siracusa come prima tappa di un'offensiva più vasta contro Cartagine; voleva nel contempo scalfire la popolarità del suo rivale, Nicia, il quale aveva legato il proprio nome alla pace stipulata con Sparta sei anni prima, nel 421, al termine della decennale guerra archidamica che aveva segnato la prima fase della grande guerra del Peloponneso. Pace firmata da Atene all'insegna di quello che era stato il dettato di Pericle: «Non correre rischi per ingrandire l'impero». E che perciò stesso consacrava implicitamente Nicia a erede di Pericle stesso.

Ma Alcibiade era riuscito ad infiammare gli animi dei suoi concittadini, a far leva su questa strana forma di eros, di desiderio smodato su cui si soffermò Tucidide. E li aveva convinti a gettarsi a capofitto nell'impresa siciliana. Senonché, mentre la sua flotta si accingeva a salpare contro Siracusa, Atene fu sconvolta da uno scandalo sacrale: lo scempio delle immagini sacre di Hermes, le «Erme». Una notte di vandalismi che lasciò dietro di sé una vittima illustre: Alcibiade, appunto.

Da più di quindici anni, dai tempi di *Storie di oligarchi*, Luciano Canfora si aggira con acume e grazia attorno a storie e personaggi greci di questa stagione: la fine del V secolo a.C. Nel suo libro, pubblicato prima in Francia, *Le mystère Thucydide*, e poi in Italia, racconta della preparazione, esecuzione e del successivo fallimento del colpo di stato oligarchico del 411. La sua intenzione è di portare alla luce, sulla base di dettagli rivelatori, il fatto che Tucidide, all'epoca, con ogni probabilità non fosse in esilio come ci è stato tramandato, bensì ad Atene. A stretto contatto per giunta con i cospiratori. Dei quali ci ha poi rivelato segreti e notizie di prima mano.

E adesso, sempre partendo da Tucidide, torna alla notte in cui furono mutilate le Erme e a ciò che ne seguì. Una vicenda che, come abbiamo detto, costò cara ad Alcibiade e ad Atene. E che per queste ragioni ha nei libri un posto d'onore, ed è considerato uno dei più importanti casi giudiziari della storia greca. Caso che si concluse con un processo bizzarro, celebrato sedici anni dopo i fatti, quando memoria, deformazioni politiche e leggende avevano avuto tutto il tempo di mescolarsi tra loro e dar vita ad uno strano gioco di specchi dove ogni cosa era ad un tempo vera e falsa. A rendere più intrigante il tutto è la circostanza che all'origine di questo *affaire* ci fu una strana figura di pentito, Andocide, il quale, per rendersi più credibile nella delazione, non aveva esitato ad autoaccusarsi come se fosse stato un personaggio centrale di quella notte di profanazioni. Profanazioni che invece, secondo alcuni osservatori a detta di Canfora «certo non disinformati», egli non aveva neppure commesso. Ma confessando le quali, Andocide aveva ottenuto poi l'impunità. Beninteso mettendo nei guai altre persone.

Ai tempi di *Storie di oligarchi*, Canfora era parso prender per buono il racconto di Andocide. O quantomeno sorvolare sui misteri del caso e sul ruolo che il giovane aveva giocato nell'*affaire*: «L'inchiesta sulla mutilazione delle Erme», scriveva, «si chiuse perché Andocide, uno dei rampolli più in vista delle grandi famiglie ateniesi, denunciò se stesso e altri dell'empio misfatto. Seguirono alcune condanne capitali. Qualcuno fuggì. Fu un esito della cui fondatezza Tucidide solleva dubbi ma di cui non nega che per lo meno allentò la tensione». Adesso invece è il momento del dubbio. Tant'è che Canfora apre il suo libro *La lista di Andocide* ripubblicando il racconto *Nel bosco* del giapponese Akutagawa dal quale nel 1950 Akira Kurosawa trasse il celeberrimo film *Rashomon*, divenuto simbolo di modi diversi e in conflitto tra loro ma in qualche misura tutti veritieri, di raccontare una stessa scena osservata da differenti angoli visuali. Per poi chiedersi con un evidente – ancorché mai esplicitato – riferimento a processi d'oggi, primo tra tutti quello ad Adriano Sofri: «Cosa muove un pentito ad accusare anche se stesso? E cosa spinge altri a non credergli? E cosa sarà mai una verità ritardata di sedici anni?».

Siamo dunque a un intreccio tra storia e attualità, tra presente e passato. Non è una novità. Negli anni Novanta, il decennio in cui l'Italia ha conosciuto quella che nel 1993 l'«Economist» ha battezzato come una «rivoluzione giudiziaria», anche l'antichistica è stata toccata da polemiche che avevano attinenza, più o meno esplicita, con i temi che scuotevano il nostro paese. Dapprincipio è toccato alla storia romana. Nel '93 Riccardo Nencini diede alle stampe un libro, *Corrotti e corruttori. Nel tempo antico*, la cui tesi di fondo era che «la corruzione è nei secoli fedele alleata dell'uomo, anzi è la sua natura». In particolare Nencini (dopo un'incursione nella storia greca con qualche frecciata proprio ad Alcibiade e al suo camaleontismo) sosteneva che le malversazioni dell'Italia attuale erano assai simili a quelle della tarda repubblica romana: «Questa era Roma: ladrona, puzzolente, assassina, corrotta. Eppure madre di civiltà e motore della storia». E affermava altresì che il patto triumvirale tra Cesare, Pompeo e Crasso sarebbe stato, in particolare per gli aspetti meno nobili, l'archetipo di quello tra Bettino Craxi, Giulio Andreotti e Arnaldo Forlani.

L'anno successivo, poco prima di morire, un insigne latinista, Luciano Perelli, pubblicò un libro che aveva come sottofondo analoghe tesi di – se così la si può definire – relativizzazione storica del malcostume: *La corruzione politica nell'antica Roma*. Vi si poteva leggere che «la corruzione della vita politica e dell'amministrazione pubblica in Roma antica aveva dimensioni estremamente superiori a quelle attuali». Perelli sosteneva a chiare lettere che in tutta la storia romana, cioè per un millennio e oltre, affarismo politico e ruberie erano state ben più diffuse che nel penultimo decennio dell'attuale Italia repubblicana. Con ciò offrendo – non sappiamo quanto volontariamente – argomenti a quanti volevano smussare alcune punte del radicalismo giustizialista di oggi. Punte forgiate al calore delle note tesi secondo le quali il tasso di corruzione italiana negli anni Ottanta rappresentava una unicità per affrontare la quale occorrevano rimedi estremi.

Trascorse un altro anno e nel 1995 contro Nencini e Perelli scese in campo Emanuele Narducci con un violento pamphlet: *Processi ai politici nella Roma antica*. Narducci fu più rispettoso con il defunto Perelli (lo definì «un latinista di robusta competenza») ma senza rinunciare ad essere sprezzante anche nei suoi confronti: «Per misurare il tasso di corruzione di due società così lontane nel tempo e nelle istituzioni politico sociali, Perelli fa uso di parametri noti a lui solo, e il cui segreto caparbiamente custodisce». [...] Resta il fatto che le sue improbabili misurazioni eludono e occultano il salto di proporzioni e di qualità che in Italia la corruzione ha compiuto negli anni Settanta e soprattutto negli anni Ottanta [dell'attuale secolo]». Per concludere poi, sempre a proposito di Perelli: «Fa tristezza constatare come egli abbia apposto un'epigrafe sconcertante a un'onorevolissima esistenza di studioso».

Niente, però, a confronto della durezza e del vero e proprio disprezzo con il quale Narducci si scagliò contro Nencini: «Presenta gli aspetti meno edificanti degli eroi antichi come una sorprendente "novità" per un pubblico avvezzo a sentirne solo celebrare l'integra virtù e la dedizione al bene comune; un pubblico del tutto immaginario, perché da parecchi decenni questa retorica bolsa non trova più cittadinanza non solo nella migliore storiografia, ma neanche nei più approssimativi lavori di divulgazione». Le pesantissime accuse («I luoghi comuni di Nencini non hanno il candore dell'innocenza») non risparmiavano neanche prefatore, il medievista Franco Cardini, e postfatore, il giornalista Guido Quaranta, del libro nenciniano. Per tradursi alla fine in una messa in guardia più generale: «La sommaria liquidazione di un approccio eticamente motivato alla storia è suscettibile di tradursi in esortazione alla rinuncia allo stesso giudizio storico; in appello, se non alla giustificazione dei misfatti del potere, all'acquiescenza più o meno rassegnata nei confronti delle "contraddizioni" che il suo esercizio "inevitabilmente" comporta».

Ma torniamo alla Grecia antica e alla *Lista di Andocide*. Qui, va subito precisato, i riferimenti sono molto ma molto meno espliciti e le vicende giudiziarie a cui si allude sono di tutt'altro segno rispetto a quelle che hanno provocato litigi nel mondo dei latinisti. Anche se quando ci si addentra nell'universo della giustizia e si sollevano dubbi su processi a importanti uomini politici (stiamo parlando di Alcibiade, chiariamo subito) che si protraggono nel tempo, quando si concentra lo sguardo sulla incerta natura del consenso popolare a questo genere di offensive giudiziarie, e su quanto cariche di mistero siano le testimonianze di coloro che con il loro dire ottengono un qualche beneficio, insomma quando si comincia questo genere di discorsi, non si può esser certi dei lidi di approdo. Il punto d'arrivo può essere diverso, più a est, più a ovest, o più lontano di quello che si sarebbe supposto all'inizio.

Qui va sottolineata l'onestà d'intenti di Canfora che (supponiamo ben consigliato da Elvira Sellerio, la quale è anche l'editore di gran parte dei libri di Sofri, nonché sostenitrice convinta della sua causa) non ha voluto chiamare in causa con una citazione diretta il fondatore di «Lotta continua» processato e condannato per l'uccisione del commissario Calabresi a seguito delle accuse e autoaccuse di un Andocide d'oggi. E così facendo consente al lettore di fermarsi, se crede, a quella storia del V secolo prima di Cristo. Oppure, se è di differente avviso, di spaziare a suo piacimento in considerazioni sul processo Sofri. Ma anche, se trova spunti (e ce ne sono), su altre vicende giudiziarie di questi anni.

Sì, la storia di Andocide si presta a molte considerazioni. In quella notte d'estate del 415 a.C. il gruppo di giovinastri ateniesi che si era dato allo sfregio, non si era limitato a mutilare dell'attributo della fecondità le statue di Hermes. Aveva anche mimato con intenzioni dissacratorie i misteri eleusini. E la mattina seguente si era sparsa la voce che tutto ciò non poteva essere considerato una semplice bravata ma andava preso molto sul serio, come se fossero state le prove generali di un attentato alla democrazia. Il clima si era surriscaldato. Aveva cominciato a girare il nome di Alcibiade. Gli ateniesi, racconta Tucidide, avevano paura: «Scappavano dall'agorà, ciascuno temendo di poter essere arrestato». Partirono denunce d'ogni tipo. E poi furono gli arresti, soprattutto tra esponenti di grandi famiglie e clan aristocratici. Tra gli altri Andocide. Che, per cavarsela, accusò se stesso, il gruppo di cui faceva parte, la *eterìa* di Eufileto, e coinvolse definitivamente Alcibiade. Una volta acciuffati coloro che lui aveva denunziato, la grande paura finì. Alcibiade si sottrasse all'arresto e riparò a Sparta, dove avrebbe dato un fondamentale contributo a provocare la sconfitta di Atene in quella missione militare contro Siracusa, per ottenere la quale lui stesso si era battuto contro Nicia. Nicia, rimasto al comando delle truppe, esitò a dar battaglia, fu assalito dai siracusani, sconfitto, catturato e passato per le armi.

Ciononostante nel 411 Atene, ridotta allo stremo, richiamò Alcibiade. Il quale vinse due importanti battaglie capovolgendo per un momento le sorti della guerra con Sparta e rientrò trionfalmente nella sua città. Per poi cadere nuovamente in disgrazia e trovare la morte nello stesso anno, il 404, in cui Atene dopo tre mesi di assedio dalla terra e dal mare, fu costretta a capitolare per fame e conobbe così la sua definitiva disfatta.

E il superpentito? Andocide, sulle prime, nel 415, fu compensato per la sua delazione. A seguito delle sue denunce e degli arresti che ne erano seguiti, ad Atene per incanto s'era dissolto il terrore e lui come premio aveva ottenuto l'impunità. Ma, poco tempo dopo, un decreto che sembrava studiato su misura contro di lui sancì l'interdizione dalla vita pubblica «per i rei confessi di empietà». Andocide sentendosi in pericolo si autoesiliò. Nel 403 un'amnistia generale sembrò chiudere per sempre la questione. Ma nel 399 il caso fu riaperto. E fu il processo. «Dopo ben sedici anni ciascuna delle parti alla fine ricostruì, a suo modo, la vicenda dello scandalo», afferma Canfora. Che dedica poi le pagine migliori del suo libro a mettere in evidenza con efficacia le incongruenze di tali ricostruzioni. Del resto di incongruenze ce n'erano state fin dall'inizio. Una per tutte indicata da Plutarco nella *Vita di Alcibiade*: «I delatori non forniscono nessuna prova della colpevolezza di Alcibiade. Ad uno fu chiesto come avesse fatto a riconoscere il volto di coloro che avevano mutilato le Erme. Rispose: "Al lume della luna". Ciò fece crollare tutta la delazione, giacché la notte in cui era stato commesso il misfatto era luna nuova. Le persone di buon senso rimasero sconcertate, ma il popolo non si ammansì neppure davanti alle calunnie più grossolane e continuò ad arrestare e gettare in prigione chiunque venisse denunciato».

E, quanto a dubbi, anche Tucidide... Scrive Canfora: «È sintomatico che Tucidide, il quale mostra incredulità rispetto alle accuse contro Alcibiade e ritiene Alcibiade vittima di un complotto, mostri – al tempo stesso – diffidenza verso tutte le dichiarazioni rese da Andocide». È proprio così. L'autore de *La guerra del Peloponneso* avanza tra le righe il sospetto che potessero esser false le dichiarazioni di Andocide del 415. Ma cosa era accaduto allora? Semplice: secondo Tucidide in quel 415 era stata davvero in atto una congiura oligarchica; per placare le paure collettive, Andocide, una volta arrestato, era stato convinto da un compagno di prigionia a dare in pasto all'autorità un nome eccellente. Canfora, sulla base di voci e indizi tramandati da uno storico ateniese del IV secolo, Filocoro, avanza il sospetto che il tutto, mutilazione delle Erme compresa, fosse opera di agenti di Corinto «cioè la potenza rivale più d'ogni altra interessata ad impedire l'attacco ateniese contro Siracusa». Una teoria che trova una qualche eco anche in Plutarco.

«La mutilazione fulminea e misteriosa di quei simboli sacri», conclude Canfora, «gettò Atene nel panico e nello sconcerto alla vigilia di un'impegnativa e temuta impresa che, se vittoriosa, ne avrebbe fatto una potenza incontrastata. Il gesto aveva l'inequivocabile sapore di una provocazione. E qualcuno di sicuro se ne giovò: non certo gli scapestrati gozzovigliatori della notte di plenilunio.» Possibile. Anche se, ci piace aggiungere, la ferrea logica del *cui prodest* ha dimostrato più volte nei duemilaquattrocento anni che sono seguiti a quei fatti di non esser poi davvero così ferrea. Sospendiamo dunque, per parte nostra, il verdetto di colpevolezza sui «provocatori al soldo di Corinto». Mentre confermiamo, persuasi da Luciano Canfora, tutti i possibili dubbi sulla verità di Andocide. E sulle molte altre verità che a quella assomigliano.

PELOPIDA, MARCELLO E LA MORTE SCONSIDERATA

L'avventura di Pelopida s'iniziò nel 379 a.C., allorché il giovane nobile tebano si mise alla guida della liberazione della sua città dal dominio di Sparta. Ma per capirne l'importanza è necessario fare il punto sul periodo che la precedette. A cavallo tra gli ultimissimi anni del V e la prima metà del IV secolo a.C., la Grecia era passata dall'epoca cosiddetta dell'egemonia di Atene a quella di Sparta. Per la Grecia fu l'ultima era di relativa gloria prima di piegarsi, dopo la breve stagione tebana (379-362 a.C.), al dominio dei macedoni: Filippo II e Alessandro Magno. Nel 404, con la morte di Alcibiade e la capitolazione per fame, si era chiusa la grande epopea di Atene ed era cominciata quella di Sparta destinata a durare poco più di un ventennio. Sparta nel momento di maggiore grandezza mandò il suo esercito in aiuto di Ciro il Giovane, satrapo della Lidia, che aveva mosso guerra contro il fratello Artaserse II, re di Persia. Avrebbe dovuto essere l'inizio del definitivo sfondamento greco verso l'Asia. Artaserse, però, ebbe la meglio e a Cunassa, a nord di Babilonia, travolse e uccise il fratello. Ma, nonostante la sconfitta di Ciro, Sparta vide tornare indietro tutt'altro che distrutto quell'esercito che aveva mandato in aiuto del satrapo di Lidia. Anzi, ancora in forza, nonostante una traversata durata sedici mesi. Traversata che per la penna del condottiero di quei prodi, Senofonte, è rimasta, nell'*Anabasi*, a testimoniare del supremo valore spartano. Il mito e l'esaltazione derivati dall'anabasi convinsero il re di Sparta Agesilao ad impegnarsi in una spedizione tutta sua contro Artaserse. Impresa coronata da successo: Agesilao sconfisse ripetutamente Artaserse. Finché il re di Persia riuscì a coalizzare Atene, Corinto e Tebe in una lega contro Sparta, costringendo il monarca spartano a tornare precipitosamente in patria.

Qui il re di Sparta sconfisse i tebani a Coronea (394 a.C.) ma nello stesso anno fu travolto dagli ateniesi nella battaglia marittima di Cnido. Agesilao, avvertendo che Atene avrebbe potuto rialzare la testa per via di quella vittoria navale che aveva fatto perdere per sempre a Sparta ogni potere sui mari, mandò subito dal re di Persia un suo uomo, Antàlcida, a trattare la pace. Una pace da ottenere in fretta. E che, come sempre accade per questo genere di trattati che vanno firmati precipitosamente, concedeva molto più di quel che si sarebbe potuto accordare in un momento di maggiore calma. Così Agesilao, nonostante avesse sconfitto più volte le truppe di Artaserse, si trovò nelle condizioni di dovergli «comprare» la neutralità: al salato prezzo della cessione di tutte le città greche in Asia Minore, più Cipro. In cambio avrebbe avuto mano libera nel ristabilire l'ordine spartano in Grecia. La pace di Antàlcida (386 a.C.) faceva perdere alla Grecia le conquiste ottenute con le guerre persiane di un secolo prima e fu considerata disonorevole dall'intera comunità ellenica. Sparta si presentava ora come un gendarme filopersiano che aveva svenduto l'eroica vittoria di Salamina con la quale nel 480 i greci guidati da Temistocle avevano riscattato l'occupazione di Atene e messo definitivamente in rotta gli uomini di Serse. Questo disonore si proiettò sull'ordine che Sparta ristabilì nella regione, facendo perdere a questo assetto ogni legittimità, nelle sue stesse fondamenta. Di qui la simpatia con cui la letteratura ha sempre guardato agli eroi tebani, Epaminonda e Pelopida, che si batterono in quegli anni contro l'egemonia di Sparta, pagata al prezzo di cui s'è detto. A partire probabilmente da quegli autori del IV secolo a.C. a cui è probabile che si sia ispirato Plutarco: Eforo di Cuma (che scrisse una storia universale, in ventinove libri, dal ritorno degli Eraclidi all'assedio di Perinto nel 341) e Callistene di Olinto autore delle *Elleniche*, dieci libri che vanno dalla pace di Antàlcida fino alla conquista del tempio di Delfi da parte di Filomeno nel 356.

Abbiamo parlato di Plutarco perché di Pelopida (associato alla «vita parallela» del console romano Marcello) ci ha lasciato un ritratto ricco di implicazioni. Questo ritratto rende meritevole di lettura il volume arricchito da due brillanti introduzioni: di Aristoula Georgiadou per il tebano e di Stefano Bocci per l'altro. Forse due tra le più importanti delle ventiquattro coppie di *Vite parallele* dal momento che, essendo andata persa quella di Epaminonda (con Scipione), quello di Pelopida è l'unico affresco plutarcheo della stagione della cosiddetta egemonia di Tebe. Ma fondamentali, le vite di Pelopida e Marcello, lo sono anche per il contenuto. Soprattutto per quel che riguarda due riflessioni: la prima sull'importanza del rapporto di complementarietà nella guida politica e militare tra due leader diversi; la seconda sulla condanna di ogni tipo di suicidio, anche la forma più nobile che è quella di chi trova la morte in battaglia.

Pelopida, dunque, è colui che nel 379 a.C. guida la congiura contro gli oligarchi filospartani e restituisce l'indipendenza alla Beozia e a Tebe. Cede però il comando delle successive operazioni militari a Epaminonda, meno audace ma più colto di lui. Da quel momento l'amicizia incondizionata e la collaborazione non competitiva dei due tebani garantiscono il successo nel comando politico: ognuno dei due, scrive Plutarco, «considerava i successi dell'altro come se fossero propri successi personali». Rileva la studiosa Aristoula Georgiadou, prefatore di questa edizione delle *Vite*: «Le attività fisiche di Pelopida si combinano armoniosamente con i gusti filosofici di Epaminonda; attraverso le loro caratteristiche complementari, e in virtù della loro amicizia e delle comuni ispirazioni, i due eroi finiscono per personificare l'uomo "politico-filosofo", una combinazione che Plutarco ammirava e incoraggiava». Plutarco respinge la valutazione di Eforo che vuole scorgere una forte competizione tra i due tebani: «Offre invece – secondo Georgiadou – un modello alternativo di comando che si esprime in una combinazione degli aspetti positivi della personalità degli individui al potere». L'unica colpa di Pelopida, che lo accomuna a Marcello, è quella di esser caduto in battaglia «sconsideratamente». Entrambi, scrive Plutarco, furono «uomini grandi, caduti in battaglia sconsideratamente [...] avevano onorato la propria patria con campagne militari molto ragguardevoli. [...] Non risparmiarono la propria vita ma la misero a repentaglio sconsideratamente in un momento in cui, più che mai, la situazione richiedeva che uomini come loro fossero vivi e tenessero il comando».

Siamo alle due questioni di fondo: complementarietà dei leader e rinuncia alla «bella morte». Primo punto. Un vero leader è solo colui che, pur rimanendo interamente se stesso, nel momento decisivo è capace di integrarsi con un'altra figura carismatica: non è necessario che la cerchi, ma se e quando la incontra deve esser in grado di vincere lo spirito di rivalità. E saper trovare una fusione, anche provvisoria, con l'altro. Secondo punto: è importantissimo che un capo militare o politico non ceda mai alla tentazione di rinunciare alla vita, neppure per quella che può apparire la più nobile delle cause. È un'intuizione non così banale come potrebbe apparire. E la ritroveremo mille anni dopo nell'elaborazione francescana a ridosso delle Crociate: la vita, oltre ad essere sacra, è qualcosa che ha un valore tutto particolare. Non foss'altro perché senza di essa non si dà la prosecuzione della lotta politica, cioè si «toglie» qualcosa alla causa. Per le interpretazioni moderne, la vita sta a simboleggiare il «tutto»: non c'è battaglia «finale» che giustifichi il gettar via tutto. La possibilità di riprendere il combattimento è un bene da considerare supremo. Il condottiero (o il leader politico) deve sapersi fermare in tempo: farsi travolgere non ha niente di nobile. Anzi. Egli dovrà piuttosto tener sempre presente che è essenziale salvare le condizioni per poter riprendere la battaglia militare. O politica.

Georgiadou evidenzia le assonanze tra questo capitolo delle *Vite parallele* e i *Praecepta gerendae reipublicae* che Plutarco tra il I e II secolo d.C. scrisse contemporaneamente alle biografie che gli avrebbero dato fama imperitura. Pelopida, anche se privo della cultura e delle inclinazioni filosofiche di Epaminonda, viene molto lodato per la «collaborazione armoniosa» con l'amico. Plutarco infatti disapprova fortemente «la rivalità dannosa tra i greci della classe governante e li invita a cercare di conseguire quell'amicizia e quella concordia che considera la forma più elevata dell'arte politica». La terminologia è la stessa utilizzata nei *Praecepta* e, allo stesso modo, «gli esempi di Plutarco non riguardano dirigenti politici contemporanei, ma uomini di Stato dell'Atene classica, inclini all'inimicizia o all'invidia», che l'autore giustappone ai due tebani, i quali vengono alla luce «come modelli ideali di cooperazione nel comando».

Beninteso, il *Pelopida* di Plutarco non è un trattato di politica. Epperò tra le righe, nell'implicito, affronta il tema di cui s'è detto in maniera assai efficace. Probabilmente, secondo Georgiadou, l'idea di affiancare al ritratto di Pelopida quello di Marcello, console romano nemico di Annibale, che avrebbe avuto in Quinto Fabio Massimo il suo Epaminonda, fu dettata a Plutarco più che dai caratteri positivi dei due, da «quelli negativi, ovvero la loro attitudine temeraria in guerra e le loro morti premature». Anzi, è probabile che Marcello sia stato scelto come corrispettivo di Pelopida in funzione di una sottolineatura di questa critica all'avventatezza dell'eroe tebano.

Marcello era nato attorno al 270 a.C. e aveva già combattuto giovanissimo nella prima guerra punica. Ma il più grande successo militare lo conseguì nella guerra contro i galli che preparò l'annessione della Gallia Cisalpina (222 a.C.): li travolse a Casteggio dove affrontò personalmente e uccise il comandante nemico Virdomaro, ottenendo così le *spolia opima*, cioè una tra le più alte onorificenze che consisteva nelle spoglie prese al condottiero nemico. Dopodiché diede un contributo per l'ingresso dei romani a Mediolanum e con ciò alla conclusione di quella guerra.

Nel 216 si trasferisce a sud e, in seguito alla sconfitta di Canne, rileva il console Varrone al comando dei superstiti nella lotta che appare disperata contro Annibale. Riesce a salvare Nola. Nel 214 collabora con Quinto Fabio Massimo, suo collega nel consolato in quell'anno (oltreché l'uomo che, suggerisce Plutarco, è per lui quel che per certi versi Epaminonda era stato per Pelopida), alla riconquista di Casilino. Nel 213 è inviato in Sicilia dove Siracusa, dopo la morte del re Ierone II, minaccia di allearsi con i cartaginesi. Ci mette quasi tre anni, ma alla fine riesce, per la prima volta nella storia, a espugnare la città. A dispetto delle macchine da guerra del matematico Archimede, il quale trova la morte in quell'occasione. Riprende poi la collaborazione con Quinto Fabio Massimo nella riconquista di Taranto (209): mentre il *Cunctator*, il Temporeggiatore, assedia la città, lui impedisce che Annibale le porti soccorso, dando un contributo, ancora una volta decisivo, alla vittoria. L'anno successivo trova la morte in un banale agguato di cavalieri numidi. La leggenda vuole che Annibale in persona abbia preteso di rendere onore alle spoglie di un avversario così valoroso.

Il prefatore della biografia di Marcello, Stefano Bocci, documenta con maestria, avvalendosi anche di testi a cui Plutarco non fa riferimento, quanto fosse solido il rapporto dell'eroe con Fabio Massimo, l'uomo che, dopo Canne, imponendo una tattica prudente e attendista, riuscì a logorare Annibale e con ciò salvò Roma dalla sconfitta definitiva. «Si deve concordare con Plutarco», scrive, «quando afferma che le qualità dei due uomini politici sembrarono ai romani complementari e che proprio per questo essi, ora alternativamente ora come colleghi, cumularono nella guerra annibalica un numero di comandi militari non uguagliato da nessun altro.»

Anche se il rapporto personale tra Marcello e il Temporeggiatore non è neanche lontanamente comparabile per intensità a quello tra Pelopida e Epaminonda, certo il tema della capacità dei due condottieri, pur assai diversi tra loro, di vivere felicemente una dualità di comando è uno di quelli che accomunano la biografia dell'eroe greco a quella del romano. L'altro tema – Stefano Bocci è d'accordo con Georgiadou – è riferito a quel che s'è detto circa il cadere in battaglia «sconsideratamente». Certo, sottolinea Plutarco, «deve essere condannata la paura in guerra», ma non per questo «può considerarsi degna di lode la temerarietà».

Né quella di Marcello morto stupidamente come «un soldato qualsiasi mandato in avanscoperta». Né quella di Pelopida che perì nella battaglia di Cinocefale in Tessaglia (364 a.C.) combattendo contro il tiranno di Fere, Alessandro, grande nemico di Tebe. Tanto più che quella battaglia sarebbe stata vinta anche senza l'inutile sacrificio di Pelopida.

Per sottolineare come il biasimo della spericolatezza, la condanna dell'ardimento imprudente siano la vera questione affrontata (in particolare nella biografia di Marcello), Plutarco smonta gli argomenti di una corrente di storici inaugurata da Polibio che tendeva a mettere in ombra i meriti del console romano. Polibio e tutta la tradizione storiografica vicina alla famiglia degli Scipioni – famiglia che incarnava la nuova politica espansionistica nel Mediterraneo – furono ostili a Marcello, il quale era stato un avversario dell'ideologia scipionica. Così avevano fatto finta di ignorare che se Cornelio Scipione Calvo era riuscito ad entrare a Mediolanum ciò era avvenuto per il fondamentale aiuto di Marcello; e che Scipione l'Africano non era stato l'unico a sconfiggere Annibale, ché prima di lui l'impresa era riuscita, anche qui, a Marcello. Già il poeta Nevio, Tito Livio, Virgilio e soprattutto Augusto si erano dati carico, successivamente, del compito di rendere giustizia a Marcello. Questi ultimi affermando che diceva il falso la tradizione ostile secondo la quale il console era stato un mediocre condottiero e gli dei avevano addirittura voluto che le sue ceneri andassero disperse. Augusto si impegnò in quest'opera di riequilibrio della memoria tra l'altro per una questione personale. Vantava infatti una parentela con Marcello, un cui discendente aveva sposato sua sorella Ottavia: matrimonio da cui sarebbe nato Claudio Marcello che, prima di morire giovanissimo, avrebbe a sua volta impalmato la figlia dell'imperatore, Giulia.

Plutarco non prese parte a questa contesa storiografica. Aderì al punto di vista degli estimatori di Marcello. Ma solo per non concedere al suo eroe scusanti (neanche quella dell'incompetenza) nel momento in cui puntava l'indice contro di lui per il modo in cui aveva trovato la morte. Gli premeva di dimostrare che chi getta via tutto in una volta sola è, al di là di ogni questione morale, «politicamente» stolto. C'è riuscito. Lasciandoci un piccolo capolavoro di efficacia argomentativa.

CICERONE E L'USO POLITICO DELLA SCONFITTA

Tutto ebbe inizio con lo scandalo della Bona Dea nel dicembre del 62 a.C. Durante la celebrazione dei riti riservati esclusivamente alle donne, il giovane Publio Claudio Pulcro, più noto con il nome Clodio, per fare una bravata si introdusse in casa di Cesare, dove la moglie, Pompea, con un gruppo di Vestali era intenta a celebrare la festività appunto della Bona Dea. Ne nacque un caso. Probabilmente anche per la pessima fama di Clodio: un violento con un seguito formato da bande di nullatenenti caratterizzate da una spiccata vocazione alla criminalità. Le squadre di Clodio erano reclutate tra i liberti urbani, i disoccupati che avevano perso il lavoro a causa della massiccia immigrazione dalle campagne, e tra i piccoli lavoratori, artigiani e bottegai, spesso di origine servile. La storiografia più moderna ha in qualche modo (anche se non del tutto) riabilitato Clodio e la sua teppa: le loro sarebbero state null'altro che prime forme di estremismo politico manifestatesi in quei modi per mancanza di alternative. E comunque quello della Bona Dea fu un caso di profanazione ma non di violenza.

In ogni caso il processo che seguì allo scandalo fu clamoroso. E giocò un ruolo fondamentale nella vita del più grande oratore di quel tormentatissimo secolo che precedette la nascita di Cristo: Marco Tullio Cicerone. A conclusione del dibattimento, Cesare, pur dicendosi certo di non essere stato tradito dalla moglie, la ripudiò; Clodio fu messo alle corde ma, grazie a Crasso che aveva comprato la giuria, si ritrovò assolto; Cicerone che pure avrebbe dovuto avere motivi di gratitudine per Clodio, schieratosi al suo fianco ai tempi della congiura di Catilina, decise invece di testimoniare contro il giovane profanatore. E quando Clodio, dopo averla fatta franca nel processo, con l'aiuto di Cesare fu nominato tribuno della plebe, Cicerone capì che era finita. Almeno per il momento. E pensò che per lui fosse giunta l'ora di prendere la via dell'esilio.

Scriveranno le biografie di Cicerone che, a proposito del processo per lo scandalo della Bona Dea, è importante segnalare che nel 61 Pompeo e Cicerone credettero entrambi che Clodio fosse agli sgoccioli e che fu per questo che passarono dalla parte avversa. Il che accadde nonostante Clodio avrebbe dovuto essersi assicurato la gratitudine di Pompeo per i servigi che gli aveva reso, e quella di Cicerone per i motivi di cui s'è detto poc'anzi. Se le cose fossero andate in modo lineare, Pompeo e Cicerone avrebbero dovuto battersi senza esitazioni in suo favore. Invece Pompeo si disinteressò totalmente alla vicenda e Cicerone fornì addirittura le prove della falsità del suo alibi. Entrambi lo tradivano perché pensavano che il suo astro fosse al tramonto. E questo spiega il successivo odio di Clodio nei confronti di Cicerone e la sua determinazione a volerne l'esilio.

Siamo nel 58 a.C. Cicerone ha quarantotto anni. A quarantatré, nel 63, quand'era già un apprezzatissimo oratore, aveva raggiunto l'apice della carriera politica divenendo console. Nello stesso periodo si era impegnato nella sua più celebre impresa oratoria e politica: la denuncia di Catilina, il nemico dell'oligarchia senatoriale che si era messo a capo di una rivolta populista. Poi però, nel 60, era stata la volta del primo triumvirato, il patto instabile tra Cesare, Pompeo e Crasso; e Clodio, a capo delle bande che mettevano a soqquadro Roma, era considerato troppo pericoloso (Pompeo, all'epoca il più famoso capo militare romano, dovette chiudersi in casa per trovar riparo dalle azioni di quelle squadre) perché i triumviri decidessero di osteggiarlo apertamente. Anzi, di Cesare si sospettò che lo avesse aiutato sottobanco affinché, con i suoi disordini, gli spianasse la strada verso la presa del potere. Traguardo che Cesare cominciò a intravedere proprio tra il 59 e il 58 quando, dopo un anno di consolato, riuscì a farsi assegnare il governo della Gallia. E ad avere così occasione per glorie militari oltreché, cosa non irrilevante, un esercito ai suoi ordini.

L'inizio delle fortune di Cesare coincise con quello delle sfortune di Cicerone. Quando Clodio ai primi di gennaio del 58 fece approvare una legge che sarebbe servita a mandare l'oratore in esilio, Cesare lasciò fare. Cicerone, che aveva già lasciato Roma di sua volontà, tentò comunque di provocare una mobilitazione generale. Ma senza successo: senatori e cavalieri si limitarono a indossare vesti a lutto per testimoniare il loro appoggio all'uomo che aveva sventato la cospirazione di Catilina. Ma tutto finì lì. Solo tre mesi prima Cicerone aveva scritto al fratello: «Se Clodio mi citerà in tribunale, l'intero paese si leverà in mia difesa, sì che ne uscirò con una gloria accresciuta; se invece cercherà di usare la forza, spero che non solo gli amici ma pure gli estranei saranno tanto zelanti da permettere anche a me di rispondere con la forza». Si può comprendere quale fosse la sua delusione ora che tutti, ma proprio tutti, a cominciare dagli amici, gli suggerivano di «giocare d'anticipo» e di scegliere la via dell'esilio prima che venisse emanato un provvedimento specifico contro di lui.

Cosa che Cicerone fece. Rendendosi conto ben presto del fatto che quei suggerimenti non erano dettati da un'attenta valutazione delle opportunità che gli si offrivano. Quegli inviti a uscire di scena erano ispirati dal desiderio dei suoi prossimi di non ritrovarsi coinvolti, a causa sua, in situazioni sgradevoli. Comunque, appena Cicerone lasciò Roma, fu emanato uno specifico bando di esilio contro di lui, il suo patrimonio fu confiscato, la sua casa sul Palatino fu rasa al suolo e nel luogo in cui sorgeva fu eretto un sacrario dedicato alla *Libertas*. Quasi distrutte furono anche le altre ville di Cicerone a Formia e a Tusculum.

Clodio però nei diciotto mesi successivi alla partenza di Cicerone commise l'errore di insistere nelle sue scorribande. Roma era terrorizzata. Due sostenitori degli ottimati, Annio Milone e Publio Sestio, cominciavano a reclutare squadracce da opporre a quelle clodiane. A quel punto Pompeo fiutò nell'aria la voglia d'ordine. E si dette da fare per mandare il più efficace dei segnali a chi aspirava al ristabilimento della calma: fece sì che nell'estate del 57, dopo un anno e mezzo d'esilio a Tessalonica e a Durazzo, Cicerone ottenesse il permesso di tornare a Roma.

Il rientro fu trionfale. Cicerone fu accolto da folle osannanti, tenne due orazioni di ringraziamento al Senato e al popolo (*Post reditum in senatu*; *Post reditum ad Quirites*), mostrò la sua riconoscenza a Pompeo facendo approvare la proposta di affidargli per cinque anni un commissariato generale sugli approvvigionamenti, e pronunciò la *De domo*, passata poi alla storia come *Cicero pro domo sua*. Un discorso con il quale intendeva tracciare un bilancio dell'esilio e chiedere l'autorizzazione per ricostruire la sua casa sul Palatino. Ed è *La casa* di Cicerone che con una interessante introduzione di Emanuele Narducci è stata riproposta per un'originale revisione del rapporto ciceroniano con l'esilio, la politica e lo stoicismo.

L'esilio per Cicerone fu terribile. Non meno di quanto lo sarebbe stato in anni successivi per Ovidio e Seneca. Scrive David L. Stockton nella biografia dell'oratore: «L'effetto psicologico della condanna fu drammatico. Cicerone pensò di suicidarsi (o almeno così disse in seguito), si abbandonò ad una forma di autocommiserazione molto "latina", traboccante di emotività e di pianti disperati». Si lamentava per la disgrazia in cui aveva trascinato gli amici e la famiglia, rimproverava al suo amico Attico e agli altri di averlo «fatto precipitare» per non aver saputo dargli i consigli giusti; e non tardò a convincersi che avrebbe dovuto restare sulla breccia e combattere Clodio faccia a faccia. «Sopraffatto dalla disperazione e da un cupo pessimismo, non faceva che compiangersi, senza vedere le vere ragioni della sua rovina.» E Stockton così conclude: «Anche facendo le più ampie concessioni al comprensibile trauma e allo sgomento, si è costretti ad ammettere che in esilio Cicerone si comportò come un bambino petulante, emotivo e viziato. In alcune lettere si trovano espressioni non definibili altrimenti che "piagnistei"».

Un giudizio evidentemente ancora sotto l'influenza di quello di Theodor Mommsen. Quel Mommsen che alla metà del secolo scorso, nella sua fondamentale *Storia di Roma*, diede una valutazione – che ha fatto scuola – assai positiva su Cesare, descritto come grandissimo al di là dei suoi stessi meriti, e molto, molto negativa su Cicerone, dipinto alla stregua di un miserabile voltagabbana. Un vile che al tempo del consolato avrebbe tradito gli interessi del partito «democratico» e rinnovatore per mettersi al servizio della nobiltà e del Senato. «Egoista di vista corta», lo definì Mommsen. E ancora: «Superficiale e senza cuore», «impiastricciafogli», «giornalista nel peggior senso dell'espressione». In quegli stessi anni l'antichista francese Gaston Boissier, in un altro libro fondamentale, *Cicerone e i suoi amici*, tracciò un diverso e più benevolo ritratto dell'oratore nonché del suo moderatismo. Ma fu un altro studioso tedesco, Richard Heinze, che all'inizio del Novecento rimise ordine tra le valutazioni su Cicerone, evidenziando la continuità della sua ispirazione politica e restituendo equilibrio al giudizio sulla sua vita.

In Italia questa scuola ha avuto dei maestri in Ettore Lepore con il suo *Il «princeps» ciceroniano e gli ideali politici della tarda repubblica* del 1954, Emilio Gabba e Antonio La Penna. Tra gli allievi di quest'ultimo, uno dei più brillanti è proprio Emanuele Narducci che, in due libri di pregio (*Introduzione a Cicerone* e *Cicerone e l'eloquenza romana – Retorica e progetto culturale*), ha messo le fondamenta delle tesi esposte adesso nella prefazione a questa nuova edizione del *De domo*. Secondo Narducci l'orazione «è una rilettura dell'esperienza dell'esilio abilmente finalizzata alla ricostruzione della sua *auctoritas*, del suo prestigio e della sua complessiva immagine politica». È per questo che la depressione morale, la prostrazione e l'abbattimento che avevano contrassegnato il periodo dell'esilio vanno incontro ad una profonda trasfigurazione: «Nella *De domo* al pari che nelle precedenti orazioni *Post reditum*, la decisione di abbandonare Roma senza affrontare la lotta con Clodio è presentata non come dettata dall'angoscia e dalla consapevolezza del proprio isolamento politico, ma come il frutto di una scelta razionalmente ponderata».

Cicerone avrebbe insomma fondato con quella orazione una «retorica della rinuncia alla lotta» per il bene della patria. Una retorica che serviva a giustificare puri e semplici errori di valutazione come era stato probabilmente quello di lasciare libero il campo a Clodio. Ed era utile altresì per far perdonare atteggiamenti particolarmente lamentosi – del genere di quelli avuti dall'arpinate a Tessalonica e a Durazzo – ribaltandone il senso e volgendoli in positivo. Come se si fosse trattato di decisioni prese per evitare guai alla comunità. E di pianti destinati esclusivamente a dare l'esatta misura del costo di quelle decisioni. Anzi: Cicerone utilizzando questa retorica, con un artificioso capovolgimento, non cercava né giustificazione, né perdono per la scelta e i comportamenti dell'esilio. Bensì chiedeva per essi ai romani un solenne ringraziamento.

Questa «retorica della rinuncia alla lotta» non può, secondo Narducci, avere dietro di sé, come ha scritto la studiosa Jo-Marie Claassen, un'ispirazione stoica. Gli stoici vietavano all'oratore ogni manifestazione di passionalità e quindi l'esasperata insistenza di Cicerone sul proprio *dolor* sarebbe stata per uno stoico del tutto fuori luogo. Ancor più fuori luogo sarebbe stato il tono di quelle lettere dell'estate e dell'autunno del 58 in cui da parte dell'arpinate è netto il rifiuto di ogni forma di consolazione. E non improprio sarebbe stato perciò il rimprovero che Attico gli mosse di scarsa dignità nell'affrontare le avverse condizioni. Come può dirsi stoico quel Cicerone che con frequenza «ossessivamente martellante insiste sul fatto che l'esilio lo ha privato di beni di valore inestimabile – il prestigio politico, una vasta influenza, una vita sociale ricca e varia, le gioie della famiglia – tanto da fargli sentire cancellata la propria stessa identità»?

No, dice Narducci: «Se nella *De domo* avesse davvero inteso atteggiarsi a saggio stoico, Cicerone si sarebbe trovato costretto a ribaltare del tutto le opinioni che aveva espresso nell'epistolario dell'esilio: egli avrebbe dovuto, né più né meno, negare l'esistenza di qualsiasi bene esterno alla *virtus*, seguendo la via che batterà nelle *Tusculanae*». Viceversa nella *De domo*, «egli non ripudia affatto le proprie precedenti posizioni; ne offre, piuttosto, un'interpretazione che mette in risalto come la grandezza del suo sacrificio in favore della *res publica* vada commisurata sul carattere in tutto e per tutto reale – e non di opinione, o di mera parvenza – dei beni ai quali egli è stato costretto a rinunciare». In altre parole: «Se egli non avesse provato un *dolor* indicibile, se di fronte alla sventura avesse mostrato quella "imperturbabilità" della quale i suoi critici gli rimproveravano la mancanza, il suo merito nei confronti dello Stato sarebbe risultato non accresciuto, ma grandemente sminuito». Lungo questa via, Cicerone si distacca dal rigorismo stoicheggiante per avvicinarsi ad un'etica che, secondo Narducci, muove da posizioni scettiche e va ad accostarsi a morali più tolleranti.

E la guerra personale che lo opponeva al giovane ribelle? Clodio era ancora molto forte. Le sue bande fecero di tutto per impedire la ricostruzione della casa sul Palatino e nel 56 Cicerone dovette sventare un altro tentativo di usare la religione contro di lui. Alcune scosse di terremoto furono interpretate dagli aruspici come segno che i luoghi sacri erano stati profanati. Clodio disse che la colpa era di Cicerone il quale stava ricostruendo la sua casa su terra consacrata. Ma questi riuscì ad ottenere l'appoggio del Senato sostenendo che chi aveva offeso gli dei era stato proprio Clodio.

Il quale Clodio non si diede per vinto e continuò a far dilagare la sua violenza a Roma scontrandosi con le bande di Annio Milone, armate dal partito senatoriale. Ancora per quattro lunghissimi anni. Finché nel gennaio del 52 fu ucciso in uno scontro sulla via Appia: il suo cadavere fu dato alle fiamme al culmine di una giornata di tumulti e incendi. Quanto a Cicerone, seguitò ad opporsi a Clodio e quando questi fu trucidato difese, con convinzione ma senza successo, il suo assassino Milone. Di tutto ciò è rimasta, da parte di quel formidabile oratore una grande invenzione retorica: quella della «rinuncia alla lotta» per il bene della patria. Invenzione che consente di mettere a profitto anche la più bruciante delle sconfitte.

OVIDIO E LA LOTTA COPERTA AL REGIME AUGUSTEO

Nella Roma di duemila anni fa i *dies fasti* erano quei giorni nei quali il pretore poteva amministrare la giustizia. *Dies nefasti* erano, per contro, i giorni vietati all'attività giudiziaria. I *dies festi* comprendevano gli anniversari e le più importanti festività; i *dies religiosi* erano quelli delle ricorrenze sacre; i *dies profesti*, i più numerosi, erano i giorni per le attività lavorative. In origine i *dies fasti* che scandivano questo antico calendario, dovevano essere noti solo ai membri del Senato, nelle cui mani era il potere di renderli pubblici di volta in volta. Ma, per evitare che il popolo incorresse, senza volerlo, per semplice ignoranza, in infrazioni violando con attività lavorative giorni dedicati invece alle cerimonie e devozioni religiose, il Senato decise di deporre questo potere e di rendere pubblico tale calendario. Fu qui che alcuni scrittori colsero l'occasione per impegnarsi in libri celebrativi dedicati al racconto di miti e leggende che erano alla base delle ricorrenze. *I Fasti* di Publio Ovidio Nasone ripubblicati con una interessante introduzione di Luca Canali e un assai fine apparato critico di Marco

Fucecchi, è un libro di questo genere. Una sorta di almanacco ragionato con i miti al posto dei santi. Ma con una particolarità che da anni intriga tutti gli studiosi dell'età augustea.

La particolarità è legata all'incompiutezza dei *Fasti*. L'opera, ispirata con ogni evidenza agli *Aitia* di Callimaco, doveva consistere di dodici libri, uno per ogni mese dell'anno. Ma giunto al sesto, Ovidio fu mandato in esilio sul Mar Nero. Era l'8 d.C.; sulle rive del Mar Nero Ovidio rimase fino alla morte avvenuta approssimativamente nel 17. E per nove anni si dedicò alla scrittura di suppliche (le *Epistulae ex Ponto*, i *Tristia*) per ottenere che gli fosse concesso di tornare a Roma. Cosa c'è di misterioso in questo? Tutto. Dal motivo per cui il già celebratissimo autore dell'*Ars amatoria* e dei *Remedia amoris*, Ovidio appunto, decide di cambiar genere letterario, dapprima con le *Metamorfosi* e poi, ancora più radicalmente, con i *Fasti*. Alle vere cause per le quali, in un periodo di relativa quiete, proprio lui, uno scrittore politicamente non impegnato, viene mandato al confino. Ad alcune incongruenze, bizzarrie, vere e proprie stranezze contenute nei *Fasti*. A quella brusca, misteriosa interruzione in seguito alla quale la seconda metà dell'opera non vide mai la luce.

Effettivamente è rimasto inspiegato come mai dopo oltre mezzo secolo di guerra civile (dalla guerra sociale del 91 a.C. fino alla battaglia di Azio nel 31 a.C.) e un quarantennio di pace, sia stata comminata una pena così pesante proprio ad Ovidio. E che questa condanna, anzi, gli sia toccata mentre stava scrivendo un'opera, *I Fasti*, di impegno tradizionalista e di esplicito omaggio ad Augusto. Tutto questo perché, come ha scritto nella sua *Storia di Roma antica* Michael Grant, forse (un forse che è d'obbligo perché niente si sa in proposito se non quello che si desume da qualche coincidenza di tempi) Ovidio ebbe qualche legame con Giulia, la figlia di Ottaviano Augusto, che proprio in quell'8 d.C. fu anch'essa condannata all'esilio mentre il suo amante, sospettato di essere l'artefice di un complotto, veniva mandato a morte? No. Una eventuale connessione con quell'*affaire* può essere stata al più la causa occasionale della punizione di Ovidio. Ma non spiega l'intero caso che da secoli costituisce un brutto neo per l'aurea immagine dell'eta augustea. E allora?

Luca Canali, con l'aiuto dei documenti raccolti con grandissima cura da Fucecchi, avanza una sua ipotesi che si articola in tre punti. Primo: quello di Augusto, ancorché pieno di virtù, fu un vero e proprio regime (in un'altra sede Canali lo definisce una «dittatura militar burocratica»), e tra gli intellettuali privilegiava nettamente «un serio avversario convertito, a quel poeta [Ovidio] che sembrava allegramente disinteressarsi dell'attualità politica e si era sino ad allora dedicato esclusivamente alla poesia erotica e alla personale pratica di una sbrigliata sensualità». Tra gli scrittori, in altre parole, Augusto amava quelli che durante gli anni della guerra civile erano stati nemici suoi e prim'ancora di Cesare e che in seguito avevano dovuto conquistarsi la sua benevolenza da soli o passando attraverso l'amicizia di Virgilio e Mecenate: Tito Livio che l'imperatore apostrofava come «pompeiano» per quanto aveva simpatizzato per Cesare; Orazio che nel 42 a.C. aveva addirittura combattuto a Filippi al fianco di Bruto l'uccisore di Cesare; Properzio che si era trovato tra il 41 e il 40 a.C. nella battaglia di Perugia insieme ai seguaci di Antonio nel più sanguinoso scontro con gli uomini di Ottaviano; Tibullo che aveva fatto parte del circolo di Messalla. Tutti i grandi uomini di lettere dell'età augustea, tranne

Ovidio beninteso, erano dei vinti che avevano assaggiato le pene e gli incubi della disgrazia. E che proprio per questo erano ora in grado di dare il giusto peso alla grazia concessa dal nuovo padrone.

Secondo punto: nei primissimi anni dell'era cristiana il postmoderno, il quasi asiatizzante Ovidio si rende conto che i suoi comportamenti nonché i suoi moduli poetici producono insofferenza in un regime che è figlio dei conflitti precedenti. Un regime che, per legittimarsi oltreché consolidarsi, ritiene indispensabile essere fortemente impegnato in una guerra permanente di affermazione dei valori culturali delle origini della romanità. Ovidio, secondo Canali, avverte un rischio e, per prevenirlo, si dedica ai *Fasti*, impresa che, proprio perché imperniata sull'origine di riti e usanze antiche, secondo Fucecchi, «si può inquadrare bene nel programma di restaurazione morale voluto da Augusto al fine di rinsaldare il legame tra passato e presente della storia dell'Urbe». Come ben ha messo in evidenza qualche anno fa, nel '90, Augusto Fraschetti nella prefazione all'edizione francese dei *Fasti*, «scegliendo un soggetto come quello, Ovidio proclamava senza ambiguità la sua adesione globale al regime. Per sua propria natura, infatti, il nuovo calendario che sta alla base del progetto e del poema in cui celebrazioni tradizionali e nuove feste arrivavano ad intrecciarsi, non avrebbe potuto in alcun modo accogliere elementi o argomenti di fronda o di contestazione».

Ma invece, e siamo al terzo punto, Ovidio non rinuncia neanche nei *Fasti* a quella fronda e a quella contestazione, ancorché non esplicitamente politiche, che avevano sempre caratterizzato i suoi versi. Ovidio non si trattiene dal far spuntare qui e là il suo intento dissacrante, la sua ironia, il suo disprezzo per la ritualità augustea, sia pur provvedendo ad una sapiente opera di camuffamento e dissimulazione. Vuole in qualche modo salvare, nascosta tra le righe, la sua identità poetica. Evidentemente però le tecniche di dissimulazione non sono ben escogitate: le frecce avvelenate di Ovidio vengono individuate; quello che avrebbe dovuto essere un poema di autodifesa gli si ritorce contro e l'autore è espulso da Roma. A quel punto non c'è più nessuna utilità di portare a termine i *Fasti*. Meglio – anche se ormai inutile – dedicarsi dall'esilio alle suppliche di cui s'è detto prima, che non contenevano nessuna dose recondita di curaro e avrebbero potuto forse commuovere quell'*establishment* che però ormai gli era inesorabilmente ostile.

Ovidio insomma pagò per essere stato, come ha scritto nella sua fondamentale *Storia del mondo romano* Howard H. Scullard, un campione della «immoralità dell'alta società che Augusto tentava di moralizzare»; per aver sì provato ad inserirsi con i *Fasti* nel programma di restaurazione culturale, di revival di tradizioni culturali e valori morali dell'antica Roma intrapreso da Augusto; ma per aver cercato nello stesso tempo di salvare le proprie «dissonanze», giudicate dai suoi nemici come una prova della sua ostilità al regime.

Il poeta era più giovane degli altri principali scrittori dell'epoca. Al momento della battaglia di Azio con cui Ottaviano sconfisse Antonio e con la quale iniziò l'età augustea, Ovidio aveva dodici anni e non aveva vissuto dunque la lunga stagione della guerra civile. Perciò, a differenza di tutti i più importanti intellettuali più adulti di lui, non aveva un passato di irriducibile avversario da offrire ad Augusto come pegno di contrizione e pentimento; perdipiù il suo ribellismo erotico era sempre più sospettato di essere collegato al «nemico interno» da cui il regime si sentiva impegnato a difendersi.

Alessandro Barchiesi in un testo fondamentale, *Il poeta e il principe. Ovidio e il discorso augusteo*, ha spiegato alla perfezione questo concetto: finita da qualche decennio la guerra civile, a fronte del consolidarsi del regime di Ottaviano Augusto, «il ruolo del nemico esterno viene ereditato da un nuovo costrutto ideologico, il nemico "dentro" che ha a che fare con stili di vita e comportamenti combattuti dal principe». È possibile che questo «nemico interno» abbia cercato di nascondersi anche tra le pagine dei *Fasti*?

Già un grande latinista, Concetto Marchesi, aveva notato in quell'opera una «viziosa e disordinata disposizione della materia», «una trascuratezza di stile inconsueta a Ovidio». E un altro importante studioso della romanità, Antonio La Penna, sempre a proposito dei *Fasti*, aveva messo in luce l'evidentissimo «disagio» di Ovidio nei confronti di quell'arcaismo verso il quale, prima di doversi piegare all'ideologia augustea, aveva preso atteggiamenti critici, ironici e dissacranti. Il problema è appunto quello dei modelli arcaici tradizionali la cui conservazione, in età augustea, era ritenuta essenziale per provare alla comunità che il regime era solido e le guerre civili un ricordo ormai sempre più lontano. «La preoccupazione di conservare questi modelli arcaici», sottolinea La Penna, «fu particolarmente forte nel primo periodo augusteo, quello di Virgilio, in cui il ricordo del pericolo della catastrofe era ancora dominante; Ovidio ha incominciato a scrivere quando la pace e l'*otium* erano già consolidati e il bisogno di *cultus*, di una vita meno soffocante e più comoda, di grazia invece che di *gravitas*, era molto più diffuso.»

Analisi impeccabile. Ma forse se Ovidio avesse voluto esplicitamente cantare la grazia invece che la *gravitas* gli sarebbe stato più semplice restare ai temi amorosi che gli avevano dato meritatissima fama, anziché avventurarsi nella giungla di quell'arcaismo che gli era estraneo. Proprio perché, come ricorda Canali, è evidente che non gli era affatto congeniale scrivere un poema religioso e indossare i «panni di vate della sacralità latina», non è del tutto chiaro perché si sia avventurato in quell'impresa. E in certi momenti della sua opera questo mistero produce qualcosa di strano: non si capisce se Ovidio stia cantando le lodi della romanità o stia piuttosto prendendo deliberatamente in giro Augusto, la sua famiglia, la sua corte, la sua Roma.

L'excursus sui sacrifici di animali alle diverse divinità è, in qualche caso, addirittura imbarazzante per quanto si fa trasparente il dileggio alle istituzioni romane, lo sberleffo alla morale corrente. Il sacrificio della cerva a Diana è utilizzato da Ovidio per dire apertamente che a Roma non esistono più ragazze vergini; quello dell'asino di Sileno, per dilungarsi con toni tutt'altro che sacrali sull'erezione di Priapo vicino alla ninfa Lòtide che dorme. Per fare un complimento a Livia, la moglie di Augusto, la si descrive come degna per il letto di Giove: come è possibile, si sorprende Canali, che Ovidio non immaginasse che quel modo di trattare la moglie dell'imperatore «non sarebbe certo piaciuto alla più illustre coppia dell'impero, tanto più che Giove appare molto spesso invischiato in allegre e talora crudeli tresche amorose»? Domanda quanto mai pertinente. Che induce Canali a formulare l'ipotesi «che nella corte augustea siano stati proprio questi i motivi di malumore nei confronti del poeta, fino a creare intorno alla sua persona, oltre che alla sua opera, un clima di vera e propria irritazione, se non di ostilità».

Ma c'è di più. Qualche anno fa, nel 1992, gli studiosi anglosassoni Stephen Hinds e C.R. Phillips, in due relazioni distinte, si erano soffermati su queste stranezze dei *Fasti* di Ovidio. Il primo, Hinds, aveva ravvisato nel modo derisorio con il quale Ovidio parlava del fondatore di Roma, Romolo, un attacco «coperto» allo stesso Augusto: «Siamo negli anni del principato di Augusto più segnati dall'autoritarismo [...] nel libro II dei *Fasti* un'estesa e sistematica comparazione che Ovidio istituisce tra il *princeps* e il suo arcaico prototipo romano [...] sembra rivelare un piano nascosto». Quale sarebbe questo piano? Quello di attaccare Augusto nel mentre lo si loda, ridicolizzando il suo precursore Romolo. Cosicché tutti gli sberleffi al rozzo fondatore di Roma, colpiscono in realtà il suo successore che ha impegnato l'intera cultura della sua epoca a cantare le virtù dell'età arcaica. «Nella variazione sovversiva di Ovidio», si domanda Hinds, «quanto vale la lode del *princeps* [Augusto] una volta affiancata dalla denigrazione del prototipo ideologico scelto dal *princeps* stesso [Romolo]?»

E, per non dilungarci eccessivamente, ci limitiamo qui soltanto ad accennare all'altro saggio, quello di Phillips, in cui si mette in evidenza come Ovidio nei *Fasti* «stia consapevolmente opponendo tradizioni calendariali». Risultato: *I Fasti* di Ovidio nasconderebbero dietro l'apparenza di un poema scritto in omaggio al regime di Ottaviano Augusto, un'opera dissacrante in cui sono prese di mira la morale romana dell'epoca, la famiglia dell'imperatore, l'imperatore stesso e tutta l'ideologia augustea.

Ma il «piano nascosto» di cui parla Stephen Hinds e che Canali disvela, evidentemente non era sufficientemente «coperto», per stare alla terminologia di Hinds. Di qui la severità dell'imperatore, l'esilio di Ovidio e, svelato il mistero, oggi, duemila anni dopo, un nuovo spunto per studiare l'età augustea. Nonché il complicato rapporto che si venne a determinare, venti secoli fa, tra intellettuali e regime. O meglio, tra intellettuali che credevano di poter minare la credibilità di una dittatura usando tecniche di dissimulazione e un potere che in queste tecniche ritenne di aver individuato pericoli più grandi di quelli rappresentati da un'opposizione scoperta e frontale.

SENECA E LA DOPPIA MORALE

«Mi hai chiesto, Lucilio, perché mai, se l'universo è amministrato dalla provvidenza, molti mali capitano agli uomini buoni.» Sono le famosissime parole con cui si apre il breve trattato di Lucio Anneo Seneca su *La provvidenza*. Trattato oggi proposto ai lettori con un'elegante introduzione di Alfonso Traina e un saggio, altrettanto scintillante, di Ivano Dionigi. Il tema è antico come la storia della filosofia e delle religioni: «Perché i reprobi continuano a vivere e, invecchiando, diventano sempre più ricchi e gagliardi?», era una delle domande fondamentali del libro di Giobbe. Domanda che in duemila anni ha ricevuto risposte lungo due diverse direttrici: quella che ha il suo capostipite in Epicuro e che in sostanza nega ogni intervento della divinità nelle vicende umane, arrivando così a mettere in dubbio l'essenza stessa della provvidenza; e quella che invece parte dagli stoici – quasi sicuramente da Crisippo che scrisse nel III secolo a.C. un *De providentia* di cui ci sono rimasti però soltanto una decina di frammenti – per i quali, detto in estrema sintesi, l'esistenza del male è necessaria, anzi indispensabile a definire l'esistenza del bene. Seneca appartiene a questa seconda filiera. E il suo saggio è una vera e propria difesa degli dei, atta a scagionarli dall'accusa di non evitare il male ai buoni. Il vero male, per Seneca, è quello morale, estraneo per definizione al *vir bonus*; i cosiddetti mali, le sofferenze fisiche e psichiche sono solo inconvenienti o avversità «mandati», riassume Traina, «da Dio all'uomo per provarne la capacità di sopportazione ed esaltarne la forza morale». Di qui, come approfondisce poi Ivano Dionigi, un rapporto molto fruttuoso con ciò che negli anni e nei secoli successivi sarebbe confluito nel pensiero cristiano, in particolare quello di Agostino di Ippona per il quale la sofferenza mette alla prova la gratuità dell'amore umano nei confronti di Dio. E per quel che riguarda il dibattito filosofico le idee di Seneca influenzano tutta una serie di testi successivi. Fino ai *Saggi di Teodicea* di Leibniz (1710) cioè quegli scritti derivanti dalle conversazioni che il filosofo ebbe con Sofia Carlotta, regina di Prussia, nel giardino di Charlottenburg per educarla a rispondere alla «scandalosa» domanda di Bayle e prima ancora di Malebranche («Perché mai Dio ha voluto che piovesse abbondantemente sulla superficie degli oceani, mentre sui deserti dove una goccia d'acqua sarebbe tanto utile non piove mai?»).

Tutto ciò per dire che la discussione sviluppatasi attorno a questioni come quella apparentemente elementare posta nelle righe iniziali della *Provvidenza* di Seneca, ha davvero spaziato nell'arco dei secoli. Dalla filosofia alla letteratura: l'epicureo Lucrezio («Ma perché Giove lascia stare chi dovrebbe colpire o colpisce chi non lo merita?»), Dante, Stendhal che chiude così la questione: «Dio ha una sola scusa, che non esiste». Fino a Dostoevskij che fa dire ad Ivan Karamazov: «Se lo spettacolo dell'armonia cosmica deve pagarsi con la sofferenza dei bambini, io sono pronto a restituire il biglietto». E Camus: «Solo il sacrificio di Dio innocente poteva giustificare la lunga e universale tortura dell'innocenza». Oltre duemila anni trascorsi tornando sempre a quel punto di partenza che, poi, ogni essere umano conosce dentro di sé quando viene a contatto con dolori o comunque espressioni acute del male: «Ma se Dio esiste, perché capitano disgrazie terribili agli innocenti?». Per questo, nel leggere *La provvidenza*, l'attenzione va puntata non solo sulla densità delle risposte date a tali domande ma anche a come, quando, in che contesto la questione viene posta. Cosa che, per quel che riguarda Seneca, aggiunge qualche motivo d'interesse al suo famosissimo ancorché breve trattato.Vediamolo.

Seneca era nato in Spagna, a Cordova, qualche anno prima di Cristo, tra il 6 e il 2, da una famiglia facoltosa. Nel 31 aveva iniziato a Roma il suo *cursus honorum*; tra il 41 e il 49 durante il principato di Claudio aveva conosciuto l'esilio in Corsica; poi, per intercessione di Agrippina, era tornato a Roma come precettore di Nerone del quale sarebbe rimasto a fianco fino al 62. Per essere da lui costretto al suicidio tre anni dopo nel 65, in seguito alla scoperta della congiura di Calpurnio Pisone: morte che Seneca affrontò con stoica dignità e fu tramandata da una delle più emozionanti pagine di Tacito («Con un solo ferro e d'un solo colpo si taglia le vene delle braccia. [...] Poiché il corpo indebolito dall'età offriva un varco troppo lento al gocciolare del sangue, si fa recidere anche le vene delle gambe e dei ginocchi. [...] Domanda a Stazio Anneo di dargli il veleno. Glielo portano e beve, ma invano. Le membra ormai irrigidite e insensibili rendevano inefficace il tossico. Alla fine entrò in un bagno caldo spruzzando dell'acqua sugli schiavi che erano vicini, disse: "Offro questa libagione a Giove liberatore". Di là passò poi in un bagno di vapori ardenti e ne fu soffocato»).

Questa morte, unita alla profondità dei suoi scritti, precursori come s'è detto del pensiero cristiano – per oltre mille anni, prima che nel Rinascimento fosse dichiarato apocrifo, è stato ritenuto autentico un rapporto epistolare in quattordici lettere che il filosofo avrebbe intrattenuto con San Paolo prima che, anche lui, fosse mandato a morte da Nerone; cosicché San Girolamo non esitò ad annoverare Seneca tra gli scrittori ecclesiastici dei primi secoli – ha accresciuto il suo prestigio. La sua politica ispirata ai principi della salvaguardia dei diritti del Senato, della ricerca dei mezzi per impedire la degenerazione dispotica del regime e anzi per ricollocarlo nel solco della tradizione democratica, hanno dato poi a Seneca una fama più che meritata. Fama che dura ancora oggi: Seneca è l'intellettuale prestato alla politica che prova a mettere un freno al tiranno e che, quando vede persa la partita, si tira in disparte. Pronto a pagare con la vita la sua uscita dalle stanze del potere.

Inoltre, quanto più con il passare del tempo diventava di marmo lo stereotipo antineroniano, tanto più cresceva in contrapposizione il mito di Seneca. E in questa epoca in cui si è più volte riproposto il tema del rapporto tra principe e consigliere, tutti coloro che hanno scritto di lui, anche in tempi relativamente più recenti, da Concetto Marchesi a Italo Lana, da Pierre Grimal a Giovanni Reale, allo stesso Traina, ne hanno fatto un eroe. E sostanzialmente lo hanno assolto da ogni imputazione di doppiezza. Doppiezza? Sì, da qualche anno, ed è questa la novità, Seneca è accusato, sia pure solo tra le righe, proprio di doppiezza. Leggiamo cosa ha scritto di lui Luca Canali nella prefazione alle *Lettere a Lucilio*: «Malvisto da Caligola, esiliato da Claudio, richiamato da Agrippina, posto al vertice della gerarchia politica al fianco del giovinetto imperatore Nerone, prima del dissidio con lui e infine dell'ingiunzione di morte ricevuta durante la repressione della congiura di Pisone, egli sperimentò su di sé i rovesci della sorte, riemergendone ogni volta con una "macchia" e con un acquisto, un riconoscimento di fragilità, una richiesta di indulgenza, una esasperazione d'amore per la vita, un progressivo aumento della rassegnazione alla morte». Elegante ma fin troppo chiaro.

Ed eccoci al punto centrale che ha a che fare con la datazione del breve trattato sulla provvidenza. Fino ad oggi gli studiosi si erano divisi in due scuole: la prima lo voleva scritto negli anni dell'esilio in Corsica (41-49); la seconda dopo il ritiro di Seneca dalla politica attiva (62-65). Traina propende per quest'ultima tesi collocando così il saggio senechiano in un contesto di bilancio esistenziale. Un bilancio che doveva tener conto anche delle «macchie» di cui parla Canali. E sul quale oggi possiamo soffermarci più distesamente soprattutto perché si sono attenuati gli eccessi di demonizzazione nei confronti di Nerone (lo si può notare persino in quell'intelligente libretto sul figlio di Agrippina che Andrea Giardina ha scritto nel 1997 per gli studenti più giovani). E si è conseguentemente dissolta quell'aura gloriosa che impediva di guardare senza preconcetti alla figura di Seneca.

Già nel 1560 Gerolamo Cardano aveva scritto un *Elogio di Nerone* nel quale aveva provato a ribaltare, dal negativo al positivo, l'immagine dell'imperatore. Un grande imperatore, secondo Cardano, diffamato dagli scrittori: Tacito, un livido aristocratico; Svetonio, un professionista della diffamazione; Dione Cassio, uno sciatto ripetitore di luoghi comuni. Il Nerone di Cardano è invece «clemente, giusto, amante dei saggi, degli onesti, degli umili, appassionatamente attento all'interesse pubblico, mansueto, magnifico, geniale, maestro di eloquenza, grato, pio». Grande anche alla fine dei suoi giorni: «Abbandonato dai soldati disonesti e facinorosi, affrontò una morte degna di lui e del suo valore e, dandosi con coraggio la morte, dimostrò che non aveva mai avuto nulla da temere». Oggi Giardina, pur senza aderire piattamente al quadro tramandato da Cardano, offre un'immagine più equilibrata della figura di Nerone. Ricordando come per molto tempo, dopo la morte dell'imperatore, la gente comune si recò a deporre fiori sulla sua tomba: «Periodicamente vi veniva esposto il suo ritratto, a consolazione di chi lo aveva amato e lo rimpiangeva»; «Alcuni dei suoi modesti successori dichiararono inoltre di voler essere dei nuovi Neroni, ma non capivano che era impossibile imitare l'ammaliante eccentricità dell'imperatore scomparso, cosicché vennero soprannominati "Neronetti"»; «La fantasia popolare immaginò che Nerone non fosse veramente morto e che prima o poi sarebbe ritornato per riprendersi il trono». Scrive Giardina: «Nerone aveva dunque suscitato sentimenti contrastanti. Quelli negativi sono rimasti nella grande tradizione storiografica e più generalmente letteraria; quelli positivi appartenevano invece alla tradizione popolare, cioè a una memoria più evanescente e comunque destinata all'oblio».

Il ribaltamento del giudizio su Nerone non può non coinvolgere, per converso, anche il suo precettore: Seneca. Il quale Seneca sarebbe, a giudizio di Cardano, «uno pseudofilosofo, un traditore, un retore maligno e stupido, un ignorante, un chiacchierone, un oratore incapace, un uomo equivoco, bugiardo, un pessimo modello». E anche se nessuno (o quasi) farebbe suoi questi giudizi, si guarda ora al filosofo con maggiore equilibrio. Si riportano all'attenzione quelle righe in cui Agostino, nella *Città di Dio*, metteva in luce la sua contraddittorietà: «Venerava ciò che criticava, praticava ciò che accusava, e ciò che condannava adorava». E l'attenzione degli studiosi si sofferma su momenti della vita del politico-filosofo che, senza nulla togliere ai meriti di cui si è detto, appaiono controversi. Vediamoli da vicino. La vita pubblica di Seneca iniziata nel 31, ha avuto a che fare con tutti gli imperatori della famiglia giulio-claudia: Tiberio (14-37), Caligola (37-41), Claudio (41-54) e Nerone (54-68). Con Tiberio, Seneca ancora trentenne non ha conflitti. Ma con Caligola sì: nel 39 una sua brillante allocuzione al Senato gli costa addirittura la condanna a morte da parte dell'imperatore che poi lo grazia, secondo Dione Cassio, «su consiglio che gli aveva dato una sua amante, la quale gli disse che Seneca era malato e che non avrebbe tardato a morire per conto suo». Strana storia questa della condanna a morte per gelosia oratoria da parte dell'imperatore. Gli estimatori di Seneca (Marchesi, ad esempio) hanno sempre ipotizzato che Caligola gli volesse far pagare d'aver parlato «troppo liberamente» per difendere la dignità del Senato. Può darsi.

Certo è che appena due anni dopo, nel 41, scopriamo che Seneca è in un rapporto molto stretto con Giulia Livilla, la sorella di Caligola, al centro del complotto che depone Caligola stesso. Il colpo di palazzo è ordito da Annio Viniciano per spianare la strada al marito di Giulia Livilla. Ma sale al potere invece Claudio, lo zio di Caligola e Giulia Livilla. E quando quest'ultima prova a entrare nelle grazie del nuovo imperatore, la moglie di questi, Messalina, fa arrestare lei e tutti i suoi sodali fra cui Seneca che è esiliato in Corsica. Ecco dunque una macchia: Seneca non era, diciamo così, estraneo agli intrighi di corte.

Poi, in esilio, si ha un altro discutibile episodio nella vita del filosofo. Per ottenere la grazia scrive la *Consolazione a Polibio*, un'implorazione di clemenza all'imperatore Claudio con punte di adulazione tali che perfino per il suo grande estimatore Concetto Marchesi gettano «una triste ombra sull'autore». Il quale autore, incrudelirà Reale, «si abbassa in non pochi punti a livello di vero cortigiano». Inutilmente per di più. Ché, fino a quando nel 48 non sarà uccisa Messalina e Claudio non sposerà l'altra sorella di Caligola (e di Giulia Livilla), Agrippina, Seneca dovrà restare in esilio. Poi però Agrippina lo chiamerà a fare da istitutore al suo figlio di primo letto, Nerone, di cui resterà al fianco quando questi, emarginato il figlio di Claudio, Britannico, e sposatane la figlia Ottavia (nonché avvelenato lo stesso Claudio), nel 54 diventa imperatore. E anzi gli scriverà il discorso per il Senato, un impeccabile elogio di quel Claudio da cui Seneca era stato perseguitato e che Nerone con la complicità dello stesso Seneca aveva assassinato. Di Claudio però, passato qualche tempo, Seneca si prenderà gioco con il libretto ridicolizzante *Apokolokyntosis*. Doppiezza? Anche tenuto conto delle circostanze attenuanti, a questa domanda non si può rispondere che affermativamente.

E ancora: divenuto imperatore, Nerone trascura la moglie Ottavia per la liberta Atte. Agrippina è contraria a quell'amore. Seneca favorisce invece Nerone. E fin qui niente di riprovevole. Ma Agrippina minaccia Nerone: porterà sul trono il vero figlio di Claudio, Britannico. Nerone per tutta risposta fa uccidere Britannico. E Seneca? Diciamo che non risulta nessun atto di dissociazione dall'omicidio. Né suo, né da parte di Afranio Burro che con lui tiene le redini del potere. Anzi Seneca e Burro accettano da Nerone i doni derivati dalla spartizione dei beni di Britannico. Ennesima macchia.

Nel 58 poi è la volta del processo che lo vede in causa con un personaggio losco e corrotto, Publio Suilio, che già nel 41 aveva dato una mano a Messalina per farlo esiliare in Corsica. Niente si può dire a discarico di Suilio. Ma l'immagine di Seneca esce da quel processo notevolmente scalfita: il filosofo si rivela un uomo abbassatosi ai più turpi compromessi da cui aveva tratto profitti, anche economici, inimmaginabili. Al punto che persino Tacito commentò con amarezza quel dibattimento. E siamo nel 59 all'uccisione di Agrippina, colei che dieci anni prima aveva strappato il filosofo all'esilio. Un delitto al quale Seneca, si può dire con un eufemismo, non poté essere estraneo: e lo stesso vale per altri misfatti neroniani fino alla misteriosa morte di Burro nel 62. Seneca fa appena in tempo a ritirarsi per non essere coinvolto nell'incendio di Roma e la grande persecuzione dei cristiani del 64. Ma è probabile che a fargli decidere per l'allontanamento dal potere, dove fu sostituito dal turpe Tigellino, più che un libero convincimento sia stata l'ascesa della nuova moglie di Nerone, Poppea; la quale Poppea mostrò subito di voler ripercorrere le orme della grande nemica di Seneca, Messalina, e come primo atto si fece portare la testa della precedente consorte del despota, Ottavia. Cosa che mise in allarme Roma tutta. E convinse definitivamente Seneca che era giunto il momento di trarsi in disparte.

È questo, dunque, il passato che è sulle spalle di Seneca mentre scrive il *De providentia*. E, anche se ovviamente nel libretto non ve ne è cenno, sono questi, o quanto meno anche questi, i mali all'origine dei quali si cerca di misurare la responsabilità degli dei. E il male dei mali è forse individuabile in quel cinismo autoindulgente di cui dà prova l'uomo di studi e di lettere che si accinge alla politica per conto di un altro, detentore quest'altro della forza e dei veri poteri. La storia è sempre la stessa: inganni, traballanti giustificazioni delle proprie complicità, contorsionismi e alla fine l'inevitabile sconfitta delle buone idee ed il trionfo, appunto, di chi ha la forza e il vero potere. E per l'intellettuale resta solo, se ha fortuna, qualche anno di studi sul senso profondo della provvidenza.

LA FINE DELLE CROCIATE E LA NASCITA DI UNA DOTTRINA POLITICA

A dispetto di studi sempre più approfonditi e raffinati, l'immagine delle Crociate è ancora ipertradizionale. Né è riuscita a modificarla quest'epoca di celebrazioni e convegni in occasione del novecentesimo anniversario della prima spedizione in Terrasanta, ricorrenza che si estende lungo tre anni dovendo coprire il periodo che va dalla partenza di Goffredo di Buglione nel 1096 alla conquista di Gerusalemme nel 1099. Anzi. Il fatto che per l'occasione siano pubblicati o ripubblicati libri, spesso datati, sulle Crociate, ha semmai consolidato l'immagine di sempre. Ed è per reagire a questa mancanza di apertura e di innovazione nel modo di guardare a quella remota epopea, che nell'estate del '98, Franco Cardini, uno dei migliori medievisti italiani, ha portato allo scoperto la questione nel mondo cattolico criticando duramente dalle colonne di «Avvenire» la riedizione della *Storia delle Crociate* di René Grousset. Cardini imputa alla pubblicazione di essere carente quantomeno di una introduzione dalla quale il lettore possa apprendere che si tratta di un vecchio libro (l'autore è morto quasi mezzo secolo fa). E dalla quale lo stesso lettore possa altresì sapere che, per giunta, il volumetto è il sunto di un'opera molto più completa, in tre tomi, l'*Histoire des Croisades* che Grousset scrisse a metà degli anni Trenta. Ma, oltre a questo, lo studioso accusa il libro in sé di riaffermare un modo di leggere il movimento e l'idea stessa di Crociata alla stregua di «una serie di esperimenti e di campagne militari, in una prospettiva che purtroppo è ancora viva e diffusa». Prospettiva che «più che inutile appare dannosa e che [...] lascerà intatti i vecchi pregiudizi».

A risarcimento almeno parziale di questa più che giustificata protesta di parte cattolica, è pubblicato dal Mulino un libro di Paolo Evangelisti, *Fidenzio da Padova e la letteratura crociato-missionaria minoritica*, destinato ad essere il fiore all'occhiello di una tra le più serie istituzioni culturali laiche del nostro paese, l'Istituto italiano per gli studi storici di Napoli, fondato da Benedetto Croce e che può essere ancora considerato, grazie all'abnegazione degli eredi, all'altezza del nome del filosofo. Intrigante sottotitolo di questo libro: *Strategie e modelli francescani per il dominio (XIII-XV sec.)*. Intrigante perché mette assieme due termini almeno apparentemente contradditorii: «francescano» e «dominio». Cos'ha da spartire il concetto di «dominio» con la «regola» del poverello d'Assisi e dei suoi seguaci? In che senso i minoriti, gli appartenenti all'ordine dei frati minori francescani, ebbero a che fare con tecniche di conseguimento e accrescimento del potere? Il saggio di Evangelisti affronta proprio tali questioni.

Si tratta di uno studio interessantissimo sul *Liber recuperationis Terre Sancte*, un testo commissionato al francescano Fidenzio da Padova da papa Gregorio X nel 1274, all'epoca del secondo concilio di Lione, e consegnato a un altro papa, Niccolò IV, sedici anni dopo, nel 1290. Siamo nella fase conclusiva dei due secoli di Crociate in Terrasanta, al momento della caduta di San Giovanni d'Acri (1291) quando i mamelucchi guidati dal sultano al-Ashraf Kalil posero fine al Regno di Gerusalemme, con una tale devastazione della regione che, anche per la memoria di ciò che accadde in quei giorni, di crociati da quelle parti non se ne sarebbero visti mai più. Fu a ridosso di quest'episodio che cominciò a fiorire una trattatistica che cercava di spiegare il perché del fallimento delle Crociate (anche se, quando Fidenzio scriveva, San Giovanni d'Acri non era ancora caduta, si può dire che la fine di quell'epopea fosse già nell'aria) e dava indicazioni su come impostare in maniera più appropriata il «recupero della Terrasanta». Trattati fra i quali il *Liber* di Fidenzio è sicuramente uno dei primi. In tutti i sensi. Dopo il suo verranno quelli di Galvano da Levanto, Carlo d'Angiò, Ramón Lull, Pierre Dubois, Marin Sanudo il Vecchio, Guglielmo di Nogaret. Fino ad oggi, però, i grandi storici delle Crociate, come Steven Runciman, avevano guardato al *Liber* come a uno di quei testi che aiutano, più che altro, a capire la disfatta delle spedizioni per la liberazione del Santo Sepolcro. Merito di Evangelisti è invece quello di aver messo in evidenza la ricchezza di quel testo. E l'albero nato dal seme di quella lontana relazione al pontefice su un imminente disastro. In altre parole: il libro di quel francescano del tardo Duecento serve sì a comprendere come finì la stagione delle Crociate, ma ancor più a conoscere come nacquero e furono definite impostazioni etico-politiche, appunto di «dominio», fondamentali per i secoli successivi.

Il *Liber* è costituito da novantaquattro capitoli di cui oltre venti mirano a definire le figure ottimali del leader (*dux*) e degli uomini (*pugiles Christi*) che potrebbero rendere vincente una Crociata. Impresa che, è chiaro fin dal titolo del libro, dev'essere finalizzata alla conquista, non già dei soli Luoghi Santi, bensì di tutta l'immensa regione che va dai confini della Tunisia o dell'Egitto alla Siria e all'Eufrate. Fidenzio – che era stato per anni vicario della provincia di Terrasanta, conosceva alla perfezione l'arabo, il Corano e aveva frequentato il sultano oltreché l'esercito nemico – propone un'organizzazione militare che, a differenza di quella che aveva conosciuto, doveva assomigliare il più possibile per coesione interna e unicità di guida a quella dei mamelucchi. Mamelucchi i quali avrebbero dovuto essere piegati prim'ancora che sul campo di battaglia da una strategia impostata, in modo assai innovativo, sul blocco delle navi che commerciavano con il sultanato. «La proposta operativa del suo piano», riassume Evangelisti, «si concretizza in un'azione di riconquista militare combinata per mare e per terra, che è però considerata solo come ultima *ratio* di una serie di pressioni sull'Infedele compiute attraverso operazioni economico-commerciali, quali l'embargo e l'attivazione di una politica diplomatica internazionale per stringere alleanze con i nemici dell'Egitto. [...] L'idea dell'embargo applicato ai danni dell'Egitto, ricorrendo al blocco navale del Mediterraneo orientale, è così solo un tassello, anche se il più importante e innovativo di un'ipotesi pragmatica di azione molto complessa.» Cosicché la battaglia, il combattimento finiscono sullo sfondo e sale sul proscenio la tecnica politica.

E quali sono questi nemici dell'Egitto con i quali Fidenzio suggerisce di stringere alleanze? Il re dei tartari (il khan persiano) e quello della Piccola Armenia, i cristiani orientali non greci, persino i mongoli che «costituirebbero un vero cuscinetto, un'interposizione politico-militare tra saraceni e cristiani, nonché un fattore di evidente interferenza nel sempre più compatto dominio territoriale afro-asiatico mamelucco». È importante sottolineare ancora come la guerra combattuta, lo scontro mortale, l'*effusio sanguinis*, anche il martirio sono viste alla stregua di qualcosa da evitare. Almeno fino a quando non si troveranno definitivamente ostruite tutte le «vie pacifiche». Anche quelle percorribili con una notevole dose di spregiudicatezza.

Quest'invito a battere gli infedeli alleandosi con altri infedeli ha dietro di sé mezzo secolo di esperienze asiatiche proprio dei francescani. Esperienze in base alle quali, come ricorda Evangelisti, i francescani del Duecento «ottengono vitalizi da parte del khan, non certo cristiano, fino a riuscire a insediarsi entro la stessa corte di Kambaliq (Pechino), ove ebbero anche la possibilità di costruire e amministrare edifici di culto». Dopo il 1245, l'anno del primo concilio di Lione, quando Giovanni da Pian del Carpine viene inviato dal pontefice Innocenzo IV come legato papale *ad tartaros* e soprattutto verso la fine del Duecento quando si moltiplicano le missioni ad Oriente, fiorisce una letteratura di *epistolae* e *relationes* di vescovi ambasciatori francescani in Asia. Da questa documentazione emerge con chiarezza la capacità fracescana di operare, all'indomani delle invasioni mongole che avevano seminato il terrore in Europa, in terre decisamente ostili al cristianesimo riuscendo a volgere a proprio vantaggio il contatto con quei nemici lontani. Come? Con l'adozione di tecniche di dominio elaborate sulla base dell'esperienza religiosa. Il francescano, scrive Evangelisti, «è attento alla costruzione e alla diffusione della propria immagine secondo uno schema di *humilitas* potente, dunque di chi, in virtù di uno statuto pauperistico volontario, è riuscito ad accedere alle massime sfere del potere più inaccessibile, quello del nemico».

E in Terrasanta Fidenzio farà tesoro di quell'esperienza. Anche qui l'*humilitas* sarà una chiave di volta della costruzione dell'immagine del condottiero. Assieme alla capacità di mettere in ginocchio il nemico senza ricorrere, o ricorrendo il meno possibile, al sacrificio di vite umane. Fidenzio analizza con grande scrupolo le fonti di guadagno dei musulmani rappresentate dai proventi dei commerci con i cristiani e propone, come s'è detto, l'embargo per por fine ad un traffico che porta ricchezze e materie prime fondamentali indispensabili all'esercito del sultano. Blocco che dovrà interrompere anche il mercato degli schiavi che una volta in Egitto vengono convertiti all'Islam, addestrati alle attività militari e diventano i migliori cavalieri dell'esercito mamelucco, per salire in molti casi tra gli alti gradi del comando o addirittura nella linea di successione del sultano. Ma il suo trattato mette altresì in evidenza una grande quantità di occasioni che offrono il destro di procedere alla conquista della Terrasanta senza versare una goccia di sangue. Salvo poi riservare l'uso della forza – a consolidare la quale dovranno essere la leva obbligatoria e forme di autofinanziamento locali che in quanto tali sollevino da gravami la madrepatria – al mantenimento della pace e dell'ordine, una volta conquistata la regione.

Molto importante appare la «laicità» con la quale Fidenzio guarda alla missione crociata. Il problema è quello dell'efficienza militare, e l'essersi votati alla liberazione del Santo Sepolcro non è certo garanzia di affidabilità in questo senso. A Fidenzio non importa alcunché del martirio salvifico del *miles Christi*: «il trionfo», osserva Evangelisti, «è un fatto che si misura concretamente non sull'eroismo, sull'immolarsi, sulla logica del martirio del crociato e della sua mitologia diffusa nelle cronache in Occidente». «Vero cristiano» è colui che sa raggiungere lo scopo, la conquista e il mantenimento della Terrasanta, con una grande flessibilità operativa. «Chi non sa gestire il denaro, il blocco economico, l'effettiva applicazione dell'embargo commerciale (già più volte inutilmente promosso e sanzionato dal papa), la politica demografica, non è un vero crociato, anzi letteralmente nemmeno un *verus Christianus*». Fidenzio, ogni volta che si ipotizza una situazione militare in cui alla resa c'è un'alternativa praticabile, meglio se economica, bolla come «insipiente» il crociato che la rifiuta. E «insipiente» è anche il *pugil Christi* che non sa assumere tempestive decisioni diplomatico-militari. Scrive Evangelisti: «Il martirio è dunque un'*extrema ratio* che nel *Liber* non è operativamente contemplata. Solo per senso di appartenenza – per dovere apologetico si direbbe – Fidenzio cita ed esalta il martirio dei frati e di alcuni *milites* in una situazione in cui non era stato possibile praticare un'alternativa monetaria o militare alla resa: in quest'ultimo caso, avendo dinanzi solo la conversione forzata, essi giustamente la rifiutarono scegliendo la morte».

Fin qui si potrebbe pensare che questo testo rappresenti un punto di passaggio dalla letteratura che accompagnò la fase alta delle Crociate ai testi della stagione che seguì la definitiva sconfitta. Una trattatistica quest'ultima, politicamente molto moderna ma che nei confronti della religione conservava soltanto ciò che era imposto da obblighi lessical-formali. Del tipo di quelli che sarebbe naturale individuare nell'interrelazione tra l'estensore di un testo come il *Liber*, un vicario, e il committente, il pontefice. E invece la parte più importante dello studio di Evangelisti è proprio quella in cui, sulla base dell'esame della modificazione del senso di alcune parole-chiave (*humilitas* come abbiamo visto, ma anche *paupertas*, *oboedientia*, *caritas*, *sobrietas*, *sollicitudo*), dimostra come l'opera di Fidenzio da Padova sia imperniata su una elaborazione prettamente francescana e come tale elaborazione abbia inciso profondamente sulle strategie politiche di dominio dei secoli successivi. In polemica con un altro studioso delle Crociate, Ludovico Gatto, che, trascurato il testo di Fidenzio, aveva prestato maggior attenzione al *De recuperatione Terre Sancte* di quel Pierre Dubois che abbiamo citato all'inizio, Evangelisti sostiene che «la produzione francescana crociata duecentesca patisce di una sottostima per quanto attiene al suo contributo non solo di proposte operative, ma di metodologie, di approcci politici ed economici al problema della riconquista e dell'organizzazione del potere». Ma come dimostrare che l'albero di Fidenzio abbia dato dei frutti?

Per trovare proprio uno di questi frutti, Evangelisti compie un salto di oltre un secolo e mezzo e si sposta a quel che accadde a metà del Quattrocento nell'Europa centrale. Qui il francescano Giovanni da Capistrano, dopo aver coordinato, su incarico dei papi Niccolò V e Callisto III, una grande operazione inquisitoriale contro gli eretici in Germania e Ungheria, si trasferisce a Belgrado per dar man forte all'esercito del reggente Giovanni d'Ungheria in lotta con i turchi. Siamo nel 1456 e anche l'impresa di Giovanni da Capistrano, per essere una guerra contro gli infedeli, passerà alla storia come una Crociata. Vittoriosa, questa volta. Attingendo dal resoconto dell'impresa di un compagno d'armi del Capistrano, il francescano Giovanni da Tagliacozzo, Evangelisti dimostra come il modello elaborato da quell'altro francescano alla fine del Duecento, trovi applicazione e si dispieghi in tutta la sua potenza. Capistrano è in tutto e per tutto quel *dux* che, ai tempi dell'ultima Crociata di Terrasanta, Fidenzio aveva descritto come l'unico che avrebbe potuto guidare l'impresa al successo, ad un duraturo successo. E che, dopo decine d'anni nei quali la parte più intima di quella sua strategia francescana aveva trovato applicazioni in ogni landa del mondo fino ad allora scoperto, aveva portato a compimento proprio il progetto di Fidenzio. Attraverso la cronaca dell'impresa di Capistrano, si può seguire l'impegno del *dux*, scrive Evangelisti, «non solo come predicatore e promotore della Crociata che [Capistrano] coordinerà personalmente nelle stesse azioni belliche, ma anche come attento e abile tessitore dei rapporti politici con Giovanni, reggente d'Ungheria». E il tutto sarà coronato da successo proprio perché sarà stato concepito e guidato da un condottiero, un *dux*, d'ispirazione fidenziana.

Lo si capisce ancora meglio da un particolare: Capistrano si trova a difendere il regno e il reggente d'Ungheria anche dalle insidie dei nobili baroni che prima non partecipano alla Crociata contro i turchi salvo poi, dopo la vittoria, reclamare ugualmente i loro diritti. E Capistrano che aveva portato all'apice il suo potere carismatico «anche attraverso strategie di costruzione e diffusione di una sua *humilitas* chiaramente funzionale alla legittimazione della propria figura dominativa, ma soprattutto al potenziamento del suo ascendente sul "popolo"», fa un passo indietro. È il suo capolavoro politico. Per aiutare il reggente d'Ungheria a fronteggiare i nobili ed evitare di offrire a questi ultimi un pretesto di ribellione, Capistrano scioglie l'esercito crociato e decide di dare una nuova prova di umiltà abbandonando il proprio ruolo di *capitaneus*, «rinunciando al suo potere e reinvestendo pubblicamente di tutta la sua autorità Giovanni d'Ungheria». Capistrano, sottolinea Evangelisti, «è costretto a spogliarsi di un potere carismatico-dominativo talmente forte da essere ormai pericolosamente alternativo a quello legittimo». Con il che, però, la sua figura risulta ancor più accresciuta. E la stabilità assicurata.

Scopriamo così una tra le più sottili riflessioni sulla conquista e il mantenimento del potere là dove meno ce lo saremmo aspettato, tra quei religiosi dell'ordine francescano ai quali il Santo aveva assegnato la regola del Vangelo per la predicazione itinerante dei valori etici cristiani, la vita in assoluta povertà, il servizio ai sacerdoti e ai fedeli (lo stato di «minorità»). Lì, proprio negli scritti di francescani su imprese di altri francescani, troviamo spiegato come lungo le vie dell'umiltà e di altre virtù caritative si possa raggiungere il traguardo della politica: il «dominio». A patto che, beninteso, percorsi e traguardo siano quelli di una grande e ispirata politica.

CRISTIANI, MUSULMANI E LA CONTROVERSIA SULLE GUERRE SANTE

Novecento anni dopo le Crociate il nostro mondo è di nuovo alle prese con gli eredi del Saladino. Samuel P. Huntington con *Lo scontro delle civiltà e il nuovo ordine mondiale* è l'autore che meglio ci ha guidati lungo le «linee di faglia tra civiltà» su cui si possono sviluppare i conflitti del terzo millennio. Secondo Huntington, stimolato dal processo di modernizzazione, il quadro politico mondiale sta attraversando un processo di ridefinizione culturale. Popoli e paesi di uguale cultura tendono sempre più ad avvicinarsi, mentre popoli e paesi di diversa cultura tendono ad allontanarsi. Gli schieramenti nati dal credo ideologico e politico delle due superpotenze stanno cedendo il passo a schieramenti determinati da concetti quali cultura e civiltà. Sempre più spesso i confini politici vengono ridisegnati in modo da ricalcare quelli culturali. Le alleanze tra paesi culturalmente affini stanno sostituendo i blocchi prodotti dalla Guerra fredda e le linee di faglia tra civiltà stanno diventando i principali punti di conflitto dello scacchiere internazionale.

«In un'epoca di divisioni tra civiltà», scrive Huntington, «la Bosnia è la Spagna di tutti. La guerra civile spagnola fu un conflitto tra sistemi politici e ideologie; la guerra bosniaca è stata una guerra tra civiltà e religioni. Democratici, comunisti e fascisti andarono in Spagna per combattere a fianco dei rispettivi compagni di ideologia, e i governi democratici, comunisti e soprattutto fascisti fornirono tutti il loro aiuto. La guerra jugoslava ha visto una uguale massiccia mobilitazione di aiuto esterno da parte di cristiani occidentali, cristiani ortodossi e musulmani in difesa dei rispettivi compagni di civiltà. Tutte le principali potenze del mondo ortodosso, di quello islamico e di quello occidentale ne sono state coinvolte. Dopo quattro anni di lotta, la guerra spagnola terminò con la vittoria delle forze franchiste. Le guerre tra le comunità religiose dei Balcani possono affievolirsi e persino cessare per un po', ma è improbabile che qualcuno riesca ad ottenere una vittoria decisiva e un conflitto senza vittoria è un conflitto non concluso. La guerra civile spagnola fu un preludio alla Seconda guerra mondiale. La guerra bosniaca è un ulteriore episodio di sangue in un interminabile scontro di civiltà.»

Huntington suggerisce all'Occidente di restare unito: «Nello scontro di civiltà in atto, Europa e America sono destinate a restare unite o a perire». E aggiunge: «Nell'epoca che ci apprestiamo a vivere, gli scontri di civiltà rappresentano la più grave minaccia alla pace mondiale e un ordine internazionale basato sulle civiltà è la migliore protezione dal pericolo di una guerra mondiale».

Perché tutta questa paura dell'Islam? Davvero la lezione di Maometto, l'insegnamento coranico e la guerra santa, la *jihad*, minacciano di per sé la sicurezza dell'Occidente e del mondo intero? Dobbiamo temere anche in questo passaggio di millennio che divampi la guerra di Dio? Peter Partner ne *Il Dio degli eserciti*, risponde di no alle ultime due domande e, pur tra mille sfumature, tratta alla stregua di superstizione lo spirito che permea la prima. Partner, del quale i lettori di «Observer» ed «Economist» conoscono da anni gli scritti sul Medio Oriente, si candida con questo testo a leader di quella corrente che nel mondo anglosassone, smaltiti i postumi della guerra del Golfo, si impone di relativizzzare il rischio islamico. Altro libro molto originale che si rifà a questa linea di pensiero è *L'Islam laico* di Olivier Carré. Infine, altro testo base per chi voglia conoscere i punti fondamentali di questo modo di guardare ai musulmani è *Il Medio Oriente – Duemila anni di storia* di Bernard Lewis.

Ma torniamo a Partner. A suo giudizio, è assurda l'immagine dell'Islam come «unità culturale che non può fare a meno di evitare una perenne conflittualità con altre unità culturali»: «la permanente situazione di crisi politica in Medio Oriente e l'occasionale suo dilagare altrove sotto forma di atti terroristici», lamenta, «hanno fatto sì che piccole minoranze di disperati, in varie parti del mondo islamico, venissero ritenute dai più caratteristiche di una minacciosa corrente terroristica teocratica, a sua volta ampiamente rappresentativa, in qualche modo, di una religione e delle popolazioni che la professano». E invece, a suo avviso, non è così.

La tesi del *Dio degli eserciti* è che la guerra santa ha radici in tutte e tre le religioni monoteistiche («anche se nel cristianesimo e nell'ebraismo ci furono determinati fattori che portarono per lunghissimi periodi al suo accantonamento»). E che, pur essendo doveroso prendere atto di come «nell'Islam, gli albori della fede furono così intimamente collegati alla guerra santa che per molto tempo la si praticò, se non su tutto il territorio, almeno su tutte le frontiere islamiche», la *jihad*, quella che alla lettera è «lo sforzo intrapreso sulla via di Allah», pur essendo un dovere per tutti i fedeli, va intesa come una forma di impegno spirituale in un'accezione «completamente non militare, bensì morale».

Quanto alla storia, maccabei e Crociate sono lì a dimostrare che i grandi conflitti hanno sempre radici nella «guerra santa». E quindi non si può considerare la «guerra santa» come una componente degli attuali conflitti solo nel caso musulmano; basta aprire bene gli occhi che ci possiamo accorgere di come «il movimento delle Crociate abbia avuto una persistenza postuma molto più prolungata di quanto generalmente si pensi» e come «certi atteggiamenti mentali cristiani, ritenuti da tempo sepolti, siano in grado di esercitare, sulla nostra visione delle cose, un'influenza maggiore di quanto immaginiamo».

Il bersaglio evidente di Partner e dei suoi seguaci, è Samuel P. Huntington. In particolare un saggio di Huntington, *The Clash of Civilizations*, pubblicato nel 1993 da «Foreign Affairs», che è considerato un testo base da coloro che sono sensibili all'«allarme Islam». Partner accusa Huntington, irridendolo, di aver formulato «profezie non dissimili da quelle del tardo Medioevo secondo le quali i giganti religiosi verranno a battaglia per disputarsi il mondo e gli Stati "confuciano islamici" sfideranno l'Occidente». Per poi lamentare il fatto che «questa specie di pastrocchio oracolare ottenga un ascolto di tutto rispetto negli Stati Uniti». E rivolgere l'accusa, a dire il vero non nuova, secondo cui questo genere di teorie «mirano chiaramente ad influenzare la politica del Dipartimento di Stato americano». Concludendo rabbiosamente con un «speriamo che i politici siano più realisti di un consigliere come Huntington».

In tema di guerra santa, dunque, secondo gli avversari di Huntington nessun dito deve essere puntato contro l'Islam. Tanto più che la storia, sottolinea Partner, ci insegna che caratteri di guerra santa si ritrovano tra gli assiri di Sennacherib, poi tra i greci alla guerra di Troia e soprattutto tra i maccabei, in particolare nella rivolta del 165 a.C. contro la dominazione dei Seleucidi in Palestina. Anche se, per essere una guerra santa, quella non fu, nella forma, particolarmente «purista» dal momento che quando un gruppo di ebrei ribelli, in osservanza del sabato, rifiutarono di combattere e vennero sorpresi e massacrati dai nemici, i maccabei subito annunciarono che avrebbero combattuto anche in quel giorno. E Giuda Maccabeo strinse un patto d'alleanza con Roma valorizzando l'aiuto militare dei «miscredenti», ponendo le basi di quella che dopo il 63 a.C. (conquista di Gerusalemme) sarebbe stata la dominazione romana. Contro la quale si sarebbe sviluppata una guerriglia (anche questa secondo Partner con caratteri da «guerra santa»: fuga nel deserto, cultura del martirio) da parte di zeloti e sicarii. Poi, però, dopo la distruzione del tempio di Gerusalemme nel 70 d.C. gli ebrei hanno ripudiato l'idea stessa di guerra. «Ma», tiene a precisare Partner, «la costituzione di uno Stato armato ebraico in Medio Oriente nel XX secolo, significa che la remota possibilità di una nuova guerra santa ebraica, di un revival maccabeo, non può essere completamente scartata.»

Il piatto forte del libro, però, è, come era ampiamente prevedibile, quello sulle interconnessioni tra guerra santa cristiana e islamica ai tempi delle Crociate. Dal discorso che papa Urbano II tiene il 27 novembre del 1095, l'ultimo giorno del concilio di Clermont (un altolà alle persecuzioni subite dalla Chiesa orientale da parte dei musulmani dopo la caduta di Antiochia nelle mani degli infedeli), alla prima Crociata guidata da Pietro l'Eremita (1096), all'autorizzazione del papa, all'inizio del secolo successivo per la fondazione di ordini militari religiosi. E la riscossa islamica che assunse i pieni connotati di guerra santa a partire dal 1144 con la capitolazione di Edessa sotto i colpi dei musulmani guidati da Imad al-Din Zangi, per trionfare nel 1187 con la riconquista di Gerusalemme da parte di Saladino. Con un mescolarsi di culture militari e non che, secondo l'autore, durerà per tutto il millennio.

Come s'è detto, Partner non è l'unico a sostenere queste teorie. Nel libro già citato di Olivier Carré, ad esempio, è avanzata una tesi che ha già provocato una vivace discussione, secondo la quale Bernardo di Clairvaux, il fondatore dell'ordine cistercense nonché animatore della seconda Crociata (1147-1149), avrebbe mutuato alcune sue idee, proprio in tema di guerra santa, dalla prima traduzione latina del Corano; e che alcune estreme punte del bernardinismo sarebbero a loro volta passate successivamente nel patrimonio islamico e potrebbero essere considerate addirittura all'origine di una radicalizzazione della lezione coranica.

Ma a questo punto non si può non ricordare che in ciò il dibattito risente con grande evidenza dell'influsso negli ultimi cinque secoli di due correnti culturali più o meno esplicitamente ostili alle Crociate. La prima, quella protestante che si manifesta fin dall'inizio (1517) con l'affissione sulla porta della chiesa del castello di Wittenberg delle 95 tesi contro le indulgenze di Lutero. La vendita delle indulgenze che serviva tra l'altro a finanziare le Crociate è materia delicata in quel periodo: sono anni in cui i musulmani dopo aver conquistato Costantinopoli (1453), si sono impossessati di Siria ed Egitto (1516-1517), di Belgrado (1521), di Rodi

(1522), hanno travolto gli ungheresi a Mohàcz (1526) e nel 1529 assediano Vienna. Tutti sono chiamati a difendere la cristianità, Lutero nega con un pamphlet d'aver mai voluto polemizzare contro la guerra anti-turca, ma sia lui che Giovanni Calvino e poi Erasmo da Rotterdam partendo dalla questione delle indulgenze avranno accenti fortemente critici nei confronti dell'ideologia che aveva fatto da retroterra alle Crociate.

Anche in letteratura, del resto, nel XVI secolo, l'atteggiamento è più o meno tenero nei confronti dei «mori» a seconda degli accadimenti generali. Più aperto l'*Orlando furioso* di Ludovico Ariosto – scritto in epoca preluterana – che tratta con rispetto il re musulmano Agramante; più ostile la *Gerusalemme liberata* di Torquato Tasso che risente del clima di Controriforma e infierisce sul re saraceno di Gerusalemme, Aladino.

La seconda corrente decisamente ostile alle Crociate è quella degli illuministi. Per Jean-Jacques Rousseau le Crociate non erano state che un fenomeno essenzialmente pagano, per Voltaire erano modelli di una primitiva ipocrisia e violenza religiosa, e la voce «Croisades» nell'*Encyclopédie* di Diderot e D'Alembert insiste sulla cupidigia e l'ossessione spirituale dei cristiani. Contemporaneamente Edward Gibbon propone in *Declino e caduta dell'impero romano* la prima grande apertura nei confronti di Maometto e dell'Islam.

Contro Voltaire e gli enciclopedisti sarebbero scesi in difesa dello spirito delle Crociate François René de Chateaubriand e, con una *Storia delle Crociate* (1818), Joseph Michaud. Ormai però la rottura è avvenuta: «nella tradizione cristiana», commenta Partner, «si è verificato uno iato laicista che ha permesso ai credenti, fin dal 1789, di persuadersi dell'essenziale pacifismo della loro religione».

«Ma», prosegue, «il rifiuto della guerra santa non significa che molti americani ed europei di qualsiasi orientamento non siano pronti a "combattere per la giusta causa": il pacifismo rimane nell'Occidente dell'ultimo scorcio del XX secolo un'opzione ancora molto minoritaria e una guerra considerata giusta può essere ancora definita "crociata".»

Molto efficace. Eppure c'è qualcosa in questo tirare la corda delle Crociate fino ai giorni nostri (con lo scopo evidente di «relativizzare» le più moderne forme di aggressività islamica) che non convince. Già l'assolutizzazione del discorso religioso lascia perplessi. Lasciamo da parte il modo disinvolto di chiamare in causa gli ebrei che da duemila anni conoscono la spada dalla parte della lama piuttosto che da quella dell'elsa. Ma anche per quel che riguarda i cristiani... Nel libro *Le Crociate viste dagli arabi* Amin Maalouf racconta dello stupore dei musulmani nell'aver visto gli uomini della prima spedizione cristiana, quella di Pietro l'Eremita, prodursi nel saccheggio di numerose chiese greche; e della meraviglia nell'aver ottenuto che il cattolicissimo cavaliere Renaud rimasto senz'acqua nella fortezza di Xerigordon, accettasse non solo di arrendersi, ma di convertirsi all'Islam e persino di scendere in battaglia a fianco dei turchi contro i suoi stessi compagni.

E c'è bisogno di scomodare Dante per ricordare quanti papi usarono il termine «crociata» per giustificare azioni che con la guerra santa avevano poco da spartire? Fino a quel Bonifacio VIII definito nell'*Inferno* «lo principe de' novi Farisei» che nel 1297 definì appunto una «crociata» la guerra personale contro i Colonna, famiglia rivale della sua (i Caetani). Ma, anche non volendo mettere in dubbio il carattere sicuramente religioso delle Crociate, bisognerà pur ricordare che il cristianesimo è stato una religione sostanzialmente pacifica per centinaia di anni. Centinaia e centinaia di anni, fino a quando nell'846 un esercito musulmano sbarcò a Ostia, mise a sacco San Pietro con Roma tutta e dilagò nel Mezzogiorno, cosicché papa Giovanni X, nel 915, fu costretto a guidare di persona la riscossa contro la base degli arabi alla foce del fiume Garigliano. Fino a quel momento era valsa la dottrina di Sant'Agostino (vescovo d'Ippona dal 396 al 430), secondo il quale le guerre giuste erano tali solo se cercavano di raddrizzare un torto subito e se l'aggressore aveva fatto mancare ogni risarcimento e ammenda. E forse, considerando le devastazioni che gli arabi provocarono nell'Italia meridionale nella seconda metà del IX secolo, si può dire che papa Giovanni X non infranse neanche le regole di Sant'Agostino.

È improprio dunque affermare che la *jihad*, la guerra santa islamica che fa parte del codice genetico dell'Islam dalla prima metà del VII secolo, cioè dai tempi di Maometto, possa essere assimilata (a parte ovviamente alcune caratteristiche su cui si può seguire e anche approfondire il discorso di Partner) alle guerre cristiane. E se è vero, come sostiene Partner, che «è insensato etichettare i nostri nemici come terroristi o fanatici e la guerra santa come una forma di conflitto particolarmente perversa», è anche vero che per un intellettuale cercare di confondere le idee è un reato gravissimo. E che avvolgere il fanatismo dentro una coltre di nebbie non serve a farlo scomparire. Anzi.

LUCI DEL MEDIOEVO, ETÀ DI SPERIMENTAZIONE

È nota come *Deutsche Ostsiedlung*. Si tratta dell'insediamento tedesco a est dell'Elba, quel vasto movimento di uomini che, tra l'XI e la prima metà del XIV secolo, si mossero da Occidente a Oriente, nelle pianure dell'Europa settentrionale, in una delle più grandi migrazioni che la storia ricordi. L'*Ostsiedlung* coinvolse contadini, borghesi, uomini di chiesa, cavalieri, mercanti e produsse la germanizzazione, l'irreversibile germanizzazione di una gran quantità di territori slavi e baltici.

La medievistica del Novecento ha avuto grandi problemi ad affrontare con serenità l'*Ostsiedlung*. Da una parte questo capitolo è, probabilmente, tra quelli fondamentali nella storia del Medioevo. Ma è ad un tempo scomodo per le evidenti implicazioni con quel che la Germania – nella prima parte di questo secolo – ha pensato dovesse essere la sua missione. Nel risarcimento che i vincitori europei della Seconda guerra mondiale hanno ritenuto di dover ottenere dai tedeschi c'è stato in qualche senso un riequilibrio storiografico proprio per quel che riguarda l'*Ostsiedlung*. Ragion per cui di quella corsa ad Est che durò ben tre secoli e mezzo non si è guardato più al fatto che produsse un radicale innesto germanico sulle comunità orientali. Si è data invece maggiore importanza ai caratteri di resistenza e di sopravvivenza di quelle stesse comunità slave e baltiche. Più in generale, per non essere costretti a fare i conti con una stagione storica demonizzata, questo campo di studi è stato frequentato assai meno di altri che pure offrivano minori occasioni di innovazione e di interesse.

Adesso, uno degli effetti positivi della grande passione per il Medioevo che da alcuni anni sta dilagando, è un ritorno di curiosità nei confronti della *Ostsiedlung*. Curiosità aperta. Senza censure. Tant'è che «Medioevo» – una rivista mensile della Darp, ad un tempo rigorosa e divulgativa, che sotto la direzione scientifica di Jean-Claude Marie Vigueur, ha avuto in due anni di vita un grandissimo successo – ha deciso di dedicare alla «Conquista dell'Est» un dossier, a cura di Monika Pelz, che costituisce la parte più preziosa del numero di dicembre 1998. La Pelz al termine di un lavoro di gran pregio mostra di rendersi conto di essersi trovata alle prese con una materia incandescente. Cosicché la sua narrazione è qui e là interrotta da omaggi al *politicamente corretto* («le sacrosante esigenze del "politically correct"», scrive) e da condanne del nazismo o, più in generale, dell'espansionismo tedesco. Ma il fatto stesso di aver ripercorso quell'epopea sulle tracce dei cavalieri dell'Ordine Teutonico, senza avvertire il bisogno di rendere più che un omaggio alle armate russe di Alexandr Nevskij che nel 1242 li sconfissero sulla distesa ghiacciata del lago Peipus, è di per sé degno di considerazione.

Il problema della storia medievale, finita fortunatamente da un pezzo l'epoca in cui la si vedeva come se fosse nient'altro che un insieme di anni terribili e bui, una parentesi oscura nella storia dell'umanità, resta quello di non essere ancora del tutto guardata come qualcosa a sé. Bensì come se fosse un contenitore di eventi che sono «serviti» a prepararne degli altri. Sia chiaro: è un discorso che non riguarda gli storici di professione, coloro che studiano in maniera specifica il Medioevo, ma solo coloro che si occupano in termini più generali di quella lunga stagione. Epperò questo è sufficiente a reinnestare di continuo, soprattutto nella scuola, gli antichi pregiudizi. Nel senso che la nuova idea positiva, o comunque molto meno negativa, che si ha di quei mille anni aiuta sì a metterne in risalto i non pochi caratteri di pregio; sempreché però questo pregio appaia in armonia con il bene di oggi. In altre parole: al di fuori della ristretta cerchia degli storici specialistici, nella scuola un evento del Medioevo ottiene un'apprezzamento solo quando quel che è accaduto in quegli anni lontani può essere considerato come un precedente di ciò che consideriamo il bene di adesso. Per di più, a patto che, come è accaduto per l'*Ostsiedlung*, la ricerca su questioni di quel passato remoto non comporti la riapertura di ferite del presente.

Questi problemi fanno sì che tra gli studiosi si sia aperto (non da oggi) un dibattito sull'opportunità di rinunciare al concetto stesso di Medioevo. Così scriveva nella *Storia sociale dell'Europa nel Medioevo* lo studioso Otto Brunner: «Il Medioevo è stato spesso rappresentato come un mondo a sé stante, contrapposto all'età moderna. In queste concezioni era irrilevante se nel superamento del "buio Medioevo", dell'"anarchia feudale", si vedesse un progresso o se invece il crollo della "cultura unitaria" medievale fosse considerato un regresso». Brunner con quel libro provava a mettere in evidenza l'unità della storia europea considerando i secoli medievali come nient'altro che la parte iniziale di una lunga evoluzione storica. Evoluzione che giungeva ad oggi senza soluzioni di continuità, senza che ci fosse un giorno, un momento di cui si potesse dire: «Qui finisce il Medioevo e comincia l'età moderna». Anzi, Brunner metteva in luce come fenomeni tipicamente medievali erano sopravvissuti addirittura fino al XIX secolo.

Implicitamente venivano messi sotto accusa la concettualizzazione di Medioevo voluta dalla Rivoluzione francese e l'uso stesso della parola «feudalesimo». Scriveva Brunner: «Un concetto utilizzato così frequentemente e con significati così diversi come quello di "feudalesimo" ha un significato determinabile con esattezza nella storia europea. La sua trasposizione a fenomeni in qualche modo analoghi riscontrabili in altri contesti culturali lo rende necessariamente vago e indefinito. Una generalizzazione e tipizzazione molto accentuata cancella ciò che è specificamente europeo nel fenomeno del feudalesimo. Non è più possibile, così, capire con l'aiuto di questo concetto la peculiarità del mutamento intervenuto nella struttura interna dell'Occidente».

Il problema nasce dunque con la Rivoluzione francese presentata dagli esegeti dell'Ottocento come l'atto con cui la «borghesia» e il «capitalismo» sconfissero il «feudalesimo». In questo modo caratteri specifici del Settecento, messi in evidenza nel contenzioso che oppose l'aristocrazia francese allo Stato assolutistico di Luigi XIV, furono definiti «feudali». E in conseguenza di ciò furono proiettati sui mille anni che avevano preceduto la presa della Bastiglia. In Europa e fuori dall'Europa. Provocando, con questo, un caos concettuale. Talché Ovidio Capitani, nell'introduzione al libro di Brunner, ha scritto che l'uso stesso della parola «società» con riferimento al

Medioevo, meglio alla storia dell'Occidente sino al XVIII secolo e alla rivoluzione industriale, «può risultare grandemente improprio». Identica cosa si può dire, a suo avviso, per «Stato», «spirito», «cultura secolarizzata», «ideologia», «classe», perfino «feudalesimo». «Quello che noi chiamiamo Medioevo», affermava Capitani, «è, in fondo, esso stesso uno pseudoconcetto, usato per comodità di intelligenza del testo, non per convinzione metodologica.»

Il terreno era dunque già preparato perché potesse accadere quel che è accaduto per merito dell'editore Carmine Donzelli. Donzelli ha convinto un intelligente medievista italiano, Giuseppe Sergi, a trarre un libretto dall'introduzione che questi aveva scritto per un suo manuale di Storia medievale. Così un testo che sarebbe servito al massimo ad ampliare gli orizzonti degli studenti universitari, è diventato, con il nome *L'idea di Medioevo*, un caso. Le cose scritte da Sergi, lette a sé e non più come premessa al manuale, hanno suscitato interesse oltre i perimetri degli atenei. Tra i lettori comuni. E perfino al di fuori dei confini politico-culturali della sinistra in cui sono saldamente collocati sia l'autore che la casa editrice. Il «Secolo d'Italia», ad esempio, per la penna di Giancristiano Desiderio ha dedicato una pagina piena di lodi al testo, a suo dire «revisionista», di Sergi («Se revisionista significa non solo proporre una diversa lettura dei fatti storici, ma anche e soprattutto sfatare luoghi comuni e conformismi, allora non c'è dubbio che si tratti di un libro revisionista», ha scritto il recensore). Segno non tanto di un avvicinamento su tali complesse questioni tra postfascisti e postcomunisti, quanto della caduta di alcune barriere che, come si è detto all'inizio a proposito dell'*Ostsiedlung*, fino a qualche tempo fa impedivano di discutere serenamente proprio di storia medievale.

Il libro di Sergi ripercorre la storia più che dell'idea di Medioevo, della deformazione di quest'idea, partendo dal principio che quella di Medioevo è una convenzione cronologica che ebbe origine nelle riflessioni degli umanisti del Quattro e del Cinquecento, animati dalla speranza di una nuova era di rinascimento culturale. Impulso che li portava a dare un'immagine «buia» dei secoli da cui erano appena usciti. Ed è questo il primo punto su cui l'autore si sofferma: sia quegli umanisti, sia poi gli illuministi e i rivoluzionari del Settecento definirono «medievali», «feudali» gli incubi di cui si volevano liberare. Senza specificare che ciò di cui stavano parlando era relativo al Trecento (per quel che riguarda gli umanisti) o al Settecento (per gli illuministi). Anzi, per essere più precisi, a limitate stagioni di quei due secoli.

Cosicché quegli umanisti e quegli illuministi ci hanno indotto a ritenere che l'intero millennio medievale avesse i caratteri tetri che ebbe in alcuni momenti del XIV e del XVIII secolo. Scrive Sergi: «La fama negativa del Medioevo dipende molto da questa deformazione e molto dalla "crisi" del Trecento; fu arbitrario per gli umanisti com'è arbitrario oggi immaginare i secoli dall'VIII al XII del tutto simili allo scenario determinato dalle pestilenze e dalle carestie del Trecento». «Se ad esempio», prosegue l'autore, «tra la fine del Medioevo e la prima età moderna l'alimentazione contadina consisteva essenzialmente in zuppe di cereali, la si immagina così anche nell'alto Medioevo; quando invece c'era molta più carne sulle tavole dei villaggi.» E ancora: «Se con la rivoluzione industriale si fa strada un modello di famiglia allargata e patriarcale, si immagina che le origini di quel modello fossero nel Medioevo, quando invece prevaleva la famiglia nucleare o coniugale molto più simile a quella di oggi».

Anche Sergi sottolinea che un grande esempio della deformazione prospettica del passato è nella definizione del concetto di feudalesimo: «L'astratto feudalesimo è un termine ambiguo che non appartiene al lessico medievale e risulta coniato solo in età moderna». «La Rivoluzione francese», prosegue, «abbattendo il feudalesimo, credeva di aver dato il colpo di grazia al Medioevo. In realtà aveva abbattuto la caricatura del Medioevo: una società immobile, quella sì piramidale.» Una caricatura che però ha messo radici nelle nostre menti. Nel Settecento, i borghesi rivoluzionari definivano in modo spregiativo il feudalesimo come un «residuo medievale». Ciò ha prodotto un circolo vizioso di domande e risposte: «Che cos'è il sistema feudale? Quello abbattuto dalla Rivoluzione francese. E com'era quel feudalesimo allora abbattuto? Un residuo medievale. E qual era allora la caratteristica del Medioevo? Aver prodotto l'organizzazione feudale del potere. E com'era quest'organizzazione feudale del potere? Simile al sistema feudale ancora vivo nel Settecento». «Con questo ragionamento circolare e tautologico», insiste lo studioso, «si rende statica la storia, si cancellano i secoli dall'VIII al XII, i più tipici degli istituti feudali, e, quel che più conta, si inventa un feudalesimo originario profondamente diverso da quello che fu in realtà.»

Già Robert Boutruche, uno dei più importanti allievi della scuola delle «Annales» aveva scritto: «Cocciutamente noi teniamo per fermo che senza contratto vassallatico, senza feudo, senza un'organizzazione sociale e politica fondata su vincoli privati di natura particolare, non esiste regime feudale. Bisogna strapparlo al linguaggio pretenzioso che lo avviluppa [...] e, dopo averlo riportato nel suo ambiente, riguardarlo con gli occhi dei suoi contemporanei». Sergi è ancora più categorico contro il

«Medioevo inventato». «Ai nostri giorni», scrive, «il Medioevo funziona come un "altrove" (negativo o positivo), o come una "premessa". Nell'altrove negativo ci sono povertà, fame, pestilenze, disordine politico, soperchierie dei latifondisti sui contadini, superstizione del popolo e corruzione del clero. Nell'altrove positivo ci sono i tornei, la vita di corte, elfi e fate, cavalieri fedeli e principi magnanimi. Ma è anche discutibile l'uso del Medioevo come generica "premessa" (di diversità o di preparazione) dei secoli successivi al XV e di aspetti come il capitalismo, lo Stato moderno, l'ascesa della borghesia, le nuove forme associative.» Eppure queste idee deformate sono, come dicevamo, tuttora imperanti in buona parte della scuola media e superiore.

È giunto dunque il momento di debellarle. E, con loro, i luoghi comuni che ad esse sono strettamente imparentati. Qualche esempio? Miti e false credenze come l'attesa dell'anno Mille o l'imposizione dello *ius primae noctis* che nella maniera in cui sono stati tramandati non esistettero. Eventi da ridimensionare come l'incoronazione imperiale di Carlo Magno nell'anno 800 che non segnò alcun spartiacque tra epoche diverse. Così come, sulla scia degli studi di Bernard Lewis, va attenuata l'enfasi sulla battaglia di Poitiers con cui Carlo Martello sconfisse i musulmani. Le carestie dei due secoli finali del Medioevo hanno fatto immaginare un millennio molto più affamato di quanto non fosse in realtà: in molte stagioni il cibo fu più abbondante di quanto comunemente si creda. Quanto poi alla lotta dei comuni contro Federico Barbarossa, essa non ebbe nulla di nazionale: quei comuni della Lega lombarda non avevano in nessun modo né un'idea d'Italia, né di Lombardia; e il Barbarossa «nelle sue discese in Italia, vituperate dalla nostra tradizione nazionalistica, compiva soltanto il suo dovere di re d'Italia; non dunque un oppressore tedesco in trasferta, ma semplicemente un re meno assenteista dei suoi predecessori».

E, visto che siamo in argomento, torniamo al tema dell'inizio, alle migrazioni germaniche dapprima molto studiate, poi guardate (o trascurate) con un occhio molto condizionato dagli eventi di questo secolo. Lo stesso destino capitato peraltro al tema dell'incontro di quelle stesse popolazioni germaniche nei secoli precedenti con i romani: evento dapprincipio valutato positivamente e con grande interesse; poi nella Germania di fine Ottocento svalutato come origine di corruzione delle genti tedesche; infine, dopo la sconfitta della Germania hitleriana nel 1945, «riabilitato» come scintilla di civiltà «europea» prodotta dal contatto tra due poli opposti. È giunto il momento di dire basta a questa altalena di giudizi: quelle migrazioni vanno considerate come nient'altro che uno di quei momenti di innovazione e sperimentazione che sono i veri caratteri fondamentali di quel millennio. Il quale ha proprio in questo, nella sperimentazione, la sua grande particolarità che unifica tutto quel lungo tragitto: «Il Medioevo», scrive Sergi, «è l'età della sperimentazione politico-sociale, spregiudicata, senza principi o meglio con principi travisati, ma sempre esuberante. È una lunga fase storica in cui non si crede fideisticamente nella ragione ma neppure esclusivamente nel magico». Ed è questo che fa dell'età di mezzo una delle più ricche nella storia dell'umanità.

Per poterci immergere in questa ricchezza si deve obbedire a un solo comandamento: non piegare quella stagione storica alle cause del presente. Nemmeno le più nobili. Ragion per cui, se è assurdo cercare nel Medioevo le premesse di storie e destini nazionali dei secoli successivi, altrettanto fuori luogo è la tendenza ad individuare in quei lontani fatti le fondamenta per la costruzione dell'Europa. Afferma Sergi: «Non è accettabile che il Medioevo europeo sia trattato come sponda in cui pescare – con discorsi di comodo spesso disinformati – le legittime origini di grandi formazioni nazionali ottocentesche o le disconosciute radici di rivendicazioni regionalistiche a vocazione neonazionalistica». Ma allo stesso modo «non si può parlare di Medioevo europeo come rettifica alle ripartizioni successive». Per concludere: «Solo un atteggiamento finalistico – storiograficamente ingenuo o opportunista, in ogni caso inammissibile – può spiegare quel ricorso a questi usi del millennio medievale. Un finalismo inaccettabile qualunque sia il valore per cui lo si innesca: l'auspicata Europa unita del futuro, le nazioni consolidatesi nella storia più recente, i nuovi regionalismi a impianto federalista. Può andare tutto bene – o quasi – ma non si disturbi la storia». Neanche per rendere più nobile l'idea di Europa.

EBREI E CRISTIANI, ALLE ORIGINI DELL'ANTISEMITISMO

Il 1997 è stato un anno molto importante per il dialogo tra ebrei e cristiani. In particolare per la «Dichiarazione di pentimento» pubblicata dai vescovi francesi il 30 settembre con qualche giorno d'anticipo sulla ricorrenza a cui era dedicata: l'anniversario della prima legislazione antisemita emanata dal governo di Vichy il 3 ottobre del 1940. «I pastori e le guide della Chiesa», scrivevano i vescovi francesi quasi autoaccusandosi, «nella misura in cui hanno lasciato che si diffondesse per tanto tempo l'insegnamento del disprezzo e hanno alimentato nelle comunità cristiane un fondo comune di cultura religiosa che segnò in modo duraturo le mentalità, deformandole, portano una grave responsabilità.» E a seguire: «Anche quando hanno condannato l'origine pagana delle teorie antisemite, probabilmente non hanno illuminato le menti come avrebbero dovuto, perché non hanno rimesso in causa queste concezioni e atteggiamenti secolari». Per poi trarre queste conclusioni: «Così, spesso, le coscienze si trovavano sopite e la loro capacità di resistenza indebolita quando sorse, con tutta la sua violenza criminale, l'antisemitismo nazionalsocialista, forma diabolica e parossistica dell'odio verso gli ebrei, basata sulle categorie della razza e del sangue e mirante apertamente all'eliminazione fisica del popolo ebraico, "uno sterminio incondizionato [...] messo in opera con premeditazione", secondo le parole di Giovanni Paolo II».

Un testo che, per la franca ammissione di responsabilità, fu salutato come una svolta dalle comunità israelitiche non solo francesi. Tanto più che di lì a poco, Georges Cottier, nell'aprire il colloquio intra-ecclesiale sulle «Radici dell'antigiudaismo in ambiente cristiano» che dal 30 ottobre al 1° novembre riunì a Roma sessanta tra vescovi, teologi ed esperti cattolici (più alcuni rappresentanti di altre Chiese cristiane), pronunciò un discorso non meno risoluto. «Con antigiudaismo», disse Cottier, «intendiamo l'insieme dei pregiudizi e dei giudizi pseudoteologici che sono a lungo circolati in mezzo alle popolazioni segnate dal cristianesimo e che sono serviti da pretesto alle vessazioni ingiustificabili di cui ha sofferto il popolo ebraico nella sua storia.» E aggiunse: «Questi pregiudizi hanno, per così dire, soffocato in molti la capacità di reazione evangelica quando ha dilagato in Europa l'antisemitismo, di natura pagana e anche anticristiana, del nazionalsocialismo».

Infine, il 31 ottobre, Giovanni Paolo II, ricevendo in udienza i partecipanti al colloquio, ribadì con tutta la sua autorità: «Interpretazioni erronee e ingiuste del Nuovo Testamento riguardanti il popolo ebraico e la sua presunta colpevolezza sono circolate per troppo tempo, generando sentimenti di ostilità nei confronti di questo popolo. Esse hanno contribuito a sopire molte coscienze, di modo che, quando è dilagata in Europa l'ondata delle persecuzioni ispirate da un antisemitismo pagano che, nella sua essenza era anche anticristiano, accanto a quei cristiani che hanno fatto tutto il possibile per salvare i perseguitati anche a rischio della propria vita, la resistenza spirituale di molti non è stata quella che l'umanità aveva il diritto di attendersi da parte dei discepoli di Cristo. Il vostro sguardo lucido sul passato, in vista di una purificazione della memoria, è particolarmente opportuno per mostrare in modo chiaro che l'antisemitismo non ha alcuna giustificazione ed è assolutamente deprecabile».

La sostanza di questa impressione positiva sull'evolversi del dialogo tra cattolici ed ebrei ha trovato conferma qualche mese dopo, il 16 marzo del 1997, quando la Commissione della Chiesa cattolica per i rapporti con l'ebraismo ha divulgato il testo *Noi ricordiamo: una riflessione sulla Shoah*. Anche se, per la strenua difesa dei comportamenti di Pio XII, ma soprattutto per l'altrettanto decisa apologia della Chiesa tedesca e di tutto ciò che essa fece e non fece al cospetto del nazismo, il documento è stato considerato dalle stesse comunità israelitiche internazionali e anche da alcuni intellettuali cattolici un mezzo passo indietro rispetto alle dichiarazioni dell'anno precedente. Ma nonostante questi giudizi e malgrado la nuova esplosione della «guerra delle croci» ad Auschwitz, quella che potremmo definire la svolta del '97 resta in tutta la sua importanza.

A turbare questo clima, però, nella primavera dello stesso 1997 giunse in libreria il libro *Gli Ebrei e la Chiesa 1933-1945* scritto da Vitaliano Mattioli professore presso il Pontificio Istituto S. Apollinare e la Pontificia Università Urbaniana. Qualche giornale eccepì al contenuto di quel libro fortemente permeato da uno spirito pre-svolta e infarcito di semplificazioni di cui era evidente il collegamento ideologico con le correnti del più radicato antigiudaismo cristiano. Tant'è che, in omaggio a queste critiche, dopo qualche settimana la stessa casa editrice tolse il libro dalla circolazione. Gesto che, ancorché deponga positivamente circa i motivi che lo hanno ispirato, vale a dire la sensibilità dell'editore, non può essere condiviso. Diciamo di più: in un paese libero, tranne in casi eccezionali (e forse neanche in quelli), l'atto di chi «sopprime» un libro deve essere sempre e comunque condannato. Ripetiamo: sempre e comunque. Tanto più che in genere quell'atto si ritorce a favore del libro «soppresso» che proprio nel momento in cui sparirà dalle librerie diventerà più ricercato dai lettori.

Ciò detto, il saggio di Mattioli, pur non essendo un testo imparentato con le correnti antisemite che negano l'esistenza stessa dello sterminio e sono perciò dette «negazioniste», è una riproposizione di molti «topoi» dell'antigiudaismo cristiano. Si comincia da Abramo con una descrizione da libro per bambini: «La famiglia dove fu educato era politeista. È sorprendente come, maturato in tale ambiente, sia giunto alla conoscenza del vero Dio. Si tratta probabilmente di un'esperienza mistica, mediante la quale Dio stesso gli si rivelò e manifestò il suo destino. Questa rivelazione avvenne quando Abramo aveva circa 75 anni, verso il 1800 a.C.». Poi, alla stessa maniera, l'Esodo: «Il popolo ebraico che faceva colonia a sé senza confondersi con gli egiziani né assorbendone cultura e tradizioni, a mano a mano che cresceva e si sviluppava appariva un vero pericolo anche per la conservazione della stessa etnia locale. Andando avanti di questo passo, col tempo, poteva accadere che l'Egitto venisse "ebraicizzato". Non era cosa da poco!». Il seguito sempre sulla stessa falsariga: «La proverbiale intelligenza e abilità commerciale degli ebrei permise loro di occupare posti elevati e di controllare le maglie del commercio e le operazioni di banca, come avvenne anche diversi secoli dopo nell'esilio a Babilonia (586 a.C.), durato circa una cinquantina d'anni (che cominciò a risolversi con l'editto di Ciro nel 539 a.C.): deportati infatti come schiavi riuscirono ad affrancarsi e ad arricchirsi. Tutte situazioni che non possono sfuggire all'occhio vigile dei governanti. Fu proprio questa capacità gestionale e manageriale che più di una volta non mise in buona luce l'ebreo vivente ormai, dopo il 135 d.C., fuori dalla patria».

Di qui si passa al Medioevo con le tradizionali accuse ai giudei di «avidità di denaro», «strozzinaggio», per giungere a una «spiegazione» dell'istituzione dei ghetti: «A mali estremi, estremi rimedi». Il tutto lungo un filo conduttore secondo il quale gli israeliti erano causa della persecuzione che subirono. D'altra parte, secondo Mattioli, la funzione degli ebrei come popolo d'Israele s'era esaurita duemila anni fa: «Israele aveva una missione storico-salvifica da compiere. Ora, con la nascita di Cristo, questa missione si è adempiuta, esaurita nel tempo. A Israele, popolo delle promesse, è succeduta la Chiesa cristiana, popolo della realizzazione. Questa elezione divina indubbiamente c'è stata, ma sono terminati i motivi per esserci ancora. Non si può rivendicare un privilegio *usque ad finem*, quando era soltanto *ad tempus*, finalizzato a un evento storico».

Questo per quel che riguarda le premesse storiche. Quanto poi al tema di cui al titolo del libro, l'atteggiamento della Chiesa nei confronti del nazismo, l'autore ripropone una tesi che è cara al tradizionalismo cattolico: «Tutti i crimini perpetrati non sono il derivato della fede cristiana ma la conseguenza della soppressione della medesima». Esattamente come per la Rivoluzione francese, per quella russa o per il Risorgimento italiano, la secolarizzazione sarebbe stata la fonte di ogni male. E il ritorno sotto l'ombrello della Chiesa la ricetta per ogni salvezza. Nessuna responsabilità dunque dell'universo cattolico per quei sentimenti di ostilità agli ebrei che sfociarono nell'Olocausto. Per quel che riguarda poi la questione del silenzio di Pio XII, l'autore fa propria la tesi che si ricava da quel che il pontefice avrebbe detto a don Pirro Scavizzi, quando nella primavera del 1942 questi l'aveva informato degli eccidi perpetrati dai nazisti a danno degli israeliti: il papa avrebbe taciuto per non procurare «ai poveri ebrei una persecuzione anche più implacabile di quella che soffrono».

Per far giustizia di questo modo di argomentare, sarebbe sufficiente rimandare il lettore a una dozzina di libri di base, primo tra tutti la *Storia dell'antisemitismo* di Leon Poliakov pubblicato oltre vent'anni fa. Ma, per non passare il caso sotto silenzio, la casa editrice Giuntina che oltre ad offrire un ottimo catalogo gode nel mondo ebraico di grande prestigio, darà presto alle stampe un testo *ad hoc*: *Per discutere di Auschwitz* di Francesco Maria Feltri. L'autore è lo stesso che nel 1995 pubblicò uno studio sull'Olocausto, *Il nazionalsocialismo e lo sterminio degli ebrei*. E anche la prima parte di questo nuovo libro, che spiega il titolo, è dedicata a «Ideologia e burocrazia nel processo di sterminio». Ma qui ci interessa la seconda metà del saggio di Feltri: quella che vuole essere una risposta alla «provocazione» di Mattioli.

La serie di accuse a Mattioli è lunga: il suo è «un testo in cui traspare da ogni pagina una netta antipatia per gli ebrei»; «l'autore spesso non fa che riferire i più triti luoghi comuni della propaganda antisemita»; il fatto che il libro sia stato ritirato «non può certo ridonare credibilità all'editore: al contrario è servito solo a circondare l'autore di un'aureola di martirio, che non merita assolutamente». Quanto poi al merito delle singole questioni: «Mattioli, ignorando un'intera generazione di studi biblici, tratta Abramo come un personaggio storico di cui addirittura possiamo ricostruire le emozioni private»; sostenere che l'Egitto del XIII secolo a.C. avrebbe corso un pericolo di «ebraizzazione» equivale a «fare un'affermazione grossolana e incredibile, per non dire ridicola!».

Per quel che riguarda la Chiesa, Feltri riconosce a chiare lettere che essa non ha niente da spartire con il nazismo. Ma aggiunge: «Ciò non significa affatto che non sia mai esistita un'ostilità antiebraica cristiana che avesse alla propria base motivazioni di tipo religioso!». «Anzi», continua, «dai testi cristiani dei primi secoli emerge che l'ostilità antiebraica cristiana aveva creato uno stereotipo demoniaco del popolo ebraico per certi aspetti affine a quello nazista.» Di qui l'accusa al cristianesimo delle origini di aver relegato «gli ebrei nel campo della negatività assoluta e, quindi, aperto la strada alla demonizzazione del popolo ebraico». Concetti che sono completati da un discorso che non sembra rivolto al solo Mattioli: «L'impressione finale che ricava lo storico è che la Chiesa si sia comportata, spesso, come l'apprendista stregone che dapprima evoca delle potenze infere (insistendo sul deicidio e sul fatto che il popolo ebraico, dopo l'avvento del Messia, dovrebbe scomparire), ma poi cerca di combatterle e di ricacciarle indietro».

E a questo punto le considerazioni di Feltri si fanno più pressanti nei confronti della Chiesa nel suo insieme: «Va ribadito che la Chiesa è sempre stata favorevole al mantenimento di misure discriminatorie antiebraiche: se da un lato ha sempre condannato l'ostilità antiebraica radicale, omicida, d'altro canto è pur vero che essa non ha mai pensato [...] ad abbandonare il proprio antisemitismo "moderato" finalizzato cioè a tenere gli ebrei che rifiutassero il battesimo in condizioni di sottomissione e di emarginazione». Per Feltri va detto a chiare lettere che «l'ostilità antiebraica era parte integrante dell'ideologia di cristianità, tant'è vero che la Chiesa – sebbene abbia condannato con fermezza il nazismo e le sue dottrine razziste – non era per principio contraria ad una legislazione che limitasse le libertà degli ebrei: semplicemente, avrebbe voluto che quella legislazione avesse alla propria base motivazioni religiose, e non la presunta superiorità della razza ariana su tutte le altre». Per giungere a una semplice considerazione conclusiva: «Chiunque condivida fino in fondo l'ideologia di cristianità finisce per essere ostile agli ebrei; certo, non preconizzerà il loro genocidio, ma non riuscirà mai a vedere in essi un valore ed una ricchezza, ed anzi continuerà a sognare per loro un regime di segregazione e di discriminazione (su basi religiose)».

Ma lo studio contiene anche un'accurata disamina dei rapporti tra Chiesa ed ebrei nella storia. Disamina preceduta da un'attenta analisi degli antefatti dell'odio antiebraico: dalla distruzione di Gerusalemme del 586 a.C. ad opera di Nabucodonosor che però non può assolutamente esser letta come un episodio di preistoria dell'antisemitismo, alla persecuzione del sovrano ellenistico Antioco IV Epifane che nel 168 a.C. saccheggiò il Tempio di Gerusalemme e fece strage di ebrei. L'amor di polemica non impedisce a Feltri di soffermarsi sui segnali in controtendenza, ad esempio sui privilegi concessi da Cesare ai giudei in segno di riconoscenza per l'appoggio che gli avevano dato nella guerra contro Pompeo. E di mettere in risalto, a proposito del più grande dramma della storia ebraica, la distruzione del Tempio nel 70 d.C., la circostanza che all'epoca la maggior parte degli ebrei non viveva in Palestina. Cosicché quell'evento è «affiancato» da altri tre momenti non meno importanti della storia della persecuzione: la repressione della sommossa di Alessandria d'Egitto nel 38 d.C. in cui si attiva contro gli ebrei un meccanismo di «capro espiatorio»; i massacri del 66 d.C. di cui parla Flavio Giuseppe nella *Guerra giudaica*; e la decisione di Adriano (dopo la rivolta giudaica del 131-135 d.C.) di trasformare Gerusalemme in una città ellenistica e di interdirne l'ingresso agli israeliti. Feltri fa anche un'analisi delle tracce di antigiudaismo rinvenibili in Seneca, Giovenale, Tacito, Diodoro Siculo.

Di qui si passa ai rapporti con la Chiesa e la tradizione cattolica. L'autore non è avaro di riconoscimenti per una parte di questa tradizione che sulla bilancia pesa a favore di un miglior rapporto con gli israeliti: la *Lettera ai romani* di San Paolo (a dispetto delle apparenze), Sant'Agostino, San Gregorio Magno il pontefice che intervenne a favore delle comunità ebraiche di Terracina e di Palermo allorché, verso la fine del V secolo, i vescovi di quelle città avevano fatto chiudere le sinagoghe. E papa Innocenzo IV che nel 1247 condannò le calunnie secondo le quali gli ebrei compivano omicidi rituali.

Con altrettanta chiarezza lo studioso passa in rassegna tutto ciò che è imputabile alla Chiesa per quel che attiene la formazione delle radici dell'antisemitismo. E qui non ci si limita ad una minuziosa descrizione dei pogrom che accompagnarono le Crociate, indiscutibili premesse della logica di sterminio. Ma si parla anche del «tono violentemente antigiudaico» dei vangeli di Matteo e Giovanni scritti alla fine del primo secolo; dell'avversione agli ebrei presente nel *Dialogo con Trifone* di Giustino, nell'omelia *Sulla Pasqua* composta da Melitone vescovo di Sardi e nell'opera di Ippolito di Roma, nel secolo successivo; e ancora in Gregorio di Nissa e Giovanni Crisostomo (IV secolo). È un esame impietoso della formazione dell'antigiudaismo cristiano nei primi secoli dopo Cristo che va a parare nell'accusa a Sant'Ambrogio. Di che si tratta? Siamo nel 388 e, in omaggio al diritto romano che prevede esplicitamente la tutela dei luoghi sacri, Teodosio I ordina che sia dato castigo ai responsabili della distruzione della sinagoga di Callinico in Asia. Ma il vescovo di Milano lo minaccia di scomunica e lo costringe a lasciare impunito il delitto. Episodio che deve essere considerato, secondo Feltri, alla stregua di una pietra miliare nella storia dell'antigiudaismo.

Pochi cenni questi ad un'analisi assai puntuale che si distribuisce sull'arco di duemila anni. Fino al 1943 quando dopo la caduta del fascismo la Chiesa fa presente al governo Badoglio di essere contraria alla totale abrogazione della legislazione antisemita, la quale contiene disposizioni, a suo avviso, «meritevoli di conferma». Quella di Feltri è una rassegna così meticolosa da lasciare nel lettore l'impressione che il destinatario sia non già Mattioli, bensì la gerarchia ecclesiastica nel suo insieme. Per indurla a portare a compimento la svolta del '97 facendo chiarezza anche su Sant'Ambrogio. Oltreché su idee e testi di mille, duemila anni fa.

PAPA FARNESE E IL MISTERO DELLE DONNE DISCINTE

«Uno spirito naturale, ma penetrante, un genio pieno di risorse, idee giuste e una grande conoscenza degli uomini. [...] Morì dopo avere risollevato le sorti del papato e avere creato per la sua famiglia, in tempi tanto difficili, uno Stato come nessun altro papa era mai riuscito a fare.» Sono parole di Montesquieu. In onore di Alessandro Farnese che divenne vicario di Cristo, sessantaseienne, il 13 ottobre del 1534 e prese il nome di Paolo III. Montesquieu aveva indubbiamente ben inquadrato il personaggio: Paolo III, che restò in carica quindici anni, fino al 1549, fu davvero uno dei pontefici più importanti dell'intera storia del papato.

«Si proponeva con tutta serietà di ristabilire la pace tra Francia e Spagna, di schiacciare i protestanti, di combattere i turchi, di riformare la Chiesa: ma accanto a tutto questo gli stava molto a cuore di innalzare la sua famiglia», scrisse di lui, nella *Storia dei papi*, il tedesco protestante Leopold von Ranke. In effetti il papa Farnese si destreggiò abilmente in alleanze e rotture con il grande sovrano della sua epoca, Carlo V; convocò nel 1545 il concilio di Trento per far fronte alla ribellione di Lutero e Calvino; fu ad un tempo un grande figlio del Rinascimento e un altrettanto grande precursore della Controriforma; a lui Copernico dedicò il *De rivolutionibus orbium coelestium*; fu lui che nel 1542 creò la Santa Romana e Universale Inquisizione riorganizzando nel Sant'Uffizio quell'Inquisizione che esisteva già da oltre tre secoli (dal 1215) e di cui affidò la guida allo spietato cardinale napoletano Gian Pietro Carafa (che sarebbe diventato papa a sua volta con il nome Paolo IV) e allo spagnolo Ignazio di Loyola che due anni prima aveva fondato la Compagnia di Gesù.

Avviò la costruzione di Palazzo Farnese, probabilmente il più bell'edificio cinquecentesco di Roma; commissionò a Michelangelo la ristrutturazione del Campidoglio nella cui piazza fece collocare nel 1538 la statua equestre di Marco Aurelio; allo stesso Michelangelo, che sotto il suo pontificato dipinse il *Giudizio universale* nella Cappella Sistina e gli affreschi della Cappella Paolina, affidò nel 1547 la direzione della fabbrica di San Pietro; oltreché a innumerevoli artisti, diede ospitalità a Tiziano da cui si fece ritrarre con due nipoti per un celeberrimo dipinto che oggi è a Capodimonte. E il nepotismo fu uno dei caratteri più ostentati del suo pontificato.

Quando morì, il figlio di suo figlio – che portava il suo stesso nome, Alessandro, e che lui stesso aveva nominato, ancorché giovanissimo, cardinale – gli fece collocare in San Pietro una statua di bronzo realizzata da Guglielmo Della Porta. Statua che aveva ai lati e ai piedi quattro figure femminili di marmo (a dire il vero piuttosto discinte) le quali erano lì per rappresentare le virtù che avevano illuminato il suo pontificato: la Pace, l'Abbondanza, la Prudenza e la Giustizia. Il complesso scultoreo fu portato a termine nel 1574 per essere poi inaugurato l'anno successivo. Ed è di qui che prende le mosse la nostra storia.

O meglio, tutto comincia diciassette anni dopo, nel 1592, quando sale al soglio pontificio Ippolito Aldobrandini con il nome Clemente VIII. Clemente VIII, trascurando il fatto che ben cinque papi prima di lui non avevano avuto niente da eccepire a proposito di quelle nudità, fa di quelle statue di donna il primo bersaglio della sua campagna moralizzatrice post-tridentina contro il nudo nei dipinti. E, dopo una ispezione in San Pietro, ordina: «Le statue della tomba del papa Paolo III di felice memoria siano levate oppure vengano coperte quanto prima in modo più decente». È un affronto molto duro alla famiglia Farnese. Che si conclude dopo alcuni anni con una semicapitolazione da parte dei Farnese stessi. Assieme a quella di Paolo III restano in San Pietro solo due statue femminili di cui una, la Giustizia, è ricoperta da una veste di metallo. Veste imbiancata così da sembrare anch'essa di marmo.

Era giustificata tanta solerzia nei confronti di quella statua? In qualche modo sì, se si legge la disposizione censoria che parla di «zinne, petto et altre parti [...] che dicevano fossero troppo lussuriose» e di «una coscia scoperta fino all'orlo del vaso naturale». E soprattutto se si dà ascolto alla tradizione e alle leggende che per secoli si sono diffuse intorno alla rivestitura della Giustizia. Secondo questi racconti ripresi in molti testi (per primo la guida di Roma di Johann Theodor Sprenger del 1660), il nudo era davvero assai provocante; al punto che un pellegrino si sarebbe fatto rinchiudere nella basilica e avrebbe atteso la notte per fare l'amore con la statua. Si trattava di un'evidente reminiscenza del racconto di Plinio secondo il quale, nell'antica Grecia, un'analoga avventura erotica aveva avuto come oggetto la Venere di Cnido scolpita da Prassitele e ispirata dalle fattezze dell'etera Frine. Nel Cinquecento al posto di Frine sarebbe stata una bellissima concubina del pontefice ad imprimersi nella fantasia dello scultore e ad ispirare la statua tentatrice. Tentatrice al punto che, se si vuole prestar fede ad un sonetto di Giuseppe Gioacchino Belli scritto nel 1833, la storia del pellegrino congiuntosi con la donna di marmo potrebbe essere sostituita con quella di un turista inglese scoperto, addirittura, a masturbarsi («in atto sconcio e co l'uscello in mano») davanti all'opera di Guglielmo Della Porta. In aggiunta, per anni continuarono ad essere riferite voci secondo le quali, dietro compenso di uno zecchino, i guardiani sarebbero stati disponibili a togliere per qualche secondo la tunica di metallo alla Giustizia così da accontentare i turisti desiderosi di ammirare l'opera di Della Porta nella sua nudità.

Da molti anni, quasi venti, Roberto Zapperi studia la vita di papa Farnese attraverso le opere d'arte. I libri di Zapperi, *Tiziano, Paolo III e i suoi nipoti*, e *Eros e controriforma – Preistoria della galleria Farnese*, le sue conferenze, i suoi articoli (ad esempio quello del gennaio 1998, sul «Diario» di Enrico Deaglio, ha riportato alla luce il sonetto di Belli di cui abbiamo appena riferito) sono considerati preziosi per questo genere di storiografia. Ma ancor più interessante è *La leggenda del papa Paolo III* (sottotitolo: *Arte e censura della Roma pontificia*).

Argomento del bellissimo libro sono la statua e le leggende di cui abbiamo fin qui parlato, che vengono smontate e rimontate più volte al fine di gettare nuova luce sulla figura di papa Paolo III. Zapperi comincia con l'occuparsi dei figli naturali del pontefice e delle loro madri, le concubine a cui, volta per volta, per qualche tempo furono erroneamente attribuite le fattezze della statua della Giustizia. Tre in particolare: Silvia Ruffini, una dama di Ancona, una di Parma. Rapporti, quelli tra il papa e le concubine, che già nel Cinquecento furono all'origine dapprima di un libello diffamatorio (*Lettera di fra Bernardino a P.P. Paolo III*) uscito probabilmente dalla bottega di mastro Pasquino, e in seguito di un crudo pamphlet di Lutero: «Cristo ha voluto che il matrimonio fosse libero. No, dice lo scoreggione di Roma. Preti, frati, monache non si devono sposare. Ed è molto meglio vivere casti che sposarsi. Secondo la castità romana pontificia e cardinalizia, a confronto della quale Sodoma e Gomorra sono ingenue verginelle». Accuse violente a cui si aggiunse quella di omosessualità: Paolo III fu definito, sempre da Lutero, «Santa Vergine Santa Paola papessa», «vescovo degli ermafroditi e papa dei buggeroni», «papa dei sodomiti». Ma, secondo Zapperi, Lutero avrebbe confuso le inclinazioni di Paolo III con quelle del suo predecessore Giulio II e di suo figlio Pierluigi Farnese. Quanto poi al concubinato e ai figli naturali (per i quali Paolo III, nonostante li avesse avuti quand'era già cardinale, riuscì a ottenere legittimazione da Giulio II e da Leone X), rientrerebbero in una strategia familiare di perpetuazione del casato. Niente a che vedere, dunque, con il peccato, il vizio e la lussuria denunciati da Pasquino e Lutero.

Si tratta, perciò, di concubine e figli tutti «politici». Voluti per far grandi la famiglia e la Chiesa. Così com'è politica la decisione di concepire quel complesso tombale fortemente trasgressivo. Trasgressivo, proprio per far intendere che fortuna e grandezza di quel papa erano state costruite anche (e forse soprattutto) salendo i gradini dello scandalo. Il quale scandalo, ottenute la fortuna e la grandezza di cui s'è detto, andava adesso, nella seconda metà del

Cinquecento, dichiarato, in qualche modo, legittimo. Proprio come s'era fatto all'inizio del secolo per la genia di figli e nipoti di Paolo III destinati a diventare duchi e cardinali.

A tal fine non era nuda solo la giovane e bellissima donna ritratta per la Giustizia ma anche, nella parte superiore, quella che aveva ispirato la Prudenza. Una donna anziana in cui furono individuate le sembianze di Giovannella Caetani, madre di papa Paolo III. Secondo la tradizione, sarebbe stata raffigurata a seno nudo per evidenziare l'importanza del suo allattamento e, addirittura, perché «in vecchiaia il pontefice, persi per qualche causa naturale i denti, avrebbe dovuto ricorrere ancora al nutrimento dal capezzolo materno». Che cosa voleva dire questa fantasiosa, inverosimile leggenda? Che Giovannella Caetani, discendente da uno dei pontefici più controversi ma anche più importanti della storia della Chiesa, Bonifacio VIII, aveva avuto un ruolo fondamentale nello spingere il recalcitrante figlio Alessandro lungo la strada che l'avrebbe condotto sulle orme di quell'antenato del Trecento. E che gli fu, per tutta la vita, preziosa dispensatrice di consigli. In vecchiaia così come lo era stata nel 1485.

Nell'estate del 1485 era scoppiata una guerra tra il papa Innocenzo VIII e il re di Napoli Ferrante d'Aragona che aveva come alleati Lorenzo de' Medici e gli Orsini. La famiglia Farnese fu tentata di parteggiare per questi ultimi contro il papa. Ma Giovannella Caetani madre del futuro pontefice (che aveva allora solo diciassette anni) si oppose a questa alleanza con i nemici di Innocenzo VIII. Suo figlio Alessandro – il quale all'epoca a tutto pensava meno che ad imboccare la via che lo avrebbe portato a diventare, nel secolo successivo, Paolo III – fu addirittura preso in ostaggio dalla guardia pontificia, forse su suggerimento della stessa Giovannella Caetani, e tenuto prigioniero a Castel Sant'Angelo per dissuadere la sua famiglia dall'appoggiare la guerra antipapale. E da Castel Sant'Angelo Alessandro organizzò un'evasione che secondo molti studiosi fu presa a modello da Stendhal per raccontare tre secoli e mezzo dopo (1839) nella *Certosa di Parma* la fuga di Fabrizio del Dongo dalla torre Farnese. Fuga che, come per Fabrizio del Dongo, dopo qualche peripezia anche per Alessandro Farnese si concluse sulla via della Chiesa.

Col passare degli anni, Paolo III avrebbe dato sempre più importanza all'insegnamento materno e si sarebbe sentito in molti sensi un continuatore della dinastia dei Caetani. Di qui la decisione di mettergli a fianco, per l'eternità, una statua che rappresentasse la madre. A seno nudo: a ricordare il «nutrimento» che, nel corso di un'intera vita, gli venne da quella donna.

Ma ancor più interessante è la storia che si nasconde dietro l'altra statua, quella della giovane ricoperta dalla veste di metallo di cui s'è detto prima. Caduta l'idea che si trattasse di una delle concubine del papa, venuta meno anche l'ipotesi che la statua ritraesse la figlia Costanza o una cognata, la tesi fatta propria dal libro è che la Giustizia sia in realtà la sorella del pontefice, Giulia Farnese.

Come abbiamo detto, però, l'importante non è quale delle donne sia davvero quella della statua, bensì la trama che tiene assieme leggende e racconti che hanno accompagnato l'una o l'altra attribuzione. Da cui si risale ad un unico filo conduttore: la storia di un giovane che, a dispetto delle sue inclinazioni originarie, fu instradato dalla madre alla carriera ecclesiastica; e che dedicò poi la sua vita a far cose anche immorali purché rilevanti, con lo scopo di far grande assieme alla Chiesa la casa dei

Farnese. Certo, non era sufficiente che la madre lo instradasse perché lui riuscisse a diventare prima cardinale e poi papa. Ed è qui che si inserisce l'altra pedina importante della sua vita: la sorella Giulia, da lui e dalla madre messa, per così dire, al fianco di papa Borgia. Del che Lutero scrisse: «Papa Paolo III aveva una sorella, che prima di diventare papa dette al papa per amante, guadagnandosi così la nomina a cardinale». Informazioni analoghe vennero dall'ambasciatore veneziano a Roma Antonio Soriano: «La sua di [Paolo III] promozione al cardinalato non fu molto onesta, essendo proceduta per causa oscena; cioè dall'amore e dalla familiarità che aveva papa Alessandro VI con la signora Giulia sua sorella; dal che nacque che per lungo tempo fu chiamato il cardinal Fregnese». Furono, insomma, quella sorella e quell'amore segreto a spianargli la strada verso il pontificato.

Ed ecco che dove finisce l'aiuto di una Caetani, la madre, inizia quello di un Borgia. Stiamo parlando di Rodrigo Borgia papa con il nome di Alessandro VI dal 1492 al 1503. Che, negli anni del suo pontificato, fu appunto amante di Giulia Farnese. E che, in omaggio a questo legame, fece cardinale il di lei fratello, spianandogli la strada per il soglio pontificio. Il tutto con la complicità e sotto la supervisione della madre di Giulia e Alessandro Farnese. Giulia servì in modo assoluto la causa di Alessandro Farnese e quando morì gli lasciò un singolare legato: un letto. «Il letto era stato il luogo del suo peccato e in quanto tale lo simbolizzava compiutamente», scrive Zapperi; «Lasciarlo al fratello, a vantaggio del quale l'aveva usato per commettere l'adulterio con il vicario di Cristo, significava tentare di scaricare il peccato sulla coscienza di lui. La clausola testamentaria conteneva del resto un richiamo al passato dichiarando che il letto gli veniva lasciato "per ricordo di sé e come segno del sincero affetto che sempre gli aveva portato e ancora gli portava".»

Questo legame che unì papa Alessandro VI al suo successore Paolo III – attraverso la sorella di quest'ultimo, Giulia – ha provocato imbarazzo e difficoltà alla storiografia cattolica. A lungo. Ancora nel 1950 lo storico Giovanni Soranzo in un libro su Alessandro VI sostenne che Giulia non era mai stata l'amante di papa Borgia. Ma l'anno successivo un altro studioso cattolico, Giovanni Battista Picotti, produsse una gran mole di documenti che dimostravano come quel legame ci fosse stato davvero e fece a pezzi le tesi di Soranzo. Da allora questo «passaggio familiare» che aprì la strada alle fortune di papa Farnese è, se così si può dire, storicamente acquisito.

Comunque, ai fini che qui ci interessano, va ricordato che la verità, per chi fosse stato in grado di comprenderla, l'aveva già raccontata la leggenda. Leggenda che, scrive Zapperi, era «da considerare una reazione alla reticenza che aveva steso per secoli un fitto velo sulla vicenda storica più intima del papa. [...] Proprio di questo si trattava: ciò che la censura occultava, la leggenda puntualmente riscopriva». La verità storica, insomma, ha trovato un suo percorso tra reticenza e censura. Anzi, per affermarsi si è servita di reticenza e censura stesse. Dal momento che queste inevitabilmente hanno fatto venire alla luce la leggenda che, a sua volta, ha sprigionato la verità storica. Un cerchio perfetto.

Quel giorno del 1592 in cui Clemente VIII ordinò la copertura della statua della Giustizia che raffigurava la sorella di papa Paolo III, quel giorno, dicevamo, l'Aldobrandini (un papa controriformista che di lì a poco avrebbe messo al rogo Giordano

Bruno) innescò una reazione a catena di racconti colti e leggende popolari sul suo predecessore. Racconti colti e leggende popolari che avrebbero fatto conoscere nei secoli la grande e complicata storia di papa Farnese. Probabilmente senza quel gesto di censura racconti e leggende non avrebbero preso il volo. E la vera storia di quell'importante pontefice e delle sue strategie sarebbe rimasta sepolta per sempre.

QUEL CORTEGIANO POLITICO, PARENTE DI MACHIAVELLI

Il *Libro del cortegiano* di Baldesar Castiglione, pubblicato agli inizi del Cinquecento, per l'esattezza nel 1528 – alcuni mesi dopo il sacco di Roma e un anno prima che il suo autore morisse poco più che cinquantenne – ha conosciuto nei secoli una grande fortuna. Secondo i più, questo è dovuto al suo essere (o apparire, come vedremo) fuori da ogni tempo, in particolare dal tempo in cui fu scritto e pubblicato. Alla sua inattualità. Il libro, infatti, è stato universalmente tenuto nel conto di un forbito, elegante trattato che descriveva e prescriveva comportamenti per le corti. Corti che, nate dall'incontro dell'Italia romana con le aristocrazie militari gotiche e perfezionatesi con l'integrazione tra chierici e laici avvenuta nell'età di Carlo Magno, hanno dominato per tutto il millennio successivo alla caduta dell'Impero romano. E anche oltre. Quantomeno fino alla Rivoluzione francese. Per non dire di quel poco (ma comunque qualcosa) che di questo sistema è rimasto ancora nel secolo successivo e, in qualche modo, addirittura nella prima parte del Novecento. Sempre con il *Cortegiano* come testo di riferimento.

Il trattato è composto da quattro dialoghi che si svolgono in altrettante sere consecutive ed è ambientato nella corte di Urbino agli inizi del Cinquecento. Sono i tempi di Guidobaldo da Montefeltro e di Elisabetta Gonzaga presso i quali il Castiglione a ventisei anni (era nato nel 1478), dopo essersi svezzato a Milano nella cerchia di Ludovico il Moro ed essere stato al servizio di Francesco Gonzaga signore di Mantova, aveva appreso, appunto, l'arte del perfetto cortigiano. Nel primo dei quattro dialoghi, Ludovico di Canossa tratta delle doti fisiche e morali dell'uomo di corte che deve essere nobile di stirpe, abile nelle armi, esperto di poesia, di musica e di pittura; nel secondo, Federico Fregoso dice in quali modi e circostanze egli debba dar prova di questi suoi talenti; nel terzo, Giuliano de' Medici delinea la figura della donna di palazzo; nel quarto, il più importante agli effetti di quel che qui ci interessa, Ottavio Fregoso discorre dei rapporti tra il cortigiano e il principe.

Le edizioni del *Cortegiano* furono oltre un centinaio già nel Cinquecento. Il libro andò a ruba. Con un paradosso, però, che è ben evidenziato da Walter Barberis nella assai innovativa prefazione alla nuova versione dell'opera data di recente alle stampe. Paradosso che consiste nel fatto che «il ritratto di un tipo aristocratico ricercatissimo e raro nel panorama europeo persino negli anni in cui se ne vagheggiava l'esistenza», veniva fatto proprio da una molteplicità di veri o presunti lettori «che erano assai distanti per fisionomia sociale e culturale da quel prezioso originale». Anzi, quelli che in gran quantità elessero il *Cortegiano* a libro di culto «erano proprio coloro che Castiglione aveva individuato come gli elementi di pericolosa corruzione della sua idea di aristocrazia». Ed è bizzarro che questo nuovo tipo di frequentatori delle corti (o aspiranti tali) si siano tramandati, insieme ad altri segni nobilitanti, quel testo nel quale, se lo avessero letto cercando di capire quel che diceva tra le righe, non avrebbero mai potuto riconoscersi.

È un fatto comunque che il *Cortegiano* sia stato scelto come libro di riferimento da un pubblico in cerca di «certificati culturali» e di «attestazioni di appartenenza a gruppi socialmente più alti» più che dell'approfondimento di un tema tutto politico quale era quello che, secondo Barberis, faceva da substrato a quei dialoghi. E il fraintendimento di questa circostanza ha tratto in parziale ma decisivo inganno anche coloro che hanno studiato quel testo nei secoli successivi. Il *Cortegiano* è stato quasi sempre visto come l'«archetipo di un subgenere letterario, la trattatistica di comportamento», filone che avrebbe annoverato testi come il *Galateo* (1558) di monsignor Giovanni Della Casa o *La civil conversazione* di Stefano Guazzo (1574). Tra gli italianisti d'oggi ai quali Barberis attribuisce la conferma di tale impostazione, i più importanti sono Giorgio Patrizi che fin dal titolo del suo saggio per la *Letteratura italiana* di Alberto Asor Rosa aveva accomunato il *Cortegiano* alla trattatistica sul comportamento, Amedeo Quondam – che nell'introduzione a un'edizione del *Cortegiano* ne aveva parlato come di un «architesto», un «manifesto antropologico», una «grammatica generale e generativa» – e Cesare Mozzarelli. In conflitto con loro, nel dare una lettura dell'opera essenzialmente proiettata, invece, sui conflitti politici dell'epoca, scende adesso, appunto, Walter Barberis.

Secondo Barberis tra *Cortegiano* e *Galateo* «non si sarebbe potuta immaginare una più forte dissonanza di spiriti, di intenzioni e di linguaggio politico». E la figura di Baldesar Castiglione dovrebbe essere affiancata nelle storie della letteratura, piuttosto che a quella di monsignor Della Casa, a quelle di Machiavelli e Guicciardini. Sì, Baldesar Castiglione con Machiavelli e Guicciardini – scontato tutto quello che, su questioni di merito, li divise – dovrebbero essere ritratti assieme «nel pantheon dei grandi sconfitti» del XVI secolo, «ciascuno a simboleggiare per le generazioni future i nuovi principi della politica, la moderna storiografia e un intramontabile ethos aristocratico».

Ma, per spiegare perché secondo Barberis si impone una lettura politica del *Cortegiano*, ci si deve fermare per un momento sul periodo storico in cui l'opera fu scritta. E sulle particolarissime vicende che in quell'epoca videro protagonista Castiglione. Cominciamo con il dire che il libro ebbe, nel corso di quindici anni, diverse stesure prima di vedere definitivamente la luce nel 1528. E l'autore esitò molto prima di darlo alle stampe. Perché? Probabilmente per il fatto che il mondo a cui faceva riferimento Baldesar Castiglione fu come terremotato e cambiò di continuo negli anni che intercorsero tra la discesa in Italia di Carlo VIII (1494) e il sacco di Roma (1527). Nel 1498 era stato condotto a supplizio Girolamo Savonarola e nel 1517 Lutero aveva affisso sulla porta del castello di Wittenberg le 95 tesi contro le indulgenze. Un'epoca di possibile concordia sotto le insegne della cristianità se ne stava andando per sempre. Ed era proprio l'epoca nella quale si erano formati gli ideali e le speranze di Castiglione che troveremo poi nel suo libro.

Il cortigiano di Castiglione, scopriamo da una attenta lettura del quarto dialogo, ha come interlocutore naturale un principe, fors'anche un principe della Chiesa, che dovrebbe assegnarsi la missione di riscattare le genti italiche. All'uomo di corte spetta il compito di guidarlo o comunque di aiutarlo a trovare la via: «Il fin adunque del perfetto cortegiano [...] estimo io che sia il guadagnarsi per mezzo delle condicioni attribuitegli da questi signori talmente la benivolenzia e l'animo di quel principe a cui serve, che possa dirgli la verità di ogni cosa che ad esso convenga sapere, senza timor o periculo di despiacergli». Ma la strada era stretta, chiosa Barberis, e il Castiglione lo sapeva benissimo: «Non era il solo, in quegli anni a incubare propositi e testi che riflettevano sulla tragica assenza di un principe italiano e sulle conseguenze di questo vuoto nella politica europea». «Sui pochi uomini di governo, che rappresentavano realtà locali, cittadine e insieme quell'Italia riassunta a Roma nei corridoi della curia, si appuntavano le speranze residue. A loro era demandato il compito di istruire i fragili signori italiani, di rimuoverli "da ogni intencion viciosa" e di indurli al "camin de la virtù". Ma la prospettiva era semplicemente disperata. La crisi italiana dava a quelle parole un significato già postumo. La politica, intesa anche come gerarchia di responsabilità e come trasmissione di valori, non sembrava avere futuro nel contesto italiano.» Eppure Castiglione crede ancora in questa missione del cortigiano nei confronti del principe. E ne scrive.

Il suo libro, però, vede la luce, quasi a dispetto dell'autore, quando è ormai chiaro che quella missione non ha più speranze. E diventa così, senza volerlo, un «canto d'addio a un tipo ideale», quell'uomo di corte incardinato su un ventaglio di caratteri che si riassumevano nel concetto di equilibrio, di misura. E poi di «grazia», di «sprezzatura», l'ironica naturalezza che dissimulava e combatteva ogni ostentazione, ogni affettazione. Ma, attenzione, una «sprezzatura» anch'essa tutta politica, atto d'accusa quasi esplicito contro quei gruppi dirigenti che privi di guida e di responsabilità politica non facevano altro che «effeminar gli animi corrumper la gioventù e ridurla a vita lascivissima; onde nascono poi questi effetti che 'l nome italiano è ridutto in obbrobrio, né si ritrovano se non pochi che osino non dirò morire ma pure entrare in uno periculo».

La circostanza, provata da una copiosa documentazione ben messa in evidenza da Barberis, che il *Libro del Cortegiano* sia stato pubblicato contro o quantomeno forzando la volontà di Baldesar Castiglione è, a questo punto, un elemento decisivo per comprendere il senso del libro stesso. Ma per quali motivi Castiglione non voleva la pubblicazione di un suo testo? Erano motivi legati in qualche modo, oltre al contesto generale di cui s'è detto all'inizio, più propriamente al sacco di Roma. Evento che gli fece toccare con mano la fine di un'epoca. Nel '21 Castiglione era passato al servizio del pontefice e nel luglio del 1524 aveva ricevuto da papa Clemente VII l'incarico di recarsi in Spagna alla corte di Carlo V, in qualità di nunzio pontificio, per rappresentare gli interessi «non solo della Sede Apostolica, ma dell'Italia e di tutta la cristianità». Era in quel momento l'uomo più adatto a tessere la tela del rapporto tra Chiesa e Impero: suo padre era morto in seguito alle ferite riportate nella battaglia di Fornovo (1495) dove un esercito degli Stati italiani fu sconfitto dal re di Francia Carlo VIII che aveva invaso il nostro paese e stava rientrando nel suo; e lui simpatizzava a tal punto per Carlo V che, appena giunto a Madrid, come primo atto si congratulò pubblicamente con l'imperatore perché aveva sconfitto a Pavia il nuovo re di Francia Francesco I, successore di Carlo VIII.

Ma nel 1526 il papa, preoccupato per l'espandersi dell'Impero, aveva cambiato alleanza e con la Lega di Cognac si era impegnato al fianco di Francesco I contro Carlo V. Fu in conseguenza di ciò che l'imperatore mise in campo un esercito di dodicimila mercenari, i lanzichenecchi, che dopo aver travolto Giovanni de' Medici, Giovanni delle Bande Nere, nel maggio del 1527 entrarono a Roma, la devastarono e rinchiusero il papa in Castel Sant'Angelo. Erano più di mille anni, dall'epoca del sacco di Alarico del 410, che Roma non aveva conosciuto un'onta simile. E a farne le spese fu Baldesar Castiglione accusato (ingiustamente) dal pontefice di averlo tratto in inganno non avendogli fornito tutte le informazioni che lo avrebbero messo in grado di prevenire le mosse dell'imperatore.

La rottura tra Castiglione e il pontefice durò pochi mesi, da agosto a dicembre del 1527. Poi Clemente VII, forse anche perché aveva bisogno di lui per riannodare i rapporti con Carlo V, lo perdonò. Ma Castiglione doveva ancora affrontare il «caso Valdés». Alfonso Valdés, segretario di Carlo V, dapprima fece circolare e poi diede alle stampe un *Dialogo de las cosas occurridas en Roma 1527*, una sorta di manifesto delle ragioni imperiali contro la corruzione e la perfidia della Chiesa di Roma. Si era in anni nei quali in Europa già spirava il vento della Riforma protestante e quel testo di Valdés metteva a dura prova l'operazione di ricucitura del Castiglione. Il quale, comunque, ebbe ragione di Valdés e portò a buon fine l'operazione di cui s'è appena detto. Tant'è che quando di lì a poco, nel 1529, morì, il papa fece giungere alla madre, insieme alle condoglianze, l'assicurazione che la Chiesa si sarebbe fatta carico dell'educazione dei figli. E Carlo V lo commemorò pronunciando parole molto sentite: «Yo vos digo que es muerto uno de los mejores caballeros del mundo». Dopodiché, trascorsi quattro mesi dalla sua morte, a Barcellona si stipulò il contratto di matrimonio fra Alessandro de' Medici, nipote del papa, e Margherita d'Austria, figlia naturale di Carlo V. Nozze destinate a suggellare il trattato che ristabiliva una sia pur traballante pace tra Chiesa e Impero.

Da questa breve descrizione del contesto in cui fu pubblicato il *Cortegiano*, si può facilmente comprendere perché Castiglione voleva con ogni probabilità ritirarlo dalla circolazione. «*Il libro del cortegiano*», scrive Barberis, «vedeva la luce nel più inatteso e tragico momento di crisi della cristianità, e la sua elaborazione era andata al passo con una delle più travagliate stagioni politiche della storia europea. Il testo che avrebbe indotto non pochi lettori a riconoscervi la delineazione del perfetto gentiluomo, frutto di un delicato recupero dell'idealismo neoplatonico e della trasfusione dei migliori succhi dell'umanesimo italiano, era forse intaccato più di quanto non apparisse dai problemi di un'epoca che aveva letteralmente risucchiato la vita e i pensieri dell'autore.»

Una ricostruzione, quella di Barberis, che è stata salutata come fortemente innovativa. E che Alberto Asor Rosa ha accolto con entusiasmo: «È puramente e semplicemente perfetta [...] non si sarebbe potuto dire niente di più né di meglio». E ancora: «Barberis ci fa vedere splendidamente da che parte sta Castiglione e lo rimette al posto che gli spetta, accanto ai Machiavelli e ai Guicciardini, sottraendolo al destino eunuco, veramente immeritato, d'apparire il progenitore di una lunga dinastia di piccoli servi». Giusto dunque, secondo Asor Rosa, sottrarsi alle influenze della critica post-desanctisiana: «Siccome si intitola ad una professione che alla coscienza democratico-illuminista è sempre parsa un po' repellente (e non del tutto a torto), la maggior parte degli studiosi per non parlare dei lettori comuni, continua a pensare che sia un trattato di belle maniere, fatto per piacer meglio al principe, cioè al potere. [...] Il *Cortegiano* passa per essere un manuale di educazione al servizio ed è invece una critica al potere, su cui si innesta il tentativo (conformato a quelle condizioni storiche, sociali e culturali) di creare una classe dirigente che ne sorregga, integrandolo e correggendolo, il dominio».

Passarono pochi anni da quel 1528 quando il libro uscì e le corti furono investite dall'onda di giudizi assai negativi. «Mantice de l'ambizioni, mercato de le menzogne, serraglio dei sospetti, carcere delle concordie, scola delle fraudi, patria dell'adulazione, paradiso dei vizii, inferno delle virtù», le bollò l'Aretino nel *Ragionamento delle corti* (1538). E poco più tardi (1546) Sabba da Castiglione prese di mira proprio i cortigiani: «Vili, ignoranti, adulatori, assentatori, parasiti, lenoni per non dire ruffiani, malcreati, buggiardi». Ce n'era per tutti. Era il clima generale che stava cambiando. L'Europa sconquassata, le nuove nazioni sconvolte da interminabili guerre, la Chiesa terremotata: nessun progetto politico di quelli vagheggiati negli anni in cui era stato concepito il *Cortegiano* avrebbe potuto trovare attuazione.

Ma, e torniamo al paradosso di cui all'inizio, il libro di Baldesar Castiglione ebbe ugualmente fortuna. Grazie al fatto che fu adottato da un nuovo tipo di cortigiano che veniva alla luce tra i flutti di quella crisi: un protagonista della società che faceva dell'adattamento la sua religione e che ben si è fatto conoscere nella seconda metà di questo millennio. Un frequentatore di re e di potenti, per il quale dal culto dell'opportunità si passava all'opportunismo; per lui lo stare nel giusto mezzo, al centro, era un modo per esser pronto a schierarsi con il più forte; e il suo concetto di mediazione consisteva nella ricerca di un turpe accomodamento tra ragioni e torti. Machiavelli li aveva già intravisti e denunciati questi nuovi cortigiani «perniziosi», «inimici d'ogni civiltà», impedimento alla crescita di «alcuno vivere politico». Ed è proprio un paradosso della storia che il libro del Castiglione scritto per arginare questa «deriva nobiliare che stava connotando la dissoluzione del tessuto politico italiano» sia divenuto, nei secoli, un manuale per coloro che, con i loro comportamenti, han fatto sì che la parola cortigiano divenisse un insulto.

CINQUECENTO: LA GRANDE GUERRA TRA LIBRI E POTERE

La più grande guerra del Cinquecento, ancor più degli scontri combattuti in armi, fu quella tra libri e potere. Un conflitto destinato a divampare ancora nei due secoli successivi. I cui ultimi bagliori hanno, peraltro, tristemente illuminato anche il Novecento. Dopo che Johann Gutenberg nel 1455 pubblicò a Magonza la prima copia della Bibbia, i tempi in cui i testi stampati poterono circolare con una certa libertà furono relativamente brevi. Qualche decennio. Il primo intervento di censura preventiva, sia pure si direbbe a fin di bene, si ebbe nel 1472, allorché il vescovo di Siponto, Niccolò Perotti, orripilato per una pessima edizione di Plinio a cura di stampatori tedeschi trapiantatisi a Roma, istituì una commissione di eruditi che avrebbe dovuto sovrintendere all'edizione dei classici. Ottimo intento. A cui fece seguito qualcosa di analogo da parte delle gerarchie ecclesiastiche nelle città tedesche di Esslingen (1475) e di Magonza (1485). Ma già nel 1487 Innocenzo VIII invitava i vescovi di tutte le diocesi a vigilare, più che contro le cattive edizioni, nei confronti delle offese contro la religione e la morale contenute in quei primi libri. Dopodiché Alessandro VI, con la bolla *Inter multiplices* (1501), e Leone X (1513-1521), con la *Inter sollicitudines* (1515), posero le basi di un controllo generalizzato, centralizzato e soprattutto politico sui volumi dati alle stampe. Cioè le basi dell'istituto moderno della censura. Il primo caso di un libro colpito dall'interdetto si ebbe, però, in Francia dove l'*Apologia* di Pico della Mirandola fu proibita nel 1488 dalla Sorbona. Così come, sempre a Parigi nel secolo successivo, venne messo al bando – e fu la prima volta che ciò accadde per motivi attinenti non alla religione bensì alla cosiddetta decenza morale – *Gargantua e Pantagruel* di François Rabelais.

Ma la guerra vera e propria esplose dopo il 1517, in seguito all'affissione delle 95 tesi di Lutero a Wittenberg. E si intrecciò con la rivolta protestante. Un intreccio, per così dire, diabolico. Nel 1526 l'avignonese François Lambert scrisse che l'arte tipografica era stata ispirata da Dio per favorire la diffusione della Riforma. Lo stesso Lutero aderì a questa tesi sostenendo che la stampa era «l'ultimo e il più grande dono di Dio, poiché grazie ad essa il Signore aveva voluto far conoscere la causa della vera religione, ovunque sino alle ultime estremità del mondo e diffonderla in tutte le lingue». Gli scritti di Lutero furono diffusi in oltre trecentomila copie. «Il Signore si è messo a lavorare per la sua Chiesa», scriveva lo scrittore protestante John Foxe, «combattendo il suo potente avversario non già con la spada, ma con l'arte della stampa, con la scrittura e la lettura.» E ancora: «Quante saranno le macchine da stampa nel mondo, tanti saranno i forti contrapposti a Castel Sant'Angelo, cosicché o il papa dovrà abolire il sapere e la stampa, oppure quest'ultima avrà infine ragione di lui».

E guerra fu. 1546: primo indice dei libri messi al

bando nei Paesi Bassi. 1549: primo indice italiano a Venezia. 1551: primo indice dell'Inquisizione spagnola. 1553: rogo del Talmud a Roma e a Venezia. 1559: Paolo IV rende pubblico il primo indice romano. 1564: Pio IV promulga l'indice tridentino. 1571: viene istituita la Congregazione dell'Indice a Roma. Oltre ai testi protestanti, vengono trafitti dalla spada dell'Inquisizione il *Decamerone* di Giovanni Boccaccio (1573); la *Nova de universis philosophia* di Francesco Patrizi (1593); l'opera omnia di Giordano Bruno. Nel secolo successivo l'offensiva della Chiesa si rivolge contro i testi copernicani (1616), quelli di Galileo, l'*Augustinus* di Giansenio, le opere di Cartesio, il *Tractatus theologico-politicus* di Spinoza. Nel Settecento è la volta del *Dictionnaire historique et critique* di Pierre Bayle; dell'*Istoria civile del regno di Napoli* di Pietro Giannone; di *An Essay concerning human understanding* di John Locke; dell'*Esprit des lois* di Montesquieu; del *De l'Esprit* di Claude-Adrien Helvétius. E nel 1759 dell'intera *Encyclopédie*. Solo per restare ai testi e agli autori più celebri.

Un conflitto che, né più né meno di quelli combattuti sui campi di battaglia, ebbe i suoi eroi. Come John Milton che nel 1644 pubblicò l'*Areopagitica*, libro manifesto per una stampa senza controlli. Ma anche come Roberto Meietti, un piccolo libraio di Venezia ammiratore di Paolo Sarpi che dedicò i suoi sessant'anni di attività alla pubblicazione di libri proibiti, venduti attraverso un catalogo di titoli *in ultramontanis regionibus impressi*, cioè stampati in quelle parti d'Europa in cui era possibile svolgere questa attività. E che per questo fu colpito da scomunica. «La materia de' libri», scrisse Paolo Sarpi, commentando l'attività di tali editori combattenti, «par cosa di poco momento, perché tutta di parole; ma da quelle parole vengono le opinioni del mondo che causano le parzialità, le sedizioni e finalmente le guerre. Sono parole sì, ma che in conseguenza tirano eserciti armati.»

Ed ebbe anche, questo grande, interminabile conflitto, i suoi martiri. Come Ferrante Pallavicino, pamphlettista antipapale veneziano, che, all'età di ventisei anni, attirato con un inganno ad Avignone, fu lì processato, condannato e decapitato. A lui, nell'anno stesso della sua esecuzione, il 1644, fu dedicato un libello anonimo, *Anima di Ferrante Pallavicino*, che conobbe grande fortuna e conteneva una notazione sulla quale avremo modo di ritornare: «I soverchi rigori non levano le satire né le maldicenze. Gl'inquisitori rendono desiderabili alcuni libri col proibirli [...] alcuni libri si perderebbero nell'oblivione degli stessi autori se da gli indici de l'Inquisizione non venissero resi immortali».

È a questo scontro durato per secoli che un acuto studioso, Mario Infelise, ha dedicato un saggio, *I libri proibiti – Da Gutenberg all'Encyclopédie*. A dispetto del sottotitolo del libro, giustamente, Infelise inserisce il tema della censura in un quadro più ampio. Che prende le mosse dal racconto di Tacito, secondo il quale ai tempi di Tiberio, Cremuzio Cordo fu accusato di un delitto nuovo e mai contestato prima di allora (*novum ac tunc auditum crimen*), quello di aver pubblicato scritti in cui esprimeva il rimpianto per le antiche virtù repubblicane e che, per questo, furono condannati dal Senato alle fiamme. Per arrivare fino al rogo hitleriano dei libri, il 10 maggio del 1933, di fronte all'Università di Berlino (e qui l'autore dimentica altre cataste di volumi date alle fiamme in questo stesso secolo, ma siamo ormai abituati a considerare veniale questo genere di amnesia).

In compenso, Infelise non si lascia suggestionare

dalla sua stessa periodizzazione, tra i roghi di Tiberio e quelle di Hitler. Anzi.«Forse», scrive, «proprio la forza evocatrice di quei fuochi ha impedito di ragionare al di fuori di schemi ideologici e di collocare la questione della censura all'interno del tema più ampio della comunicazione e dei rapporti di questa con il potere.» Di più: «A costo di semplificare eccessivamente problemi che sono ancora ben lontani dall'essere risolti, non esiste potere che possa permettersi di rimanere indifferente alle opinioni dei governati al punto di astenersi del tutto dal proposito di influire su di esse. E in compiti del genere, non è detto che roghi e divieti siano sempre gli strumenti più efficaci». Una sassata di quelle destinate a far levare in volo un nugolo di piccioni.

Ad evitar grane con l'ambiente degli storici italiani, Infelise mette subito le mani avanti condannando, nella maniera più netta, «un certo recente revisionismo storiografico». Ma altre sue osservazioni fanno capire che il suo modo di guardare ai temi che sono oggetto del suo studio è aperto, tutt'altro che militante. Ad esempio questa che, in polemica diretta con il campo culturale a cui lui stesso appartiene, attenua le responsabilità della Chiesa in materia di censura: «La storiografia democratica e liberale di matrice ottocentesca ha [...] a lungo rivolto uno sguardo carico di indignazione verso la censura ecclesiastica dei secoli scorsi, facendo proprie tutte le argomentazioni di chi allora era stato costretto a subirla. Non si è però mai curata di tener nel debito conto quali fossero le condizioni effettive dell'esercizio del potere e della circolazione delle informazioni, trascurando che anche le autorità civili ritenevano fondamentale alla loro sopravvivenza un sistema di controllo capace di allontanare il pericolo dell'eresia e di contribuire a rafforzare l'azione di governo». O questa che, sulla scia degli studi di Georges Minois sugli effetti della censura in Francia (in particolare *Censure et culture sous l'Ancien Régime*), offre una curiosa valutazione delle conseguenze di questa guerra tra libri e potere: «Paradossalmente in certi casi proprio la repressione, suscitando la curiosità nei riguardi dei titoli proibiti, ha alimentato l'interesse e ne ha consentito la sopravvivenza. In altri ambiti la necessità di eludere la vigilanza ha condotto ad affinare lo stile e a coltivare l'ironia e le allusioni. Solo di recente è stato notato che lo spirito francese settecentesco è anche il risultato del sottile gioco che scrittori e censori intrattenevano vicendevolmente».

Su quest'ultimo argomento, Infelise scrive cose molto interessanti. Guidando il lettore lungo un sentiero di guerra partigiana degli stampatori in lotta contro l'Inquisizione. Percorso che conduce a riflessioni analoghe a quelle che di questi tempi si fanno anche a sinistra sulla storia del comunismo nel Novecento. Così come l'epopea che seguì alla Rivoluzione d'ottobre, al di là delle sue unanimemente riconosciute nefandezze, è valutata positivamente da tale storiografia per il fatto che «costrinse» il mondo libero a modernizzarsi, lo stesso, secondo l'autore, forse si può dire per gli effetti dell'azione censoria dell'Inquisizione. Infelise, sulla scia di ciò che scriveva il libello di cui s'è detto su Ferrante Pallavicino, racconta di come l'indice dei testi proibiti «era talora provocatoriamente adoperato come repertorio bibliografico di libri di cui sarebbe stato opportuno provvedersi». E di come questi indici proibitivi ed espurgatori «tra l'altro facevano risparmiare ogni fatica d'andare a cercare i passi condannabili all'interno di libri complessi e di difficile interpretazione, segnalando esplicitamente le pagine e i punti che valeva la pena leggere». In Inghilterra, nel 1624, Thomas James, bibliotecario di Oxford, pubblicò addirittura un *Index generalis librorum prohibitorum a pontificiis* con una prefazione che invitava a considerare tale *Index* alla stregua di un catalogo di «libri raccomandati». E Paolo Sarpi, allorché l'ambasciatore francese presso la Serenissima gli chiese qualche suggerimento su come metter su una biblioteca «curiosa», rispose che, per questo scopo, era sufficiente acquistare i libri elencati nell'Indice della Chiesa. Così la falsa datazione, gli errati riferimenti al luogo di pubblicazione, i frontespizi contraffatti, insomma tutti quei trucchi a cui ricorrevano autori ed editori per riuscire a passare tra le maglie della repressione inquisitoria, divennero ben presto elementi che impreziosirono i libri stessi, favorendone la divulgazione. E anche per quel che riguarda l'appena citata repressione inquisitoria...

Detto che le espurgazioni, cioè il taglio o la riscrittura dei brani ritenuti peccaminosi (tra le pagine più belle del libro sono sicuramente quelle dedicate a questo tipo di operazioni compiute sui testi di Petrarca, Boccaccio e Baldesar Castiglione), furono quasi più gravi degli stessi divieti, Infelise si sofferma su qualche considerazione che merita di esser presa in serio esame. Va premesso che l'autore non ha nessuna parentela con studiosi di impianto cattolico tradizionalista come Vittorio Messori o come Rino Cammilleri e Cesare Cavalleri, mentre rende invece esplicito omaggio ad altre correnti storiografiche che fanno riferimento agli studi di Robert Darnton, Adriano Prosperi e Carlo Ginzburg. Questo per chiarire che non ci troviamo in presenza di un sostenitore a oltranza delle ragioni della Chiesa cattolica. Pur tuttavia, Infelise non manca di mettere in luce alcuni punti, diciamo così, controversi.

In primo luogo afferma che la censura non era praticata solo dalla Chiesa: «La Ginevra di Calvino a metà del Cinquecento disponeva di un sistema di controllo statale che non era differente da quello che vigeva nei paesi rimasti fedeli a Roma». E che «lo stesso avvenne più avanti nelle sette province unite d'Olanda dove, se libertà esisteva, era quella di pubblicare materiale anticattolico nelle diverse lingue straniere». Non dimentica poi che Lutero nel 1543 scrisse che il contatto dei lettori con le opere pubblicate doveva essere filtrato da appositi «ministri del Vangelo che Dio desidera far preparare nelle scuole: sono loro che egli ha voluto come guardiani dei libri dei profeti e degli apostoli e dei dogmi autentici della Chiesa». Il tutto per dire a chiare lettere che all'epoca non furono solo i papi a volere la censura: «Fino alla vigilia della Rivoluzione francese, la convinzione che la pubblicazione di un libro non dovesse essere libera fu ovvia e generalizzata». Così a Venezia si prestarono al ruolo di revisori di libri letterati come Lodovico Dolce, Francesco Sansovino, Paolo Manunzio, Carlo Sigonio. In Spagna furono censori per il Sant'Uffizio Lope de Vega e Pedro Calderón de la Barca. Traiano Boccalini, autore dei *Ragguagli di Parnaso*, violentemente osteggiati dalla Chiesa e messi subito all'indice, scriveva, nonostante ciò che gli era capitato, che la censura era «una saggia massima di ragion di Stato», «ritratto e scudo d'ogni buon governo», biasimando quella libertà di stampa che in Francia e Germania aveva condotto i popoli di quei paesi a «travagli grandissimi e forse originati da le penne degli scrittori e dalle stampe». E Pier Paolo Vergerio, nemico acerrimo delle proibizioni vaticane, chiese la messa al bando del *De trinitatis erroribus* di Michele Serveto, meritevole a suo avviso «di essere scomunicato et maledetto da dovero», come pure gli anabattisti «fanatici perversori delle sacre lettere, sprezzatori di tutta la politia et de tutti i buoni ordini» e anche il Talmud e il Corano.

Senza togliere alcunché alla gravità della persecuzione che subirono Copernico, Cartesio, Galileo e altri uomini di scienza, va detto poi, sempre secondo Infelise, che sarebbe «esagerato ritenere che la riflessione su temi scientifici in Italia si sia del tutto arrestata in conseguenza dell'operato dell'Inquisizione e delle manovre censorie». Così come va ricordato che «allievi di Galileo ebbero cattedre in varie università italiane e i risultati delle ricerche concepite nell'ambito della sua scuola furono pubblicati in tutt'Italia senza grossi inconvenienti».

Per quanto riguarda poi l'Inquisizione spagnola (sulla quale si hanno più informazioni e, perciò, studi di alto livello scientifico) «ciò che», secondo Infelise, «immediatamente stupisce, a dispetto delle centinaia di processi esistenti e della tradizionale "leggenda nera" che vorrebbe un rigido e inflessibile controllo, è l'esiguità dei provvedimenti relativi alla diffusione e alla lettura di testi proibiti». È solo Infelise a dir questo? No. Studiosi di grande livello come Jaime Contreras e Gustav Henningsen sono giunti alla conclusione che, in Spagna, «l'incidenza di processi per possesso di libri proibiti risulta minima». Juan Blasquez Miguel ha specificato che nella giurisdizione Castilla-La Mancha che comprendeva le inquisizioni di Cuenca, Toledo e Murcia «sono praticamente assenti i processi contro i lettori di opere proibite sino alla fine del secolo XVIII». Secondo François Lopez, «gli ostacoli posti dall'Inquisizione alla circolazione dei libri nel Seicento non furono gravi». Sicché, sempre a detta di Lopez, «gli storici dell'editoria spagnola devono giungere a una strana e triste constatazione: il paese [la Spagna] che si dice essere stato il più e meglio sorvegliato grazie a una polizia onnipresente e terribile, è quello in cui le tracce di questa sorveglianza sono meno numerose».

E, per uno strano caso, la prima storia della censura libraria, scritta appena dodici anni prima di quel 26 agosto 1789 in cui la *Dichiarazione dei diritti dell'uomo e del cittadino* dalla Francia rivoluzionaria definiva la libertà di comunicazione come «uno dei diritti più preziosi», quella prima storia, dicevamo, la scrisse un gesuita, nemico dichiarato della libera circolazione dei libri. L'autore si chiamava Francesco Antonio Zaccaria e il suo testo, al quale è costretto ad attingere chiunque voglia occuparsi di questi problemi, *Storia polemica delle proibizioni de' libri* (1777). Polemica? «È questa una importantissima storia», vi si può leggere, «che ci mancava delle proibizioni de' libri; ma una storia polemica, nella quale si dichiara la somma necessità di torre dalle mani de' fedeli i libri di qualsiasi rea dottrina e contro i maligni clamori de' falsi politici, degli eretici e degl'increduli alla Chiesa bravamente si assicura il sovrano diritto, che ella da Gesù Cristo ha ricevuto di vietarli.»

GIORDANO BRUNO
E L'INQUISIZIONE RIVISITATA

Giordano Bruno fu messo al rogo il 17 febbraio del 1600. Aveva cinquantadue anni. Era nato a Nola nel 1548; diciottenne era entrato a Napoli per studiare e prendere i voti. Voti di domenicano, gli stessi che un secolo prima erano stati di un altro grande eretico Gerolamo Savonarola. Ma presto gettò il saio alle ortiche e iniziò un viaggio, a fasi alterne, di allontanamento e riavvicinamento alla Chiesa. In Italia: a Roma, Savona, Venezia, Padova, e fuori: a Chambéry, Lione, Ginevra, Tolosa, Parigi, Praga, Francoforte. E a Londra, nella Londra protestante di Elisabetta, dove secondo un curioso libro di John Bossy pubblicato in Italia nel '92, Giordano Bruno e il mistero dell'ambasciata, esercitò attività di spionaggio a favore della regina. Infine, dopo un nuovo peregrinaggio, a Venezia, alla corte del nobile Giovanni Mocenigo che voleva da lui lezioni di occultismo e di mnemonica. E che lo denunciò all'Inquisizione. Il 23 maggio 1592, Giordano Bruno fu arrestato. Finché rimase a Venezia sembrò che se la potesse cavare. Ma poi, trasferito nel '93 a Roma, al termine di un estenuante processo che durò sette anni, per lui fu sentenza di morte. Morte tra le fiamme.

Per anni e anni l'unico documento che in qualche modo certificò quel decesso (ma soprattutto le atroci modalità con cui avvenne) fu la lettera di un protestante tedesco che in quei giorni era in visita a Roma perché convertito al cattolicesimo: Kaspar Shoppe. La sera del giorno in cui Bruno era stato bruciato vivo, Shoppe mise per iscritto il racconto della terribile esecuzione a cui aveva assistito. Quel racconto, però, fin quasi alla fine del secolo scorso fu oggetto di contestazione da parte di vivaci correnti «negazionistiche» del mondo cattolico: l'epistola di Shoppe sarebbe stata null'altro che un falso secentesco; di Giordano Bruno il fuoco avrebbe arso solo un ritratto e lui stesso avrebbe vissuto ancora a lungo, agli inizi del XVII secolo, chiuso in un convento dell'Ordine domenicano. Ancora nel 1885 il cattolico francese Théophile Desdouits espose tesi di questo genere in un fortunatissimo libro: *La légende tragique de Jordano Bruno*.

Fu anche per reagire a questa offensiva che, qualche tempo dopo la pubblicazione del libro di cui s'è appena detto, il governo italiano presieduto da Francesco Crispi ordinò l'apertura degli archivi, fino a quel momento chiusi al pubblico, della Compagnia di S. Giovanni Decollato, cioè della confraternita che aveva il compito di accompagnare al supplizio i condannati a morte. Ne vennero fuori documenti che confermavano in pieno la versione di Shoppe. Ed è tra queste rivelazioni e accesissime polemiche che, nel clima anticlericale della Roma di fine Ottocento, fu deciso di collocare un monumento in onore di Giordano Bruno al centro della piazza di Campo dei Fiori (anche se il luogo esatto in cui nel 1600 il filosofo aveva trovato la morte tra le fiamme non era quello, bensì all'angolo tra la Piazza e via dei Balestrari).

La statua fu inaugurata nella domenica di Pentecoste del 1889, il 9 giugno, alla presenza di migliaia di persone. Fu una grande festa, preceduta da un imponente corteo. Entrambi sotto insegne dichiaratamente massoniche. Della massoneria ufficiale era stata dal 1887 la battaglia per installare quel monumento in Campo dei Fiori; massone lo scultore della statua, Ettore Ferrari; massone anche l'autore dell'epigrafe nonché oratore alla cerimonia di inaugurazione, Giovanni Bovio. La reazione di papa Leone XIII e della stampa a lui vicina fu un misto di ira e desolazione: il pontefice trascorse quella Pentecoste digiuno ai piedi della statua di San Pietro; i giornali amici del Vaticano denunciavano, «l'orgia satanica», «l'idra rivoluzionaria che debaccava» per le vie di Roma, il trionfo dei «rabbi della Sinagoga, gli archimandriti della Massoneria, dei capiparte del liberalismo demagogico»; e annunciavano come seguito a tutto ciò «disastri di ogni maniera, come inondazioni, frane, uragani e simili». Anzi, secondo l'organo dei gesuiti, «Civiltà cattolica», queste forme di punizione divina erano già in atto e ben visibili da quando s'era posto mano a quel maledetto monumento.

Fu in questo contesto che gli studiosi dell'Italia risorgimentale e postrisorgimentale diedero corpo a un'immagine del filosofo di Nola che è viva ancora oggi. Un'immagine che Anna Foa una sperimentata storica, laica non meno della famiglia da cui proviene (è figlia di Vittorio e Lisa Foa, sorella dell'ex direttore dell'«Unità» Renzo e di Bettina), rivisita con grande intelligenza e acume. Ma soprattutto con assenza di pregiudizi – e qualche punta di dissacrazione – in un libro, *Giordano Bruno*, che il Mulino ha inserito nella collana dal nome «L'identità italiana». Un libro tagliato, veloce, di poco più d'un centinaio di pagine. Con le inevitabili lievi inesattezze di questo genere di opere, che dichiaratamente non ha la pretesa né di innalzare vessilli revisionisti, né di imbastire processi postumi di natura controriformista. Un libro che non ha nessun rapporto di parentela con quelli di studiosi cattolici ultratradizionalisti come lo *Stat veritas* di Romano Amerio, secondo il quale «bisogna avere il coraggio di dire che la Chiesa ha bruciato Giordano Bruno e che questo abbruciamento era legittimo, era buono ed era santo, perché compiuto contro un malvagio, la cui malvagità San Tommaso definirebbe tre volte somma». Ma, ad un tempo, dichiaratamente ostile alla torsione che si è fatto dell'immagine di Bruno. Anna Foa precisa senza reticenze a quale necessità fu piegata l'immagine di Giordano Bruno: «La necessità di accompagnare alla costruzione di uno Stato unitario la ricostruzione o, se si preferisce la reinvenzione di un percorso culturale e filosofico italiano specifico, autonomo e sotto alcuni aspetti egemone nella cultura europea». «In questo ambito», aggiunge, «la filosofia italiana del Rinascimento viene interpretata come il primo momento della liberazione del pensiero in Europa e viene posta in stretto collegamento con gli sviluppi della "filosofia moderna" cioè in sostanza di quella filosofia hegeliana che da Spaventa a Croce a Gentile diventerà dominante nel panorama filosofico italiano.» E infatti per due secoli, il Seicento e il Settecento, di Giordano Bruno era stata discussa, più che la dottrina, l'attività politica che l'aveva portato al rogo. Denis Diderot, in una voce dell'*Encyclopédie* lo aveva descritto come un anticipatore del pensiero moderno ma ne aveva criticato la confusione. Poi però, nella Germania romantica del primo Ottocento filosofi come Jacobi, Shelling e Hegel avevano espresso apprezzamento nei suoi confronti. E nel '30 a Lipsia era stata avviata la pubblicazione integrale delle sue opere. Ma la sua consacrazione italiana iniziò solo negli ambienti dei fuorusciti napoletani dopo la repressione dei moti del 1848. Per essere completata in anni successivi principalmente ad opera di Bertrando Spaventa e Francesco De Sanctis. A loro si deve, secondo Anna Foa, per quel che riguarda Bruno ma anche altro, «l'invenzione di un passato» allo scopo di rendere il presente più nobile, dignitoso. E di grande lignaggio. L'invenzione cioè di un primato italiano nel campo filosofico cinquecentesco che avrebbe dovuto servire a compensare e bilanciare l'imbarazzante ritardo dell'Italia nell'essersi fatta Stato. E ad attribuire, implicitamente, la colpa di questo ritardo alla Chiesa cattolica. Colpa che avrebbe trovato una materialità simbolica nel rogo in cui morì il filosofo «eretico, impenitente e pertinace» Giordano Bruno.

Ma non è tutto. Il più grande sistematore di tutta questa rivalutazione di Giordano Bruno sarebbe stato all'inizio del secolo successivo Giovanni Gentile. Circostanza che negli ultimi cinquant'anni, per comprensibili motivi, si è teso a non mettere in grandissimo risalto. Fu Gentile che curò la prima grande edizione delle opere di Giordano Bruno; fu lui che impegnò la cultura nazionale in una battaglia culturale per «restituire al Bruno la sua dignità storica di filosofo»; fu ancora Gentile che nel 1929 al momento del Concordato premette su Mussolini perché resistesse alle pressioni di monsignor Pacelli per far togliere la statua di Bruno da Campo dei Fiori in ossequio al «carattere sacro» di Roma sancito dal primo articolo del patto tra Stato e Chiesa. Gabriele Turi nella sua biografia di Gentile, che difficilmente potremmo definire simpatizzante nei confronti del filosofo, sulla scia di quel che aveva scritto Renzo De Felice, gli riconosce questo «merito». E ricorda le dure parole anticlericali che in quell'occasione Gentile avrebbe detto a Mussolini: «Arde ancora una piccola fiammella nel nostro paese. Se anche questa fiammella della cultura italiana si spegne, andranno all'aria non solo la cultura, ma il fascismo, la Chiesa, l'Italia stessa».

Fu ancora Gentile a mettere in evidenza come Giordano Bruno, «martire della filosofia», avesse risolto con la sua morte le contraddizioni dello stesso pensiero rinascimentale matrice culturale dell'Italia moderna «sostenendo le ragioni della filosofia contro quelle della religione». «È l'immagine», sottolinea la Foa, «tramandataci dai manuali, entrata a far parte del senso comune storiografico, diffusa e ovunque accettata, sia pur in forma semplificata e riduttiva.»

Un'immagine che in questi ultimi tempi ha cominciato ad essere rivisitata sulla scia di nuovi studi. Per esempio quello su Giordano Bruno «mago» che è al centro di un libro di Francis Yates, *Giordano Bruno e la tradizione ermetica*, secondo il quale il filosofo nel suo peregrinare per l'Europa sarebbe divenuto appunto «mago» nel senso che questa parola aveva assunto alla fine del Cinquecento. Si sarebbe cioè applicato alla missione di assoggettare il mondo ai suoi voleri attraverso l'uso di arti segrete e occulte, di tecniche potenti come quella della memoria. Ne discende per Anna Foa, la quale accetta solo in parte queste ipotesi di Yates, che «non la chiarezza della ragione opposta alle tenebre della superstizione religiosa, non questo sarebbe quindi stato lo scontro di Bruno coi suoi giudici, ma quello che contrapponeva all'ortodossia religiosa un pensiero che si voleva superiore, più capace, più consapevole, ricco delle conoscenze di una sapienza antica». Il che spiegherebbe perché Bruno al cospetto dell'Inquisizione rifiutò di salvarsi. E getta una nuova luce sulla sua intera vicenda. Aiutandoci a capire come mai, a differenza di Bruno, il suo coevo Tommaso Campanella – anch'egli domenicano, anch'egli coinvolto in congiure politiche, anch'egli accusato d'eresia, anch'egli imprigionato prima a Napoli e poi a Roma, anch'egli torturato – poté salvarsi e morire a Parigi di morte naturale, in un convento, riconciliato con la Chiesa.

In effetti la differenza tra Bruno e Campanella per quel che riguarda lo scontro con l'istituzione ecclesiastica, non è tanto nella materia di giudizio o nel tribunale dell'Inquisizione che è lo stesso per tutti e due, quanto nel diverso comportamento dei due eretici. Giordano Bruno a metà circa della sua vicenda giudiziaria comincia a comportarsi come se credesse di essere dotato di poteri particolari. Nell'ultimo decennio del XVI secolo, Bruno, come abbiamo scritto sopra, si scontra due volte con l'Inquisizione, dapprima a Venezia fino al 1593, poi a Roma: a Venezia si getta ai piedi dei giudici e si dichiara disposto ad ogni abiura; a Roma inizia con i giudici un sottile gioco di scherma, gioco che si conclude con la sua manifestazione di non disponibilità a piegarsi all'abiura. Quella stessa abiura che sette anni prima non gli aveva creato problemi. A Roma si muove come se pensasse di potersela cavare con le sue arti magiche, confondendo i giudici del tribunale, mettendoli in contraddizione con se stessi. Una tattica suicida che lo condurrà dritto dritto al rogo.

Quello sul processo a Giordano Bruno è forse il capitolo del saggio di Anna Foa che ha le maggiori implicazioni storico-politiche. E anche le più ampie connessioni con il libro di Ernesto Galli della Loggia, *L'identità italiana*, che inaugura la collana aperta dal saggio su Bruno della Foa. Le implicazioni, dicevamo. Innanzitutto la formazione della prova attraverso le testimonianze dei compagni di cella del carcere veneziano che, come il cappuccino Celestino da Verona, ottengono la scarcerazione e subito denunciano Bruno all'Inquisizione. Tutti testimoni «inaffidabili perché di "vita infame", carcerati e accusati a loro volta». In cinque cominciano a riferire che in prigione Bruno profferiva opinioni erronee sulla santa fede cattolica, con il suo dire che Gesù era «un tristo», che «faceva miracoli apparenti e ch'era un mago e così li apostoli», che Cristo «mostrò di morire mal volentiere» e che non fu crocefisso, bensì impiccato su una forca «come all'hora si solevano attaccare gl'huomini delinquenti». Avrebbe detto inoltre «che Cristo è un cane becco fottuto, can... et alzando la mano, faceva le fiche al cielo». Si sarebbe pronunciato inoltre contro la messa e contro la credenza sia dell'inferno che del purgatorio (ma tra i due salvava il purgatorio dal momento che gli era impossibile credere che nessuno, fossero anche i demoni, potesse essere condannato per l'eternità). Avrebbe speso parole a favore di Caino «uom da ben e che meritatamente uccise Abel suo fratello perché era un carnefice d'animali». E altri insulti contro Mosé «mago astutissimo» e i profeti «huomeni astuti, finti e bugiardi». Aveva denunciato la superstizione della Chiesa che «in Genoa tenea per Reliquia la coda dell'asino di Cristo».

Chiacchiere inutilizzabili sotto il profilo processuale. Tant'è che il tribunale romano dell'Inquisizione, forse anche perché si rese conto di questa pochezza, offrì ripetutamente a Giordano Bruno l'opportunità di salvare la vita percorrendo la via dell'abiura che aveva già battuto a Venezia. C'è in questa descrizione del trattamento riservato a Bruno da parte dell'Inquisizione qualcosa che, per così dire, differenzia il giudizio storico da quello morale. Quello morale resta intatto; ma quello storico... Anche se la Foa precisa nel modo più netto di non mirare a giustificare o ad assolvere il tribunale del cardinal Bellarmino e si riserva il diritto di ribadire in più di un'occasione la sua valutazione negativa sull'intera vicenda sotto il profilo etico. Epperò, per quel che invece riguarda la storia, i fatti sono fatti. E non si deve ricorrere a forzature. «Non immaginiamoci», scrive, «oscure segrete in cui Bruno, in ceppi, sottoposto continuamente a torture e vessazioni, attendesse nelle mani di crudeli e fanatici persecutori un inevitabile destino di morte.» Le carceri del Santo Uffizio «consentivano condizioni materiali decenti [...] le celle erano larghe, non prive di luce e contenevano probabilmente a volte anche quattro detenuti. Campanella vi tenne tra il 1594 e il 1595, lezioni e conversazioni filosofiche».

D'accordo. Ma il processo dell'Inquisizione? «Dal punto di vista giuridico, non vi sono dubbi che il processo di Bruno si sia svolto nel più rigoroso rispetto delle norme, senza abusi o volontà precostituite di condanna.» Proprio così: «nel più rigoroso rispetto delle norme»; «senza abusi»; «senza volontà precostituite di condanna». «Neanche il cardinal Bellarmino, il protagonista delle ultime fasi del processo, appare particolarmente ostinato nel volere la condanna del filosofo. Si ha addirittura l'impressione che il tribunale facesse di tutto per ottenere da lui una ritrattazione e quindi salvarlo.»

Va bene. Ma che dire di quella sentenza, del rogo? «Secondo il diritto del tempo, costruito e codificato dalla Chiesa», afferma Anna Foa dopo un'ineccepibile disamina storica, «era non solo in suo [della Chiesa] diritto ma anche in suo dovere condannarlo.» E vogliamo forse dimenticare quanti roghi arsero in quegli anni? Quelli cattolici, sì. Anche voluti da santi come Carlo Borromeo gran bruciatore di presunte streghe. E anche di religiosi non ubbidienti al rito di Santa Romana Chiesa. Non possiamo certo considerare controriformista quel rogo di Ginevra dove il 27 ottobre del 1553 bruciò il medico spagnolo Michele Serveto, negatore della trinità, mandato sulle fiamme da Calvino.

C'è l'eco in queste pagine, se non di quell'*Elogio della Inquisizione* di Jean-Baptiste Guiraud il cattolico tradizionalista francese che nella prima metà del secolo si propose di «sfatare la leggenda nera» che aveva avvolto il Sant'Uffizio, quantomeno di un fondamentale libro di Adriano Prosperi, *Tribunali della coscienza. Inquisitori, confessori, missionari.* Secondo Prosperi, da Voltaire in poi l'Inquisizione è stata accusata di un perverso gusto per la tortura e per la morte. Adesso è venuto il momento di «gettare via questo vecchio arnese polemico». E di dire che «nel confronto con i tribunali laici ad essi contemporanei, quelli ecclesiastici risaltano per la loro tendenziale moderazione, per il rispetto della procedura, per la lunga ponderazione degli elementi di prova». Per concludere che «nel contesto dell'Europa intollerante del '500-'600, l'Inquisizione cattolica brillò per le procedure attente e per i criteri razionali che impose nella conduzione dei processi di stregoneria, salvando spesso la vita alle accusate».

Il discorso di Anna Foa si apparenta poi a quello di Galli della Loggia anche lui impegnato – in margine a discorsi assai più complessi che qui è impossibile riassumere, di ricostruzione dei tratti fondamentali dell'identità italiana – nella ricollocazione storica della Controriforma. Non già per assolverla ma per restituirla alle sue giuste dimensioni. E anche, beninteso, responsabilità. Che, però, non possono essere, a tutta evidenza, quelle di aver provocato un ritardo di quattro o cinque secoli nella nascita dello Stato italiano. Né di aver da sola, per convenienza o capriccio, estirpato la pianta del Rinascimento. E nemmeno di essere di per sé all'origine della discutibile moralità pubblica delle nostre genti, o della loro irreligiosità mascherata di superstizione. «Quel che appare sicuramente insostenibile dal punto di vista storico», mette in chiaro Galli della Loggia, «è la riduzione del bimillenario rapporto tra Italia e cristianesimo, mediato dalla Chiesa, ai due secoli, sia pure importantissimi, della Controriforma.»

Ecco dunque che, sulla base di questi studi, Giordano Bruno viene fatto scendere dal piedistallo. Senza togliere nulla, ma proprio nulla, alla sua biografia si mette meglio in luce che, per motivi politici legati ad una stagione del Risorgimento, è stato quantomeno sopravvalutato come filosofo. Si ricorda che il suo culto, di origini inequivocabilmente massoniche, fu divulgato dal più importante accademico dell'Italia fascista. Ed è così che il suo processo, in virtù quasi di un capovolgimento, diventa la tessera di un mosaico in cui si comincia a vedere una Controriforma diversa. E comunque a tinte assai più sfumate.

BARUCH SPINOZA, L'INTELLETTUALE ESCLUSO

«Che Dio mai gli perdoni i suoi peccati. Che la collera e l'indignazione del Signore lo circondino e fumino per sempre sul suo capo. Che tutte le maledizioni contenute nel Libro della Legge riposino su di lui. Che Dio lo cancelli dal suo Libro, lo separi a sua rovina da tutte le tribù d'Israele, e gli dia in sorte tutte le maledizioni espresse dal Libro della Legge.» È il 27 luglio 1656: con questi fulmini verbali il ventiquattrenne Baruch Spinoza – era nato nel 1632 da una famiglia ebraica di origini portoghesi e marrane – è espulso, o meglio «escluso» dalla comunità ebraica di Amsterdam. «Noi ordiniamo che nessuno abbia rapporti orali o scritti con lui», recita il *cherem*, il bando d'esclusione, «che nessuno lo soccorra, che nessuno rimanga con lui sotto un solo tetto, che nessuno gli si avvicini più di quattro passi, che nessuno legga uno scritto redatto o pubblicato da lui.»

Quel bando d'esclusione ha un posto nella storia del pensiero filosofico di questi ultimi quattro secoli. Scriveva Heinrich Heine nel 1834: «Caro lettore, se una volta tu dovessi recarti ad Amsterdam, fatti mostrare dal servo di piazza la sinagoga spagnola. È un bell'edificio; il tetto poggia su quattro pilastri colossali, e nel centro sorge il pulpito dal quale una volta fu pronunciato l'anatema contro lo spregiatore della legge mosaica, l'hidalgo don Benedetto Spinoza. In tale occasione venne soffiato in un corno di caprone che si chiama *Shofar* [...]». L'eco di quello *Shofar* è rimasto e resterà come suono di fondo che accompagna la nascita dell'intellettuale moderno. L'intellettuale escluso.

L'esclusione di Spinoza è il perno attorno a cui ruota un nuovo, interessante libro di Pierre-François Moreau pubblicato prima in Francia e ora in Italia con il titolo *La ragione pensante*. Il contesto, com'è noto, è quello dell'Olanda relativamente tollerante del XVII secolo nella quale vive una comunità ebrea in cui si ritrovano esiliati di Portogallo, Spagna, Polonia. Quelli giunti nella seconda metà del Cinquecento dalla penisola iberica erano marrani, *conversos*. Erano cioè ebrei convertiti al cattolicesimo per sottrarsi alle persecuzioni cristiane; ebrei che però erano rimasti segretamente fedeli alla loro religione, e che ora venivano messi in fuga nella stagione più intollerante inaugurata dal tribunale dell'Inquisizione. Il tutto nel nome della *limpieza de sangre*, vale a dire degli statuti per la purezza della razza introdotti già nel 1449 ma applicati con radicalità solo un secolo dopo, nel 1556 da Filippo II. Ciò provocò la grande ribellione contro Filippo II, la quale si concluse con la vittoria dei ribelli nella cosiddetta Unione di Utrecht (1579). Unione che fu a sua volta all'origine della nascita della Repubblica delle Province Unite (1581) dove fu finalmente sancito che nessuno avrebbe potuto essere perseguitato per le sue opinioni religiose.

Ecco dunque che moltissimi ebrei spagnoli e portoghesi, reduci da oltre cent'anni di conversioni forzate, possono raggiungere un paese, una città, Amsterdam, dove sono liberi di riabbracciare apertamente la loro fede. Ma in realtà la questione è più complessa: dopo decenni nei quali i *conversos* si erano dovuti adattare (perché costretti, ripetiamolo) ad un ebraismo spurio e segreto, adesso sono finalmente «liberi» sì, ma liberi di entrare in una comunità regolata (per nobili motivi, beninteso, cioè per difendere la comunità stessa) dalla più rigida ortodossia. Insediata senza essere del tutto assimilata, questa comunità ad Amsterdam vive perciò ripiegata su se stessa, sulla sua religione, le sue leggi, le sue sanzioni; ed è da parte di questa società reietta che Spinoza è a sua volta reietto: «Esilio, ripiegamento, scomunica», sottolinea Moreau: «la sua vita di filosofo comincia per tre volte sotto il segno dell'esclusione».

Questa esclusione si fa assoluta dal momento che Spinoza rompe con la comunità israelitica ma resta ebreo, non si sposta su nessun'altra religione o setta e finisce per essere, diciamo così, un apolide religioso. Cosicché l'esclusione diviene parte costitutiva non solo della sua identità filosofica ma, sul modello più o meno consapevole della sua esperienza, della figura del moderno intellettuale d'Occidente. Anche di quello non ebreo. «Spinoza diventa colui del quale non si parla, colui che si critica senza averlo letto, colui il cui solo nome fa rabbrividire [...] il diavolo forse», scrive ancora Moreau; «Non lo si riconosce come un pari con il quale si possono avere divergenze, bensì come l'empio che occorre cacciare indietro, l'innominabile insomma.» Dirà qualcuno, assai più tardi, che i professori e gli storici della filosofia considerano gli altri filosofi dapprima colleghi e poi soltanto avversari: «Spinoza è quello che nessuno considera collega. Inesorabilmente, quasi si abbia paura di passare per complice se la discussione non s'accompagna a ostentato disprezzo».

In realtà è già da qualche tempo che gli studi su Spinoza mettono sempre più a fuoco il tema ben individuato adesso da Moreau. Se ne è avuta eco nei due grandi convegni internazionali sul filosofo olandese tenutisi in questo decennio: quello di Cortona dell'aprile 1991 (gli atti sono stati pubblicati ad Amsterdam nel '95) e quello di Rotterdam dell'ottobre 1994, relazioni e interventi del quale sono stati dati alle stampe a New York. Moreau ha il merito d'aver messo in evidenza come ad Amsterdam alla metà del Seicento si sia formato non solo il filosofo Baruch Spinoza, tra i più importanti del millennio, ma anche un archetipo di figura intellettuale per i secoli successivi: l'uomo di cultura, arti, lettere «fuori dalle parti», anzi spesso «in conflitto con ambedue le parti»; che coltiva con orgoglio la sua alterità, la sua sofferenza, il suo isolamento. E in qualche caso riesce a trasformarli in superiorità.

Qualche tempo fa, in un fondamentale libro, *I destini e le avventure dell'intellettuale ebreo*, Riccardo Calimani ha dedicato una cinquantina di bellissime pagine a questo archetipo spinoziano che prende corpo ad Amsterdam nel Seicento. In quella città olandese, accanto ai fedeli dei tre grandi filoni, cattolico, calvinista ed ebraico, convivono sette di ogni tipo: anabattisti, mennoniti, sociniani, quaccheri, collegianti. In più ci sono molti esuli giunti nei Paesi Bassi con motivazioni religiose di comodo, in realtà assai più semplicemente perché attratti da una prospettiva di benessere e di libertà. Per mettere ordine in questo flusso migratorio che provoca alla città, nel volgere di pochissimi anni, una crescita imponente, il consiglio di Amsterdam emana dapprima un'ordinanza, poi uno statuto che impone agli ebrei di dichiarare la loro piena adesione alla legge di Mosè. E con essa la più totale obbedienza alle regole della comunità, nonché il divieto di contrarre matrimonio con cristiani, e addirittura la proibizione a questi ultimi di lavorare alle dipendenze di israeliti. All'interno della comunità ebraica, poi, le infrazioni punibili con la pena del bando finiscono con l'essere ben ventiquattro: si va dalla disubbidienza agli ordini della sinagoga fino alla testimonianza non autorizzata in un divorzio o al mancato pagamento delle imposte. «Certo», osservava Calimani, «ai molti profughi che per generazioni avevano praticato clandestinamente un giudaismo rozzo e ancestrale, apparve probabilmente paradossale essere di colpo costretti ad adeguarsi con zelo a un ebraismo rigoroso.» Tanto più che quel rigore ai loro occhi in breve prese le sembianze proprio dell'Inquisizione.

Secondo i primi biografi di Spinoza la scena che segnò la sua vita fu la flagellazione in sinagoga di Uriel da Costa. Da Costa era una figura paradigmatica del clima intellettuale di Amsterdam nell'epoca di cui stiamo parlando. Nato a Porto alla fine del Cinquecento da un cristiano e da una marrana, da Costa aveva studiato diritto canonico e filosofia tomista all'Università di Coimbra. Poi si era convertito all'ebraismo ma si era fatto altresì partigiano di una lettura letterale della Bibbia contro la Legge orale della *Mishnah* e del *Talmud*. Cosa che gli costò un primo bando ad Amburgo dove era andato a sostenere le sue tesi. Quasi contemporaneamente fu in violenta polemica con il mondo cristiano per la teoria delle ricompense – premi o pene – dopo la morte di cui negava ogni validità. Allo stesso modo in cui negava l'immortalità dell'anima, immortalità di cui, andava sostenendo, non c'è traccia nella Bibbia. Ad Amsterdam, Uriel da Costa entrò in conflitto con la città e con la comunità ebraica della quale era entrato a far parte: ricevette dapprima una condanna a una multa e al rogo pubblico delle sue opere dalla magistratura della città; poi un *cherem* dalla comunità israelitica. Per essere riammesso accettò di abiurare. Ma intimamente restò fermo su un punto sul quale fu precursore di Spinoza: «C'è gente che si vanta dicendo io sono ebreo, io sono cristiano, ma quello che pretende di non essere né l'uno né l'altro è considerevolmente superiore». Eccoci ad un primo elemento di spinozismo: spirito fuori dalle parti, superiore alle parti.

Comunque la dissimulazione non regge, Uriel da Costa è scoperto e subisce un nuovo *cherem*. Resta ai margini della comunità tra il 1633 e il 1640, quando all'età di cinquantacinque anni si offre per una nuova, sofferta riconciliazione. La comunità gli risponde di sì. Ma gli chiede un'abiura e un'umiliazione pubblica che lui stesso, nella sua autobiografia, definisce «vergognose e contrarie alla legge dell'onore». Tra le pene, una flagellazione a trentanove colpi. In pubblico. Nella grande sinagoga, al cospetto tra gli altri del giovanissimo Spinoza. Da Costa subisce. Rientra nella comunità. E poco dopo si toglie la vita.

È stato osservato come i modi in cui avvengono questi «processi», hanno a che fare più con il metodo autoritario dell'Inquisizione (siamo nell'epoca della condanna di Galileo) che con quello talmudico, il quale incoraggia il libero confronto tra opinioni diverse. Se ne ha conferma, dopo il caso appena citato di Uriel da Costa, con la vicenda quasi altrettanto drammatica di Juan de Prado, coetaneo e amico di Spinoza. Anche qui: origini cristiane spagnole (in questo caso Toledo); passaggio per Amburgo e ingresso ad Amsterdam nella comunità ebraica. Dove de Prado rifiuta i principi esegetici sostenuti dai rabbini ed è costretto ad un'autocritica pubblica. Siamo nel periodo tra il 1655 e il 1657 (ricordiamo che il bando contro Spinoza è del '56, stessi anni, stesso clima). De Prado è colpito poi da *cherem* una seconda volta. Tenta una riconciliazione ma inutilmente. Ed è costretto a lasciare Amsterdam e riparare ad Anversa.

Ecco dunque che nasce, in quella stagione, una nuova figura di intellettuale: non deve più ricorrere a mille camuffamenti per sottrarsi all'Inquisizione; può liberamente essere cattolico, ebreo, calvinista; ma proprio lì scopre di non essere davvero libero, che la vera libertà consiste (o meglio: consisterebbe) nel poter essere sì cattolico, ebreo, calvinista, ma non ortodosso, forse addirittura disubbidiente; o comunque in dissenso con l'autorità della propria fede; e in qualche caso egualmente distante dalla sua come dalle altre religioni. È un dibattito tra i più moderni quello che si svolge ad Amsterdam in questa stagione. «Spinoza», sempre secondo Calimani, «è il primo intellettuale ebreo che diventa marrano anche in senso metaforico: non più la contrapposizione, come accadeva in Spagna, tra un'identità apparentemente cristiana e una nascostamente ebraica, ma il nuovo contrasto tra l'identità di cittadino dell'Europa e quella dell'origine ebraica mai dimenticata.» Ma cosa resta di quell'origine ebraica? «Proprio Spinoza, l'ebreo deviante che si isolava dalla comunità, riaffermava indirettamente la validità di quel metodo talmudico antiautoritario che aveva permesso per secoli ai sapienti ebrei di confrontarsi senza rischi personali, in piena autonomia, con le innumerevoli interpretazioni del testo e di esprimere il loro pensiero senza incorrere in sanzioni.»

La descrizione di questo archetipo non sarebbe completa senza il passo avanti compiuto adesso da Moreau con l'individuazione dei meccanismi di autoesclusione che integrarono e resero totale l'esclusione di cui s'è detto. Analizzando uno scambio di violentissime lettere tra Spinoza e il discepolo Albert Burgh convertito al cattolicesimo e passando al setaccio il primissimo rapporto tra Spinoza e Leibniz (quest'ultimo chiedeva tramite un intermediario di poter conoscere i testi del filosofo olandese il quale rispondeva: «Reputo imprudente confidargli così presto i miei scritti»), Moreau giunge alla conclusione che «c'è una sorta di accordo fra Spinoza e i suoi contemporanei, nel considerare che fra loro la contraddizione è radicale». E siamo al punto centrale della questione: si può affermare che la mossa di esclusione di cui è vittima Spinoza non è affatto a senso unico, anzi... «È forse tempo di domandarsi se l'astio e il disgusto nutriti verso di lui dal suo secolo, non siano la conseguenza di un troppo assoluto distacco, di un gesto di ritiro: può darsi che la causa del rifiuto sia in Spinoza stesso; esclusione soltanto attraverso una mossa di autoesclusione: è in certo senso lui a staccarsi dal suo secolo.»

È un'ipotesi intrigante. Malgrado la formula terribile della scomunica, nonostante quel suono cupo dello *Shofar* che due secoli dopo faceva ancora sentire la sua eco nei timpani di Heine, tutti gli studi sono adesso concordi nel rilevare che la comunità ebraica non voleva rompere con Spinoza ogni legame e gli lasciava una via di ritorno. Ed altrettanta concordia c'è nel mettere in evidenza come anche l'episodio del fanatico che sempre nel 1656, nell'anno del *cherem*, tenta di togliergli la vita, è successivo, sia pure solo di qualche settimana, alla sua decisione di rompere radicalmente con la comunità ebraica, con Amsterdam, con il suo secolo. Sì, probabilmente oggi si può dire che quella decisione fu sua, soprattutto sua. Come fu sua la volontà di tenere il più possibile coperti i suoi testi. E di non accettare cattedre universitarie in particolare se, come nel 1673 da parte di Fabritius di Heidelberg, si ponevano vincoli alla sua libertà d'espressione. Così che, probabilmente, il vero grande contributo di Spinoza alla storia del pensiero fu, più ancora della sua pur grande opera filosofica, quello di aver messo le fondamenta della figura moderna di intellettuale coerente, libero. Coerente, libero e disposto ad entrare in conflitto con ogni appartenenza. Anche quelle fondamentali.

CHIESA E SCIENZA: I TORTUOSI SENTIERI DELLA MODERNITÀ

Sessantun'anni dopo la messa al rogo di Giordano Bruno, Campo dei Fiori a Roma visse una nuova giornata di preti, eretici, fiamme e popolo. Lo spettacolo fu identico a quello del 1600, di pari consistenza il numero degli accorsi ed eguale l'intensità delle manifestazioni popolari di consenso al lugubre rito voluto dall'Inquisizione: ma del condannato, il contumace Francesco Giuseppe Borri, fu «abrugiato» non già il corpo bensì soltanto l'effigie. Ecco come ricorda quel giorno un testimone oculare, Enea de' Vecchi: «Fu così grande il concorso della gente che correva a vedere questa funzione, e per curiosità e per devozione, avendo conceduto indulgenza a chi vi si fosse trovato, che quei cardinali che v'intervennero, che furono quasi tutti li presenti a Roma, professano di non essersi mai trovati a confusione e a stretta maggiore, poiché furono calcati e strapazzati dalla folla del popolo, che senza potersi ritenere era spinto dalla moltitudine della gente, che ad ogni momento cresceva adosso ai medesimi cardinali, ai quali però convenne deporre la gravità cardinalizia e dare dei pugni a quelli che dal flusso e riflusso continuo gli erano portati innanzi, et il cardinale Antonio Barberini particolarmente percosse di mala maniera il monsignor di Camera del cardinale Borromeo». Addirittura...

E chi fu mai questo Borri che – a dispetto di ogni sua intenzione, certo – provocò una così gran calca di popolani (nonostante si dovessero accontentare di veder avvolte dalle fiamme solo le sue immagini)? E che causò un tale surriscaldamento da far venire alle mani persino due eminenti prelati? Non un filosofo. Né il fondatore di un'eresia religiosa. Solo un protomedico, se così lo si può definire. Una di quelle figure del Seicento a cavallo tra chemiatria, alchimia e turlupinatura dei creduloni che posero le radici della medicina moderna. E *Il medico ciarlatano* è il titolo del sublime libretto che ha dedicato a lui e alla sua fantasiosa storia Giorgio Cosmacini, lui sì «dottore» a tutto tondo (è primario nell'Istituto Scientifico Ospedale Maggiore di Milano). Il quale Cosmacini, nei suoi precedenti volumi *Storia della medicina e della sanità in Italia*, *Medici nella storia d'Italia*, *L'arte lunga. Storia della medicina dall'antichità a oggi*, ha sempre lasciato trasparire una grande simpatia, probabilmente anche ammirazione e forse un sentimento più complesso di comunanza, nei confronti di questo genere di suoi lontani precursori. Tant'è che nel sottotitolo, quasi a circoscrivere la valenza non positiva di quella dizione, «ciarlatano», ha voluto aggiungere: *Vita inimitabile di un europeo del Seicento*.

E inimitabile la vita di Borri lo fu davvero. Nella Roma barocca e controriformista di Urbano VIII (Maffeo Barberini, papa dal 1623 al 1644) e del suo successore Innocenzo X (Giovan Battista Pamphili, pontefice tra il 1644 e il 1655), dove si affrontavano i cardinali filospagnoli e quelli filofrancesi, in cui divampò, come può divampare un conflitto tra suocera e nuora, la «guerra delle due Olimpie» (donna Olimpia Maidalchini, cognata di Innocenzo X, e la moglie di suo figlio Camillo, donna Olimpia Aldobrandini); in quella Roma nella quale le inondazioni del Tevere e la penuria alimentare fecero crescere una temibile fronda antipapale, dove il contagio dei moti napoletani di Masaniello provocò nel dì della festa dell'Assunta nell'agosto del 1647 un lancio di sassi all'indirizzo del pontefice davanti alla Chiesa di S. Maria Maggiore, mentre si preparava il grande Giubileo del 1650 (settecentomila pellegrini nella capitale, un record per l'epoca), fu in quella Roma, dicevamo, in quel clima ad un tempo cupo e vivace che Borri fece ingresso nella sua vita adulta. Una vita fatta di accostamenti e conflitti con il mondo della tiara e delle tonache.

Agli inizi la sua esistenza si svolse tutta al riparo della Chiesa. Nato a Milano nel 1627, visse appena tre anni con la madre che fu uccisa dalla peste del 1630, quella dei *Promessi sposi*. E suo padre il nobiluomo Branda Borri, un «fisico collegiato», anche lui dunque un medico *ante litteram*, si tenne stretto a santa romana Chiesa tanto che dedicò al cardinale Cesare Monti (successore a Milano di Federico Borromeo) il suo trattatello *De re medica*. E alla Chiesa, o meglio alla scuola gesuitica del Seminario romano, affidò l'istruzione superiore del figlio quando questi nel 1644 ebbe compiuto i diciassette anni. Nel frattempo però Giuseppe Francesco Borri s'era appassionato agli studi chimici del padre e questo amore non lo avrebbe mai più abbandonato: «La chimica», ricorda Cosmacini, «era, con la meccanica, la scienza neonascente destinata a fecondare il terreno della medicina. Ma mentre la meccanica applicata, cioè la iatromeccanica, lo avrebbe reso fecondo in teoria, creando il modello del corpo-macchina (i muscoli e i nervi come corde, il cuore come una molla, lo stomaco come una macina e via dicendo), la chimica applicata, cioè la iatrochimica, lo avrebbe reso fecondo non solo in teoria, creando il modello del corpo-provetta, ma anche in pratica, influenzando con l'arte sua le operazioni e reazioni che in tale provetta svolgeva la natura.» Per dirla più in sintesi: «I reagenti o "composti" erano i nuovi farmaci, completamente diversi dai vecchi "semplici" ricavati dalle erbe medicinali».

A Roma, dai gesuiti, Borri schiude l'altro quaderno della sua vita, quello del rapporto con la Chiesa cattolica. Una Chiesa, quella del Seicento, di cui Cosmacini oltre al volto indurito e arcigno delle alte gerarchie mette in evidenza anche «l'aria di rinnovamento spirituale che si respirava in molti ambienti e che aveva accompagnato dal basso la Riforma cattolica». Persino nel culto particolare della Vergine Maria (a cui Borri si avvicinò), uno dei modi più diretti di opporsi al protestantesimo che aveva messo fortemente in discussione proprio quel culto così come quello dei santi, persino, dicevamo nelle forme tutte originali di devozione alla madre di Cristo, Cosmacini individua «uno dei modi per ridare forza ad un'idea anche femminile del sacro»; un'idea che aveva perso vigore nel secolo precedente in una «società incline a paganeggiare e per la quale verginità e maternità erano valori secondari rispetto a quelli della femminilità e corporeità della donna». Lo stesso discorso vale per il «quietismo», la particolare dottrina da cui Borri fu attratto, che teorizzava «un totale abbandono a Dio per amarlo e servirlo con la quiete e l'oblio». Anche qui Cosmacini è attento alle implicazioni di questa esperienza religiosa tutt'altro che nemiche della modernità.

Ma in quel seminario dei gesuiti Borri, nel 1649,

fece conoscenza anche con la politica. Come spesso accade, l'incontro fu quasi casuale. Fu infatti del tutto accidentale che Borri finì alla guida di una forma di contestazione studentesca che gli osservatori dell'epoca annoverarono tra quei segnali di instabilità complessiva alla vigilia del Giubileo di cui abbiamo parlato poc'anzi. Nel suo *Diario*, Theodoro Ameyden avvocato della Curia e agente del re di Spagna annotò, in merito all'azione degli studenti guidati da Borri, un episodio di vero e proprio ammutinamento: «Li scolari presero tutti li gesuiti et li rinserrarono in una stanza, imponendo loro la penitenza di pane et acqua che volevano dare agli scolari, serrarono le porte armandosi tutti, sendo tutto il Collegio circondato da sbirri con armi da fuoco, mandati dalli gesuiti della Casa professa». Una crisi gravissima che si concluse con la caduta della testa del rettore. Ma anche con l'espulsione di Borri dal seminario.

Trascorsero poi alcuni anni durante i quali Borri si mise sulla scia paterna, tornò alla scienza medica. E molto sperò quando nel 1655 Cristina di Svezia – che aveva ospitato a corte personaggi come Cartesio, Grozio, Comenio, aveva fatto di Uppsala forse la più moderna università dell'epoca e manifestava una grande curiosità proprio per la chimica – lasciò il trono, si convertì al cattolicesimo e si trasferì a Roma. Probabilmente, secondo Cosmacini, i due si incontrarono. O quantomeno si sfiorarono. Ma la peste che si abbatté su Roma nel 1656 provvide a separarli prima che tra loro potesse nascere e consolidarsi un sodalizio.

Questa epidemia romana di peste fu un passaggio fondamentale nella preistoria della medicina perché per la prima volta produsse una divisione all'interno della comunità di coloro che si applicavano a fronteggiare il male: «Da un lato», scrive Cosmacini, «stavano i medici "galenisti" che facevano tesoro degli insegnamenti di Galeno e li mettevano in pratica perfezionandoli; dall'altro stavano i medici "chemiatri" che, di fronte ai ripetuti fallimenti di tutte le cure fino ad allora praticate, tentavano vie nuove, spesso fallendo anch'essi e talora millantando. Ma era dal loro arrischiato "provando e riprovando", e non dalla terapia ripetitiva modellata sui libri antichi, che veniva ad affermarsi una "chemioterapia" alternativa, destinata in futuro a imporsi e trionfare». Borri fu dalla parte di questi ultimi. Ponendosi alla testa della battaglia contro i «galenisti» che usavano come rimedi alla peste sostanze e ritrovati talvolta davvero astrusi: «sugna di porco maschio», «sterco di colombo», «fichi secchi», «mele crude con fior di farina», «carne di bue pestata», «galline o colombi squarciati vivi». Su un'unica cosa fu «ipergalenista» e si comportò come aveva fatto Galeno millecinquecento anni prima di lui: quando il morbo anziché fermarsi si diffuse in una nuova ondata che travolse Trastevere, ghetto e isola Tiberina, mise in pratica il comandamento «cito, longe, tarde» («Scappa presto, va lontano, torna più tardi che puoi»). Comandamento che, qualche anno più tardi, nel 1665, sarebbe stato riproposto da Thomas Sydenham come rimedio alla epidemia abbattutasi su Londra: «Il modo migliore di prepararsi alla peste è di fuggirla».

Borri dunque fuggì a Milano e lì fuse le sue tre identità: quella medica, quella religiosa (si mise a capo di una piccola congregazione) e quella politica. Risultato di questa fusione fu una manifestazione di protesta sul sagrato del Duomo che ebbe conseguenze ben più gravi della contestazione al seminario di qualche anno prima. Forse anche perché era la seconda volta che Borri si metteva in luce come incitatore di genti contro l'autorità della Chiesa. Ecco come l'episodio e le «intenzioni» sono ricostruiti da Ercole Ferrario che due secoli dopo, nel 1858, diede alle stampe una *Vita di Francesco Giuseppe Borri, medico e chimico milanese*: il Borri «pensò quindi di portarsi (armato e circondato dai più audaci fra i suoi proseliti, per quanto sembra) sulla piazza del Duomo ed ivi, con calde e concitate parole descritti i patimenti, li strazj e l'avvilimento a cui era ridotta Milano e il suo Stato, incitare il popolo a novità contro il governo». Qui si passa ai suoi supposti progetti: «E, quando il popolo l'avesse assecondato [avrebbe dovuto] correre alle carceri dell'Arcivescovado, trarne i compagni, passare a fil di spada i ministri della Curia e l'arcivescovo [...] e farsi proclamare duca di Milano». Di tutto questo ci fu solo la rumorosa manifestazione davanti al Duomo. Quanto alle intenzioni, ammesso che fossero tali, non ebbero seguito.

Come che sia, il nostro medico finì, *pur contumace*, di fronte al tribunale dell'Inquisizione. E fu condannato alle fiamme. Che, come abbiamo detto all'inizio, avrebbero avvolto lui stesso, e non solo la sua immagine, se non fosse stato lesto a rifugiarsi in terra svizzera, nel Canton Grigioni. Di qui un peregrinare tra alterne fortune com'era stato per molti in quel tormentato secolo: Strasburgo, Amsterdam, Copenaghen. Con il sogno finale di fuggire in Oriente. A Strasburgo la sua fama di medico prese a crescere, accompagnandosi però a quella di «avvelenatore». Ma fu ad Amsterdam che alcuni suoi successi, soprattutto in operazioni agli occhi, raggiunsero l'apice. I buoni esiti furono però anche qui offuscati da dicerie le quali volevano che egli «circuisse i più abbienti e i più ricchi in fin di vita, promettendo loro oltre alla medicazione di piaghe immedicabili e alla guarigione di mali inguaribili, una subitanea rigenerazione dopo la degenerazione corporea, cioè un'immediata riviviscenza oltretomba: una pronta resurrezione della carne senza dover attendere il Giudizio universale». Secondo Cosmacini che pure non nasconde o cerca di sminuire documenti che definivano il Borri come un «alchimista truffiere», «gran coglionatore», quel medico del Seicento, però, «con i suoi farmaci chimici e i suoi "segreti miracolosi" era un terapeuta nato, abile soprattutto a compensare le carenze della farmacoterapia con l'efficacia dell'ascolto, della parola, del gesto. I pazienti uscivano dalla sala delle sue visite soddisfatti di essere stati ascoltati, rassicurati, "curati", e sentivano di star meglio, almeno per un po'. Ciò [...] contribuiva non poco alla sua fama di "curante", compensando in questo campo le insinuazioni e le maldicenze a suo carico delle quali s'è detto».

E non c'era solo questo. Giunto alfine a Copenaghen, alla corte di Federico III che già aveva un pregiudizio favorevole nei suoi confronti, Borri riprodusse nel 1666 su un'oca l'intervento agli occhi che quattro anni prima gli aveva dato grande notorietà ad Amsterdam. L'operazione riuscì a pieno. L'oca riacquistò la vista al punto da scansare ogni ostacolo che le veniva messo davanti. E per Borri fu il trionfo. Che si perpetuò fino alla morte del re nel 1670 nonostante altri interventi non avessero avuto lo stesso esito di quello sull'oca. Malgrado poi che la sua mente fosse sempre più attratta dall'alchimia nonché dalla ricerca della pietra filosofale. E a dispetto del fatto che si diffondessero ogni giorno di più le solite maldicenze che avevano accompagnato tutta la sua vita. Pierre Bayle nel *Dictionnaire historique et critique* lo descrive alla vigilia della morte di Federico III come «odiosissimo a tutti i grandi del Regno». Per aggiungere nelle righe successive: «Immediatamente dopo la morte di questo Re, al quale aveva fatto inutilmente fare spese infinite, [Borri] uscì di Danimarca temendo d'esservi messo in prigione e risolvette di andare in Turchia». Ma, lungo il viaggio, incappò in una delle ronde che vigilavano per catturare gli uomini di una cospirazione della nobiltà magiara contro Vienna. Congiura di cui lui neanche sapeva. Ma, scambiato per un artefice del complotto, fu messo ai ferri. E, dopo due mesi di traversie, alla fine d'agosto di quel 1670, trasportato a Roma. In prigione.

A dire il vero, Borri non fu rinchiuso come avrebbe dovuto nelle carceri dell'Inquisizione, bensì nella fortezza di Castel Sant'Angelo, a disposizione del papa. Che era Clemente X (al secolo Emilio Bonaventura Altieri), e che restò in carica ancora per sei anni, decidendo per il Borri un regime carcerario molto particolare. Destinato a durare quasi fino a quando Borri morì, dopo ben venticinque anni di questa vita, verso la fine del secolo, nel 1695. «La notizia che il Borri circolasse di tanto in tanto per Roma, nonostante la sua condizione di ergastolano, era vera», osserva Cosmacini con una punta di divertimento. «La sua fama di "medico dei miracoli" non era affatto sopita, nonostante la sua segregazione dalla vita attiva.» Così nel 1675 per un riguardo verso la Corona di Francia gli fu concesso di uscire dal castello e di visitare il conte d'Estrées a Palazzo Farnese: molta gente, saputo che Borri era lì, si ammassò festante sotto il palazzo; e quando, a dispetto della prognosi infausta dei medici curanti, il conte si sentì meglio, grande fu l'eco di quella «guarigione». Talché sempre più sovente fu permesso a Borri di «visitare» illustri pazienti. Ma quando nel 1691 divenne papa (con il nome di Innocenzo XII) Antonio Pignatelli – il quale era stato nunzio apostolico a Vienna nel 1670 all'epoca in cui Borri fu catturato, e considerava un suo personale successo l'averlo fatto riconsegnare a Roma – per il nostro «medico ciarlatano» fu la fine del regime di semilibertà. Le porte di Castel Sant'Angelo si chiusero a doppia mandata. E in condizioni di totale segregazione attese la morte. Che giunse, come s'è detto, quando mancavano cinque anni all'inizio del Settecento.

Il secolo che era appena trascorso, sottolinea Cosmacini, ivi compresa la prima metà «scossa dai sismi di guerre e pestilenze» aveva visto nascere «dal terremoto culturale europeo sia la rivoluzione scientifica, sia quei movimenti di idee che, pur non incanalati nell'alveo della nuova scienza sperimentale, non si lasciarono tuttavia invischiare nella gora della vecchia scolastica». E quella di Borri è appunto una vita che ha ben marcati i tratti di identità di questo secolo, «una vita vissuta tra papi e sovrani, tra principi e popolo, tra dotti e ciarlatani, tra chimici e alchimisti, tra medici e malati: una vita ambigua come l'epoca alla quale appartiene».

Molto sottile l'identificazione da parte di Cosmacini attraverso la vita di Borri della particolarità di quel secolo, il Seicento, che è tutta nell'ambiguità. Particolarità che può essere raffigurata proprio dall'incerta frontiera che separa il dentro dal fuori di Castel Sant'Angelo. E prim'ancora sta in quella linea tracciata sulla sabbia che divide la fede più intensa dalla sperimentazione più ardita o, se si vuole, la preistoria della scienza dalla superstizione e dalla magia. Si scopre che all'origine della modernità c'è un secolo descritto abitualmente come chiuso e appestato dove, invece, attraverso i percorsi più bizzarri e contradditori si arriva proprio ad accendere i lumi. Il tutto alla fine di quel viaggio che si compie entrando e uscendo e poi rientrando e poi riuscendo nella parte più buia e in quella più luminosa dell'esistenza. Scoprendo la luce nell'oscurità e l'ombra nel chiaro abbagliante.

LOCKE, LE RIVOLUZIONI INGLESI E LA REVERSIBILITÀ DEL POTERE

John Locke diede alle stampe i *Due trattati sul governo* nel 1689. La data segnata sulla pubblicazione era un anno avanti: 1690. E l'introduzione faceva esplicito riferimento agli eventi di quel biennio 1688-90: la cosiddetta «gloriosa rivoluzione» in seguito alla quale il protestante Guglielmo d'Orange sostituì sul trono inglese l'ultimo re Stuart, il cattolico Giacomo II. I due trattati venivano infatti presentati dal filosofo come un omaggio al «nostro grande rinnovatore e attuale re Guglielmo». Con lo scopo di «fondare la validità del suo titolo sul consenso del popolo, che è l'unico titolo di tutti i governi legittimi e che egli possiede con più compiutezza ed evidenza di ogni altro principe della cristianità». E anche di «giustificare di fronte al mondo il popolo inglese, il cui amore per i giusti e naturali diritti, unitamente alla decisione di conservarli, ha salvato la nazione quando era già sul punto di precipitare nella schiavitù e nella rovina». In realtà, come vedremo, questi trattati erano stati scritti in un altro momento storico e la dedica di questo vero e proprio manifesto del liberalismo contro l'assolutismo e la tirannide, non va dunque letta alla lettera. Bensì tra le righe.

L'occasione per questa rilettura è una nuova edizione de *Il secondo trattato sul governo* (sottotitolo: *Saggio concernente la vera origine, l'estensione e il fine del governo civile*) con un'originale introduzione di uno tra i più interessanti filosofi cinquantenni, Tito Magri (allievo di Lucio Colletti) e un'eccellente traduzione di Anna Gialluca. Magri punta con decisione sul ruolo «attivo» del trattato. Quasi di manifesto politico filosofico. «La teoria politica liberale, come ogni vera teoria politica», scrive, «non si esaurisce nel suo significato pratico. Difendere ampi ambiti di libertà contro l'azione del governo è ovviamente un compito politico molto importante. Ma [...] ad una teoria politica dobbiamo chiedere in primo luogo di essere una teoria. Questo pone limiti molto precisi, di principio e non solo di fatto, all'idea che il liberalismo possa prendersi cura di se stesso. Non possiamo quindi fare a meno di fondare la politica liberale.»

C'è in sottofondo un'eco dei rilievi mossi da Giuseppe Bedeschi (autore tra l'altro di un'assai significativa *Storia del pensiero liberale*) a Walter Euchner nella prefazione al libro di quest'ultimo *La filosofia politica di Locke*. Bedeschi accusava Euchner, e con lui parte degli studiosi marxisti, di non aver messo nella dovuta evidenza il fatto che «Locke segni una svolta epocale nella storia del pensiero politico moderno e che elabori la prima grande concezione etico-politica liberale». In Locke c'è qualcosa di più di quel che comunemente (con qualche eccezione, ovviamente) si è studiato. E, su questa linea interpretativa, il Locke di Magri è appunto il filosofo che «formula in una versione molto radicale le principali prescrizioni politiche del liberalismo».

Si torna così ad approfondire meglio, a leggere

con più attenzione e a cercare il senso recondito di quel Locke che spiega il principio di maggioranza, la regola del consenso e il diritto del popolo ad una resistenza attiva contro l'esercizio arbitrario del potere statale. Quel Locke per il quale, come ben mette in evidenza Magri, «il popolo sussiste come soggetto politico anche quando un governo è stato costituito». Nel senso che il popolo conserva un potere «in ultima istanza» di rimuovere il legislativo quando riscontra che il legislativo agisce contro le sue aspettative e contro l'incarico affidatogli. E soprattutto nel senso che la legge non deve limitare ma dirigere un essere intelligente e libero nella realizzazione del suo interesse o del suo bene: il suo fine non è di abolire o vincolare, bensì di difendere ed estendere la libertà.

Ma per capire meglio il senso e la portata di queste teorie, è necessario collocarle nel loro contesto storico. Locke (1632-1704), come sappiamo, è uno dei più importanti filosofi di quel secolo che fece grande l'Inghilterra e che va, ad essere precisi, dal 1588 al 1688. Il primo Ottantotto, nel Cinquecento, è quello in cui l'agile flotta inglese sconfisse l'Invincibile armata di Filippo II che era stata inviata nella Manica a vendicare la cattolica Maria Stuarda di Scozia (messa a morte, l'anno precedente, dalla regina Elisabetta con l'accusa di aver cospirato contro la Corona). La sconfitta delle 130 navi di Filippo II fu un duro colpo per la Spagna e per la Controriforma. Segnò altresì la consacrazione dell'Inghilterra moderna e anglicana a grande potenza continentale.

Il secondo Ottantotto, nel Seicento, è quello della «gloriosa rivoluzione» che, su iniziativa parlamentare, spodestò il re assolutista e cattolico Giacomo II e al suo posto chiamò sul trono lo Statolder d'Olanda Guglielmo d'Orange. Fu, questa seconda, la rivoluzione che si vuole in sintonia con le idee di Locke e che portò con sé oltre alla definitiva affermazione protestante (con annessa durissima repressione di presbiteriani e cattolici in Scozia e Irlanda), il *Bill of Rights*. Che fece della Gran Bretagna una monarchia costituzionale e parlamentare.

Tra i due Ottantotto, l'Inghilterra visse cent'anni di travaglio. La dinastia dei Tudor si estinse con i regni delle due figlie di Enrico VIII, Maria la Sanguinaria (1553-1558) che si unì in matrimonio al cattolicissimo re di Spagna Filippo II e perseguitò chiunque cattolico non fosse, ed Elisabetta (1558-1603) che all'opposto si appoggiò alla Chiesa anglicana e sconfisse, come abbiamo visto, Filippo II. Finito il secolo dei Tudor, quello successivo, il XVII, fu quasi per intero il secolo degli Stuart, i discendenti di Maria Stuarda. Giacomo I (1603-1625), figlio della regina di Scozia fatta uccidere da Elisabetta, riunì sotto la stessa corona Inghilterra, Scozia e Irlanda dando vita a quella che da allora in poi si chiamerà Gran Bretagna; si convertì per calcolo politico all'anglicanesimo (nel 1605 i cattolici gli risposero ordendo contro di lui la «congiura delle polveri») e fu un re tendente all'assolutismo. Mai però quanto suo figlio, Carlo I (1625-1648), che si scontrò violentemente con il Parlamento a cui voleva imporre lo stesso primo ministro del padre, il duca di Buckingham; il Parlamento si ribellò, con il che fu sciolto e tenuto chiuso per ben undici anni, dal 1629 al 1640; in seguito, su istigazione dell'arcivescovo di Canterbury, William Laud, il re tentò di imporre alla Scozia la religione anglicana. Di lì cominciarono le sue disgrazie. E le fortune dei sistemi liberali.

Il Parlamento, fatto riaprire da Carlo I perché gli votasse i crediti di guerra, dapprima mandò a morte il conte di Strafford, successore di Buckingham, e in prigione l'arcivescovo Laud; poi, sotto la guida di Oliver Cromwell, si schierò dalla parte degli scozzesi. Carlo I provò a reagire militarmente: fu sconfitto e pagò con la testa la sua politica. La rivoluzione inglese sfociò nella repubblica di Cromwell (1649-1658). Che, però, sopravvisse poco più di un anno alla morte dello stesso Cromwell. Dopodiché, nonostante le robuste iniezioni repubblican-rivoluzionarie (o forse proprio per questo) fu la restaurazione degli Stuart.

È in epoca cromwelliana, nel 1652, che troviamo un Locke ventenne il quale, al termine dei corsi di grammatica alla Westminster School retta dal puritano Richard Busby, è ammesso al Christ Church College di Oxford. Qui si dà anche allo studio delle scienze naturali e della medicina. Ma, a dispetto dell'esempio e del monito di suo padre, un valoroso combattente dell'esercito di Cromwell, si allontana progressivamente dalla politica del suo tempo. Fino a consumare una quasi rottura quando nel 1659 il moderato Owen viene rimosso dalla carica di decano del Christ Church College e sostituito con l'intransigente Edward Reynolds che introduce nel College «un certo fanatismo religioso». «Le divisioni sono così profonde, le fazioni così violente e i progetti così dannosi, quanto non lo sono mai stati», scrive Locke al padre; «il loro groviglio poi è così intricato che ci sono pochi che sanno cosa forse sia meglio sperare o desiderare. La cosa migliore e la più saggia è quella di accontentarsi di desiderare un accomodamento generale di tutte queste discordie, senza andarne a vedere il modo.» «Locke veniva da una famiglia puritana, ma accolse con sollievo il ritorno del re, perché lo preoccupavano i fermenti religiosi che erano emersi durante l'interregno e riteneva che solo il ripristino della monarchia avrebbe evitato una guerra di religione», spiega Carlo Augusto Viano in un bel libro, *Locke*.

Il filosofo aspettò qualche anno prima di riaffacciarsi alla politica. Nel frattempo finiva gli studi, cominciava ad insegnare... Nel paese aveva preso a scorrere la seconda metà del secolo degli Stuart. Con Carlo II (1660-1685) che rispetto al genitore, quel Carlo I che era stato portato al patibolo da Cromwell, aveva identiche aspirazioni assolutiste ma un differente credo religioso: era cattolico – anche se per calcolo si manifestò tale solo in punto di morte – e si alleò all'ultracattolico re di Francia Luigi XIV. Il Parlamento gli si oppose in ambedue i campi, quello religioso e quello politico. Votando il *Test Act* (1673) che obbligava i funzionari di Stato a giurare fedeltà alla religione anglicana. E l'*Habeas corpus* (1679) che poneva forti ostacoli al carcere preventivo e agli arresti arbitrari. Alla morte di Carlo II, che non aveva eredi legittimi, gli successe il fratello Giacomo II, stesso tasso di inclinazione all'assolutismo e qualcosa di più in quello di adesione alla religione cattolica. Ma dal momento che anche lui non aveva figli, i liberali suoi avversari calcolavano che alla sua morte... Quando, però, nel 1688 a Giacomo II nacque un bambino, il re non fece a tempo a battezzarlo che, constatato come la natura non avesse provveduto ad estinguere questa dinastia di monarchi sempre tentati dall'assolutismo, il Parlamento britannico fece da sé. E fu la rivolta liberale, quasi pacifica, la «gloriosa rivoluzione» di cui abbiamo parlato.

Questo più che sintetico riepilogo della storia inglese nel secolo delle due rivoluzioni ci aiuta a collocare la figura di Locke. Nato nella stagione di Carlo I, diviene adulto, come abbiamo visto, in quella della rivoluzione di Cromwell, ed è nella Londra della seconda metà del Seicento, quella di Carlo II, che

Locke muove i suoi decisivi passi in politica. Carlo II deve fare i conti con i primi due grandi partiti moderni, *whig* e *tory*, che si vanno affermando proprio in questo periodo dividendosi sul tema della successione: i più radicali sostenitori dei diritti del Parlamento, i *whigs*, si battono perché abbia termine la stagione degli Stuart e in particolare contro l'eventualità che il duca di York, il cattolico Giacomo, succeda sul trono a suo fratello Carlo; i lealisti *tories*, favorevoli al rispetto del diritto della Corona, sono invece schierati in difesa delle prerogative di Giacomo. È l'epoca in cui attecchisce il seme del bipartitismo, di un sistema politico fatto di due partiti contrapposti e che in vivace (all'epoca più che vivace) competizione tendono ad alternarsi alla guida del governo. Nel 1666, a Oxford, Locke conosce e stringe amicizia con lord Anthony Ashley Cooper probabilmente il più importante uomo politico dell'epoca, leader del movimento *whig*. «Un politico», sottolinea Viano, «passato spregiudicatamente dal regime repubblicano ai monarchici alla fine dell'età cromwelliana, disposto ad allearsi con il re contro il parlamento, ma diffidente verso l'autorità monarchica.» Ashley Cooper, nel '72, divenuto cancelliere d'Inghilterra come conte di Shaftesbury, porterà Locke al suo seguito. Da quel momento il filosofo seguirà i destini del politico.

Dopo la prima caduta di Shaftesbury (1674), Locke riprenderà i suoi studi (medici) e i suoi viaggi (in Francia). Poi però, nel '79, Shaftesbury tornerà al potere e vorrà di nuovo Locke con sé. Sarà una stagione inquieta che si concluderà con il biennio dei complotti *whigs* (1682-1683): Shaftesbury vuole impedire che a Carlo II succeda il fratello Giacomo e portare semmai sul trono il duca di Manmouth, figlio naturale di Carlo. Vuole insomma destituire il re e soprattutto impedire la salita al trono di suo fratello. Ma la «congiura di Manmouth» viene scoperta: per i *whigs* è il disastro; Shaftesbury prima e Locke pochissimo tempo dopo sono costretti a riparare in Olanda. Dove il leader *whig* morirà quasi subito. E il filosofo dovrà prendere una nuova identità, quella di dottor Van der Linden, con la quale sarà costretto a vivere nascosto per alcuni anni. Gli anni in cui Carlo II morirà (1685) e in cui, a dispetto dei *whigs*, diventerà re il suo cattolicissimo fratello. Fino al 1689, quando sull'onda della «gloriosa rivoluzione», destituito Giacomo II, lo studioso potrà tornare in Inghilterra al seguito di Guglielmo d'Orange. E in quest'Inghilterra definitivamente e inequivocabilmente protestante gli sarà infine consentito di dare alle stampe i due *Trattati sul governo*.

Fino a qualche anno fa, come s'è detto all'inizio, si era pensato che questi trattati fossero stati scritti poco prima di quando furono dati alle stampe, cioè all'epoca della rivoluzione, per così dire incruenta, del 1688. Poi però gli studi davvero fondamentali di Peter Laslett hanno consentito di retrodatarne la stesura ai primissimi anni Ottanta, il periodo della congiura di Manmouth, cioè della crisi di cui abbiamo parlato, provocata dai tentativi *whig* di escludere dalla successione al trono britannico il cattolico Giacomo Stuart.

Cosa c'è di così importante in questa diversa datazione? C'è che il clima che precedette e accompagnò il complotto di Manmouth fu il momento di maggior tensione della seconda metà del Seicento britannico. E Locke, nelle vesti di protetto e consigliere del conte di Shaftesbury, in questa occasione non poté sottrarsi come trent'anni prima alle asperità e alle radicalità di quella stagione politica. Anzi: questa radicalità contagiò appieno il suo scritto. Che letto sullo sfondo della crisi di Manmouth, delle decisioni che Locke dovette prendere sulla sua vita e che ebbero per lui costi salatissimi quali l'esilio e l'essere costretto a cambiare nome, appare in una luce diversa di quella che per oltre due secoli ce lo aveva presentato come il pacifico manifesto di una non meno pacifica rivoluzione.

Ed ecco che i contenuti del *Trattato* assumono un valore molto, molto particolare. Soprattutto la messa in guardia dalle derive assolutistiche che possono travolgere anche una monarchia costituzionale. Il regno di Carlo II in quella fine degli anni Settanta stava inesorabilmente dirigendosi verso quel gorgo. La questione religiosa fungeva comunque da campanello d'allarme. Ma se non ci fosse stata la vigilanza dei protestanti contro l'eventualità di un re cattolico incline all'assolutismo? Di qui la necessità di un trattato filosofico politico per la costruzione di un sistema liberale. Liberale puro. L'originalità di Locke consiste nel formulare le principali prescrizioni politiche del liberalismo in un modo che, pur avendo un nesso appena dissimulato con la violenta crisi che fu sul punto di travolgere l'Inghilterra verso la fine del XVII secolo, avessero anche una validità universale. Tale da consentir loro di prescindere da quel genere di eventi. E infatti, se si legge con attenzione quel che Locke scrisse nel *Trattato*, pur tenendo presente che le sue pagine a tutta evidenza furono scritte in quelle e per quelle specifiche condizioni di fine Seicento, si scoprono verità che possono tornar utili anche tre secoli dopo. Beninteso dunque: Locke scrisse il secondo *Trattato* per contrastare l'involuzione assolutistica del penultimo monarca Stuart. E non poteva avere in mente problemi inerenti al rapporto tra governo ed elettori quale sarebbe stato nella seconda metà del Novecento. Ma se ci astraiamo dalle condizioni specifiche e, attualizzandole, portiamo alle estreme conseguenze le radicali asserzioni di quel testo, scopriamo qualcosa che ci è utile anche per considerazioni valide per il presente.

«Il popolo, la comunità cioè dei membri della società politica», come aveva già ben messo in evidenza Mario Sina nell'*Introduzione a Locke*, «delegando al legislativo la somma autorità di prescrivere le leggi, non aliena da sé il potere.» La ricetta liberale per la costruzione di un sistema, nonché l'antidoto contro le sue degenerazioni, è dunque nella possibilità reale che il potere torni nelle mani di coloro che hanno il diritto di conferirlo. Cioè che ci siano reali condizioni di ribaltabilità, reversibilità del potere stesso. E che a chi è al comando non sia consentito di usare poteri che costituzionalmente non gli appartengono per inceppare i meccanismi di questa reversibilità. L'inamovibilità di un potere di governo è all'origine di quasi tutti i mali della politica. Quali che ne siano le sembianze, quali gli strumenti – anche quelli apparentemente più nobili, costitutivamente deputati a garantire il bene comune – usati per evitare di essere costretti a cedere il passo. «Infatti», afferma Locke, «poiché ogni potere ottenuto con fiducia per il conseguimento di un fine, è limitato da questo fine medesimo, ogniqualvolta il fine viene manifestamente trascurato o contrastato, la fiducia deve necessariamente cessare e il potere ritornare nelle mani di coloro che l'hanno conferito, i quali possono nuovamente collocarlo dove meglio giudicano per la loro tranquillità e sicurezza.» Per concludere: «È così che la comunità conserva sempre il potere supremo di preservarsi dagli attentati e dalle intenzioni di chicchessia, anche dei suoi legislatori». Magri ha ragione: queste parole contengono insospettabili valenze di radicalità liberale. Di quelle che valicano il secolo. Anzi, i secoli.

IL RENO E GLI ARCANI DI UNA DISPUTA STORIOGRAFICA

A fine settembre 1998, quando Gerhard Schröder ha vinto le elezioni in Germania, lo sguardo dei più raffinati tra gli osservatori di politica internazionale si è puntato, con ansia, sulle rive di un fiume: il Reno. E l'apprensione è rimasta tale fino a quando, poche ore dopo la vittoria su Kohl, Schröder è volato a Parigi in visita al primo ministro francese Lionel Jospin. Quel gesto è stato letto come un omaggio allo «spirito del Reno», cioè alla vocazione moderata, europea, di una nuova Germania in asse con la Francia. Spirito su cui nel dopoguerra il cancelliere Konrad Adenauer seppe ricostruire l'anima del suo paese reduce dalla catastrofe nazista.

Perché è accaduto che le acque del Reno venissero identificate con la parte mite dell'identità tedesca? Per rispondere a questa domanda si deve leggere un saggio scritto nel 1931 e poi in una nuova versione nel '35 (alla vigilia della rimilitarizzazione della Renania) dallo storico francese Lucien Febvre. Un piccolo capolavoro, *Il Reno – Storia, miti, realtà*, pubblicato per la prima volta in Italia nel 1998. Febvre che, due anni prima, nel 1929, aveva dato vita assieme a Marc Bloch alla rivista «Annales d'histoire économique et sociale», attorno alla quale è vissuta una delle più importanti scuole storiografiche di questo secolo, ricevette l'incarico di scrivere quel libricino dalla Société générale alsacienne de banque di Strasburgo in occasione dei cinquant'anni della banca stessa. I committenti vollero che Febvre facesse anche un viaggio sul Reno perché gli rimanessero meglio impresse le immagini di quel «grande fiume storico che dal massiccio dell'Adula alle rive del Mare del Nord, dispiegando le sue curve contrastate, stende un letto su cui scorrono furiosamente dapprima, poi si strozzano, e poi infine di distendono acque potenti».

Il momento era quello dell'occupazione della Renania da parte della Francia e della crisi della Repubblica di Weimar: studiosi francesi e tedeschi avevano avviato una contesa sulla storia del Reno con l'evidente scopo di offrire appigli, ognuno ovviamente al proprio paese, che legittimassero le mire di Parigi e Berlino su terre e città ai bordi del fiume. Ma Febvre seppe sottrarsi alla «battaglia storiografica del Reno» e scrisse un libro molto originale.

Bisogna qui ricordare che il metodo storico delle «Annales», il quale mette in ombra singoli accadimenti, battaglie e movimenti diplomatici a tutto vantaggio della «lunga durata» cioè del lento evolversi delle popolazioni nel loro contesto economico, geografico e culturale, all'inizio degli anni Trenta era ancora pressoché sconosciuto. Perciò il fatto che Febvre (con il supporto del geografo Albert Demangeon) descrivesse il Reno come una persona in carne e ossa nel corso dei suoi duemila anni di vita conosciuta, destò non poca sorpresa. E quasi sconcerto. Fino ad allora per fare uno studio del genere si sarebbero descritti eventi che si erano prodotti sulle rive di quelle acque al fine di dimostrare una tesi piuttosto che un'altra. Tesi a forte valenza politica. Ad esempio, come s'è detto, che Germania o Francia avessero il diritto di reclamare come proprie quelle terre.

Febvre, invece, cercava di portare alla luce la «personalità», se così la si può chiamare, di quel fiume. Voleva far venir fuori come e perché, nel corso degli anni, il Reno fosse diventato simbolo per l'immensa regione circostante. Infischiandosene della politica dei suoi tempi. Avendo, anzi, sempre a mente le parole di Montesquieu: «Trasportare nei secoli passati tutte le idee del secolo in cui si vive: ecco, tra le fonti di errore, la più feconda». Dunque, nessuna immagine del Novecento proiettata all'indietro, bensì la storia di un'entità vivente. «Questo Reno è una persona», scrive Febvre. «Non esitiamo a identificarla come tale dalla sorgente alla foce; non più di quanto esiteremmo a chiamare per nome un vecchio amico di sempre vedendolo in piedi davanti a noi.» Facilitati dal fatto che, a differenza di quasi tutti gli altri fiumi (ad esempio il Po che, prima di essere battezzato Padus, era conosciuto come Bodincus, Eridanus), il Reno da quando viene citato nei testi greci di duemila anni fa porta lo stesso nome che ha oggi.

Scavando e riscavando tra le pagine di Diodoro, Polibio, Dionigi di Alicarnasso, Febvre trova conferma di ciò che «fin dalle origini rischiara di un tratto splendente il destino del Reno» e cioè che l'uomo «sovrano assemblatore di fiumi, questo fiume lo ha forgiato da valli e torrenti perché fosse non una barriera ma una strada; un legame, non un fossato». La via lungo la quale si muovevano pacifici portatori d'ambra e di bronzo e i primi trafficanti di armi in ferro. Il Reno-frontiera compare in modi più definiti solo nei *Commentarii* di Giulio Cesare anche se, nota lo storico, in un periodo in cui il suo letto non assomigliava per nulla al canale ben approfondito e ovunque dotato di sponde artificiali che oggi conosciamo: «L'inverno con le sue gelate, l'estate con le sue siccità offrivano possibilità che erano fonte di frequenti preoccupazioni per i romani». Anche in assenza di ponti, intere tribù con donne, bambini, vettovaglie avevano occasione di attraversare il Reno di continuo. E fu Tacito nella sua *Germania* a identificare più di un Reno lungo lo stesso corso del fiume: quello dotato di un letto sufficientemente fisso da poter servire da frontiera (*qui terminus esse sufficiat*) e quello inadatto a creare un confine. «Sicché», scrive Febvre, «vi è un Reno, nella sua totalità, se il problema è quello di unire; ma vi sono molti e diversi Reni se bisogna chiudersi in sé o se bisogna combattersi. Diversi Reni che talora unificano e talora dividono. Che cosa? Due mondi.» Due mondi di cui il primo è quello che ci appartiene, l'estrema propaggine dell'Europa occidentale; l'altro «quella massa illimitata dell'Europa di mezzo, saldamente legata alle terre massicce dell'Europa orientale e, per quel tramite, alle vaghe immensità dello spazio asiatico».

Nel I secolo a.C. si forma sulle rive del Reno attorno ad Ariovisto la prima grande comunità politico-militare. A fronteggiare la quale giunge Cesare che, sconfitto Ariovisto nonché Vercingetorige e costruito nel 55 un ponte di legno sul fiume in dieci giorni che consentiva alle sue legioni di avventurarsi sulla riva destra, insedia stabilmente sul Reno la civiltà romana. Assicurando la pace sulle due sponde. Qui uno dei più luminosi passaggi del libro: «Il passato, i vecchi culti delle acque e dei boschi. Il presente, la religione romana vivificata dalle radici locali delle divinità ribattezzate. Il futuro, le religioni d'Oriente che lavorano a predisporre il trionfo di un monoteismo lucido e umano. E il cristianesimo che già si profila, rifugio di miserabili, di schiavi, di vinti. E il culto sovrastante dell'Imperatore-Dio; qui la personificazione di una nazionalità, là il simbolo di una fraternità. [...] Attraverso scontri, persecuzioni e conversioni contradditorie, la civiltà romana assimilava per questa via, tumultuosamente, ciò che a lungo le era mancato in fatto di intimità, di ardente sensibilità, di sogno persino. Una grande opera umana si compiva ogni giorno sulle sponde del fiume dalle acque ghiacciate. Un tiepido soffio ammorbidiva i cuori. Si sognava la propria vita: quella presente; quella dell'aldilà, di cui gli dei di salvezza serbavano la chiave». Finché? «Una mattina arrivarono i barbari, mettendo a soqquadro le guarnigioni, spaccando il fronte romano. E il mondo cambiò faccia. Tanto per metterci sull'avviso, se fossimo stati tentati di dimenticarcene, che il Reno è stato qualcos'altro, oltre che una strada, una valle adatta a raccogliere uomini, a fare nascere e crescere città prosperose, a formare colonie tranquille e laboriose; il Reno è stato una sfida.»

La storia di duemila anni rivista dalle sponde di quello che è stato definito il Nilo d'Europa acquista una luce nuova. Si analizzano le frontiere di battaglie forse più importanti di quelle in armi. Come quella combattuta sulla frontiera della lingua dove il primo a cadere è il latino, simbolo di quella egemonia romana di cui abbiamo appena detto, che lascia il posto al romanzo. Poi, dopo la morte di Carlo Magno e del suo ultimo grande progetto d'impero europeo, si definisce la frontiera di un iniziale abbozzo di entità nazionali separate e ostili, Francia e Germania. Che prenderà forma per la prima volta con il trattato di Verdun nell'843. La stessa Verdun che mille e settantatré anni dopo, nel 1916, sarà al centro della più violenta battaglia della

Prima guerra mondiale proprio tra Francia e Germania.

È lungo quel corso d'acqua che la religione inizia a forgiare la politica già settecento anni prima che sulle rive del Reno prendesse corpo la Riforma protestante. Con il missionario Wynfrith, anglosassone ma trapiantato in Frisia e in Turingia, a cui Gregorio II cambiò il nome in Bonifacio per consacrarlo vescovo nel 722. E perché il suo successore, Gregorio III, potesse affidargli il compito nel 737 di fondare sul luogo una Chiesa con caratteristiche adatte a quelle genti che mescolavano nel proprio spirito le tradizioni cattoliche con quelle del pantheon germanico. Una Chiesa, quella che Bonifacio lascerà in eredità ai suoi successori, fatta di vescovi militanti (in meno di vent'anni, dall'886 al 901, ne muoiono dieci sui campi di battaglia, di fronte ai normanni) che cristianizzarono il Reno e diedero alle sue acque la linfa da cui sarebbe nata la Germania. «Ben prima che fosse creata la Germania politica», annota Febvre, «fu fondata se si vuole una Germania ecclesiastica, con un capo e una capitale: quella Magonza, il cui arcivescovo metropolitano sembrava precocemente unificare tutto il territorio tedesco in un ambito cristiano.» Germania cristiana che troverà in Ottone I il suo demiurgo e nella sua incoronazione a Roma come imperatore, per mano di papa Giovanni XII (962), l'atto di saldatura tra esperienza politica e religiosa.

Saldatura non definitiva, tanto che sulle rive del Reno la religione si muoverà alla ricerca di equilibri sempre nuovi. Alla fine del X secolo con la riforma cluniacense che segnerà la rivolta mistica contro la Chiesa ottoniana asservita al potere temporale. Poi, cinquecento anni dopo, con la rivolta luterana. «Sarà a Worms», scrive Febvre, «a Worms sul Reno, che un giorno, contro il ritualismo che tutto inaridisce, il monaco Lutero lancerà un grido gravido di conseguenze.»

Scavalcato il millennio, cominciamo a conoscere il Reno delle città. Che compiono passi verso la modernità che non hanno eguali nel resto d'Europa. Ma senza sapere o volere contagiare le campagne, come in quella stessa epoca avviene, ad esempio, in Francia. Talché libera urbanità e ordinata rusticità, pur senza entrare in conflitto tra loro, anzi dando vita ad una particolare forma di equilibrio e di civiltà, diventano i due nuovi caratteri che convivono sulle rive del fiume. Con una conseguenza, però: le città, a dispetto della modernità di cui si è detto, non creano Stati intorno a sé. E quando su tutto questo si innesterà la Riforma protestante, il risultato sarà un mescolarsi di frammentazione politica e frammentazione religiosa. Sulle quali niente potranno né l'età dei lumi, né la Rivoluzione francese, né il ciclone napoleonico. Nel senso che città tra le più avanzate e liberali d'Europa e campagne fruttuose ancorché regolate da un ordine arcaico ritarderanno la nascita della Germania così come la conosciamo oggi. Rendendo possibile che nella Francia postnapoleonica si diffondesse l'idea che fosse la storia a volere che i loro confini dovessero andare a bagnarsi nelle acque di quel fiume.

Ma quelle acque erano destinate ad altro. Dal traumatico incontro dell'identità renana con la Prussia e con le sue durezze, sarebbe nato lo Stato tedesco. Da quel trauma, dal contatto delle figure appartenenti alle miti tradizioni renane con quelli che Febvre descrive come «i rudi uomini dell'estremo nord-est, della grande pianura indefinita che si spinge senza interruzioni ad affacciarsi e perpetuarsi nel mondo slavo», sarebbero state provocate scintille che avrebbero dato vita alla nascita di una nazione. Ma senza che il Reno ne restasse prigioniero; anzi con il fiume nel ruolo di fecondatore, genitore della complessa operazione statuale, che conserva però la sua indipendenza mitteleuropea. Secoli e secoli hanno fatto del Reno un fiume sostanzialmente tedesco sì, ma soprattutto europeo. Un fiume più grande e importante delle realtà che hanno preso corpo lungo le sue rive, al di sopra anche degli Stati. Un fiume che ha come missione quella di unire. Non di dividere.

E siamo arrivati alla parte polemica del saggio di Febvre. Polemica contro storici e politici del suo tempo: «Nel Reno, per prima cosa, tutti costoro si sono ostinati a non vedere altro che una frontiera da conquistare o da difendere, una preda da catturare e addomesticare; la frontiera che il fiume avantieri tracciava; quella che di nuovo essa segna oggi su una parte del suo corso; il prigioniero, se si vuole, e l'ostaggio di cui per tanti anni il vecchio Padre Reno ha interpretato la figura». E più esplicitamente contro gli intellettuali europei degli anni Venti: «Le tragedie che essi vivono, ingenuamente le immaginano eterne. E di una storia largamente umana, fatta di scambi, di prestiti, di contatti intellettuali, religiosi, artistici (per non accennare nemmeno all'ambito dei fatti economici) essi, spesso loro malgrado, rifanno, con un violento sforzo retrospettivo, una storia disumana, carica di omicidi e di guerre». Di più: «fanno gravare a loro piacimento sul passato del Reno il peso soffocante di fatalità che piegano le volontà umane sotto il giogo di un destino al tempo stesso cieco e finalista». Per giungere a queste conclusioni: «Non si griderà mai con sufficiente forza che così si falsa pericolosamente la prospettiva di una storia che è stata l'opera non di un fato ineluttabile, ma di uomini capaci di ascoltare punti di vista dissonanti».

Un libro importante, abbiamo detto. Che però, a

oltre sessant'anni da quando fu scritto nella sua stesura definitiva che è quella del 1935, è rimasto quasi sconosciuto. A dispetto, anche, della grande notorietà del suo autore. Perché? Ricordavamo all'inizio che a ridosso della Prima guerra mondiale si combatté una battaglia storiografica tra tedeschi e francesi in merito alla questione del Reno. In Francia storici come Ernest Babelon (*Le Rhin dans l'Histoire*), Camille Jullian (*Le Rhin gaulois*) e Philippe Sagnac (*Le Rhin français pendant la Révolution et l'Empire*) fecero una storiografia militante che si batteva quasi esplicitamente per il «ritorno della Francia sul Reno». Il governo francese aprì in gran segreto addirittura un comitato di studi per produrre un catalogo di rivendicazioni territoriali «scientificamente fondate». Per contro, in Germania, un'intera corrente storiografica, la cosiddetta «scuola di Bonn», in aggiunta all'Istituto di storia renano si dedicò con pari impegno a una ricerca di segno opposto.

Quando apparve il lavoro di Febvre – che come abbiamo visto non negava il rapporto fondamentale tra Reno e Germania ma elevava il fiume a un rango, se così lo si può definire, europeo – a parte i suoi amici come Bloch, gli altri, francesi e tedeschi, furono gelidi nei suoi confronti. E, nonostante il libro, ancorché mai tradotto, avesse avuto ottime accoglienze in Inghilterra (sul «Geographical Journal») e negli Stati Uniti (sulla «Geographical Review»), quando i tedeschi, e soprattutto i geografi Gottfried Pfeifer e Friedrich Metz, lo presero di mira definendolo «giornalistico», pieno di «immagini melodrammatiche» e di «ambiguità tendenziose», giungendo ad accusarlo di «falsificazione della storia» e invitando a «combatterlo con la più grande fermezza», per *Il Reno* di Lucien Febvre fu la fine. Anche in Francia, tra i suoi compatrioti che lo giudicavano troppo indulgente con la Germania.

È una vicenda non unica in questo secolo. La vicenda di libri che cercano di sottrarsi agli schematismi dell'epoca in cui vengono scritti. Libri che quando vengono aggrediti (in ogni epoca con gli stessi metodi e le stesse parole) dalla storiografia che si adegua alle ortodossie del momento non trovano nessuno, o quasi, disposto a difenderli. E finiscono così nell'oblio andando a formare un catalogo di testi perseguitati. Catalogo che contiene molte preziosità e che, a conclusione di queste faide, sarebbe giusto ripubblicare per intero, volume per volume.

ALFONSO DE' LIGUORI
E IL SETTECENTO GARANTISTA

Alfonso Maria de' Liguori nacque a Marianella, vicino a Napoli, alla fine del Seicento: nel 1696. Di nobilissima famiglia, si laureò assai giovane, a sedici anni, in diritto canonico e civile all'Università di Napoli dove fu allievo di Giambattista Vico. Dopodiché trascorsero altri quattordici anni, durante i quali esercitò la professione di avvocato e giudice, prima che decidesse di farsi sacerdote. Da uomo in tonaca dedicò la sua vita all'evangelizzazione del popolo minuto e fondò la Congregazione del SS. Redentore, i cui appartenenti si sarebbero chiamati indistintamente redentoristi o, dal suo nome, liguorini. Dall'attività forense portò in dote alla Chiesa una grande capacità nella «casistica», nell'adattare i principi generali dell'etica cristiana ai singoli, minuziosissimi casi di cui era fatta la vita delle plebi meridionali. All'insegna del rigore ma anche della tolleranza. Fu tenuto in grande considerazione dal ceto intellettuale della Napoli illuminista, dal popolo cattolico e anche dai re borbonici. Non ambiva a cariche ecclesiastiche: quando Carlo III lo propose come arcivescovo di Palermo riuscì ad evitare la nomina. Solo in seguito accettò di esser fatto vescovo, ma a Sant'Agata dei Goti, un piccolo paese in provincia di Benevento. Dopo la sua morte (1787) passarono poco più di cinquant'anni e fu immediatamente canonizzato (1839). Ce ne vollero poi meno di cento perché fosse nominato dottore della Chiesa (1871), titolo che spetta a quei – pochissimi – santi, come Agostino d'Ippona, Tommaso d'Aquino, Giovanni della Croce o Teresa d'Avila, nella cui dottrina e nei cui scritti la Chiesa riscontra piena ortodossia.

Sant'Alfonso fu, come s'è detto, molto popolare nel secolo in cui visse. E anche in quello successivo. La sua *Theologia moralis* e la *Pratica di amar Gesù Cristo* ebbero grande diffusione. L'*Istruzione e pratica per li confessori* e *Il confessore diretto per le confessioni della gente di campagna* sono stati a lungo considerati indispensabili per l'educazione dei sacerdoti che si accingevano ad ascoltare le ammissioni di colpa dei fedeli. Ma il Risorgimento laico avversò la fama di quel santo, forse proprio perché era stato benvoluto ad un tempo dalle genti, dagli illuministi e dai Borbone. E, complice inconsapevole la Chiesa stessa, puntò, per la demolizione del mito alfonsiano, sulla «valorizzazione» delle parti indiscutibilmente sessuofobiche contenute nei suoi manuali per confessori. Cosicché, ancor oggi, il nome di Alfonso de' Liguori è associato – da chi lo conosce superficialmente e sono i più – ai principi da lui fissati per giudicare tutto ciò che attiene, in senso lato, alle attività erotiche. Principi che definiscono peccato mortale persino baci, carezze e abbracci fuori dal rapporto coniugale. Che vietano di toccare i propri genitali (*nisi fiat ex necessitate*) se non è proprio necessario. E che proibiscono le irregolarità nel rapporto sessuale. Per definire le quali, il santo si produsse in una minuziosa distinzione tra le diverse forme di sodomia (*perfectae*: uomo con uomo, donna con donna; *imperfecta* quella in un vaso; *praepostero mulieris*: uomo con donna) e tra i molti comportamenti sessuali che alla morale cattolica del suo tempo apparivano sconvenienti: quelli in cui il piacere era cercato «tra le gambe, tra le braccia, con le mani o con la bocca». Da censurare anche se praticati all'interno di un regolare matrimonio: «Chi fa del sesso improprio con la propria moglie, è come se commettesse adulterio».

Ma considerare Sant'Alfonso e i redentoristi alla stregua di cattolici conservatori, quasi oscurantisti, ossessionati dal sesso è nient'altro che una distorsione ereditata dalla parte più povera della tradizione anticlericale. Anche se, va detto, la Chiesa ha qualche responsabilità in questo processo di «riduzione» di Sant'Alfonso, essendosi limitata a lasciare in vita, peraltro sempre più stancamente, la parte più datata del suo lascito. Nonostante ciò, l'eredità di Alfonso de' Liguori ha dato luce a menti tra le più aperte della teologia cattolica del Novecento: da quella del tedesco Bernard Häring a quella dello spagnolo Marciano Vidal. Se ne è avuta una riprova nel 1997 quando, agli inizi di marzo, l'Istituto storico romano dei Padri Redentoristi ha organizzato un interessantissimo convegno internazionale sul tema «La recezione del pensiero alfonsiano nella Chiesa» dal quale è emersa la vitalità di questa scuola.

Vitalità che ha avuto un'eco non periferica a Palermo per merito del gruppo raccolto attorno alla rivista «Il Segno». Un mensile ben noto a chi si è occupato delle vicende siciliane di questi anni: sotto la guida di padre Nino Fasullo, un redentorista oggi sessantaduenne, «Il Segno» dal 1975 ha fatto da retrovia agli ambienti che diedero vita alla più importante stagione di impegno civile contro la mafia.

Ed è stato una non irrilevante sponda cattolica ai grandi magistrati martiri di quegli anni: Rocco Chinnici, Giovanni Falcone, Paolo Borsellino. Sponda che ha continuato ad essere tale nell'epoca successiva, quella di Giancarlo Caselli. Anche se, negli ultimi tempi, i redentoristi palermitani sono stati sfiorati dal dubbio.

Ed è questa esitazione, questo attimo di trattenimento che li ha ricondotti sul sentiero, peraltro mai abbandonato, tracciato da Sant'Alfonso. Esitazione, chiariamolo subito, non certo sui doveri imposti dalla lotta alla mafia. Bensì in merito all'eccessiva «prevalenza dei poteri dell'accusa su quelli della difesa». E anche su qualche «disinvoltura» dei magistrati inquirenti. Per manifestare queste loro perplessità, dicevamo, i liguorini de «Il Segno» hanno scelto la via, a loro più congeniale, di rivisitare la parte giuridica degli scritti di Sant'Alfonso. Dichiarando guerra, nello stesso tempo, all'opera di rimozione perpetrata ai danni del santo e dedicandosi ad una attualizzazione del suo pensiero. Padre Fasullo si è dato carico dell'iniziativa. Elvira Sellerio è stata pronta a farsi editrice di quel lavoro. Il risultato è un libro, piccolo ma prezioso, in vendita con il titolo *I peccati degli obblighi de' giudici, avvocati, accusatori e rei*.

Il volumetto è composto da una sintesi dei capitoli sulla giustizia contenuti nell'*Istruzione e pratica per li confessori* e ne *Il confessore diretto per le confessioni della gente di campagna*. Scopo dichiarato della pubblicazione è quello di mettere in luce «la modernità di un antimoderno» («Davanti alla sua modernità», afferma il curatore, «molti potrebbero impallidire»). «Il dramma culturale di Alfonso de' Liguori», scrive padre Fasullo, «è che il suo pensiero, a parte isolati preziosi tentativi, non è stato più ripensato. È praticamente fermo al 1° agosto 1787, data della sua morte. Da allora, anziché essere criticamente studiato e sviluppato nelle sue intuizioni più vive e innovative, è stato solo pigramente usato e sfruttato spesso nelle sue parti più discutibili e arretrate.» E infatti non esiste una edizione critica delle sue opere. Ciò ha prodotto l'effetto di farlo progressivamente sparire persino dalle note di testi che avrebbero dovuto tener conto della sua trattazione. «Questa della emarginazione, anche all'interno della Chiesa, del pensiero alfonsiano dal circuito culturale, è una delle questioni più serie e urgenti che andrebbero affrontate programmaticamente in modo libero e coraggioso», sentenzia Nino Fasullo: «al riparo da ogni ingenua paura di demitizzazione e di demonopolizzazione». Di qui, una conclusione assai combattiva: «È tempo di sottrarre Alfonso al controllo degli ambienti ecclesiastici aprendo a nuove prospettive il patrimonio culturale che ha lasciato». E come dovrebbero battersi i suoi eredi? «Oggi l'unico modo di essere alfonsiani è di andare oltre Alfonso [...] la sciagura di Alfonso è di essere stato troppo presto proclamato santo, diventando così, sicuramente contro ogni suo desiderio, oggetto di culto anziché di studi.»

Ma veniamo alla questione giustizia. Va premesso che le condizioni sociali e civili di Napoli e del Mezzogiorno nel XVIII secolo sono solo in parte riconducibili a quelle attuali. E va altresì ricordato che Alfonso de' Liguori non scriveva codici di deontologia forense, bensì opere in cui cercava il punto di contatto tra regole, comportamenti e quel che più gli interessava, cioè il «dar gusto a Dio». Di qui l'attenzione alle situazioni particolari, alle eccezioni, nella ricerca di una terza via rispetto al rigorismo giansenistico e al lassismo gesuitico. Così si spiega come Alfonso possa scrivere che l'avvocato «è tenuto a difendere i poveri, ma non con grave incomodo» o che è lecito al reo evadere di prigione e ai suoi amici «somministrargli le funi, le lime o altri stromenti a poter fuggire».

Quella di Alfonso, scrive con acutezza Francesco Viola nella postfazione al libro, è una teologia frutto di una morale «pronta ad adattarsi con saggezza e comprensione alle particolarità delle circostanze». Una teologia volta a mostrare tutta la misericordia del Dio cristiano. Cosicché se nella *Theologia moralis*, Alfonso scrive «Iddio vuol tutti santi, e ognuno nello stato suo, il religioso da religioso, il secolare da secolare, il sacerdote da sacerdote, il maritato da maritato», Viola può, a buon diritto, aggiungere «il giudice da giudice, l'avvocato da avvocato, l'imputato da imputato, il carcerato da carcerato». Chiaro?

La lezione settecentesca di Sant'Alfonso propone, in questa chiave, un riequilibrio etico tra accusa e difesa a tutto vantaggio di quest'ultima. Difesa, però, in senso non strettamente processuale. Scrive padre Fasullo: «In un'epoca in cui la Chiesa si chiudeva, a torto e a ragione, su posizioni di difesa contro una cultura spesso aspramente critica nei suoi confronti, Alfonso de' Liguori elaborava un sistema imperniato non solo sulla libertà e la coscienza ma anche sulla difesa dell'uomo dalla legge». E ancora: «In questo senso, nel secolo del rigorismo giansenistico, l'uso del metodo casistico sembrava rappresentare la ricerca sistematica di una via razionale per sfuggire al giogo della norma; la "morale casistica" appare così una tecnica raffinata di costruzione di spazi vitali, di un ethos di tolleranza [...] la morale alfonsiana è lontana dall'idolatria della legge e della natura, per de' Liguori la legge è sì un bene necessario ma anche provvisorio, non assoluto [...] Cristo visse sotto la legge per liberarcene».

Cardine del discorso alfonsiano è nell'affermazione che il giudice è una «persona pubblica»; deve amministrare la giustizia per conto della comunità; deve giudicare *secundum allegata et probata*, ovvero «secondo la pubblica scienza che si ha della causa» e non ricorrere mai, se non in casi eccezionali, alla sua scienza privata: «Se il giudice sa privatamente che alcuno è reo, ma quegli in giudizio sta provato per innocente, non può condannarlo». «L'idea del giudice "persona pubblica"», mette in evidenza il padre curatore del libro, «è un'idea liberale, propria di una società che si sta organizzando democraticamente sulla base dei poteri divisi, per cui la giustizia non è un fatto privato, personale, di parte, ma pubblico, sociale, della repubblica.»

Altro punto nodale dello stesso discorso è nella trattazione del testimone. «Quando si tratta d'evitare il danno comune», scrive Alfonso, «ciascuno è tenuto ad accusare il delinquente. [...] Un tal obbligo corre anche quando si tratta d'evitare il danno dell'innocente, sempre che non vi fosse grave incomodo del dinunziante. [...] Quei però che sono stipendiati dalla repubblica ad accusare o dinunziare i delinquenti, son tenuti a ciò anche con grave incomodo, altrimenti debbono soddisfare il danno che avviene dall'omissione della dinunzia.» Il tema è quello della vita umana come bene superiore. Ma non in ogni caso.

Così Alfonso si chiede «se pecca gravemente l'innocente che s'impone un delitto falso degno di morte per evitare un gravissimo tormento». Problema molto sofisticato, al quale la risposta più moderna – in quelle terre e in quel secolo – è che «quantunque l'uomo non sia tenuto a conservar la sua vita con mezzi troppo duri, tuttavia non può cooperare positivamente alla sua morte ingiusta, mentr'egli non è padrone della sua vita».

Ma sbaglieremmo se pensassimo che la giustizia

di Sant'Alfonso è osservata tutta dall'angolo prospettico dell'avvocato. Sicuramente i diritti di difesa sono ben presenti nel suo argomentare. Ma anche il profilo etico del legale è esaminato con severa lucidità. «Pecca l'avvocato, per primo, se difende, o prosiegue a difendere, una causa certamente ingiusta in quanto alla proprietà, quantunque fosse giusta in quanto al possesso [...] Se poi la causa è ingiusta, è tenuto l'avvocato a restituire i danni così alla parte contraria come al suo cliente, se a costui era ignota l'ingiustizia. [...] E perciò è obbligato prima di prender la causa a bene esaminarla ed a far nota al cliente la qualità e lo stato di quella.»

Più in particolare Alfonso afferma che pecca l'avvocato «se si serve di cavillazioni o dilazioni incompetenti». Ma condivide l'opinione secondo cui l'avvocato difensore «se la sua causa è manifestamente giusta, purché non alleghi niuna cosa falsa, ben può servirsi di cavillazioni (meglio direi di mendicate dilazioni) per ovviare all'ingiuste cavillazioni del contrario». Ma i casi più frequenti sono quelli in cui il legale non ha un'assoluta certezza circa la causa che è chiamato a patrocinare. Ecco allora il responso del de' Liguori: «Se poi la causa non fosse manifestamente ma solo probabilmente giusta, io non saprei come permettere le dilazioni impertinenti, delle quali alcuni indifferentemente si servono, chiamandole governo di causa; se non nel solo caso che probabilmente si temesse dell'ingiustizia della sentenza, per esservi qualche giudice troppo appassionato per rispetti umani a favore della parte contraria».

Ciò che colpisce in queste argomentazioni alfonsiane è la via d'uscita eticamente accettabile che si cerca di offrire ad ogni problema. I casi infiniti della giustizia sono guardati non con l'occhio semplificatore di chi immagina che in ogni singola circostanza sia possibile imporre la vittoria del bene sul male. Bensì con quello di chi ritiene che proprio la vittoria assoluta del bene sul male passi per infinite vie. Cioè attraverso le molteplici articolazioni che consentono a una comunità di esseri umani di ottenere vera giustizia, di emanciparsi, di veder accresciuti i propri diritti, di liberarsi dall'oppressione. Anche quella giudiziaria.

Nel contesto attuale ci sembra che il messaggio che padre Fasullo e quel gruppo cattolico che è sulle sue posizioni affidano alla pubblicazione di questo libretto sia assai chiaro. Il senso più profondo di questo messaggio rivolto in particolare alla magistratura siciliana non è, ovviamente, né quello di prendere alla lettera i dettami di Sant'Alfonso, né, tanto meno, di gettare alle ortiche il lavoro fatto sin qui. Bensì quello di farsi carico di una complessità avendo la forza e il coraggio di ammettere gli errori compiuti (pochi se paragonati, ripetiamolo per evitare malintesi, agli ottimi risultati conseguiti) e di esplorare le vie eticamente accettabili per dare soluzione ai problemi che permangono.

Ad oggi non c'è stato un solo magistrato che abbia avuto quel genere di coraggio, che abbia cioè ammesso – non già in modo generico bensì in termini circostanziati, con date, nomi e cognomi – un inciampo che gli sia capitato. Né che si sia messo sulla lunghezza d'onda di cui s'è detto. Il che fa affiorare qualche dubbio anche nella parte più coinvolta nella battaglia alla mafia. Sicché il fatto che un gruppo molto impegnato come quello che si raccoglie attorno alla rivista «Il Segno» lanci un segnale di allarme – sia pure in modo colto e indiretto quale è la rilettura delle parti giuridiche dei testi alfonsiani – può essere un evento più importante di quel che appare.

GOETHE E LA RIVOLUZIONE FRANCESE: CONTRO LE PASSIONI DI PARTE

Per la Rivoluzione francese il 1791 fu un anno cruciale. Fu l'anno della fuga del re a Varennes, quando Luigi XVI, trascorsi ventitré mesi dalla presa della Bastiglia, si accorse che, oltre a quasi tutte le prerogative, aveva perso, di fatto, anche il diritto a lasciare Parigi. E verso la fine di giugno decise di fuggire alla volta della frontiera delle Ardenne, dove avrebbe dovuto trovare le truppe realiste pronte per la riscossa. La riscossa sua e della sua Francia. Ma a Varennes fu scoperto, acciuffato e riportato indietro da soldati fedeli alla Rivoluzione che, unico riguardo, finsero di considerarlo «rapito». Un evento di grandissima portata, soprattutto simbolica. Quella fallita fuga mostrò infatti il monarca in tutto il suo isolamento, in tutta la sua impotenza. E pose le basi per la sua decapitazione che sarebbe avvenuta nel gennaio del '93. Nonché per la seconda e più violenta fase della Rivoluzione.

Il 1791 fu anche l'anno in cui la Francia riprese ad essere sconvolta dal saccheggio dei castelli e dall'uccisione di nobili. L'anno in cui nelle menti degli uomini nuovi cominciò a prendere consistenza la figura demoniaca del controrivoluzionario e dell'invasore contro i quali nell'immediato, ma anche nei due secoli successivi, sempre si sarebbe dovuto vigilare in vista della battaglia decisiva per il loro annientamento. L'anno in cui il club dei cordiglieri si pronunciò per la Repubblica. E in cui si consumò la scissione dell'ala moderata dei giacobini, i foglianti. L'anno dell'eccidio di Campo di Marte, quel 17 luglio quando la Guardia nazionale sparò contro i manifestanti antimonarchici provocando decine di morti. E provocando altresì l'avvio della stagione più cruenta di quell'epopea.

Fu nel 1791 che lo spirito della Rivoluzione prese a diffondersi in ogni parte d'Europa contagiando tutti (o quasi, come vedremo) gli uomini di filosofia, lettere e arte. Michel Vovelle, in un buon libro, *I giacobini e il giacobinismo*, censisce con scrupolo il dilagare di questo movimento paese per paese. Per quel che riguarda le lande tedesche parla di un vero e proprio «entusiasmo degli intellettuali» e sottolinea come, dai più anziani (Kant) ai più giovani (Hegel, Hölderlin, Schelling), tutti tripudiarono per quella umiliante sconfitta del re francese. E racconta come il 1791 si segnalò in quella parte d'Europa per l'imponente e vivace movimento filorivoluzionario di Amburgo. Del resto già ai primi vagiti della Rivoluzione il poeta Friedrich Gottlieb Klopstock aveva manifestato il suo giubilo con l'ode *Gli stati generali* in cui salutava la convocazione degli stessi come la «più grande impresa del secolo» ed esortava i tedeschi a seguire le orme dei francesi.

Ma per Johann Wolfgang Goethe, all'epoca quarantaduenne, il '91 fu nient'altro che l'anno in cui, a Weimar, accettò la direzione del teatro locale. Per il resto dodici mesi assai poco interessanti durante i quali niente, ma proprio niente, toccò le corde della sua sensibilità politica. «Un anno tranquillo, trascorso in casa e in città», annota laconicamente nei suoi *Annali*. A dispetto di quel che ci si sarebbe potuti attendere da colui che negli anni Settanta era stato lo scrittore principe dello Sturm und Drang, dall'autore de *I dolori del giovane Werther* e soprattutto del *Prometeo*, Goethe trattò in modo più che distaccato quegli eventi che travolsero la Francia e l'Europa tutta. Né il suo atteggiamento era stato meno algido nei confronti degli inizi di quella stessa Rivoluzione. Il suo epistolario del 1789 non contiene neanche un'allusione agli eventi di Parigi. Neanche una. Il primo cenno ai capovolgimenti francesi è in una lettera a Friedrich H. Jacobi del 3 marzo 1790 in cui Goethe, dopo aver dettagliatamente informato l'amico in merito ai suoi studi sulla metamorfosi delle piante e degli animali, butta lì, come per caso: «Che la Rivoluzione francese sia stata anche per me una rivoluzione, te lo puoi immaginare». Qualcosa come un fastidio, insomma.

In quello stesso 1790 Goethe scrisse epigrammi in cui è restato un riferimento appena più compiuto agli eventi dell'89: «I grandi pongano mente al triste destino della Francia, ma, in verità, più ancora lo ricordino i piccoli! Dei grandi crollarono; ma chi difese la massa contro la massa? La massa fu tiranno alla massa». Poi, come vedremo, i suoi giudizi, pur senza essersi mai neanche alla lontana apparentati a quelli catalogabili come reazionari, furono ancora più distaccati e caustici. Tanto da costituire un problema per la critica e, ancora più imbarazzante, per i politici democratici, socialisti e liberali dei due secoli successivi. Perché Goethe unico tra gli intellettuali del suo livello e con biografia intellettuale analoga alla sua, prese in modo così marcato le distanze dalla Rivoluzione francese? Come mai proprio lui, lo scrittore che nel *Prometeo* aveva dedicato il più straordinario inno di fine Settecento contro il principio di autorità, guardò poi dall'alto in basso la presa della Bastiglia e quel che ne seguì? Per i critici e i politici di cui abbiamo detto, quasi all'unanimità grandissimi estimatori di Goethe, rispondere a queste domande è da sempre motivo di grande imbarazzo.

In Italia Giuliano Baioni ha affrontato con grande rigore questo problema in un saggio scoperto e dato alle stampe molti anni fa, con straordinario intuito e con quella grazia che sola sa tradursi in capacità di individuare un talento, dall'editore Guida. Saggio riproposto da Einaudi che da qualche tempo va pubblicando alcuni autentici gioielli di Baioni. Titolo del libro: *Classicismo e rivoluzione*. Al quale si aggiunge una nuova e originale prefazione, sempre di Baioni, alle *Affinità elettive*, altro testo goethiano che si aggira attorno al tema del suo complicato rapporto con la Rivoluzione francese e quel che ne seguì.

Baioni, per tornare al *Prometeo*, sostiene che quel testo scritto da Goethe tra il 1773 e il 1774 «rappresenta una delle espressioni più cospicue dell'illuminismo europeo, il punto in cui la letteratura tedesca si colloca decisamente all'avanguardia nella lotta dell'emancipazione della coscienza borghese e scopre per la prima volta una vocazione rivoluzionaria». Proprio così: «una vocazione rivoluzionaria». Ma allora perché quel gelo, quindici anni dopo, al cospetto dei berretti frigi? E fosse solo il gelo degli inizi...

Nel 1792 Goethe per rendere il favore al duca di Weimar si arruola nell'armata che muove contro la Francia rivoluzionaria. Anche se senza particolare entusiasmo, come si evince dai cenni che fa a questa sua esperienza in *Kampagne in Frankreich*. Il 18 agosto partendo alla volta di Magonza, scrive a Jacobi: «Non mi importa nulla della morte dei peccatori aristocratici né di quella dei peccatori democratici». Poi, vicino a Treviri, si distrae per osservare un monumento del terzo secolo, il cippo sepolcrale di una famiglia gallo-romana: «Non gli par vero, di fronte a quella testimonianza assai ben conservata del mondo classico (ma è una classicità alquanto decaduta) di estraniarsi per un momento da quel disordine di truppe in marcia, di carriaggi pesanti, di vetture e calessi in fila indiana, di accampamenti e acquartieramenti tra signorili e zingareschi, dalla storia contemporanea, insomma, in quanto ha di più perturbatore e "barbarico"», ha scritto Italo Alighiero Chiusano nella sua *Vita di Goethe*. E il 30 agosto, davanti a Verdun, mentre rimbombano i cannoni e si decidono i destini della Rivoluzione – che di lì a poco, in settembre a Valmy, avrà ragione dei suoi nemici guidati dal duca di Brunswick – «Goethe», annota Baioni, «si intrattiene con il principe Reuss-Greiz sulle rifrazioni di colori che ha scoperto in una pozza d'acqua in mezzo all'accampamento e che lo occupano talmente che né proiettili né palle di fuoco possono distrarlo».

Altro che Valmy, evento di cui pure Goethe colse l'importanza tant'è che scrisse a caldo che di lì iniziava «una nuova epoca della storia universale», rincuorando con parole non prive di ambiguità i suoi commilitoni sconfitti: «E voi potrete dire di essere stati presenti». Ma quel che aveva scoperto in quella pozza era stato per lui la cosa più importante dell'intero 1792. Cosicché nei mesi successivi, nel '93 – ricordiamolo per inciso: l'anno del Terrore, il culmine della Rivoluzione francese – scriverà negli «Annali» di «essersi tenuto stretto a questi studi come un naufrago ad una trave». Per poi scagliarsi contro il «sanculottismo letterario» a favore di una «poetica dell'imparzialità». E soprattutto, recuperato il rapporto con Schiller (che agli inizi aveva inneggiato come gli altri alle gesta dei berretti frigi e ora era tornato sui suoi passi), impegnarsi assieme all'autore del *Wallenstein* in una veemente polemica contro lo spirito del tempo influenzato dalla Rivoluzione. In particolare contro le passioni di parte e la politicizzazione della vita letteraria.

Negli ambienti intellettuali tedeschi adesso, in pieno 1793, molti degli entusiasmi che si erano accesi all'epoca della presa della Bastiglia si sono raffreddati. Di più. Klopstock nel luglio del '93 compone un'ode per far pubblica ammenda del suo errore. Caroline Herder, che era stata a Weimar tra i più entusiasti ammiratori di Marat, Danton e Robespierre, rinnega quel suo recente passato: «Hanno portato a tutti noi un danno irreparabile, questi uomini senza legge, passionali, vanitosi e intolleranti», scrive dei rivoluzionari. E aggiunge: «Hanno segnato del loro marchio le più nobili nazioni dell'umanità. Barbarie e tirannia rimetteranno ora più profonde radici». Goethe vede dunque approdare gran parte dell'intellighenzia tedesca alla riva del fiume sulla quale era rimasto, pazientemente, ad attenderla.

Il che gli dà grandissima soddisfazione. Ma provoca altresì qualche risentimento nei suoi confronti. Possono essere almeno in parte attribuite a questo risentimento le critiche che già alla fine del Settecento e poi nell'Ottocento ricevette da parte di democratici e liberalnazionali. In particolare Ludwig Börne e Wolfgang Menzel, che lo accusarono di essere nientemeno che un «servo dei principi». Anche il più stretto amico di Marx, Friedrich Engels, si pose il problema del rapporto di Goethe con la Rivoluzione. Ma, a modo suo, cercò di difenderlo: «Noi non rimproveriamo a Goethe alla maniera di Boerne e di Menzel che non fosse liberale, bensì che a volte potesse essere anche un filisteo; non che non fosse capace di alcun entusiasmo per la libertà tedesca, bensì che sacrificasse il suo a tratti prorompente e rettissimo senso estetico a una avversione piccolo-borghese verso tutti i grandi movimenti storici contemporanei; non che fosse un cortigiano, bensì che egli, allorquando un Napoleone ripuliva quella enorme stalla di Augia che era la Germania, potesse occuparsi con tanta solenne serietà delle minuscole faccende e dei *menus plaisirs* di una delle più piccole corti tedesche».

Nel 1846 Engels fu ancora più esplicito nel tentativo di salvare Goethe: «C'è in lui una continua lotta tra il poeta geniale, che prova disgusto per la meschinità del suo mondo, e l'avveduto figlio del patrizio francofortese, poi consigliere segreto di Weimar, che si vede costretto a concludere un armistizio e ad abituarsi al suo mondo. Così Goethe ora è colossale ora è meschino, ora un genio che sfida, deride e disprezza il suo mondo, ora un filisteo rispettoso, limitato e senza pretese». Quello di Engels è il primo tentativo marxista di «salvare» in qualche modo Goethe. Altri se ne sarebbero aggiunti. Fino a quello più recente di Lukács che si spinse a intravedere nel classicismo goethiano di Weimar «una posizione avanzata e progressista» che rappresentava «il punto di passaggio dialetticamente necessario tra la letteratura realistica dell'illuminismo prerivoluzionario e la letteratura del grande realismo postrivoluzionario dell'Ottocento». Certo, Lukács non poteva far finta di non accorgersi dell'ostentato distacco di Goethe nei confronti degli accadimenti francesi, ma lo attribuiva al fatto che «mancando in Germania una situazione rivoluzionaria, il classicismo di Goethe e di Schiller deve necessariamente assumere un carattere utopico-idealistico»; cosicché i due scrittori, sempre secondo Lukács, «accettano i contenuti economico-sociali della Rivoluzione rifiutandone solo i metodi plebei». Tentativi quasi disperati di recuperare Goethe almeno in parte a quello che si andava costituendo come il retroterra per la sinistra europea. Tirandolo per i capelli. Torcendo il senso delle sue parole. Forzandone gli scritti. Tentativi che Baioni fa a pezzi con acutezza, eleganza e metodo.

Il Goethe di Baioni infatti è quello – assai più riconoscibile – che, pur non essendosi mai avvicinato agli ideali controrivoluzionari di un De Maistre, individua nella Rivoluzione e nella «passione di parte» il crollo «della società del Settecento perché offende in modo irreparabile quell'idea della tolleranza che era il cardine sociale e morale del suo mondo». E cerca riparo nel classicismo. «Il classicismo diventa per Goethe il tentativo di fermare la storia alla misura tutta settecentesca della tolleranza.» «Il dramma del silenzio di Goethe è forse tutto qui», prosegue Baioni mettendo a fuoco in maniera originale il momento in cui il mondo interiore del poeta si divise, appunto, tra classicismo e rivoluzione: «aveva scoperto la chiarezza e l'armonia mentre l'Europa era in preda al disordine e al caos». Per poi concludere: «Goethe fu considerato dalla generazione romantica e postromantica un olimpo freddo e imperturbabile perché incapace di passione politica. In realtà la sua freddezza e la sua imperturbabilità erano l'ultima grande lezione di stile che la cultura europea del Settecento affidava alla turbolenta realtà del XIX secolo e al tempo stesso l'espressione di un profondo inesprimibile turbamento morale, la conscia presa di posizione di un grandissimo spirito che assisteva impotente al crollo del proprio mondo».

Le affinità elettive, il grande romanzo del tramonto di una cultura e di una società, offre una sintesi esemplare di quel che s'è detto. Proprio con i personaggi principali: Eduard e Ottilie. Scrive

Baioni: «Eduard, questo Werther maturo come è stato da più parti detto, e Ottilie, la creatura che porta ancora in se stessa il mistero della totalità umanistica, vengono ora confrontati con quella nuova coscienza della realtà storica creata dalla Rivoluzione e vivono come tragico mistero romantico la crisi dell'individuo sturmeriano che non ha più speranza di essere, in un mondo ormai determinato dal movimento delle masse e dalla lotta delle classi».

Si può allora sostenere, come fece lo studioso Wilhelm Emrich una quarantina d'anni fa, che Goethe, finita la Rivoluzione, «si consegnò mani e piedi allo spirito della Santa Alleanza»? No. L'autore del *Werther* non è né come avrebbe voluto Lukács qualcosa come un premarxista nei modi in cui era possibile esserlo a Weimar, né un quasi reazionario come vorrebbe Emrich. E neanche una via di mezzo tra i due. Goethe, secondo Baioni, «resta fedele a una nozione laica e illuministica dello Stato che deve [...] limitarsi a garantire quelle condizioni di pace e di sicurezza che favoriscono il libero e armonioso sviluppo della personalità individuale». Questo e non altro. Senza mai far concessioni alla Rivoluzione nonostante essa si presentasse come la legittima erede delle idealità dei lumi. Né «all'oscurantismo feudale di un Friedrich Schlegel» che «fattosi profeta della restaurazione metternichiana, indicava nella struttura dogmatica della Chiesa cattolica l'unico valore in grado di salvare la vecchia Europa dalle forze demoniache della perenne rivoluzione dell'era moderna».

Il Goethe che ci presenta Baioni è un precursore di quello che sarà in due successive edizioni a distanza di vent'anni l'una dall'altra il *Goethe* di Pietro Citati. Un Goethe al quale la Rivoluzione francese ha rivelato «quali pericoli si nascondano in ogni tentativo di attuare la città di Dio qui ed ora, nella storia che ci circonda»; un rivolgimento che assomiglia «al regno di Dio come la sua immagine capovolta, come la sua tetra contraffazione infernale». Ma chi la vede così è uno scrittore che non ha in alcun modo nostalgie per quel mondo che sarebbe rimasto sotto le macerie dell'89. Tutt'altro: il suo punto di vista è quello di chi critica la Rivoluzione perché vede subito e nitidamente che il fiume, rotti gli argini, travolge anche quel che di fortemente innovativo stava venendo alla luce in quegli ultimi decenni del Settecento. E che la piena travolge nella retorica e nel disordine sentimenti e ispirazioni che avrebbero potuto conoscere destini migliori. Ad essere trascinati nel caos, poi, sono anche gli esseri umani, illusi di essere liberati e innalzati ai vertici della società, che vengono invece precipitati nuovamente negli inferi della tirannide.

Goethe è dunque tutto fuorché un controrivoluzionario con la testa rivolta all'indietro. È, piuttosto, l'intellettuale capace di portare in salvo le buone e moderne idealità della fine del Settecento attraverso la tempesta rivoluzionaria. Senza concessioni. Al cospetto degli eventi che si susseguono accompagnati dal canto della Marsigliese, non è un entusiasta della prim'ora, e perciò non ha alcun bisogno di essere un deluso del secondo tempo. È un osservatore acuto. Parco. Messe a freno la passione e la carnalità che traspaiono dai suoi scritti, per rigore si priva del piacere sensuale di unirsi al «nuovo», di inebriarsi in quel movimento che si proietta sul futuro. Anzi: per timore della sbornia, allontana il calice. Diffida degli entusiasmi. Vede per tempo tutto quel che c'è da vedere. Scarta tutto quel che c'è da scartare. Si tiene saldo a gusti e principi che non ha nessuna ragione di rinnegare. Anche dopo, quando si disperdono i furori giacobini e i letterati sono attratti dal buio, Goethe non conosce sbandamenti. Una grande lezione. La prima grande lezione su quale dovrebbe essere il rapporto tra un intellettuale e una stagione di euforia rivoluzionaria. Sempre.

DUE SICILIE: PRIME LUCI SUL REGNO BORBONICO

Questa volta Renzo De Felice non c'entra. Così come non c'entrano Ernst Nolte e François Furet. E neppure il nazionalsocialismo. Né la Rivoluzione di ottobre. Né quella francese. Diverso è il campo in cui si svolge la contesa: l'Italia meridionale preunitaria, con quelle prime navi a vapore, quei primi treni e quella vita civile che fu ammirata nel resto d'Europa. Diverso anche il tipo di storici all'origine della querelle: tutti o quasi studiosi di sinistra, molti di estrema sinistra. E se si aggiunge che la pietra è stata lanciata da una casa editrice sicuramente non gauchista, il Mulino, si comprende perché la pubblicazione della storia del Regno delle Due Sicilie di Angelantonio Spagnoletti ha provocato un dibattito che non si è fermato al mondo degli storici. Tanto più che il Mulino ha presentato questo volume come il primo di una serie, di analoga impostazione, sugli Stati dell'Italia pre-1860. Libri che hanno lo scopo dichiarato di ricomporre un quadro in cui, accanto alle innumerevoli ombre abbondantemente messe in risalto dalla storiografia risorgimentale e postrisorgimentale, abbiano la giusta evidenza anche le luci. Cosicché ne viene fuori il quadro di entità statuali le quali, nel processo portato a compimento tra il 1860 e il 1870, cioè l'unità d'Italia, non trovarono necessariamente redenzione e salvezza ma solo uno degli esiti possibili della loro storia. E forse neanche il migliore. Ma attenzione: le trecentocinquanta pagine di Spagnoletti non contengono una rozza rivalutazione dei Borbone e del loro regno. Né si ricollegano, per intenderci, a quella letteratura di scrittori tipo Carlo Alianello (*L'alfiere, La conquista del Sud*) o Nicola Zitara (*L'unità d'Italia, nascita di una colonia*) che hanno cercato di impostare un processo postumo al Risorgimento. O a storici attenti alle istanze «antisavoiarde» come Silvio Vitale, Gabriele Fergola o Gennaro Ruggiero, che hanno trovato una qualche eco nel libro di un piemontese, Lorenzo Del Boca, *Maledetti Savoia!* E nemmeno ad iniziative editoriali come quel vivace settimanale leghista borbonico, «Il Sud», che, sotto la direzione di Roberto Maria Selvaggi, spara accuse su accuse contro l'unità d'Italia e ciò che ne è seguito: «Ho perso sui documenti decine di anni della mia vita», scrive Selvaggi, «per scoprire giorno per giorno con quanto accanimento la verità sia stata stravolta ed è stato fatto con particolare livore dai cosiddetti storici meridionali».

Il punto di riferimento di questo libro è semmai quella corrente storiografica che nacque alla metà degli anni Ottanta su propulsione di Carmine Donzelli. Dapprima alla Einaudi nella stesura del volume a più voci sulla Calabria (1985) della *Storia d'Italia. Le regioni* di cui Donzelli fu il curatore. Poi all'Imes. Dopo la pubblicazione della *Calabria*, infatti, gli autori di quel volume decisero di continuare a lavorare assieme, si riunirono a convegno e nel 1987 diedero vita all'Imes (Istituto meridionale di storia e scienze sociali) e ad una rivista: «Meridiana». I loro nomi: Piero Bevilacqua (che ha scritto un sintetico trattato divulgativo, *Breve storia dell'Italia meridionale dall'Ottocento a oggi*, che è un testo di riferimento per questa corrente storiografica) e Augusto Placanica. E tra i più autorevoli Salvatore Lupo, che ha dichiarato all'«Unità»: «Accetto la definizione di revisionista, se revisionista vuol dire porsi in maniera critica nei confronti della storia del Meridione». Ancora: Giuseppe Barone, Franco Benigno, Gabriella Gribaudi. In parte allievi di Pasquale Villani (che però si è tenuto lontano dal loro teorizzare) in parte di Giuseppe Giarrizzo (che invece si può considerare a pieno titolo un loro genitore); a loro si sono aggiunti da Pisa Alberto Banti e ancora il sociologo Carlo Trigilia e Marta Petrusewicz, la storica polacca che insegna tra la Calabria e New York. E che ha appena messo a rumore l'ambiente scientifico con un saggio (*Come il Meridione divenne una Questione*) in cui si propone di dimostrare che la «questione meridionale», la descrizione a tinte fosche del Sud pre-1860, è frutto della propaganda dei fuoriusciti costretti a lasciare il Regno delle Due Sicilie per la repressione seguita ai moti del 1848.

«Dai documenti», sostiene la Petrusewicz, «emerge l'immagine di un Regno del Sud certamente arretrato ma che non era per nulla l'Africa. Era uno Stato ben inserito nel processo di modernizzazione che interessava allora gran parte dell'Europa. L'illuminismo con la sua concezione del progresso si esprime in Italia praticamente a Milano e a Napoli. C'era in quegli anni la convinzione, testimoniata dalla presenza di una intellighenzia aperta a quanto avveniva negli altri paesi, che il Regno delle due Sicilie avrebbe potuto farcela con le sue forze a diventare uno Stato moderno.» Poi furono i tentativi rivoluzionari del 1848... «Nella storiografia postunitaria», afferma ancora Marta Petrusewicz, «questa rivoluzione del '48 è stata letta come un momento della storia che portò alla nascita del Regno d'Italia sotto i Savoia. Ma in realtà, la gran parte dei rivoluzionari, compresi quelli che furono poi esuli nei paesi europei o nel Piemonte, erano sostanzialmente dei federalisti. Pensavano a quale ruolo, autonomo, il Sud avrebbe potuto avere nel regno italiano». Ma, una volta sconfitti, nell'emigrazione passarono rapidamente dalla nostalgia per le loro terre a «una sorta di rigetto della loro patria». E ne diedero una rappresentazione come di una sorta di Africa, un «paradiso abitato da diavoli», da «un popolo impastato di ricotta che pensa solo a riempirsi la pancia».

Rappresentazione drammaticamente negativa dovuta ad un più che comprensibile risentimento. Ma, proprio per questo, non utilizzabile come documentazione storica obiettiva. Un modo, quello di questi storici di sinistra revisionisti, di riscrivere la storia del Sud che viene da lontano, dunque. Quanto meno dagli anni Ottanta. Che non sopporta di leggere la storia del Mezzogiorno con le lenti della categoria «dell'arretratezza». E che anzi non accetta neanche i termini «questione meridionale», «Mezzogiorno». E più in generale rifiuta tutto ciò che può apparire come piagnisteo vittimista sulle miserie della loro terra. Una terra che, invece, ai loro occhi appare fecondata dalla modernità o almeno da alcuni aspetti della modernità già molti anni prima che vi sbarcasse Garibaldi.

Pasquale Villani e soprattutto Paolo Macry (curatori, per la stessa collana Einaudi, di cui si è detto, del volume sulla Campania, impostato diversamente da quello sulla Calabria) sono, in un dibattito tutto cifrato e tra le righe, bersagli polemici dei «revisionisti». Così come Giuseppe Galasso e John

Davis, gli storici che più e meglio hanno studiato in modo classico la storia dell'Italia meridionale. Ma sono state fin qui polemiche per allusione. Decrittabili solo dagli accademici. Quasi mai finite sulle pagine di giornale.

Il dibattito si arroventò solo una volta, nel 1994, quando Luciano Cafagna in un acuminato libretto (*Nord e Sud*; sottotitolo: *Non fare a pezzi l'unità d'Italia*) li ha presi per il bavero definendoli «naziomeridionalisti», e li ha accusati di «forzature retoriche» ridicolizzando la modernizzazione del Sud tanto cara agli storici«revisionisti» come in parte inesistente e in parte passiva.

Adesso però il fatto che sia stato il Mulino a pubblicare un testo imparentato con il revisionismo degli autori Donzelli (il quale Donzelli nel frattempo ha lasciato l'Einaudi ed è diventato, con profitto, editore in proprio) e per di più che questo libro faccia da apripista ad altri dello stesso genere, non può lasciare indifferente il mondo degli storici.

Anche perché in un momento in cui è rimessa in discussione la stessa unità dello Stato italiano, questi studi, pur non essendo neanche lontanamente imputabili di criptoleghismo, hanno delle evidenti implicazioni politiche.

Nessun salto sul carroccio da parte degli storici del Sud dunque (anche se...). Ma per quel che riguarda le sue intenzioni Spagnoletti parla chiaro fin dalle prime pagine del libro: «La nostra storiografia ormai non considera più l'Italia del XVIII secolo come una realtà "in attesa" della Rivoluzione francese o del Risorgimento, ma guarda anche alla complessità e originalità della storia delle sue repubbliche e dei suoi principati».

E qui un'esortazione a fare quel che De Felice fece per il fascismo, cioè ad utilizzare «con dovizia» la letteratura dell'epoca «troppo precipitosamente messa da parte dalla considerazione storiografica perché accusata di reazionarismo».

Spagnoletti poi invita a considerare la materia trattata in una «luce più laica», «meno teleologicamente orientata», a guardare alla politica riformatrice dei Borbone del Settecento «in una prospettiva che non rinvia necessariamente alle origini del Risorgimento». Mettendo bene in evidenza che le «Due Sicilie dal punto di vista della configurazione istituzionale non avevano niente da invidiare ad altre realtà statuali della penisola». E che, dopo la stagione di Murat, «il riordino dello Stato attorno alle nuove istituzioni nate nel Decennio [...] gli anni 1806-1815 quando a Napoli furono al potere prima Giuseppe Bonaparte, poi Gioacchino Murat e consolidatesi negli anni della Restaurazione, permise l'instaurarsi di un nuovo rapporto tra potere e società, favorì un elevato grado di integrazione sociale, articolò in modo nuovo le strutture del paese, concesse spazio ed espressione a forze e gruppi fino ad allora defilati».

Per concludere: «Il personale burocratico ed amministrativo assieme ai funzionari dei corpi tecnici che davano nerbo all'azione di governo risolsero in termini nuovi il problema della transizione del potere ed operarono sul tessuto sociale ed economico una serie di interventi che in molti casi contribuirono ad accelerarne lo sviluppo». Proprio così: «Contribuirono ad accelerarne lo sviluppo [pagina 127]».

Certo nel libro non si manca mai di sottolineare che «gli elementi di positività presenti in maniera non trascurabile» non riuscirono poi «a dar luogo ad uno sviluppo pervasivo». Ma è fuori discussione che i toni sono lontani mille anni luce da quelli sprezzanti degli esuli studiati dalla Petrusewicz, della *Protesta* di Luigi Settembrini, delle lettere di lord William Gladstone al conte di Aberdeen (1851) in cui definì il regno borbonico come «la negazione di Dio eretta a sistema», dei dispacci degli ambasciatori o, più indietro nel tempo, del perfido giudizio di Goethe che nel 1787, dopo una visita corte, così concluse: «Il re è a caccia, la regina è incinta e non si potrebbe desiderare nulla di meglio». Siamo, insomma, ben lontani da quei giudizi talvolta intrisi di razzismo, che hanno forgiato lo stereotipo dell'arretratezza meridionale, del Sud palla al piede del paese, moderno solo nell'inventare sistemi sempre più sofisticati per la malavita organizzata e forme raffinate di furto di risorse al Nord. Uno stereotipo che è vivo ancora oggi soprattutto in gran parte dei manuali di storia per le scuole.

Anche chi, come gli storici meridionali di questo dopoguerra, ha posto qualche resistenza a tale stereotipo non ha potuto fare a meno di interiorizzarne alcuni derivati. Basti ricordare come nell'intervista sulla storia di Napoli, Giuseppe Galasso rispondeva quasi con fastidio a Percy Allum che gli domandava dei «primati napoletani» e meridionali ai tempi dei Borbone: «Sì, lo so: la prima nave a vapore, la prima ferrovia d'Italia e così via, ma non era questo l'essenziale...». Spagnoletti però, così come i revisionisti di cui abbiamo parlato, non si ferma ai pur importanti primati di cui si è appena detto. Né si lascia suggestionare dal profilo di una stagione plurisecolare che durò dal 1130, quando Ruggero d'Altavilla fondò il regno di Sicilia, fino al 1860 e di cui furono senz'altro di emancipazione gli anni dei Borbone, dal 1734 in poi, e anche il Regno delle Due Sicilie vero e proprio (1816-1860). Epperò l'autore non rinuncia a far valere – sempre beninteso accanto ai difetti del sistema – ciò che innegabilmente lo segnò in positivo nel corso dell'epoca dei Borbone: «Napoli ospitava la più splendida corte italiana [...] e per tutto l'Ottocento borbonico non cessò mai di dar vita ad iniziative imprenditoriali, commerciali e culturali di respiro nazionale ed internazionale». È altresì evidente quanto Spagnoletti apprezzi i comportamenti dei regnanti meridionali nel conflitto tra Stato e Chiesa. Dall'introduzione nel 1741 del principio della tassazione per i beni posseduti dal clero all'espulsione nel 1767 dei gesuiti, considerati «il principale strumento di potere di Roma all'interno di uno Stato che tendeva a laicizzarsi»; dalla riduzione delle diocesi alla firma di un discusso concordato nel secolo successivo.

Grande è l'attenzione per il progresso culturale e civile. È vero che anche i manuali riconoscono oggi ai Borbone il merito di aver costruito la reggia di Caserta, iniziato gli scavi di Pompei, irreggimentato il primo esercito nazionale, limitato i privilegi dei baroni, fondato scuole e accademie nelle province. Ma Spagnoletti mette a fuoco anche molte altre questioni: prima fra tutte l'imposizione alla magistratura di regole che avrebbero fatto scuola a tutta l'Italia. Dall'obbligo stabilito nel 1774 di motivare le sentenze, alle leggi che prevedevano le più ampie garanzie per gli imputati, leggi che furono addirittura prese a modello dalla Francia quando riformò i suoi codici. Un sistema di garanzie così moderno che persino quegli osservatori stranieri di metà Ottocento che abbiamo visto più che ostili, quasi prevenuti, dovettero riconoscere che il processo alla società segreta «Unità italiana» fondata da Luigi Settembrini e Silvio Spaventa (una vicenda giudiziaria che pure provocò sommo discredito ai Borbone) si era svolto in un clima di rispetto assoluto delle forme giuridiche. E ancora, nell'Ottocento, l'esplosione culturale con l'altissimo numero dei teatri: nel 1843, ventiquattro nelle province al di qua del faro e undici in Sicilia. Le opere pubbliche: scuole, fontane, camposanti, biblioteche; mentre opifici, mulini e frantoi venivano spostati fuori dalle città per la prima battaglia ambientale contro l'inquinamento. E strade, tante strade. Al punto che quando nel 1836-1837 si ebbe un'epidemia di colera, per unanime giudizio fu la modernità della rete di comunicazioni che impedì di realizzare quel cordone sanitario che avrebbe arginato il morbo così come un secolo e mezzo prima si era riusciti a fare per la peste di Conversano. Potremmo continuare per pagine a riportare gli esempi che Spagnoletti offre del carattere riformatore e modernizzatore che, pur tra mille contraddizioni, ha contraddistinto ampi periodi dei regni di Carlo III (1734-1759) Ferdinando I (1759-1825) e di Ferdinando II (1830-1859). Lungo, ed è questo quello che conta, quasi tutti i centoventisei anni di regno dei Borbone. Anche se, è bene ripeterlo ancora una volta, la «revisione» non consiste nel nascondere neanche uno dei peccati di quel Regno. E neanche nello sminuire le colpe di cui si macchiarono quei regnanti, tra cui si segnala per gravità la feroce repressione – peraltro imposta da Orazio Nelson – dopo la caduta della Repubblica partenopea del 1799. Ma il senso dell'operazione è evidentissimo, anche nella sottolineatura delle connessioni tra la stagione di Murat e la successiva restaurazione borbonica. Il messaggio è chiaro: almeno fino al 1848 le sorti del Regno erano tutt'altro che compromesse, e forse, quella sensazione per cui visitando la splendida mostra sull'Ottocento a Napoli inaugurata nell'autunno del 1997 si notava una qualche superiorità artistica della prima sulla seconda metà del secolo, avrebbe bisogno di essere approfondita in sede storica.

In questo contesto tornano d'attualità le pagine con cui Benedetto Croce iniziava la sua *Storia del Regno di Napoli* riproposta nel 1992. Croce raccontava di aver ritrovato nella sua biblioteca un volume, *Studi di diritto pubblico*, dato alle stampe nel 1870 dal giurista cattolico liberale Enrico Cenni. E di essersi lasciato travolgere sentimentalmente dalla lettura di pagine segnate da evidente nostalgia per i secoli passati. Dal leggere cioè di come la lotta contro il sistema feudale era stata nell'Italia meridionale «combattuta assai presto e con non altre armi che la ragione ed il diritto»; di come la «scuola giuridica napoletana si levò maestra in Europa di equità civile»; di come quel regno cattolicissimo «sostenne lungo i secoli l'autonomia e l'autorità dello Stato contro le smodate pretese della Curia romana», non permettendo mai l'insediamento sulla sua terra del Santo Uffizio dell'Inquisizione. Croce racconta e racconta ancora del rapimento alla lettura di queste pagine... «e quasi quasi mi persuadevano lusingando al tempo stesso (perché non dirlo?) quel certo affetto al natio loco che portiamo sempre nel cuore, quel non basso desiderio di sentirci avvolti e sospinti e tenuti in altezza di propositi di speranze, dagli spiriti dei nostri padri come da una severa coorte che si dispiega nei secoli».

Ricorda ancora, Croce di aver provato una certa sofferenza a posare quel libro: e che solo una convinta adesione ai valori risorgimentali che sono il mastice dell'unità del paese riuscì a trattenerlo dalla tentazione non diciamo di riabilitare, quanto piuttosto di riconsiderare in chiave più benevola il Meridione preunitario. Magari concentrandosi sugli anni più lontani, quelli appunto di Ruggero e della prima parte di questo millennio. Ma adesso che quei freni inibitori che trattennero Croce si sono allentati, che tutti quei valori nel loro complesso si sono attenuati, proprio ora viene allo scoperto un lavorio degli storici destinato a una non si sa quanto graduale riscrittura di ciò che da centotrent'anni si studia nelle scuole a proposito di Risorgimento e di quel che lo precedette. E abbiamo l'impressione che da questa riscrittura i Borbone abbiano molto, forse moltissimo da guadagnarci.

UN CARNEVALE, UNO SCIMMIONE E GLI ALBORI DEL SEPARATISMO

In un giorno imprecisato di febbraio del 1848, alla vigilia delle manifestazioni antiasburgiche che stanno per sconvolgere il Lombardo Veneto, Daniele Sartori, deputato politico di Castellaro (oggi Castel d'Ario, un paese della provincia di Mantova sulla sinistra del Mincio), riceve da un rappresentante della Società del Carnevale una richiesta. La Società vorrebbe l'autorizzazione a usare la sala comunale «per darvi una pubblica festa di ballo all'infima classe di popolo». Per l'«infima classe di popolo»? Ad evitare ogni rischio, Sartori nega il permesso. E quella sera da un'osteria del paese, dove coloro che avrebbero dovuto organizzare il carnevale si sono precipitati a denunciare «l'ingiustizia della fattagli negativa e l'ostinata fermezza di non voler radunata la plebe onde divertirsi», parte una vivace protesta contro il deputato. Sartori si aspetterebbe di vedersi riproporre la richiesta il mattino successivo. E invece niente. La Società del Carnevale si rifà viva soltanto a carnevale finito, con la richiesta d'autorizzazione per un pubblico banchetto. Da tenersi la sera del mercoledì delle ceneri. Cosa? Plebi radunate a far festa nel primo giorno di Quaresima? Nuovo diniego. Accompagnato stavolta dall'invio di una regia brigata sul luogo dove s'era esplicitamente vietato che si tenesse il banchetto, onde impedire che fosse commesso il misfatto. Ma quel mercoledì la festa si tenne ugualmente e (citiamo sempre dal rapporto del deputato Sartori) «si proseguì la gozzoviglia, terminandola fra grida, schiamazzi e canti di alcuni che per ultimi attruppatisi assieme vagabondarono pel paese, indi sperdendosi nelle osterie».

È questo l'episodio con il quale Maurizio Bertolotti apre *Le complicazioni della vita – Storie del Risorgimento*, un libro che, assieme a un testo di Carlo Ginzburg, ha inaugurato la nuova collana «Campi del sapere/Culture» diretta per la Feltrinelli dallo stesso Ginzburg. Questa collana è la continuazione di una analoga dell'Einaudi, «Microstorie», anche quella diretta da Ginzburg, nella quale, nel 1991, Bertolotti pubblicò la sua opera prima, *Carnevale di massa. 1950*: un testo passato quasi inosservato ma che suscitò un interessante dibattito tra gli storici di sinistra. Anche quel libro prendeva le mosse da un carnevale. Il carnevale di un paesino del mantovano, Governolo, in cui i militanti della sezione del Pci (siamo, come si evince dall'anno che è nel titolo del libro, in piena Guerra fredda) organizzano per il martedì grasso una rappresentazione mascherata che si incentra sulla morte di un asino – un asino di carta e trucioli, beninteso. Per questa morte, sempre nella stessa pièce carnevalesca, gli agenti arrestano un «salariato» che è il conducente della bestia e che viene condannato. A dispetto, però, di un processo in cui si dimostra come lui sia del tutto innocente e l'animale sia stato avvelenato da fieno e mangime provenienti dal Piano Marshall. Per capire il significato recondito di questa rappresentazione che si incentra sulla crisi dell'agricoltura italiana (l'asino) di cui sarebbero colpevoli non già, come vorrebbero gli agrari, i contadini con le loro lotte (il conducente salariato) bensì il nemico esterno (il mangime del Piano Marshall), Bertolotti segue le orme di un libro di Ginzburg pubblicato alla fine degli anni Ottanta: *Storia notturna. Una decifrazione del sabba*. E seguendo le tracce più disparate giunge al trattamento cerimoniale che i popoli subartici riservano all'orso ucciso.

Che c'entrano i popoli subartici e gli orsi? Di che si tratta? Stiamo parlando dei riti venatori, portati alla luce dagli studi storico-religiosi sui nomadi delle steppe, diffusi in Europa dagli sciti quando, nell'VIII secolo, mossero verso Occidente. Ad ogni primavera, i cacciatori siberiani e indiani si dedicavano all'uccisione dell'orso, rito propiziatorio di futura prosperità. Rito che, però, aveva come parte fondamentale la dissimulazione della responsabilità nell'uccisione dell'orso, la cui paternità veniva attribuita allo straniero invasore e occupante invece che al vero responsabile. E qui troviamo un elemento comune al carnevale di Governolo dove, per l'uccisione dell'asino, erano incolpati gli Stati Uniti invece del «salariato». Così da indurre – adesso come da oltre mille anni, in Siberia – i partecipanti al rito, quale che fosse la classe sociale d'appartenenza, a non coltivare divisioni. Anzi, a unirsi per fare in modo che dalle ceneri del vecchio sistema nascesse una nuova agricoltura capace di assicurare prosperità a tutti.

Come abbiamo detto, il libro rimase poco conosciuto dal grande pubblico. Ma fu ampiamente dibattuto tra gli studiosi. Che in gran parte lo lodarono ma in qualche caso usarono nei suoi confronti la spada della stroncatura. Sulla rivista «Quaderni storici», nell'agosto del 1993, Andreina De Clementi scrisse un saggio contro il *Carnevale di massa* in cui fin dal titolo (*Come uccidere un orso in Siberia e ritrovarlo nella valle padana*) era evidente quanto l'autrice fosse poco convinta delle argomentazioni di Bertolotti. La De Clementi lo accusava di «ipertrofia interpretativa», «scrittura erratica», «inspiegabili lacune». Bertolotti reagì e il nuovo libro sembra aver tenuto conto delle obiezioni che l'autore ricevette qualche anno prima. Anche se, diciamolo subito, è prevedibile che nuove polemiche accompagneranno *Le complicazioni della vita*. Dal momento che, come vedremo, la tecnica con cui è costruita la parte centrale del saggio assomiglia molto a quella del primo libro.

Torniamo dunque al «nuovo» carnevale bertolottiano, la festa proibita di cui all'inizio, che in quel di Castellaro predispose gli animi ai moti del '48. L'autore individua negli organizzatori di quel carnevale non già una compagnia di buontemponi desiderosi soltanto di divertirsi, bensì l'espressione di un ceto sociale emergente che ruota intorno ai fittavoli. Un ceto che aspira ad uscire da una condizione di subalternità politica. E che sceglie una data provocatoria, il mercoledì delle ceneri, per impegnare i contadini, l'«infima classe del popolo» di cui alla citazione iniziale, in un'impresa da «mondo alla rovescia». Facendo allegria nel primo giorno di Quaresima, essi avrebbero potuto conseguire un duplice obiettivo: riprendere la festa che era stata loro negata e trovare una forma «simbolicamente eloquente per esprimere la propria volontà di mettere in discussione l'ordine politico instaurato dagli austriaci e appoggiato dalla Chiesa».

A cercare poi tra le biografie e le storie di famiglia dei componenti di quella Società del Carnevale c'è da trovare molto, moltissimo delle radici del Risorgimento italiano in quell'area geografica. E a seguire le ramificazioni del tronco nato da quelle radici, passando per un terzo carnevale, quello di Mantova del 1871, si giunge a rinvenire negli anni Settanta del secolo scorso la premessa di alcune teorie separatiste che si sono diffuse nei tempi recenti della Lega e di Umberto Bossi. Teorie che hanno sì il seme nelle tesi di Carlo Cattaneo, ma germogliano poi in ambienti garibaldini. Ecco, dunque, come nacque il separatismo «costola della sinistra».

Ma procediamo con ordine. Per quel che riguarda la fine degli anni Quaranta (sempre dell'Ottocento), si scopre che i nobili che avevano avuto una parte importante nel movimento mantovano del 1848, nel giro di due anni escono di scena. E che il baricentro del movimento agli inizi degli anni Cinquanta, all'epoca della congiura di Belfiore, si è nettamente spostato dalla città alla campagna. È una novità dal momento che fino ad oggi «per il luogo dove si celebrò il suo primo atto e per i connotati più visibili dei suoi promotori la congiura di Belfiore è stata considerata un movimento di origine e a guida urbane». E invece a darle le linee guida furono gli *homines novi* della campagna, i «paesan rifatti», i grandi fittavoli che rischiavano molto, accumulavano grandi fortune ed erano più aperti alle novità.

Un mondo di cui è espressione la famiglia Nuvolari che fa da protagonista del libro. A partire da Giovanni Nuvolari che conduceva la tenuta di Susano. Tenuta che apparteneva a quel Francesco V duca di Modena, al quale, nel marzo del '48, quand'era in fuga per i moti nella sua città, nonostante o forse proprio perché era imparentato con gli Asburgo, il Nuvolari negò ogni assistenza. Manifestando, oltretutto, in quello stesso frangente simpatia per il Piemonte. Per questo «crimine» il Nuvolari fu condannato. E restò in carcere solo una ventina di giorni unicamente perché Radetzky, all'inizio del '49, concesse il perdono generale. Ma, per aver continuato nell'attivismo rivoluzionario, Giovanni Nuvolari nel 1853 fu arrestato di nuovo. E si salvò in extremis dall'essere impiccato con i martiri di Belfiore. Finendo comunque dietro le sbarre della fortezza di Josephstadt, in Boemia, dove rimase per tre anni. Pene che furono però compensate da una serie di cariche elettive, nella seconda metà del secolo, allorché il Mantovano orientale fu unito al Regno d'Italia. Cariche che ne fecero uno dei principali protagonisti politici degli anni Settanta.

Seguendo tutti i componenti della famiglia Nuvolari, Bertolotti si imbatte in Giuseppe, cugino, di quindici anni più giovane, del Giovanni di cui si è testé detto. Anche Giuseppe fu un grande organizzatore di moti mazziniani e fu poi seguace di Giuseppe Garibaldi di cui restò al fianco dal 1859 per tutte le campagne. Fino a seguirlo a Caprera ed essere da lui nominato aiutante di campo. E qui troviamo quegli elementi di protoleghismo di cui s'è detto poc'anzi. Di cui resterà traccia anche nel terzo carnevale preso in considerazione dall'autore: quello di Mantova del 1871.

Vasta e già molto nota è la letteratura sulla pessima impressione che gli uomini del Nord ebbero allorché, scesi nel Mezzogiorno dopo il 1860, conobbero da vicino le comunità meridionali. Poco si sapeva, però, sulla tentazione antiunitaria che li colse già negli anni Settanta. E che si vede spuntare proprio in un libro di quel Giuseppe Nuvolari, aiutante di campo di Garibaldi: *Come la penso*. In quel libro Nuvolari prende violentemente di mira l'«indolenza» e la «trascuranza» dei sardi, nonché la loro mancanza di intraprendenza che li induce a chiedere continuamente il soccorso del governo, «a reclamare costose e inutili opere pubbliche e l'apertura di pletorici uffici statali». Non meno aspre le critiche che Nuvolari rivolge ai governanti succedutisi dall'unità in poi (della destra storica ma anche della sinistra) «responsabili ai suoi occhi d'aver compiuto sprechi colossali pur di soddisfare, in vista di vantaggi elettorali e del proprio tornaconto, le insensate richieste» dei meridionali.

Bertolotti si rifà esplicitamente alla lezione di Federico Chabod che aveva dimostrato come, a partire dal 1870 in un nuovo panorama caratterizzato dall'affermazione della Germania e dall'acuirsi della concorrenza internazionale, anche negli ambienti della sinistra italiana l'ideale mazziniano aveva ceduto gradualmente il passo a una concezione autarchica e aggressiva della nazione. Per poi aggiungere che aspetti e motivi di questa involuzione si colgono anche attraverso le storie dei patrioti di Mantova e del Mincio: «Esse mostrano in particolare come verso la fine degli anni Settanta, sotto l'urto della crisi agraria e con il conseguente inasprirsi dei contrasti di classe nelle campagne padane, vacillasse l'ideale della fratellanza, come gli orizzonti culturali si facessero più angusti e persino l'unità nazionale fosse messa in discussione da chi aveva per essa combattuto. La polemica antimeridionalistica di un Magri...».

Magri? Siamo all'ultimo protagonista di questo libro: Attilio Magri grande amico dello scrittore garibaldino Ippolito Nievo e organizzzatore nel 1871 di quel carnevale di Mantova cui abbiamo già accennato. Anzi di una maschera in particolare, quella denominata *Il milord inglese in viaggio*. Su una lussuosa carrozza, Magri allestì una mascherata di cui erano protagonisti lui, nei panni di un *gentleman farmer* (figura che aveva avuto modo di conoscere, amare ed elevare a modello nel corso di un lungo viaggio in Europa negli anni Cinquanta), una signora, la servitù. Ma soprattutto uno scimmione che faceva scherzi e dispetti.

È su questo scimmione che si fissa l'attenzione di Bertolotti. Come per il collegamento tra l'asino e l'orso siberiano, l'autore ravvisa in quest'animale, lo scimmione appunto, i caratteri fondamentali dell'uomo selvatico, una figura che ha occupato sin dal Medioevo un posto importante nella cultura europea; maschera, le cui sembianze sempre evocano il mondo della foresta e il regno della selvatichezza. Da alcuni accenni marginali che Magri fa allo scimmione, Bertolotti ritiene poi di aver individuato associazioni mentali che sono frutto di reminiscenze di altri viaggi del Magri a Napoli e nei paesi dell'Est. L'ozio, la sporcizia e l'immoralità che lo avevano sbalordito durante una passeggiata tra i «lazzaroni» di Porta Capuana a Napoli, sono i medesimi che qualche anno dopo deplorerà parlando nelle sue memorie delle abitudini di vita nei villaggi di Valacchia, nei quartieri poveri di Bucarest e di Istanbul. E che troviamo «rappresentate» dallo scimmione di Mantova.

Ma dietro la maschera del selvaggio, oltre agli oziosi abitanti di Valacchia e i lazzaroni di Napoli, rischiano di finir trasposti in immagine anche i braccianti delle campagne settentrionali colpite dalla crisi. Braccianti e contadini sempre temuti perché dall'oggi al domani avrebbero potuto diventare «nemici». Come quelli ruteni che nel 1846 si fecero strumentalizzare dagli austriaci che li scatenarono contro la nobiltà indipendentista della Galizia. Contadini e braccianti per i quali, dalla penna stessa di Magri, parte una proposta di impiego nella colonizzazione della Sardegna e, per essa, di tutta l'Italia meridionale. Proposta a cui si associa Nuvolari che nel 1879 aggiunge: «Vent'anni fa non capivo il concetto di Carlo Cattaneo colla sua federazione; più tardi l'esperienza me lo ha fatto capire e trovo che, sempre conservando l'unità politica, amministrativamente parlando è desiderabile che ogni regione pensi per sé».

Eccoci dunque al punto: ad appena dieci, massimo vent'anni dall'unità d'Italia, in ambienti non già liberal conservatori, bensì garibaldini e mazziniani viene piantato il seme da cui nasce la proposta della secessione del Nord e dell'abbandono del Sud al suo destino. C'è l'eco di quelle prime lettere dal Sud che già intorno al 1860 segnalavano la grande delusione successiva ai festeggiamenti per il successo dell'impresa dei Mille. Come quella scritta già nell'ottobre 1860 a Cavour da Luigi Carlo Farini a Napoli nelle vesti di luogotenente del re Vittorio Emanuele: «Che barbarie! Altro che Italia! Questa è Affrica: i beduini a riscontro di questi caffoni, sono fior di virtù civile». O le parole di un amico del Sud a Massimo d'Azeglio: «Credimi, non siamo noi che profittiamo nell'unione, ma sono queste sciagurate popolazioni senza morale, senza coraggio, senza cognizioni e dotate solo di eccellenti istinti e di un misto di credulità e di astuzie che le dà ognora nelle mani dei più gran farabutti». Piuttosto che in quelle dello stesso D'Azeglio all'amico del Sud: «Unirsi ai napoletani è come andare a letto con un lebbroso».

Parole che più o meno consapevolmente riproducevano quello che nello stesso Ottocento era stato il giudizio razzista del loro grande nemico, il principe di Metternich, a commento dei moti partenopei dei primi anni Venti: «Un popolo mezzo barbaro, di un'ignoranza assoluta, di una superstizione senza limiti, focoso e passionale come gli africani, un popolo che non sa né leggere né scrivere e che risolve le cose con il pugnale».

Un popolo nei confronti del quale (quantomeno della parte più riottosa di esso) i primi governi dell'Italia liberale pensarono di usare rimedi estremi. Lo si capisce bene dal testo della lettera (ripescata negli archivi da Lorenzo Del Boca per il suo libro *Maledetti Savoia!*) che il presidente del Consiglio Luigi Menabrea scrisse il 16 settembre del 1868 al plenipotenziario argentino Enrico Della Croce di Loyola per chiedergli di sondare il governo circa la possibilità di costruire campi di concentramento per ribelli meridionali in Patagonia. «Ella non ignora certamente», scriveva Menabrea, «in quali tristi condizioni versino alcune parti d'Italia ed Ella ben conosce come già più volte abbia dato opera a ricercare se, col mezzo degli stabilimenti penali in lontane contrade e colla deportazione dei rei, non raggiungerebbesi quel miglioramento che, nelle condizioni presenti, è pressoché impossibile ottenere col sistema in vigore della reclusione.» E così continuava: «In tempi addietro furono fatti studi per fondare uno stabilimento di simil natura nelle regioni bagnate dal Rio Negro che i geografi indicano come limite fra i territori argentini e le regioni deserte». Superfluo aggiungere che in quelle condizioni atmosferiche in prossimità dell'Antartico questi «stabilimenti penali» si sarebbero trasformati in veri e propri campi di sterminio.

Ma in quel carnevale di Mantova (e anche in un'abbondante letteratura minore dell'epoca riportata alla luce da Bertolotti) rinveniamo qualcosa di più. Vengono alla luce indizi di quanto i gentiluomini di campagna italiani che avevano fatto il Risorgimento desiderassero, già nella seconda metà del secolo scorso, trovare un collegamento con i loro simili dell'Europa più moderna. E sciogliere o allentare il patto che da poco più d'un decennio li legava all'Italia del Sud. Poco più d'un decennio: un tempo breve, sorprendentemente breve per quel primo grande pentimento della sinistra italiana.

CATTOLICI E UNITÀ D'ITALIA: UN DIBATTITO CIFRATO

I cento anni che sono passati tra il «crollo delle speranze neoguelfe» del 1848 e quella che Arturo Carlo Jemolo ha definito «l'inattesa realizzazione di uno Stato guelfo» del 1948, hanno creato una grande complicazione per la storia d'Italia. E per gli storici. Il lasso di tempo tra i due Quarantotto, che va da quel 29 aprile di centocinquant'anni fa in cui Pio IX ritirò il piccolo corpo di spedizione volontario dello Stato pontificio dalla guerra contro l'Austria cattolica, alla vittoria democristiana del 18 aprile 1948, è ancor oggi un problema per gli studiosi di cose passate. Questo lunghissimo, interminabile secolo trascorso dal momento in cui, per dirla in modo più esplicito, la Chiesa entrò in conflitto con il Risorgimento («La Chiesa fu la maggiore forza di opposizione, sul piano internazionale e interno, dello Stato italiano», ha sentenziato Ernesto Ragionieri nella *Storia d'Italia*) a quando la Chiesa stessa fece il suo ingresso trionfale nella storia politica dell'Italia unita sui carri del partito scudocrociato, è stato, secondo la storiografia laica, liberale e di sinistra, fatale agli effetti dell'edificazione nel nostro paese di una coesa identità nazionale. O meglio: è stato decisivo proprio nel vanificare la formazione della suddetta identità.

È per confutare questa tesi che Guido Formigoni ha scritto un libro, *L'Italia dei cattolici* (sottotitolo: *Fede e nazione dal Risorgimento alla Repubblica*). Formigoni non è certo il primo studioso che si è impegnato a restituire ai cattolici ruolo e dignità che sono loro dovuti per quel che concerne la storia del primo secolo di vita dello Stato italiano. Soprattutto per quella parte del secolo che appartiene al Novecento e che, prima e dopo la Conciliazione del 1929, li ha visti protagonisti. Senza dover attendere l'affermazione elettorale degasperiana del 1948.

Ma la questione più complessa, com'è noto, riguarda l'Ottocento: gli anni del cosiddetto intransigentismo cattolico. Sono gli anni dapprima di papa Gregorio XVI (1831-1846) inflessibile nella difesa del principio di legittimità in nome del quale contrastò anche le ribellioni di popoli cattolici contro sovrani che cattolici non erano: l'insurrezione polacca contro lo zar, la lotta per l'indipendenza nazionale del Belgio, i moti autonomisti d'Irlanda e persino la battaglia per la liberazione dei cristiani greci contro gli ottomani. Gli anni poi della svolta di cui s'è detto da parte di Pio IX il quale nel 1848 «tradì» la sua breve stagione liberale e ritirò il contingente vaticano dalla guerra con l'Austria, adducendo a motivazione del gesto gli obblighi della missione pastorale che gli imponeva di stendere il suo «paterno affetto [...] su tutte le genti, tutti i popoli, tutte le nazioni». Gli anni, infine, dell'affermazione durante l'intero pontificato di Pio IX di una «diversa italianità» che avrebbe dovuto collocare l'idea di nazione in uno sfondo altro da quello risorgimentale.

Scrive sul suo primo numero nel 1850 la rivista dei gesuiti «La Civiltà cattolica» in un articolo manifesto dal titolo *Il giornalismo moderno e il nostro programma*: noi vogliamo essere «non per questa o quella parte della penisola, ma per tutte»; vogliamo così «rendere un grande, forse il più necessario servigio, alla patria comune» con le «idee di una stampa periodica temperata e cristiana»; anche perché c'è il rischio che «l'unità e l'indipendenza nazionale viste alla maniera dei demagoghi» finiscano per essere in Italia «il pretesto della grande apostasia», giungano persino a «inoculare l'eresia» dal momento che «pei nostri patriotti, usi a foggiare il mondo secondo i loro cervelli, l'unificazione d'Italia non ha ostacolo poderoso che nel dominio temporale dei papi». Parole durissime. Di scontro. A quando risalgono le origini di questo conflitto?

Aldo Schiavone in *Italiani senza Italia*, ripercorre con efficacia, lungo i binari della storiografia laica, le premesse di quel nazionalismo cattolico, se così lo si può chiamare, che era destinato ad entrare in urto con quello risorgimentale. Per mille e cinquecento anni, dalla fine dell'Impero romano, la Chiesa si era data la missione di tenere insieme, pur adattandosi alle diverse epoche, le torri e i campanili d'Italia. Ricorda Schiavone che quando nel 1177, l'anno successivo alla battaglia di Legnano, i rappresentanti delle città lombarde incontrarono a Venezia papa Alessandro III e gli ribadirono le ragioni della rivolta contro Federico Barbarossa, si dissero disposti a combattere ancora «per l'onore e la libertà dell'Italia».

«Italia», «onore», «libertà»: tre importantissime parole alla base del patto tra i comuni e il pontefice. Ma questo particolarissimo patrimonio patriottico delle origini, sempre secondo la ricostruzione classica ben sintetizzata nel libro di Schiavone, andò perso nel XVI secolo con la Controriforma: «Con una di quelle coincidenze che determinano da sole il corso di un'intera storia, proprio quando il paese cominciò a ripiegare e a disperare della sua libertà e delle sue doti, la Chiesa di Roma decise di lanciare il proclama della propria riscossa, di fronte ad un'Europa attraversata dalla Riforma. La penisola divenne subito, per forza di cose, il luogo eletto della controffensiva. [...] Al posto di una coscienza nazionale che non era riuscita a formarsi fummo investiti dall'onda di una normalizzazione religiosa che non lasciava respiro».

Ma la Chiesa ebbe anche, sempre secondo Schiavone, «la ventura di rimanere l'unica forza attiva nella penisola che fosse riconducibile a una genealogia italiana. [...] Finì con l'assumere perciò un ruolo di supplenza scopertamente politica, ben al di fuori dei confini dei suoi domini temporali; in molte occasioni, di difesa e di protezione locale – o almeno di velo – contro l'invadenza straniera». Per concludere: «L'identità religiosa italiana rivestì un ruolo alternativo rispetto al formarsi di una coscienza nazionale. La spiritualità cattolica post-tridentina poté intervenire in modo così intenso nella costruzione del nostro carattere proprio grazie all'incapacità di dar vita a uno Stato unitario. Mettemmo la parrocchia, insomma, al posto dell'Italia». Il che poi si sarebbe riversato nel problema di cui al libro di Formigoni con l'irriducibile ostilità al Risorgimento: la Chiesa «l'unico potere italiano che aveva accompagnato da vicino le classi popolari, in particolare le masse contadine, attraverso la lunga crisi», scrive Schiavone, provocò nei confronti del nascente Stato italiano «l'onda di un diffidente malanimo».

Alberto Asor Rosa, intervenendo nel dibattito aperto dal libro di Schiavone, ha polemizzato con l'autore riprendendo temi di Niccolò Machiavelli che in una pagina molto famosa dei *Discorsi sopra la prima Deca di Tito Livio* aveva scritto: «Abbiamo dunque con la Chiesa e con i preti noi italiani questo primo obbligo: di essere diventati senza religione e cattivi; ma ne abbiamo ancora uno maggiore, il quale è la seconda cagione della rovina nostra: questo è che la Chiesa ha tenuto e tiene questa provincia divisa [...] perché avendovi quella abitato e tenuto imperio temporale, non è stata sì potente né di tanta virtù che l'abbia potuto occupare la tirannide d'Italia e farsene principe, e non è stata d'altra parte sì debole che, per paura di non perdere il dominio delle cose sue temporali, la non abbia potuto convocare uno potente che la difenda contro a quello che in Italia fusse diventato troppo potente». Asor Rosa ha anche anticipato al XIII secolo la responsabilità della Chiesa nell'aver assecondato i processi particolaristici, antiunitari e antistatuali. Sarebbe stato, insomma, nella prima metà del Duecento che la Chiesa avrebbe di fatto fortemente ostacolato, anzi impedito la formazione di uno Stato italiano. Sulla scia di studi di Umberto Cerroni, Asor Rosa ha sostenuto dunque che ben prima dell'età della Controriforma la Chiesa si mise di traverso al facimento dell'Italia. Più precisamente nella stagione di Federico II, il nipote del Barbarossa, figlio di Enrico VI e di Costanza d'Altavilla, re di Sicilia e poi di Germania: il primo monarca che «da italiano» provò a unificare il paese scontrandosi con il papato, in particolare Innocenzo IV, da cui venne definitivamente sconfitto a Parma nel 1248. Fu proprio lì, a Parma settecentocinquant'anni fa che si consumò, secondo queste tesi storiografiche, la tragica premessa che avrebbe portato, attraverso mille passaggi, dal conflitto tra guelfi e ghibellini alla Controriforma, all'altrettanto tragico, definitivo scontro del Risorgimento.

Ed è a contrastare queste tesi o quantomeno a smussarne le punte più radicali che si muove la storiografia cattolica. Anch'essa divisa al suo interno tra la scuola di sinistra cattolico-democratica di Giuseppe Alberico, Alberto Monticone, Pietro Scoppola, Francesco Traniello a cui fanno riferimento Guido Formigoni (autore del libro da cui abbiamo preso le mosse) e Giorgio Vecchio a cui si oppongono i moderati cattolico-liberali Gabriele De Rosa, Giorgio Rumi che si rifà a Rosario Romeo, Francesco Malgeri. Ci sono i trasversali come Renato Moro, allievo di Renzo De Felice, che guarda a Scoppola. Ci sono poi le divisioni all'interno dell'Università Cattolica tra i catto-democratici Luigi Pizzolato, Antonio Acerbi, Luciano Pazzaglia, i liberali come Cesare Mozzarelli, i catto-sociali Sergio Zaninelli e Alberto Cova. Tra loro divisioni, contrasti, fortissime rivalità. Ma con una grande differenza rispetto al campo laico: nessuno storico cattolico polemizza in modo aperto con uno studioso del suo stesso credo religioso. È incredibile, ma è così. Il franco, per quanto amichevole, conflitto interpretativo che abbiamo appena visto tra i «laici» Asor Rosa e Schiavone, è letteralmente impensabile tra cattolici. Eccezion fatta per alcuni dibattiti aperti a suo tempo da Vittorio Messori, Franco Cardini, Rino Cammilleri, e da studiosi tradizionalisti o vicini a Comunione e liberazione, mai su questioni fondamentali uno storico cattolico si azzarda a criticare apertamente un altro storico cattolico pronunciandone il nome e il cognome. Mai ne stroncherà un libro o un saggio. Mai indicherà pubblicamente i problemi politici che sono sottesi a molte questioni storiografiche e che ancor oggi rimandano spesso al tema delle alleanze subalterne con i discendenti dell'altra Chiesa, gli ex comunisti. Al massimo: un silenzio, una mancata citazione, una menzione svogliata. Lo storico cattolico incrocierà (anche qui malvolentieri) la spada con quello laico; mai e poi mai con uno con il quale condivide l'appartenenza religiosa. Pratica che si è diffusa ad imitazione dei comportamenti del clero; ma che resta alquanto bizzarra se si considera che all'interno della comunità i conflitti sono poi oggetto di un percepibile mormorio. E anzi i mancati chiarimenti nelle sedi proprie, per iscritto sui libri, nei convegni, all'aria aperta, spesso favoriscono il trasformarsi di questi conflitti in piccole questioni, beghe e maldicenze.

Ciò che nuoce anche al libro di Guido Formigoni. Formigoni si adatta alle consuetudini di cui s'è appena detto e in omaggio ad esse ricorre a un linguaggio criptico e tortuoso per evitare di dire con chiarezza cosa contesta e a chi tra gli storici del suo campo. Si intuisce comunque che quella che abbiamo visto essere una «colpa» agli occhi di Schiavone e di Asor Rosa, per Formigoni diventa quasi un «merito»: «Il cattolicesimo italiano», sostiene, «elaborò, nel corso di questo itinerario storico, alcuni potenti anticorpi nei confronti della terribile possibilità dell'assolutizzazione dell'idea nazionale che spesso era storicamente giunta ad assumere i caratteri di vera e propria religione secolare». Il «richiamo equilibrante ad un'idea organica di convivenza internazionale», nonché la «limitazione tipicamente religiosa che impediva al mito nazionale l'assolutizzazione» fecero da freno a che i cattolici italiani finissero inghiottiti dal fascismo come fu per buona parte degli eredi liberali del Risorgimento. O, quantomeno, che finissero del tutto inghiottiti dal fascismo: «Anche il nazional-cattolicesimo dell'epoca fascista», sottolinea Formigoni, «in fondo non smentì mai una volontà di smussare e mediare i caratteri più aspri assunti nella stessa fase dalla retorica nazionalista».

Ecco dunque che tutta la vicenda dei cattolici italiani nella seconda metà dell'Ottocento viene guardata da un diverso angolo prospettico: la Chiesa «intransigente» pur ostile al Risorgimento avrebbe alimentato, così come «l'altro grande "universo antiliberista", quello socialista», una sua forma di patriottismo antagonista che avrebbe favorito «l'inserimento modernizzante in un orizzonte nazionale di generazioni di contadini, piccoli proprietari agricoli, artigiani, lavoratori delle manifatture rurali, piccoli borghesi delle città». Il tutto, però, rinforzato da anticorpi che avrebbero impedito almeno in parte la saldatura di questi ceti con il fascismo.

E a quando risaliva la formazione di questi anticorpi? Al XII, XIII secolo. Alle alleanze tra comuni e Papato contro lo «straniero» Federico Barbarossa ma anche contro l'«italiano» Federico II. E siamo al capovolgimento delle tesi di cui abbiamo detto, al dibattito tra Asor Rosa e Schiavone. Con il che andiamo però anche a ritrovarci, come spesso accade di questi tempi, in un terreno culturale contiguo a quello della Lega. Formigoni infatti per ben due volte nel suo libro torna con enfasi sulle celebrazioni nel 1876 del settimo centenario della battaglia di Legnano, celebrazioni che Pio IX fece assieme ai rappresentanti delle città che avevano aderito alla Lega lombarda accusando il Risorgimento di aver portato l'Italia «al trionfo del disordine e alla vittoria della più perfida rivoluzione». Quell'anno, nel 1876, si dispiegò potentissima l'ideologia che, per dirla con Vincenzo Gioberti, vedeva in quelle lontane vicende del XII secolo «il primo atto nazionale dell'Italia cristiana e neonata».

Formigoni mette poi in grande risalto come i colori delle città guelfe (soprattutto il bianco e il rosso) vennero ampiamente sfruttati nell'iconografia dei vessilli associativi cattolici: «Il recupero delle origini municipali del patriottismo era evidente. Il richiamo delle libertà comunali era diffusissimo e veniva apertamente attualizzato di fronte allo Stato liberale accentratore. Molto impegno fu quindi attribuito dal movimento cattolico a questa dimensione municipale, intendendo a tratti la conquista delle amministrazioni locali come una base privilegiata per ricostruire una diversa visione della nazione, in chiave antistatalista; i comuni "bianchi" potevano ad esempio impegnarsi a filtrare direttive centrali altamente simboliche come quelle connesse alle celebrazioni nazionali». E su questa falsariga vale ricordare quei passi dell'«Osservatore cattolico» a condanna del governo per le sconfitte di fine Ottocento già messi in evidenza da Giorgio Rumi: «Tacete o miserabili! L'Italia l'avete venduta voi allo straniero, non i cattolici, che giurarono a Pontida e morirono a Legnano».

Se poi il discorso si fa più generale, perché non ricordare le polemiche del 1863 sulla «Civiltà cattolica» contro la «vera nazione [...] tradita ed oppressa dai partiti»? E perché non riportare alla mente anche quanto fu ampia tra i cattolici in quegli anni la polemica contro i partiti? Il campo è veramente sterminato. Quel che è certo è che nel patrimonio intransigentista dell'Ottocento, se non vogliamo procedere a ricostruzioni di comodo prendendo dal passato solo quei «pezzi» del passato stesso che ci consentono di costruire un'«utile» identità per il presente, troveremo sì quel che ha reso i cattolici parzialmente immuni da alcune terribili malattie totalitarie nella prima metà del secolo. Ma forse anche qualche preoccupante segnale di predisposizione al contagio da parte dei virus separatisti che circolano in questi anni.

I DUE PROCESSI AL RISORGIMENTO

È in atto un'aggressione contro il Risorgimento? Evidentemente sì, se Alfonso Scirocco ha ritenuto di titolare *In difesa del Risorgimento* un nuovo libro dopo che, nel 1993, aveva già dato alle stampe *L'Italia del Risorgimento*. A dire il vero l'opera di Scirocco ha l'indiscutibile merito di non essere in tutto e per tutto quel che promette nel titolo, cioè un pamphlet dedicato esclusivamente a demolire le tesi di coloro che sollevano dubbi sul processo che portò all'unità d'Italia e sui primi passi della stessa. Anzi si tratta di un'esposizione non polemica, piana, di questa storia; esposizione che tiene conto delle obiezioni di critici e detrattori. Nei confronti dei quali i toni sono più che pacati: «Gli interrogativi sulle scelte operate nel 1861 e confermate nei decenni successivi sono legittimi», riconosce Scirocco; «Nascono da un'esigenza attuale, quella di trarre dall'indagine intorno alle radici dell'Italia odierna risposte convincenti sulla debolezza del nesso nazione-società-Stato, che sembra non avere avuto fin dall'inizio la saldezza desiderata».

Nessun anatema contro il riesame storico, dunque. Anzi, l'autore rende esplicito omaggio alle parole di Marc Bloch per il quale «la conoscenza del passato è una cosa *in fieri*, che si trasforma e si perfeziona incessantemente». Anche se poi, entrando nel merito delle questioni, Scirocco non rinuncia certo a «difendere» l'epopea che è oggetto dei suoi studi: «È astratta la tesi che sarebbe bastato prendere decisioni diverse nel 1860-61 per avviare su una via migliore la storia dell'Italia unita». Nel senso che, se nel secolo scorso prevalsero le soluzioni che tutti conosciamo a dispetto di altre che oggi potrebbero apparirci più efficaci, è perché queste altre soluzioni (una per tutte: quella federalista) non avevano la forza per far coagulare i molti interessi diversi presenti sulla scena e per imporsi.

Ma quali sono, oltre a quello d'impianto meridionalista che qui non è preso in particolare considerazione, i filoni di contestazione al Risorgimento a cui il libro è dedicato? Scirocco fa esplicito riferimento a due testi pubblicati negli ultimi tempi: *Risorgimento da riscrivere* di Angela Pellicciari e *L'unità d'Italia – Pro e contro il Risorgimento* a cura di Alberto Castelli. Due libri diversissimi: il primo contiene obiezioni cattoliche, il secondo rilievi di parte laica. Quello della Pellicciari mette a fuoco i dibattiti del Parlamento subalpino in materia di abolizione degli ordini religiosi, dalla soppressione dei Gesuiti e degli ordini definiti gesuitanti nel 1848 alla chiusura degli ordini contemplativi e mendicanti nel 1855. Quello di Castelli è incentrato invece su un dibattito (di cui vengono ripubblicati i testi fondamentali) che ebbe come oggetto proprio il Risorgimento e che, nel 1935, divise il movimento antifascista di Giustizia e Libertà. Due libri di cui, per evidenti motivi, si può riferire soltanto separatamente.

Quello della Pellicciari, nel solco della polemica

antirisorgimentale tracciato già nel secolo scorso dalla rivista «Civiltà cattolica», sostiene che dalla lettura dei dibattiti al Parlamento sabaudo tra il 1848 e il 1856 «risulta con grande chiarezza che la lotta combattuta dai liberali contro gli ordini religiosi, contro tutti gli ordini religiosi, costituisce il filo conduttore con cui spiegare le dinamiche della battaglia politica risorgimentale». Nello scritto di Angela Pellicciari si avverte l'eco di posizioni come quelle del cardinale di Bologna Giacomo Biffi: « Oggi forse si può cominciare a riflettere sulle vicissitudini del Risorgimento senza pigrizie mentali, senza censure ideologiche, senza bigottismi né laici né ecclesiastici, con la sola intenzione di capire in profondità che cosa è avvenuto. Oggi forse si può tentare di valutare i fatti e le idee con intelligente comprensione e doveroso rispetto per le passioni, le persuasioni e gli ideali di tutti gli attori del "dramma", vincitori e vinti». E per «vinti» il cardinale Biffi intende il popolo dei cattolici. Che, a suo avviso, furono vessati da una «filosofia anticristiana» a cui è imputabile «l'aver imposto alle genti italiche una ideologia elaborata altrove, obiettivamente in contrasto con quella cultura cattolica che fino a quel momento [il Risorgimento] aveva costituito praticamente l'anima e l'ispirazione di tutte le costumanze, le manifestazioni artistiche, le forme corali di festa, di culto della bellezza, della vita degli italiani». E a chi attribuisce al potere temporale della Chiesa la responsabilità principale della rottura con lo Stato italiano, il cardinale Biffi, facendo esplicito riferimento alle questioni analizzate dalla Pellicciari, domanda polemicamente: «Come si fa a dimenticare che quel conflitto inizia e si afferma nel decennio tra il 1848 e il 1858 in Piemonte, dove il potere temporale non esisteva?».

In polemica spesso esplicita con i più importanti

storici del Risorgimento quali sono stati sul versante cattolico Arturo Carlo Jemolo e su quello laico Rosario Romeo, la studiosa rivolge molte insidiose domande alla storiografia che si occupa dell'Ottocento italiano: «Perché lo Stato sabaudo, costituzionale e liberale, che proprio in quanto tale si contrappone agli altri Stati della penisola e si propone come guida del moto risorgimentale, prima di iniziare un'opera tanto impegnativa e ideologicamente così caratterizzata, dedica tanta parte della lotta politica e intere sessioni parlamentari a discutere della soppressione degli ordini religiosi? Quali motivazioni ideologiche, morali, politiche e giuridiche, spiegano il comportamento dei governanti sardi?». E ancora: «Come si può difendere la libertà cominciando dal negarla a quanti hanno scelto di vivere in un convento? Come si può, dal momento che si riconosce la liceità di tutti i culti, discriminare quello cattolico, condiviso dalla quasi totalità della popolazione?».

E non si pretenda di rispondere ricordando il motto «Libera Chiesa in libero Stato», il quale, secondo la Pellicciari, fu nient'altro che una finzione dal momento che «in realtà i liberali piemontesi mettono fine al conflitto fra la Chiesa e lo Stato ricorrendo alla cancellazione di uno dei due poli del binomio: la Chiesa». La libertà di cui parlano i grandi liberali del Risorgimento, sostiene la storica, si riferisce «sempre ed esclusivamente all'individuo e alla sua coscienza privata, mai alla Chiesa come "corpo", mai alla Chiesa come "popolo di Dio"». È per questo che, conclude la Pellicciari, «Libera Chiesa» è un'espressione «che dal punto di vista sostanziale non ha senso: liberi, s'intendono solo gli individui; liberi di pensare in materia di fede come credono opportuno. Il binomio Chiesa-Stato viene sostituito dal binomio Individuo-Stato e il conflitto millenario tra i due poteri non è certamente risolto: viene solo decretata, e in forma legale, la scomparsa di uno di essi».

Punto debole di questo libro è nel rilievo eccessivo dato alla componente massonica che sarebbe all'origine di una sorta di grande complotto internazionale. Ma Franco Cardini nella postfazione afferma che «dinanzi ai dati obiettivi che emergono dalla documentazione che Angela Pellicciari ha raccolto, un moto di indignazione, di disappunto, di incredulità, di meraviglia o di trionfale e facinorosa gioia è insopprimibile e inevitabile». «È strano», scrive ancora Cardini, «che, nonostante alcuni dati evidenti e impressionanti, non si sia mai fatta valere la ben visibile verità delle spoliazioni e delle persecuzioni subite non già – si badi – da gruppi o ambienti anticlericali estremisti, bensì dagli statisti, dai politici e dai pubblici funzionari del sabaudo Regno di Sardegna prima, d'Italia poi.» Per così concludere: «Spoliazioni e persecuzioni che hanno poco o niente da invidiare a quelle che la Chiesa subì durante la Terza Repubblica in Francia, e neppure – violenze di piazza a parte – a quelle da essa sopportate nel Messico degli anni Venti o nella Spagna del 1931-1936».

Al culmine della sua ricostruzione l'autrice si spinge a mettere sotto accusa la natura stessa dello Stato liberale italiano che vide la luce a ridosso dell'emanazione di quelle che definisce «leggi eversive»: «Uno Stato invadente e onnicomprensivo che diventa il nuovo soggetto delle scelte di valore sottratte all'individuo». Accusa che si fa via via più complessiva: «Lo Stato liberale, infatti, compie scelte assolute. Scelte che vengono imposte a tutti perché buone in senso assoluto o perché considerate tali dai "liberali". In uno Stato liberale l'unico soggetto veramente "libero" è lo Stato medesimo». Per giungere, alfine, a una proiezione alquanto ardita: «Fra le dittature di élite del secolo scorso e quelle di massa di questo secolo c'è un'obiettiva continuità e una reale affinità».

Per quanto possa apparire strano, elementi di una riflessione che individua una qualche parentela tra il prodotto del Risorgimento e le esperienze totalitarie del XX secolo (in particolare – com'è ovvio che sia per il momento in cui avviene tale discussione, gli anni Trenta – quella fascista) si ritrovano anche nel dibattito in seno a Giustizia e Libertà di cui si occupa Castelli. Qui siamo nel solco aperto da un celebre articolo di Gaetano Salvemini del 1898, *Le origini della reazione*, con tesi – quelle secondo le quali il Risorgimento sarebbe stata una rivoluzione «confiscata» da una élite reazionaria – su cui sarebbero tornati, in maniera più incisiva di altri, Piero Gobetti nel 1921 con *L'eresia del Risorgimento* e Antonio Gramsci con le sue note sul Risorgimento scritte tra il 1934 e il 1935.

Il dibattito del 1935 di cui qui ci occupiamo ha come antefatto la decisione di Carlo Rosselli di ripubblicare nel '32 il saggio salveminiano di cui s'è appena detto. All'interno di Giustizia e Libertà prende corpo in quel periodo storico il gruppo dei cosiddetti «novatori», tra i cui leader figurano Andrea Caffi e Nicola Chiaromonte, che criticano da sinistra i dirigenti della formazione antifascista. Anche qui il dito è puntato contro lo Stato nazionale in sé, per come è venuto fuori dal Risorgimento. Ma la loro attenzione si allarga al resto d'Europa tant'è che i «novatori» sono tra i primi ad individuare le degenerazioni della Rivoluzione russa e a mettere in luce ciò che accomuna tutti i sistemi dittatoriali del Novecento. Il che li porta a dar battaglia contro gli Stati nazionali a favore di un assetto europeo federale e democratico, l'unico, ai loro occhi, in grado di garantire vere libertà e mettere al bando la guerra. Ma questa offensiva dei«novatori» all'interno di Giustizia e Libertà sarà perdente e il duo Caffi-Chiaromonte sarà costretto a uscire dal gruppo.

Abbiamo già detto che il dibattito da cui prende le mosse questo scontro ha come oggetto il Risorgimento. E conserva ancor oggi un grande interesse più che per la lettera delle posizioni che si fronteggiano, per le implicazioni, i sottintesi degli argomenti addotti. L'avvio alla discussione è dato dalla pubblicazione nel marzo del '35 su «Giustizia e libertà» dell'articolo di Andrea Caffi, *Appunti su Mazzini*. Caffi demolisce da posizioni radicali la figura di Mazzini – più o meno spietati ma sempre contro Mazzini saranno tutti o quasi gli interventi di questo dibattito – e si scaglia contro l'idea di presentare la lotta al fascismo come un secondo Risorgimento: «Raccomanderei», scrive, «la rinuncia a ogni conato di collegare il movimento rivoluzionario italiano a cui vorremmo chiamare gli "europei svegli" e le "sacre memorie" del Risorgimento italiano. Anzitutto, perché questo residuo di vanità nazionale è da "mettere in soffitta". Poi perché nel Risorgimento italiano prevalgono elementi ai quali i nostri avversari hanno più da attingere che non noialtri, sovversivi senza riguardi». Gli risponde in aprile Franco Venturi il quale contesta l'idea – che da Salvemini era giunta fino a Caffi – secondo cui la nostra storia dell'Ottocento veniva presentata appunto come una confisca della rivoluzione italiana da parte di Cavour e della monarchia sabauda per assoggettarla ai loro interessi iperconservatori o addirittura reazionari. Anzi, secondo Venturi l'Italia risorgimentale è il luogo in cui «più completamente che altrove i "liberali" vedono, anno dopo anno, i loro ideali passare dallo stadio dei libri o delle riunioni [...] allo stadio di congiure, di guerre, di combattimenti». E più avanti: «Per noi non si tratta evidentemente di presentarci come eredi del Risorgimento, né di considerare il Risorgimento come un tutto che si deve accettare per intero, ma di vedere ciò che negli ideali e negli uomini del Risorgimento può ancora essere animatore per noi. Le formule sono morte, gli involucri sono spezzati, i problemi sono cambiati, ma lo spirito che li spingeva dovrebbe spingere anche noi».

In quell'aprile del '35 il dibattito si intensifica. A sostegno di Caffi, scende in campo Nicola Chiaromonte: «Gridando "Italia, Italia" si dimentica di abolire il latifondo, di occuparsi della questione sociale, di badare alle garanzie legali di una vera libertà (tribunali indipendenti, poteri di polizia, autonomie provinciali ecc.) e si finisce col costringere le masse depauperate del popolo italiano a fuggire come "emigranti" dall'"Italia libera"». A metà strada tra Caffi e Venturi, si schiera Carlo Rosselli. Il quale concede agli ultrasalveminiani che «tra lo Stato italiano dopo il '60 e il fascismo c'è un rapporto, se non di filiazione, per lo meno di degenerazione progressiva». Ma poi distingue tra un Risorgimento «moderato» e uno insurrezional-popolare che a buon diritto può esser preso a modello dagli antifascisti. E attribuisce grande valore al tema dell'indipendenza nazionale presentata come «auto-riscatto del popolo non da una servitù altrui, ma da una servitù sua propria, morale, politica, economica». Come ben mette in evidenza Castelli, «liberare l'Italia dallo straniero, quindi, significava tanto una rivalsa nazionale, quanto una liberazione del popolo dall'oppressione di un apparato di potere».

Dopodiché torna all'attacco Caffi per ribadire nei modi più netti che sarebbe estremamente «pernicioso» far intendere che il principale tra gli obiettivi della lotta antimussoliniana sia la restaurazione dello Stato prefascista, dal momento che i giovani in particolare «se hanno un'idea precisa è questa: non volerne più sapere delle "democrazie" e regimi parlamentari di tipo prefascista». Quanto alla natura democratica e popolare del Risorgimento, «perché un movimento possa dirsi "popolare" non basta che il popolo vi figuri tra i combattenti; bisogna ancora che le particolari aspirazioni della "minuta gente", le sue esigenze economiche ed egualitarie siano almeno proclamate e trovino qualche consacrazione nell'esito della lotta».

E laddove Gobetti aveva scritto che è impossibile ragionare sulla crisi degli anni Venti «se non si distrugge il mito che si è foggiato intorno al Risorgimento», Caffi così ne riecheggia le parole a metà del decennio successivo: «In generale, credo che non si possa pensare niente di veramente chiaro e profondo riguardo l'Italia di domani se non si è spietati col mito alquanto ufficiale e scolastico del Risorgimento». Le sue tesi non diverranno mai quelle di Giustizia e Libertà. Ma lasceranno ampie tracce in tutto il campo laico.

A questo punto si ripropone la domanda dell'inizio: c'è qualcuno che minaccia il Risorgimento? È per tale aggressione che si sente ora la necessità di una «difesa» di quella stagione storica da parte di Alfonso Scirocco e degli altri che verranno sulla sua scia? A ben leggere il libro dello stesso Scirocco sembra che il problema non sia questo. Bensì uno più complicato che attiene a tutto ciò di cui si è fin qui detto e a molte altre cose ancora. Ed è che il Risorgimento per come ha impostato la costruzione dello Stato italiano – oltreché per molte concause e per quel che è seguito da quelle premesse – non ha creato quell'ampia «area di legittimità» all'interno della quale potesse crearsi e crescere una normale dialettica politica democratica. Una dialettica, per intenderci, tra chi vince e chi perde le elezioni come quella che c'è in tutti gli altri paesi civili. Senza quel recinto, all'interno del quale ci si possa contrapporre anche radicalmente senza che ciò minacci o suoni come una minaccia all'esistenza stessa dello Stato, non ha potuto svilupparsi quella logica delle alternanze per via elettorale alla guida del paese che unica è garanzia di sviluppo democratico. Non solo: settori consistenti di popolo sono stati indotti, negli snodi più significativi della storia di centotrentotto anni dall'unità d'Italia a oggi, a mettere in discussione proprio la legittimità dell'interlocutore che avevano di fronte. Anche e soprattutto quando tale interlocutore si presentava come titolare o rappresentante eletto di un'articolazione dello Stato stesso.

Ampi strati del mondo cattolico e laico hanno conservato una riserva ideologica fortissima nei confronti dello Stato. Riserva su cui non è la prima volta che gli storici si soffermano. Ma quel che adesso viene meglio alla luce è il fatto che questa riserva ha costituito impedimento alla costituzione di maggioranze e minoranze leali l'una nel confronto dell'altra. E il virus si è diffuso al punto che l'affermazione di maggioranze attraverso il voto continua ad essere vissuta sempre come l'instaurarsi di un regime. Un regime da far cadere con ogni mezzo, non escluso quello di mandare all'aria il tavolo da gioco.

Alle origini del Risorgimento, solo ed esclusivamente per come sono andate le cose, senza colpe particolari, c'è dunque una sorgente di acqua inquinata che ha infettato il corso del fiume della storia italiana impedendo al nostro paese di diventare una democrazia come tutte le altre. Una democrazia in cui non si debba ricordare ad ogni ora che si è tutti su una stessa barca come se si dovesse costantemente fare i conti con qualcosa di oscuro, di irrisolto che è alle origini di tutto. Cosicché ci si possa sanamente dividere e contrapporre senza avvertire il pericolo che vada a monte l'intera dialettica democratica. Che gli storici, pur schierandosi pro o contro il Risorgimento, tornino sugli anni in cui è sgorgato il fiume della storia d'Italia e si comportino come chimici che cercano di individuare la natura di ciò che ha corrotto quelle acque, sotto questo profilo, è in ogni caso proficuo. E le divisioni sono benefiche.

STORIA DI UN'INVENZIONE POLITICA: IL TRASFORMISMO

La chiamarono rivoluzione e venne alla luce il trasformismo. Accadde nel 1876: la destra storica, al potere, si divise e una parte di essa, attraverso quella che non senza un buona dose di enfasi fu battezzata come «rivoluzione parlamentare», aprì le porte del governo alla sinistra di Agostino Depretis. Il quale Depretis, sei anni dopo, diede vita ad un'alleanza destra-sinistra che avrebbe messo il governo da lui presieduto in grado di affrontare, al riparo da sorprese, un turno di elezioni a suffragio allargato.

Fu in quell'occasione, nel 1882, che fece il suo ingresso nel lessico politico italiano la parola trasformismo. E ci entrò definitivamente. Per non uscirne mai più. Stava a descrivere la disposizione di deputati della opposizione a trasferirsi nella maggioranza e viceversa. Quasi sempre essendo il traguardo una collocazione ministeriale. Da quel momento il nostro paese introdusse un modo assai spregiudicato e innovativo di interpretare la norma secondo la quale i parlamentari non hanno «vincoli di mandato». Nel dibattito storiografico sono stati spesso messi in discussione anno e luogo di nascita del trasformismo. Molti hanno anticipato di trent'anni il giorno dell'apparizione di questo carattere della politica italiana. E precisamente al 4 novembre del 1852 quando Camillo Benso conte di Cavour, provocata la caduta del governo conservatore guidato da Massimo D'Azeglio (nel quale lo stesso Cavour era ministro delle finanze), fu chiamato dal re Vittorio Emanuele II a guidare un nuovo gabinetto nato dal «connubio» tra la sua destra moderata e gli ex oppositori che appartenevano alla sinistra altrettanto moderata di Urbano Rattazzi. Altri contestano che questa predisposizione a cambiar bandiera politica sia nata nel nostro paese. Questi, pur senza dimenticare la millenaria vocazione italica al tradimento delle alleanze nel corso della guerra, sostengono che il trasformismo parlamentare vero e proprio sia qualcosa di diverso, e che le sue origini vadano cercate nella Francia della Terza Repubblica. Un interessante libro di Sandro Rogari, *Alle origini del trasformismo*, approfondisce la questione ed esamina con passione e scrupolo come sia nato questo virus che da oltre un secolo, movimentando apparentemente il nostro sistema politico, in realtà ne provoca la paralisi. Per introdurre il dicorso è d'obbligo sottolineare che, come ha ben messo in evidenza un saggio scritto qualche anno fa da Giovanni Sabbatucci per «Il Mulino», a cui Rogari rende i dovuti omaggi, il nostro è sostanzialmente l'unico sistema che non ha mai conosciuto alternanze per via elettorale: l'unico sistema in cui i cambi di maggioranza sono sempre avvenuti prima in Parlamento per poi ricevere «conferma» dalle urne. È dunque il solo paese in cui quel bacillo del trasformismo ha provocato un male capace di produrre una paraplegia permanente. E tale circostanza, tutta italiana, la dice lunga su quale sia la terra che ha dato se non i natali quantomeno la migliore ospitalità a questo agente patogeno.

Ma perché l'Italia ha partorito il trasformismo o comunque è stata così accogliente con esso? Probabilmente perché era insicura. Mimava i comportamenti delle grandi democrazie che andavano affermandosi nell'Ottocento e nel primo Novecento ma dentro di sé sentiva crescere l'ansia che tutto quel che era stato costruito da Cavour potesse andare in pezzi da un momento all'altro. L'*establishment* italiano avvertiva che le masse cattoliche, quelle meridionali, la nascente sinistra socialista, quella radicale e repubblicana, non si riconoscevano nello Stato. E che, qualora all'interno del Parlamento si fosse giunti ad un confronto aspro tra maggioranza e opposizione, quest'ultima avrebbe aspettato la prima crisi – e ce n'erano di violente ad ogni stagione – per collegarsi con l'opposizione extraparlamentare e mandare all'aria l'intera partita. Con il rischio di strappare la tela unitaria che era stata tessuta da Cavour in poi.

Per anni i grandi storici liberali che hanno messo in luce tali problemi, da Benedetto Croce a Rosario Romeo (quest'ultimo insistendo sul concetto delle alternative che si sono presentate sempre nella storia d'Italia «come alternative di regime e non solo di governo»), sono apparsi giustificazionisti nei confronti del trasformismo. Come se lo considerassero un male minore e necessario, un prezzo da pagare per la costruzione del nostro paese. E nient'altro. In realtà giustificazionisti questi storici liberali lo furono solo in parte. Croce e Romeo – il secondo con molta minor enfasi del primo dovuta se non altro all'esser vissuto in anni più distanti, in senso temporale, da quelli in cui fu fatta l'Italia – si limitarono ad essere realisti. A constatare che esisteva il problema della ristrettezza di quella che è stata definita (sempre da Sabbatucci) «area della legittimità». E che dunque l'alternativa era tra chiudere un occhio sulla condotta di quei parlamentari che vagavano da una parte all'altra del Parlamento o mandare a monte il processo che aveva fatto l'Italia unita. In altre parole: se non si fossero tollerate quelle trasmigrazioni parlamentari, quel modo certo non inappuntabile sotto il profilo etico con il quale deputati di ogni tipo andavano a cementarsi attorno al potere centrale, alla prima crisi, ad esempio in seguito a una sconfitta militare, il paese – che in casi simili già rischiò comunque il collasso – si sarebbe sicuramente sfasciato. E sarebbe precipitato verso la disgregazione o soluzioni autoritarie.

Un'eco di queste obiezioni la si può cogliere ancora oggi nelle parole di un valente economista liberale qual è Sergio Ricossa pubblicate sul settimanale «Liberal» diretto da Ferdinando Adornato: «Nei regimi parlamentari, il tipico rappresentante del popolo è ancor sempre quello che Vamba (Luigi Bertelli) chiamava l'on. Qualunque Qualunqui, che milita nel partito dei Purchessisti, propugna il programma Qualsivoglia e appoggia il ministero Qualsiasi». E nelle posizioni meno scherzose di un intelligente storico, Luciano Cafagna, che sempre su «Liberal» ha scritto: «Non mi convince la sprezzante sommarietà con la quale si mettono insieme elementi assai diversi: accordi storici fra forze anche di opposta origine, per il conseguimento di non banali finalità, o per il superamento di qualche seria impasse, altrimenti insormontabile; legittimi mutamenti di convincimento da parte di politici o gruppi di politici; o, invece, la semplice compravendita del bracciantato parlamentare in aula, in forme non dissimili da quanto accadeva una volta nelle piazze del Sud latifondistico». Per poi, dopo aver ricordato una lunga serie di «trasformati» da Giuseppe Garibaldi a Enrico Berlinguer, sottolineare con intento polemico: «L'unica volta diversa [che non si ebbe trasformismo] fu quando Turati, nel primo dopoguerra, non se la sentì di "trasformarsi" per sostenere il governo liberale. E fu il fascismo».

Con il che storici di destra e di sinistra era come se ponessero alle generazioni successive queste domande: avreste preferito che il nostro paese avesse cessato di esistere? Vi sembrano comparabili i rischi che avremmo corso, con le questioni pur importanti che attengono alla spregiudicatezza di qualche pugno di parlamentari? È ancora viva l'eco di siffatte domande, con implicite obiezioni, rivolte all'inizio del secolo all'indirizzo del «moralismo» di Alfredo Oriani e poi di Gaetano Salvemini che si era scagliato contro la seconda grande stagione trasformistica, quella dell'età giolittiana. I loro rilievi avevano stretta parentela con quelli sconsolati (e mai abbastanza presi in considerazione) che si potevano rinvenire in controluce nei romanzi coevi il cui tema era la delusione per come si stava facendo l'Italia e per quel tipo di vita parlamentare che aveva preso piede all'epoca del trasformismo: *I Viceré* e *L'imperio* di Federico De Roberto, *I vecchi e i giovani* di Luigi Pirandello. C'è sullo sfondo di quelle pagine tutto un mondo di politici mascalzoni, funzionari scaltri, giornalisti disonesti, salotti atti solo a rovinare reputazioni, che da quegli anni in poi è puntualmente ricomparso, assieme al trasformismo, in ogni stagione della vita pubblica. Un mondo che, beninteso, non è soltanto italiano. Ma che qui da noi affligge l'intero sistema in modo del tutto particolare.

Ed è per capire il perché di questa particolarità che occorre tornare allo studio di Sandro Rogari sulle origini del trasformismo. Rogari sostiene con fondati motivi che le analogie tra il connubio del 1852 e il trasformismo quale si ebbe a partire dalle elezioni del 1882, sono soltanto apparenti. Il connubio con il quale Cavour ottenne la guida del governo negli anni Cinquanta, decisivi per fare l'Italia, «è», secondo Rogari, «un'alleanza sorretta da un obiettivo politico definito, per il quale è necessario isolare la destra reazionaria e la sinistra estrema». Il connubio «ha una valenza dinamica». Quel che accade venticinque, trent'anni dopo «è, invece, funzionale alla conservazione e alla protezione del sistema dalle minacce esterne ma anche, direi quasi soprattutto, da quelle interne». Il trasformismo «ha quindi una valenza statica». Una tesi condivisibile. È evidente che un conto è quel che fece Cavour, un altro quel che s'impegnarono a fare Depretis e Minghetti. Cavour, uomo della destra storica, si mise d'accordo con la parte più ragionevole della sinistra parlamentare per dar vita ad un governo che oggi definiremmo di centro con il quale si disponeva ad affrontare gli anni più complicati che portarono all'unità d'Italia. Dopodiché nel 1861 si votò: la destra vinse e restò al potere; la sinistra perse e andò all'opposizione. Dopo il 1882 accadde invece qualcosa di molto diverso: buona parte della destra e della sinistra si misero assieme e diedero vita a una strana figura di aggregazione parlamentare che possedeva nei suoi cromosomi esclusivamente i caratteri del ministerialismo. E che poteva contare sulla circostanza che un pezzo d'opposizione fosse a destra e l'altro a sinistra cosicché, per il fatto che tali opposizioni non avrebbero mai potuto coalizzarsi tra loro, difficilmente si sarebbe avuto un autentico cambio di maggioranza. Anzi, mai. Se non per via traumatica come accadde il 1922 e il 1925 con l'avvento del fascismo.

Semmai, sostiene Rogari, più che nel connubio, le origini del trasformismo vanno cercate nella stagione della destra al potere tra il 1861 e il 1876. Una stagione complessa ma ricordata come una delle fasi più alte della storia politica d'Italia. Con il forte limite, però, di non aver saputo la destra stessa dar vita in quegli anni ad un grande partito conservatore sul modello britannico. E non esser stata altresì capace di offrire uno sbocco politico ai deputati dell'Italia meridionale. La destra storica pensò che tutte le questioni potessero essere risolte in Parlamento e che non fosse necessaria una soluzione politica più generale. In questo forse era stata mal instradata dal connubio e dai successi che ne erano seguiti. Ma i tempi erano cambiati. E cercando di risolvere ogni genere di problemi con una centellinata suddivisione dei ministeri tra destra piemontese, destra lombarda, destra toscana e le sottodestre che da esse si distinguevano, più qualche dicastero per la deputazione meridionale, non si scioglievano i nodi. Anzi ci si predisponeva a un rapporto tra governanti ed elettori che avrebbe potuto essere solo di carattere clientelare.

Rinunciando poi alla fondazione del partito conservatore, per l'indisponibilità dei cattolici nonostante l'impegno di Stefano Jacini a rimuovere l'ostacolo, la destra lasciava passare un elemento di disgregazione che avrebbe fatto giungere i moderati italiani del tutto impreparati ai grandi appuntamenti della fine del secolo scorso. Dunque una destra efficace quand'era al potere, quella postunitaria. E vittoriosa nella battaglia per domare il deficit di bilancio. Ma divisa in fazioni e incapace di dare risposte politiche ai problemi posti dalla necessità di immettere nelle articolazioni dello Stato i rappresentanti dei cattolici e del Mezzogiorno. Per quel che riguarda il Meridione, la destra storica vide benissimo lo stato di insubordinazione permanente che nei primi anni Sessanta fu prodotto dal brigantaggio e che nel settembre del 1866 a Palermo era sfociato in una rivolta domata da Cadorna solo dopo tre mesi; non poté non accorgersi del voto sempre più massiccio alla sinistra con un esplicito mandato antigovernativo; avvertì l'affiorare di impreviste incompatibilità tra Nord e Sud del paese: tutte cose che fecero della questione meridionale un incubo per le classi dirigenti dopo il 1861. E per far fronte proprio a questi incubi Marco Minghetti, l'ultimo presidente del consiglio della destra storica, avrebbe dato vita ad un'esperienza trasformistica in anticipo di tre anni, già nel 1873, se solo l'opposizione fosse stata al gioco. Voleva avere con sé pezzi di sinistra per «disarmare», attraverso quell'acquisizione, la minacciosa rappresentanza politica dell'Italia meridionale (oltreché, ovviamente, per guadagnare stabilità al suo governo). Minghetti trattò con Depretis offrendogli tre importanti ministeri. E Depretis avrebbe anche accettato se la sua base parlamentare non gli avesse imposto di trattare non già a titolo personale ma in nome di tutta la sinistra. Cosa che Minghetti fu costretto a rifiutare. Un episodio non irrilevante: la sinistra in qualche modo si comportava da partito o almeno come qualcosa che metteva le basi per essere un partito. Tra l'altro per alcuni anni continuò a tener duro su questo atteggiamento anche dopo che nel 1876, con Agostino Depretis, era andata al governo. Se avesse resistito, se alle elezioni degli anni successivi la sinistra si fosse sempre presentata su un fronte contrappposto alla destra, correndo il rischio che questa le desse il cambio alla guida del paese e la rimandasse all'opposizione, la storia d'Italia sarebbe stata diversa e molto migliore. Sarebbe stata nella sostanza come quella delle altre democrazie occidentali.

Un tesi questa che trova riscontro in un vecchio e pregevole libro di Aldo Berselli, *Il governo della de-*

stra, ripubblicato nel 1997. Berselli spiega come l'incapacità di seguire il modello inglese, il non essere riuscita a dar vita ad uno o più partiti sia stato esiziale per la destra storica e per il sistema politico italiano. Esalta la lungimiranza critica di Silvio Spaventa. E, anche lui, punta il dito accusatore contro Minghetti per i suoi grandi limiti: «Era un grande mediatore, fino a lasciar cadere la mediazione politica nel compromesso e a logorare l'obiettivo politico chiaro e preciso nella transazione».

Ma, come la destra aveva, oltre a questi problemi, la questione aperta dei cattolici, anche la sinistra aveva il problema di non riuscire ad inglobare dentro un unico partito politico (e neanche in formazioni federate) i rappresentanti dell'ala radicale che si era costituita in gruppo distinto nel 1877, dei repubblicani intransigenti e, soprattutto, del movimento operaio che proprio nelle citate elezioni del 1882 mandarono in Parlamento il loro primo deputato, il socialista Andrea Costa. Per di più proprio in quegli anni successivi alla «rivoluzione parlamentare» del 1876, uno dei leader più autorevoli della destra, Quintino Sella, aveva avviato un dialogo molto avvolgente con uno dei leader della sinistra, Benedetto Cairoli, sortendo l'effetto di frenare ogni evoluzione bipolare del sistema. «Sella», è il giudizio di Rogari, «non seppe contrapporre altro al programma spesso contraddittorio della sinistra se non un'azione di natura defatigante; usando la tattica del rinvio e dell'insabbiamento.» Soprattutto, continua Rogari, «invece di pensare alla destra come un gruppo forte d'opposizione suscettibile di tornare in quanto tale ad essere maggioranza, Sella sviluppò un'azione di collegamento con taluni gruppi della sinistra che condannò la destra ad essere comunque subalterna». La destra si mise insomma nelle condizioni di non poter offrire agli interlocutori politici altro che il tavolo del trasformismo. E la sinistra fu ben lieta di tornare a quel tavolo di Minghetti da cui si era alzata nove anni prima e accettare il patto che nel '73 avrebbe dovuto dar vita solo a un governo di emergenza, e ora metteva al mondo addirittura un cartello elettorale. Con ciò completando l'iter classico del genere di cui stiamo parlando: il trasformismo dapprima si manifesta con gruppi di deputati che danno vita a maggioranze parlamentari diverse da quelle che erano state da loro promesse agli elettori; poi, di norma, quegli stessi deputati si ripresentano agli elettori per farsi approvare la trasmigrazione. Laddove, se il consenso non arriva, le aule parlamentari saranno generose di nuovi trasmigratori sempre pronti alla bisogna.

Varato nel 1882 il «modello trasformista», è alla destra di Silvio Spaventa, tenutasi alla larga dall'intesa, che resta il compito di predicare la «distinzione di partiti che corrisponda al possibile alle direzioni opposte della nostra vita sociale e nazionale». E qualche speranza di ridividere la destra dalla sinistra si riaccende nel novembre del 1883 con la nascita, a sinistra, di un'opposizione antitrasformistica che prende il nome di Pentarchia in omaggio ai cinque leader che sono della partita (i settentrionali Benedetto Cairoli, Giuseppe Zanardelli, Alfredo Baccarini e i meridionali Francesco Crispi e Giovanni Nicotera). Ma sarà solo un'illusione: la Pentarchia produrrà una nuova leva di personale trasformistico, quella della stagione pregiolittiana, che troverà proprio in Crispi il suo emblema. Con ciò arricchendo il genere di un nuovo carattere, quello della declamazione antitrasformistica alla vigilia di una svolta che inevitabilmente diventa, appunto, trasformista.

Ed è proprio negli anni Ottanta che in seguito a tutto questo si sviluppa una corrente critica del parlamentarismo e delle sue degenerazioni. Sono dati alle stampe *Governo e governati* di Pasquale Turiello, *Teorica dei governi e governo parlamentare* di Gaetano Mosca (premessa a quegli *Elementi di scienza politica: critica alla democrazia rappresentativa* che saranno pubblicati nel 1896), *Una questione grossa: la decadenza del regime parlamentare* di Ruggiero Bonghi che nel 1893, al momento del primo governo guidato da Giovanni Giolitti, scriverà due saggi destinati a diventare dei classici. Un grande turbamento che indebolirà irrimediabilmente la giovane democrazia italiana. Per questo ha senso tornare alle origini del trasformismo e indagare, scoprire i caratteri durevoli di questo fenomeno che ha fatto l'Italia diversa dagli altri paesi europei. Il trasformismo infatti predispone la democrazia parlamentare a un male che non appare mai per tempo in tutta la sua gravità. Male che incide sulla natura stessa del rapporto tra eletti ed elettori. E può con ciò addirittura far vacillare una democrazia.

UNA RILETTURA LIBERALE DI GIOVANNI GENTILE

Da alcuni anni il quotidiano cattolico «Avvenire» ama rivisitare di quando in quando il pensiero e l'opera di Giovanni Gentile. Dapprincipio per la penna di Vittorio Messori che, proprio sulle pagine di quello che è considerato l'organo ufficiale della Conferenza episcopale, è sceso in campo in difesa di Gentile definendolo intellettuale «tra i più grandi» di questo secolo. Per sollevare poi il caso dell'Enciclopedia Treccani di cui com'è noto Gentile fu ideatore e curatore. In merito al quale Messori ha scritto: «Malgrado il direttore della grande opera – Gentile, appunto – fosse l'ideologo principe del regime [...] alla Treccani collaborarono volentieri, firmando con nome e cognome, praticamente tutti gli intellettuali – stranieri compresi – che allora contavano e che poi divennero gli antifascisti settari che sappiamo». Nella nota, che è ora ripubblicata nel volume *Le cose della vita*, lo studioso – la cui autorevolezza in ambiente cattolico è consacrata dalla circostanza che Giovanni Paolo II lo ha scelto come interlocutore per il celeberrimo libro-intervista *Varcare la soglia della speranza* – avanza addirittura l'ipotesi che questo coinvolgimento da parte di Gentile di «tutti» (o quasi) gli intellettuali degli anni Trenta nella Treccani – e in altre attività culturali più o meno direttamente collegate con il regime fascista – sia da mettere in relazione con l'uccisione nel '44 del «vecchio studioso inerme» in circostanze avvolte ancora da un qualche alone di mistero. Gentile sarebbe stato eliminato «perché sapeva troppo: un suo processo, a guerra finita poteva inchiodare praticamente tutta l'intellighenzia alle sue responsabilità di collaborazionismo».

Qualche tempo fa «Avvenire» è tornato sulla questione Gentile prendendo ancora una volta di mira l'imbarazzo dei laici nei suoi confronti. In particolare il quotidiano dei vescovi apriva una curiosa polemica nei confronti di Eugenio Garin a cui veniva imputato di aver rimosso, in un'intervista del 1998 al «Corriere della Sera», i suoi antichi rapporti con il filosofo che fu ministro di Mussolini. Polemica davvero curiosa, dicevamo, dal momento che nell'ultimo decennio proprio Garin è tornato più d'ogni altro sulla necessità di fare i conti con il pensiero gentiliano. Nel 1991, con la prefazione alla pubblicazione delle *Opere filosofiche* dello stesso Gentile. Nel 1997, poi, con l'*Intervista sull'intellettuale* (a cura di Mario Ajello). Lo studio del '91, impostato come un dibattito a distanza con uno tra i più importanti studiosi di Gentile del mondo cattolico, Augusto Del Noce, era dedicato proprio a rompere la tradizionale identificazione tra l'«attualismo» gentiliano e la dottrina fascista. E a dare una valutazione sostanzialmente positiva della sua filosofia, senza fermarsi cioè al 1923, quando Gentile aderì al fascismo. Il saggio aprì una breccia nel campo laico antifascista, tant'è che Gianni Vattimo recensendolo assai favorevolmente sulle colonne di «Tuttolibri» scrisse: «La filosofia di Gentile sembra avere ancora da dirci qualcosa di significativo per i nostri problemi attuali».

Nell'*Intervista sull'intellettuale*, Garin tornò in modi ancor più particolareggiati sull'argomento: «Non penso e non ho mai pensato [...] al nesso necessario attualismo-fascismo sempre sostenuto e difeso, del resto con grande finezza, da Augusto Del Noce. Che poi Gentile considerasse la sua posizione teorica «liberale» motivo della sua adesione al fascismo è esatto, ma non dimostra affatto il nesso attualismo-mussolinismo». E a Mario Ajello che opportunamente insisteva a porgli domande su questo tema, Garin rispondeva: «Innegabile fu comunque lo sforzo di Gentile, sul terreno della cultura, di conservare innanzitutto il rispetto della competenza e dei valori di verità. Questo spiega che uomini come Guido Calogero, antifascista da sempre, e antifascista combattente, collaborassero costantemente con Gentile sul piano culturale e non solo all'Enciclopedia. Questo spiega come su riviste quali «Civiltà moderna» collaborassero fino alla crisi della Seconda guerra mondiale, Omodeo come Mondolfo, Gaetano De Sanctis come Mario Fubini, e ancora dopo il '38 e le leggi razziali, con nomi fittizi ebrei anche stranieri. Questo spiega infine perché, sotto il fascismo la cultura italiana risentì tutta della presenza del regime».

Certo, Gentile fu pienamente fascista. Anche nella Repubblica sociale. Fino alla morte. «Ciò non toglie», affermava Garin, «che continuasse, a suo modo, a difendere i diritti della cultura e il suo rigore, in una tensione drammatica degna di rispetto.» «Degna di rispetto»? Sì, Garin lo dice senza mezzi termini. E in più di un'occasione parla della «profonda avversione [di Gentile] al razzismo fascista». Raccontando anche episodi che lo hanno coinvolto di persona: «Io stesso ricordo che nel '39, intermediario anche Alessandro Levi, incontrai Gentile che mi chiese se avrei accettato di "prestare" il mio nome a un commento scolastico a Cartesio che Rodolfo Mondolfo, che stava per partire per l'esilio argentino, aveva preparato per una collana sansoniana. Le leggi razziste – è noto – vietavano non solo l'adozione ma la pubblicazione di testi di autori israeliti. Accettai, ovviamente; aggiunsi qualche pagina introduttiva, e solo nel '45 fu possibile restituire a Mondolfo la paternità del suo lavoro».

Questo modo più obiettivo e sereno di tornare sulla figura di Gentile ha dei precedenti. Ad esempio la *Vita di Giovanni Gentile*, scritta da Manlio di Lalla e pubblicata nel 1975. Un libro che pur senza essere un'esaltazione di Gentile era pervaso da umori tutt'altro che antigentiliani, al punto che l'editore, in omaggio allo spirito dei tempi, ritenne di cautelarsi con un'«avvertenza» iniziale in cui metteva le mani avanti parlando di un «giudizio sull'uomo e sul pensatore turbato da non sopite passioni, o impedito dalla difficoltà di cogliere i diversi e più autentici aspetti del suo pensiero e della sua azione civile alla luce di quel che fu forse il tramonto della tradizione risorgimentale». E mettendo bene in chiaro che l'editore si riservava il diritto di «dissentire da alcuni suoi [del di Lalla] giudizi ed affermazioni».

Poi, nel 1984, venne dato alle stampe *Giovanni Gentile. La filosofia al potere*, di Sergio Romano che ebbe accoglienze positive. Tant'è che nel 1989, nella prefazione a un bel libro di Jader Jacobelli, *Croce-Gentile. Dal sodalizio al dramma*, Norberto Bobbio – dopo aver raccontato di esser stato all'inizio degli anni Trenta «più gentiliano che crociano» anche se poi proprio attraverso l'insegnamento di Croce si era reso conto «che non era vero che il fascismo avesse ragione perché era difeso da Gentile, ma, al contrario, che Gentile aveva torto perché difendeva il fascismo» – quasi ad aprire la strada a nuovi studi si augurava che, così come stava allora accadendo per Croce, fosse sollevato il velo d'oblio anche per quel che riguardava le opere di Gentile: «Chi sa che venga la volta [che sia tolto, appunto, il velo d'oblio] anche della filosofia dell'atto puro della quale si potrebbe considerare un segno premonitore la bella monografia di Sergio Romano uscita cinque anni fa». Sempre in quella prefazione del 1989 Norberto Bobbio ricordava anche che «durante il fascismo, se Croce apparve sempre più come l'ispiratore dei primi gruppi di giovani antifascisti, il prestigio di Gentile non venne mai meno anche in molti di costoro, come Calogero e Capitini, che furono tra i fondatori del movimento liberalsocialista».

Ed è probabilmente anche per effetto dell'esortazione di Bobbio a togliere il «velo d'oblio» che per molto tempo era rimasto a coprire l'opera e la figura di Giovanni Gentile che negli anni Novanta sono venuti alla luce alcuni saggi assai approfonditi sull'argomento. Il primo, di Paolo Simoncelli, aveva per titolo *Cantimori, Gentile e la Normale di Pisa*. Obiettivo dichiarato di Simoncelli era quello di dimostrare, sulla base di un gran numero di documenti inediti, che l'oblio di cui sopra era stato «non del tutto disinteressato». A Gentile che, pur insegnando a Roma, era stato dal 1928 prima commissario poi direttore nella Normale di Pisa, Simoncelli dava atto esplicitamente di esser stato, con spirito liberale, il méntore di una leva di docenti (in primis Delio Cantimori) e studenti che avrebbero costituito l'ossatura intellettuale della nuova generazione antifascista. Difendendoli in molte occasioni dal regime. Anche e soprattutto dopo il '38 all'epoca delle leggi razziali come dimostra in caso emblematico di Paul Oskar Kristeller. All'israelita Kristeller era stato affidato tra il '35 e il '38 il lettorato tedesco alla Normale e quando le autorità germaniche «raccomandarono» che, in ottemperanza ai dispositivi antisemiti, fosse sostituito da Werner Ross, Gentile fece propria la causa di Kristeller, lo aiutò a trasferirsi negli Stati Uniti e dopo qualche mese lo vendicò, in aperta sfida agli accordi culturali italo-tedeschi, liquidando Ross e chiamando al suo posto Cesare Luporini.

Altrettanto ricco di documentazione, ma nei canoni di una fortissima ostilità al filosofo dell'attualismo, fu poi nel 1995 il libro di Gabriele Turi *Giovanni Gentile – Una biografia*. Le carte inedite su cui il saggio è costruito sono di grandissimo interesse, ma tutto si risolve in una stroncatura della figura accademica, politica e morale del filosofo. Demolizione che mette in ombra molte di quelle benemerenze che, a oltre cinquant'anni dalla sua morte, il mondo intellettuale antifascista si è mostrato disponibile a riconoscere. Il Gentile di Turi è un fascista dalla testa ai piedi, i suoi conflitti con il regime non meritano di essere approfonditi e non dimostrano alcunché circa un suo presunto liberalismo. Il fatto poi che un ramo fondamentale dell'intellettualità liberalsocialista e comunista sia nato e si sia indiscutibilmente sviluppato dal tronco gentiliano non merita alcuna riflessione.

Il volume di Turi che, ripetiamolo, non è un pamphlet con rimasticature di cose già note ma il libro serio di uno storico, sembra chiudere la discussione. Per sempre. Ma, prima che il secolo si chiuda, arriva adesso una sorpresa. Anzi due. La prima viene dalla pubblicazione del *Carteggio Gentile-Calogero* per merito della casa editrice Le Lettere. Guido Calogero, schedato dalla polizia politica come antifascista già dal 1929, ha con Gentile uno scambio di lettere che si protrae fino al 1942, dalla cui lettura si evince quale complicità intellettuale legò il maestro all'allievo anche nel cercare di aggirare le disposizioni del regime. Con il risultato che, se da un lato la figura morale di Calogero non subisce alcun danno dalla pubblicazione di queste missive, dall'altro l'immagine liberale di Giovanni Gentile ne risulta sorprendentemente accresciuta.

Ma la seconda sorpresa è ancora più rilevante. Gennaro Sasso, studioso di Benedetto Croce nonché grande custode dell'eredità crociana (è direttore dell'Istituto italiano per gli studi storici di Napoli che è il tempio in cui è conservata quell'eredità) pubblica un libro, *Le due Italie di Giovanni Gentile*, la cui tesi è che l'adesione che Giovanni Gentile dette al fascismo è estranea al suo pensiero filosofico, rigorosamente inteso nel suo nucleo logico. Sarebbe qui del tutto improprio usare termini come «rivalutazione» o «riabilitazione», ma è un fatto di grandissimo rilievo che uno tra i più importanti eredi sprituali di Croce, cioè del filosofo la cui polemica con Gentile ha diviso per decenni il mondo intellettuale italiano, decida di rendere giustizia con un saggio molto approfondito di quasi seicento pagine alla dottrina del rivale del suo maestro.

Le pagine iniziali del libro sono dedicate a ribadire più volte che *Le due Italie di Giovanni Gentile* non è un testo «revisionista». Non si trattasse di Gennaro Sasso, diremmo che «avvertenze» del genere sono anch'esse figlie dei tempi come quella nota dell'editore di cui s'è detto a proposito del libro di Manlio di Lalla. In questa stagione molti storici si sentono in dovere di ungere i cardini della loro trattazione con queste professioni di antirevisionismo, allo scopo evidente di non compromettere i propri destini accademici o magari soltanto di evitare contumelie e randellate, che sono riservate a chi non si produce in pubblica manifestazione di inimicizia nei confronti di una presunta corrente storiografica che tenderebbe a rivalutare fascismo e nazismo. Niente di grave: il lettore meno settario sa che non è in atto nessuna riabilitazione del nazifascismo e che questo genere di *excusatio* è dettato per così dire dalla politica. Il tutto finisce con il provocare in chi legge un più forte interesse nei confronti del testo. E, anzi, si è indotti a procedere nella lettura alla ricerca proprio di quei passaggi o di quelle scoperte innovatrici che hanno spinto l'autore a cautelarsi nelle premesse.

Ma un intellettuale della statura di Sasso non ha bisogno di ricorrere a questi poveri mezzi. Pronunciate da lui, da uno studioso di filosofia, le parole antirevisioniste suonano in modo diverso. Come se dicesse, rivolto in particolare proprio agli storici antirevisionisti: «Per favore non accingetevi a compulsare questo libro – il quale, oltretutto, contiene cose che chi conosce i miei studi sa essere il frutto di anni e anni di approfondimento – come se fosse una banale apologia di Giovanni Gentile; non gettatelo idealmente nella mischia della *querelle* storiografica che infiamma quest'epoca malamente arroventata; risparmiatemi dal dover ricordare, nel dibattito che eventualmente ne nascerà, la mia ormai lunga biografia politica e intellettuale». Per parte nostra, volentieri, aderiremo ai desideri dell'autore.

E diciamo subito che il libro di Sasso è una formidabile rivisitazione dei principali temi della visione storica e della filosofia gentiliana che spazia, con scrittura elegante e non dispersiva, tra il Medioevo e il Novecento. È un peccato, lamenta Sasso, «che Gentile sia stato così poco letto e studiato negli anni dell'interminabile secondo dopoguerra». È venuto dunque il momento di porre rimedio e di studiare davvero tutto quello di cui il filosofo si occupò. Si va dall'autore del *Canzoniere* («Se Gentile diventò fascista, c'est la faute, si potrebbe dire scherzando, à Petrarca») alla dissertazione su Savonarola, Machiavelli e Guicciardini; dal bel capitolo a proposito del libro su Gino Capponi e la cultura toscana del XIX secolo, al grande dibattito sul Risorgimento; dalla discussione sulla Riforma protestante, a quella su Marx, che contiene anche una garbata polemica di Sasso con Norberto Bobbio. Molto acute le parti sul rapporto che lega Gentile a Gobetti in cui si sostiene la tesi «della convergenza obiettiva di atteggiamenti che, in effetti, si rivelano comuni ad entrambi» sulla base dell'idea che quella dell'Italia fosse «una storia non da "continuare", svolgendo il filo delle sue tradizioni secolari, ma da "inaugurare" e, spezzato quel filo – il filo dell'inerte continuità – da "far essere" in forme nuove». Decisa è la contestazione a Turi per aver quest'ultimo posto l'accento sul carattere fascista della Treccani e sul ruolo di organizzatore del consenso al fascismo che Gentile ebbe in quell'impresa: «A parte il caso dolorosamente estremo degli studiosi ebrei e quello di Adolfo Omodeo che interruppe la collaborazione a causa della censura ecclesiastica», scrive Sasso, «l'elemento antifascista rimase, nell'Enciclopedia, abbastanza forte, "tollerato" anche se, certo, non incoraggiato. Sarebbe interessante ricostruire il carattere e, quasi direi, la tonalità di questo antifascismo fermo e consapevole in alcuni (La Malfa, Calogero, Wolf Giusti, Francesco Gabrieli), cauto, incerto e nutrito di vario scetticismo in altri».

Premesse, queste, per arrivare a conclusioni molto nette: l'attualismo gentiliano o per meglio dire il suo «idealismo attuale» è cosa diversa dal fascismo. Di più: la fine di questo secolo è il momento giusto «per escludere che il fascismo, quale Gentile lo concepì, abbia la sua radice nell'idealismo attuale; anche per dichiarare l'arbitrarietà delle tesi di quanti abbiano ritenuto e ritengano che questo, l'idealismo attuale, riceva in quello, nel fascismo, la sua puntuale e fedele trascrizione politica». Eppure fu lo stesso Gentile a insistere sulla perfetta fusione tra la sua scelta filosofica, l'attualismo, e quella politica, il fascismo...

A questa obiezione Sasso risponde che la via del fascismo che Gentile percorse «fu filosofica, forse, nelle parole, nello sforzo dell'autointerpretazione in termini di coerenza con le premesse dell'idealismo attuale; ma nelle cose no? [...] La via che, per pervenire al fascismo, Gentile percorse, fu, ancorché segnata da parole filosofiche, una via politica, passionale, storiografica». E questo Sasso lo sostiene «non perché la intenzione sia quella di liberare in qualche modo Gentile e l'idealismo attuale dal peso del fascismo, realizzando così, attraverso l'esercizio di una sublime ipocrisia, la così detta serenità del giudizio storico; ma perché a costringerci a tanto fu la cosa stessa, la natura della sua più propria e più intrinseca costituzione. Fu, si potrebbe dire, il fallimento dell'impresa in cui, a partire dal 1923, Gentile si cimentò, e che diresse alla dimostrazione dell'identità di attualismo e fascismo e dell'inevitabilità che al suo riconoscimento tanto più e meglio si pervenisse quanto più e meglio il fondo della questione filosofica fosse stato attinto». Pagine che, proprio per il fatto di non essere politicamente contaminate, rendono giustizia nel profondo a un grande filosofo del Novecento italiano. Pagine di un crociano che, amiamo pensare, oggi piacerebbero oltreché a Croce allo stesso Giovanni Gentile.

EBREI E FASCISMO: LUNGO I SENTIERI DI UNA RIMOZIONE

A Pisa l'estate del 1944 fu terribile. Più di quanto lo sia stata in tutte le altre città dell'Italia centro-settentrionale. Un'Italia travolta dalla guerra civile nonché divisa in due tra alleati che avanzavano e nazisti che indietreggiavano. Pisa fu doppiamente travolta e divisa: in senso letterale. Di qui, infatti, il 21 giugno tutti o quasi i rappresentanti del potere repubblichino erano fuggiti verso Nord e, fino al 2 settembre quando entrarono gli angloamericani, la città rimase in mano a drappelli tedeschi innervositi dalla chiara percezione che di lì a poco avrebbero dovuto scappare anche loro. Anzi, peggio: in quei quarantadue giorni solo la Pisa a nord dell'Arno restò «zona nera» sotto l'autorità hitleriana, mentre la parte a sud del fiume era stata invece già liberata e, anzi, era divenuta base operativa per il cannoneggiamento alleato contro i nazisti. Per oltre due mesi, insomma, la città della torre restò sola. E fu in questa solitudine che si consumò il dramma di via Sant'Andrea.

In via Sant'Andrea, al numero 22, abitava Giuseppe Pardo Roques, presidente della comunità ebraica pisana. Un uomo mite, colto, benvoluto dai suoi concittadini. Il mattino del 1° agosto un manipolo di soldati tedeschi fece irruzione nella casa e uccise facendoli saltare in aria Pardo Roques e altre undici persone che aveva trovato sul luogo: in tutto sette ebrei e cinque non ebrei. Per questa strage poco dopo la liberazione, nel gennaio del '45, verrà incriminato e arrestato Enrico Giordano, un inquilino di Pardo Roques accusato di aver indicato ai nazisti l'identità ebraica dell'abitante della casa di via Sant'Andrea, per vendicarsi di un torto subito nelle beghe per l'affitto di un piccolo giardino. Ma, dopo un processo molto sommario, il 27 marzo del '46 Giordano verrà assolto per insufficenza di prove. E sull'intera vicenda graverà sempre un alone di mistero.

Mistero che è restato tale anche dopo che, alla fine degli anni Settanta, uno psichiatra italoamericano, Silvano Arieti, ha dedicato alla vicenda un saggio in forma di romanzo, *The Parnàs* («Parnàs» è una persona eminente della comunità israelitica), pubblicato prima negli Stati Uniti e poi, nel 1980, in Italia. Arieti, dopo una sommaria ricerca sul campo, a Pisa, si concentra sulla malattia che impedì a Pardo di muoversi da casa: una fobia acuta nei confronti di cani e gatti. Fobia che, detto in breve, secondo lo scrittore potrebbe esser tenuta nel conto di una «premonizione» dell'aggressione che il presidente della comunità ebraica pisana avrebbe subito dalle «bestie» naziste. Una rivelazione interiore che gli avrebbe permesso di prepararsi alla morte considerandola come una liberazione da quegli animali. E gli avrebbe altresì consentito di trasferire sui suoi carnefici l'oscuro terrore di cui egli si andava liberando in quel giorno di agosto. Il tutto per dire «la dignità e la grandezza che a volte sono implicite nella malattia mentale».

Una ricostruzione letteraria assai suggestiva. Ma che, come s'è detto, non ha chiarito né la vicenda né il suo contesto. Ed è di qui, dall'esigenza di far nuova luce su quel delitto e su quel processo, che si è mossa Carla Forti per scrivere un libro molto importante, *Il caso Pardo Roques*. Diciamo subito due cose. Primo, che Carla Forti ha fatto un lavoro impeccabile su ogni tipo di fonte a disposizione (laddove quello di Arieti, ancorché parzialmente giustificato dal fatto che gli interessava sopratutto compiere un viaggio nella psiche di Pardo, fu invece assai lacunoso). Secondo, che è chiaro fin dalle prime pagine che *Il caso Pardo Roques* non contiene per così dire la soluzione del giallo, non arriva né a confermare né a capovolgere il verdetto in base al quale il Giordano fu mandato assolto. O comunque non approda in proposito a nessuna certezza: «Questa mia ricerca», scrive la Forti, «non dice su quel che era il suo oggetto iniziale, nient'altro che l'insoddisfazione di non aver trovato alcuna verità da affiancare o contrapporre alla non verità giudiziaria che concluse a suo tempo indagini insoddisfacenti». Per poi aggiungere molto opportunamente: «Non perché ci sono stati cattivi giudici, o giudici inetti, chi fa una ricerca storica può rimediare alle loro mancanze. Se un giudice si comporta come un cattivo storico, un bravo storico è perfettamente legittimato a rivedergli le bucce. Ma sarebbe imperdonabile che a cattivi giudici si opponessero storici giustizialisti».

E sì che la vicenda è ricostruita con meticolosità: la personalità di Pardo; il litigio che aveva avuto con Giordano a causa del giardinetto, un orto conteso da un altro affittuario dell'israelita; il ruolo della moglie di Giordano, attivista in camicia nera per volontà di autoaffermazione, e delle loro figlie, «amiche» di qualche soldato nazista; le diverse verità su cosa chiesero i tedeschi quella mattina agli abitanti di via Sant'Andrea («abitare qui capitalista di Palestina?» è solo una delle versioni), sulle ricchezze che cercavano in quella casa, sul perché fecero saltare in aria anche i non ebrei. E ancora: i pochi e imprecisi resoconti scritti dell'episodio; le molte contraddizioni nelle testimonianze e nei ricordi a proposito dell'accaduto. Per concludere che probabilmente i tedeschi giunsero in quella casa per saccheggiarla, uccisero tutti così da non lasciarsi alle spalle testimoni. Allo stesso modo si sarebbero comportati il giorno successivo, il 2 agosto, con la strage del quartiere di San Biagio dove massacrarono ventitré persone per non lasciare in vita qualcuno che potesse raccontare di uno stupro. E la parte che vi ebbe Giordano fu probabilmente non fondamentale. E allora? È a questo punto che l'autrice scopre l'identità del vero protagonista del suo studio: la rimozione. Quella rimozione che per anni ha impedito di far vera luce su episodi del tipo dell'eccidio di via Sant'Andrea.

Con acume, sottigliezza stilistica, coraggio, e senza nessuna indulgenza al gusto di destare scandalo, la Forti percorre alcuni sentieri già visitati, sia pure in modi diversi, da un altro importante libro di questa stagione, la *Lettera a un amico ebreo* di Sergio Romano. Stiamo parlando del fatto che Pardo Roques, così come una parte non irrilevante della comunità israelitica italiana, fu, quantomeno fino alle leggi razziali del '38, filofascista. O, comunque, di certo non antifascisti. Pardo era una personalità eminente della comunità ebraica pisana in ottimi rapporti con il regime mussoliniano: varie fotografie nel suo salotto lo ritraevano in compagnia dei Reali e di Mussolini; e quando Nahum Sokolov, il presidente dell'esecutivo sionista, fu in Italia nel '27 per incontrarsi con il duce fece base proprio a casa Pardo.

A Pisa nel '21 un gruppo di squadristi aveva assassinato il maestro ebreo e socialista Carlo Salomone Cammeo. Ma era stata una militante fascista, anch'essa ebrea, ad attirarlo nella trappola dove avrebbe trovato la morte. Al processo la comunità si tenne in disparte, la giovane israelita se la cavò e, per reazione, la famiglia di Cammeo volle sulla tomba del martire non già la *menorah* o la stella di David ma falce e martello. E toccò a Pardo, dopo il '25, imporre ai Cammeo, su insistenza della federazione del fascio pisano, di togliere da quella tomba le insegne socialiste. Al che la famiglia rispose non già restaurando quelle ebraiche ma lasciando sulla lapide solo nome e data di nascita e morte dell'ucciso.

Pardo non è un iperfascista come il torinese Ettore Ovazza e il gruppo riunito intorno alla rivista «La nostra bandiera»; quando nel '34 viene arrestato il gruppo degli ebrei antifascisti di Torino che fa capo a Leone Ginzburg e Sion Segre, la sua comunità non ha un ruolo apparente nel coro delle comunità israelitiche che fanno professione di fede fascista, condannano i «dolorosissimi casi di Torino» tanto dannosi per il «buon nome ebraico». Ma questa assenza è tutto quello che la comunità ebraica pisana può vantare come distacco dal regime fascista. A fronte di numerosi attestati di lealtà a quello stesso regime come il documento con cui il segretario federale del Pnf Giulio Buoncristiani ringraziava Pardo e la comunità per aver donato l'oro alla patria.

Così a Pisa s'era diffusa la convinzione che Pardo fosse rimasto in via Sant'Andrea sì per le sue fobie ma anche perché poteva godere di una sostanziale immunità grazie alle sue benemerenze fasciste. E questo spiega perché né la sua orribile morte né il processo che ne seguì ebbero mai una collocazione nella memoria dell'antifascismo pisano. Non che si sia perso il ricordo della strage, sempre menzionata tra gli eccidi nazisti. Ma si è sempre trattato appunto di una menzione. D'altra parte sarebbe stato veramente difficile far sì che Pardo fosse adottato dall'antifascismo pisano: «Era appartenuto», scrive la Forti, «agli ottimati, alla plebe, alla sua numerosa e varia clientela; e, naturalmente, alla comunità ebraica. Ma non apparteneva a quello che nei tempi nuovi stava diventando, tout court, il "popolo italiano"».

E qui il discorso si fa complicato ma proprio per questo molto interessante. La Forti mette in luce come la percezione dei caratteri di una strage del genere di quella di via Sant'Andrea fosse in quegli anni 1944 e 1945 paradossalmente assai meno intensa di quanto lo sia oggi. All'epoca la repubblica non era ancora nata ed erano le regie Corti d'Assise a giudicare del reato di «collaborazione col tedesco invasore» ai sensi del decreto Bonomi di «sanzioni contro il fascismo» pubblicato sulla Gazzetta Ufficiale il 29 luglio del '44, tre giorni prima dell'eccidio in casa Pardo. Questo decreto non prevedeva il reato di consegna o denuncia di un ebreo ai nazisti e la magistratura perciò lo dovette assimilare ovunque a quello ben più generico di collaborazionismo.

Perché questa carenza nel decreto Bonomi? Forse che nell'estate del '44 il governo postfascista italiano ignorava la sorte degli ebrei nei campi di concentramento? Il problema fu affrontato, su scala mondiale, alcuni anni fa in un libro di Walter Laqueur, *Il terribile segreto*, pubblicato in Italia con il sottotitolo *La congiura del silenzio sulla «soluzione finale»*. Laqueur spiegò come, a fronte di notizie pressoché certe circa i destini degli ebrei nei campi di sterminio, ci fu una generale riluttanza perfino tra gli stessi ebrei a dar credito alle notizie sull'Olocausto. E infatti, nonostante gli alleati già a fine '42 avessero lanciato dagli aerei sull'Italia opuscoli scritti nella nostra lingua che descrivevano esaurientemente la realtà dei campi di concentramento nazisti, nelle stesse comunità ebraiche si continuò ad esprimere soltanto «angosciosa incertezza» circa la sorte dei correligionari deportati in Germania. Una forma di difesa psicologica, probabilmente: meglio dubitare dei destini dei propri congiunti che prendere atto dell'«orribile certezza» che si sarebbe avuta di lì a qualche mese. Ma se questo discorso vale per gli ebrei, non può valere per il governo Bonomi e le leggi che emanò. E invece anche il governo dei Cln – pur sapendo e la Forti dimostra che in questo caso può ben dirsi che «non poteva non sapere» – si comportò come se non conoscesse alcunché di ciò che stava capitando agli ebrei di tutta Europa.

La mancanza di specifici articoli di legge a tutela dell'incolumità degli israeliti ebbe conseguenze non trascurabili. Tanto più che (e qui l'autrice cita diversi episodi) le autorità fasciste locali, pur senza esprimere per così dire una libido persecutoria, non si erano sottratte alla caccia agli ebrei. Soprattutto dopo la carta di Verona che il 14 novembre del 1943 aveva dichiarato gli ebrei «nazionalità nemica», e dopo l'istituzione il 23 marzo del 1944 dell'Ispettorato per la razza. E quanto alle «sanzioni contro il fascismo», erano studiate in maniera tale che, grazie alla «diminuente di cui alla lettera b dell'articolo 7», chiunque avesse dato un aiuto anche marginale alla lotta partigiana avrebbe ottenuto fortissime riduzioni di pena. La Forti cita in proposito un processo a Pisa in cui la condanna a dieci anni di un uomo che aveva vessato e derubato una famiglia ebraica, in virtù della «diminuente» di cui sopra (ottenuta per aver passato ad evidente scopo di autoassicurazione qualche notizia ai partigiani) fu ridotta a due anni e mezzo. Nello stesso tempo però gli fu lasciata intatta la condanna a tre anni per furto: cosicché si ebbe il paradosso che gli fosse inflitta una pena maggiore per aver derubato gli ebrei che per aver messo a repentaglio la loro vita.

Ma c'è di più. L'autrice nota come nella sentenza che manda assolto Giordano si usino stereotipi lessicali sorprendenti, come quello di qualificare «di razza ariana» i non ebrei trucidati in casa Pardo. E nota anche che la comunità ebraica non si costituisce parte civile a quel processo. Anzi, ad eccezione di qualche caso isolato, si comporta come se fosse desiderosa soltanto di voltar pagina, quasi volesse esprimere disagio ad essere individuata per la propria diversità. Di più: era come se volesse dire che qualora la rimozione del recente passato fosse stato il prezzo da pagare per essere omologata, bene, quel conto era disposta a pagarlo immediatamente e per intero. E sì che, a parte il quieto rapporto con il fascismo che poi riguardava tutta, anzi tutte le comunità, la figura di Pardo Roques sembrava costruita apposta per diventare un simbolo.

E invece niente. O, comunque, poco, molto poco. Come spiegare nei perseguitati una volontà di rimozione pari a quella spiegabilissima dei persecutori? Con il rinnovato desiderio di assimilazione. «Colpisce», scrive la Forti, «il vuoto di memoria su un passato che non poté non essere di umiliazione, nella più favorevole delle ipotesi.» Ma tra gli ebrei, aggiunge, «la stanchezza era nemica della memoria». Soprattutto nella stragrande maggioranza «non militante» della comunità che, per quel che riguardava il «prima» della liberazione, tendeva a relegare il male in ambito esclusivamente tedesco e a far vivere il ricordo di una vita che, nonostante le leggi razziali, «finché non ci fu l'occupazione nazista non andava poi tanto male». E che adesso voleva solo riprendere a battere la strada dell'assimilazione con la nuova Italia uscita dalla Resistenza.

Ma neanche la parte impegnata e militante aveva in animo di fare i conti con la memoria: «A chi voleva costruire un futuro socialista in Palestina come a chi voleva introdurre in Italia una "democrazia progressiva", l'antisemitismo fascista sembrava ormai argomento di scarso interesse. L'indulgere alla propria memoria di perseguitati era cosa riprovata, per ragioni diverse, sia dai pionieri di Eretz Israel che dai militanti del Pci». Così di quel che accadde in quell'agosto del '44 sono rimasti solo racconti, spesso in contraddizione tra loro, di «gentetta piena di figli e di debiti che aveva attraversato il ventennio e la guerra, s'era ingegnata coi tedeschi e con gli americani e ora stava sbarcando senza sapere come e perché, nella "Repubblica nata dalla Resistenza"». Per dirla in maniera più sofisticata, racconti che costituiscono «un aggregato di segmenti narrativi di diversa origine che non hanno trovato modo di comporsi dentro una struttura unificante. [...] Nel giro di cinquant'anni, sull'eccidio di via Sant'Andrea si è formata e trasmessa una costellazione mitologica che sta estinguendosi senza aver sprigionato il proprio significato».

QUEI SOLDATI DI VENTURA OPERAI NELLA GERMANIA DI HITLER

Sedici anni fa, nel 1983, in previsione del centenario che sarebbe caduto tre anni dopo, la Daimler-Benz commissionò a un gruppo di storici dell'impresa, Hans Pohl, Stephanie Habert e Beate Brueninghaus, una ricostruzione della vita dello stabilimento tra il 1933 e il 1945, cioè negli anni in cui fu al potere Adolf Hitler. Ne venne fuori la storia tutta in positivo di un'industria il cui gruppo dirigente aveva tenuto a distanza il regime nazista. E che, in fin dei conti, doveva solo a se stessa lo straordinario sviluppo che aveva conosciuto in quei tredici anni. Pohl, Habert e Brueninghaus dimenticarono però di menzionare un «dettaglio» a quei tempi ancora poco esplorato: la Daimler-Benz, come del resto tutti i grandi gruppi industriali tedeschi, durante la Seconda guerra mondiale aveva impiegato come manodopera gli internati dei lager. Di più: la Daimler-Benz nel 1944 toccò addirittura un record arrivando a utilizzare «lavoratori forzati» nella misura non indifferente di metà delle proprie maestranze. Quando nel 1987 Karl Heinz Roth e Michael Schmidt diedero alle stampe uno studio che rivelava questo sfruttamento della forza lavoro proveniente dai campi di concentramento, l'eco fu grande. Su «Der Spiegel» lo storico Hans Mommsen (che nel decennio successivo, assieme a Manfred Grieger, avrebbe portato a compimento un grande lavoro, analogo a quello di Roth e Schmidt, sulla Volkswagen) fece a pezzi il lavoro degli storici commissionato dalla Daimler-Benz. La quale Daimler-Benz si vide costretta a chiedere pubblicamente scusa per la terribile gaffe. E a stanziare cospicui fondi per nuovi studi che ristabilissero una volta per tutte la verità.

Questo episodio (e in modo indiretto anche questi fondi) sono all'origine di un nuovo filone di ricerca che, traendo spunti dagli studi sui comportamenti operai di Timothy W. Mason e del già citato Roth, ha fatto proseliti anche in Italia. Soprattutto in quel gruppo di derivazione «operaista» – la corrente della nuova sinistra fondata all'inizio degli anni Sessanta da Raniero Panzieri con «Quaderni rossi», e poi alimentata via via da Vittorio Rieser, Romano Alquati, Mario Tronti e Toni Negri – che si è raccolto tra gli anni Settanta e gli Ottanta attorno alla rivista di Sergio Bologna «Primo maggio». Tra loro Brunello Mantelli che nel 1992 pubblicò un primo studio molto interessante: *Camerati del lavoro*, che aveva come sottotitolo *I lavoratori italiani emigrati nel Terzo Reich nel periodo dell'Asse 1938-1943*. E adesso Cesare Bermani che torna sullo stesso tema con un testo molto ricco e impegnativo, destinato ad essere molto discusso: *Al lavoro nella Germania di Hitler*, sottotitolo *Racconti e memorie dell'emigrazione italiana 1937-1945*.

Bermani che ha poco più di sessant'anni, è appassionato da sempre di storia orale: ha ricostruito le vicende partigiane in Valsesia, in particolare delle formazioni che facevano capo a Cino Moscatelli.

ha raccolto testimonianze su testimonianze per il *Nuovo canzoniere italiano* con Gianni Bosio e adesso è impegnato nell'Istituto Ernesto De Martino. Il suo nuovo libro è tutt'altro che un collage di racconti: porta alla luce, anzi, documenti inediti che, assieme ad una selezione di quelli già noti, formano l'intelaiatura del mosaico in cui si andranno ad inserire come tessere i resoconti orali. Ne viene fuori il quadro di una massa salariata molto ma molto consistente (nel periodo preso in esame circa mezzo milione di persone) che, a dispetto dei furori dell'epoca, andò sviluppando un'ideologia operaia – l'ideologia che Tronti una volta definì come quella di una «rude razza pagana», che ha come imperativo il lavorare sempre di meno e guadagnare sempre di più, un sentimento che in altre sedi è stato salutato come di «sano egoismo operaio» – sostanzialmente poco dissimile da quella [ideologia] che potremmo rinvenire nello stesso periodo in fabbriche statunitensi. Nonostante una progressiva presa di coscienza antifascista, la condizione di operaio o di salariato agricolo – con le aspettative, le soddisfazioni e le delusioni che portava con sé – faceva premio su tutto il resto. E le opportunità offerte da quel mercato del lavoro, anche. Tutto questo malgrado che, ricordiamolo ancora, l'analisi riguardi uno degli antri più bui in uno dei momenti più drammatici della storia di questo secolo: la Germania hitleriana alla vigilia e durante la Seconda guerra mondiale.

«Sia chiaro che il nazismo resta una cosa terribile e non ho certo intenzione di sminuire neanche di un milligrammo la portata di questo orrore», afferma Bermani; «però, indagando sulla condizione di quegli operai, ho scoperto che non è quella cosa totalizzante che avevo in testa prima di accingermi a questo lavoro. Non corrisponde allo stereotipo che ci è stato tramandato. E comunque quei salariati hanno avuto un modo di fare i conti con la Germania diverso da quel che comunemente si crede.» Innanzitutto «riconquistando» quel paese. Dopo la crisi del 1914, quando con lo scoppio della Prima guerra mondiale quasi tutti i lavoratori italiani in Germania erano stati rimpatriati, le correnti di emigrazione avevano faticato a rimettersi in movimento. La comunità italiana nel Reich tedesco che, per fare un esempio, nel 1907 ammontava a più di 130 mila unità, nel '25 era ridotta a 25 mila e nel '33 a poco più di 22 mila. Per scendere ancora di più nei due anni successivi e iniziare poi una clamorosa rimonta a partire dalla metà degli anni Trenta, proprio in coincidenza con la irresistibile ascesa di Hitler: decine, centinaia di migliaia di lavoratori italiani partirono alla volta della Germania.

Ma perché lavoratori con nessuna simpatia per il nazismo andavano a lavorare per il Reich hitleriano? Semplice: per quell'ideologia operaia di cui s'è detto, per la certezza di un buon salario e di migliori condizioni di lavoro. Possibile però che le terribili notizie provenienti da Berlino non agissero in forma dissuasiva su quei prestatori d'opera? Nemmeno alla fine del 1939 dopo l'aggressione della Polonia e l'inizio della guerra? Ecco la risposta di un sicuro antifascista, Gino Vermicelli (scomparso nel 1998), futuro comandante partigiano che all'epoca era un giovanissimo emigrato in Francia, da dove pure partivano manovali italiani alla volta della Germania: «I lavoratori francesi o stranieri che si trovavano in una situazione di disoccupazione o di occupazione insoddisfacente potevano venire allettati dalla campagna di propaganda per andare in Germania e ci andavano tranquillamente. E anche per i francesi patriottici e per gli antifascisti italiani questo fatto non significava un tradimento visto che allora, qualunque occupazione tu avessi avuto, lavoravi comunque per i tedeschi. Produrre per i tedeschi in Francia o in Germania non aveva grande importanza dal punto di vista della guerra. [...] Avevi degli amici, un giorno non li vedevi più e ti dicevano: "È andato in Germania". Che tipi erano? Be', gli operai in quegli anni erano, in quanto proletari, venditori di forza-lavoro, costretti a diventare delle specie di soldati di ventura operai». Proprio così: «soldati di ventura operai».

Su questa definizione di Vermicelli («soldati di ventura operai») sono imperniate alcune delle più affascinanti pagine del libro che, con le parole dello stesso Vermicelli, così mette a fuoco questo genere di figure sociali: «I più coraggiosi, intraprendenti, avventurosi di loro facevano scelte come quella di emigrare in Germania, che non erano politiche o ideologiche, di solito non gliene fregava granché di quello, ma invece dipendevano dal fatto che loro avevano bisogno di guadagnare per far mangiare i loro, per comprarsi un pezzo di terra, la casa, i mobili nuovi». Anche Dino Alfieri, ambasciatore italiano a Berlino tra il maggio del '40 e il settembre del '43, tratteggia un ritratto di questi «soldati di ventura operai» che per certi versi si collega a quello di Vermicelli: «La massa italiana non era certo tutta omogenea; si mescolavano ad essa elementi non desiderabili, sfaccendati, avventurieri, di cui gli organismi sindacali in Italia erano ben contenti di liberarsi; gente indisciplinata sempre scontenta, attaccabrighe che appena arrivata in Germania vendeva le scarpe e il cappotto, effetti quasi introvabili e perciò ricercatissimi; ma ripeto, la gran maggioranza era costituita da operai seri, onesti, laboriosi e disciplinati, che con il loro contegno facevano onore all'Italia».

Come che fosse, la Germania li apprezzava. Moltissimo. E loro ricambiarono l'apprezzamento. Tant'è che quegli operai fecero la scelta di andare a lavorare nel paese di Hitler in modi molto diversi da quelli dell'emigrazione tradizionale. Si vantavano di andare a guadagnare da due a cinque volte quel che, se avessero trovato un lavoro, avrebbero guadagnato in Italia. E il fascismo dava una mano a far apparire il «treno operaio» che li portava in terra straniera non più come quella sorta di carro bestiame che ai primi del secolo aveva portato all'estero la generazione precedente avendo tutta l'aria di trasportare dei disgraziati al supplizio. Bensì come un «treno da grande viaggio internazionale», grazie al quale i lavoratori si facevano simbolo di un nuovo e ben più onorevole modo di emigrare. Ecco come il ministro delle Corporazioni, Tullio Cianetti, raccontava cosa più l'aveva colpito della partenza di un primo scaglione di questi nuovi emigranti: «Basta osservare le valigie. [...] Una piccola cosa, una valigia, nel quadro della vita dell'uomo: ma quale significato può assumere nella scala delle condizioni di un lavoratore! Per non accorgersi delle valigie nuove degli operai che vanno in Germania bisogna non conoscere niente della storia di miserie e umiliazioni dei lavoratori che l'Italia di trent'anni fa mandava per il mondo in cerca di pane [...]». E bisogna non ricordare nulla di quel «sacco, che accompagnava sempre il lavoratore: che era il suo cuscino per la notte e il suo compagno fedele delle lunghe ore di noia e di attesa, che era il suo patrimonio, la sua unica risorsa, dopo le braccia, ma nello stesso tempo la sua condanna e la sua maledizione». E così concludeva il ministro Cianetti: «Quel povero sacco che in fondo era caro al lavoratore perché era l'unica cosa che fosse sua e non gli fosse ostile, era anche la testimonianza, la prova della sua inferiorità. [...] Ora il tempo del sacco è finito». Anche i lavoratori cominciavano ad avere la valigia. Povera quanto si vuole ma pur sempre una valigia.

«Tutta questa messinscena, dietro la quale si aggirano interessi non sempre limpidi», avverte Bermani, «ha innazitutto lo scopo di convincere l'alleato [tedesco] che l'Italia è cambiata rispetto a un non lontano passato.» Ma l'effetto è anche quello di fondare un nuovo e più moderno modello di emigrazione che, pur senza ricordarne i precedenti, verrà riutilizzato nel dopoguerra. E proprio per rappresentare coloro che partivano in direzione della terra tedesca.

Nella Germania degli anni Trenta dunque c'è lavoro. Sempre. Ci sono grandi occasioni di guadagno. E c'è la possibilità di acquisire status. Soprattutto per i più giovani c'è poi il miraggio di lavorare in una società tecnologicamente avanzata. Racconta l'autore che moltissimi dei testimoni gli hanno parlato di questa attrattiva: «Ho riportato l'impressione che sebbene qualcuno di loro si sia visto affidare mansioni non proprie e quindi si sia sentito professionalmente mortificato, i più apprezzassero anche la produzione di massa in cui venivano immessi, dove bastava un breve periodo di formazione e addestramento per lavorare bene e che prevedeva ritmi di lavoro vissuti da tutti come non assillanti. Insomma questi lavoratori apprezzavano non poco la minor fatica rispetto al lavoro che si lasciavano alle spalle, per lo più in piccole fabbriche basate sul supersfruttamento della forza-lavoro». Altrettanti testimoni riferiscono come fosse possibile guadagnare sempre di più cambiando, illegalmente, lavoro e passando da quello agricolo, assai meno remunerativo, a quello industriale. E raccontano altresì della straordinaria libertà sessuale delle ragazze tedesche che li faceva sentire come se stessero vivendo su un altro pianeta se paragonata a quella, inesistente, delle loro coetanee italiane. Il che, assieme a tutto il resto, dava a questi lavoratori l'impressione di aver fatto un salto nella modernità.

Eppure, anche in quei giorni, ben prima cioè che tutto crollasse, era possibile vedere cosa era davvero la Germania nazista. Il libro di Bermani ha sul frontespizio una dedica «a Giovanni Pirelli, che per primo mi parlò dei nostri lavoratori in Germania». E un intero capitolo tratta proprio della «presa di coscienza di Giovanni Pirelli». Questi, erede della omonima dinastia industriale, nel novembre del '41 fu distaccato alle dipendenze del ministero dell'Interno presso la delegazione del commissariato per la colonizzazione e le migrazioni interne con sede a Berlino presso l'Ambasciata d'Italia. E, per tale lavoro, venne a contatto con gli emigrati in Germania. In questo contesto Giovanni Pirelli maturò i primi fermenti di avversione al nazismo. Così scriveva ai genitori nel gennaio del '42: «Tolta la civiltà meccanica, quindi collettiva, i tedeschi di Hitler sono ancora ben simili ai germani di Tacito, sono ancora dei barbari. Barbari. Guardiamo alla crudeltà dei loro metodi, a cui credo e di cui ho avuto diverse prove tangibili (e assisto in questi giorni a degli episodi rivoltanti nei riguardi degli ebrei) [...]». Il giovane Pirelli dunque vide. E capì. Anche di quel che stava capitando agli israeliti. Tanto che, sempre in quei primi giorni del 1942, scrisse queste profetiche parole: «Ho sorriso qualche mese fa, leggendo una frase di Churchill: "Se la Germania dovesse vincere, l'Europa ritornerebbe alla barbarie del Medioevo". Oggi sorrido molto meno». Ma tra gli operai, a fronte di spinte e motivazioni «di classe» del tipo di cui abbiamo parlato poc'anzi («più soldi e meno lavoro»), i tempi della presa di coscienza politica furono molto, molto più lenti.

Bermani si sofferma sulla circostanza che gran

parte dei manovali italiani dell'emigrazione che andavano in Germania, lo facevano, direttamente, a dispetto delle autorità italiane che avrebbero voluto prima riaverli entro i nostri confini per poi decidere dove destinarli. Ma, essendo questi lavoratori emigrati per lo più renitenti alla leva o comunque non in buoni rapporti (talvolta anche per motivi politici) con il paese d'origine, preferivano fare da sé. E il fatto che la Germania li accogliesse senza tanti problemi provocò qualche dissapore tra i paesi di Hitler e di Mussolini. Dissapori e anche tensioni tra fascisti e nazisti in ordine agli emigrati italiani in Germania ve ne furono molti. E capitò spesso che i nostri lavoratori si schierassero con i nazisti contro i fascisti: ad esempio tutte le volte, e sono molte, che fiduciari e capicampo aderenti ad organismi sindacali fascisti vengono individuati come scansafatiche o corrotti. Contro questi connazionali con la «cimice» (il distintivo del Partito nazionale fascista) talvolta scattano anche pubbliche manifestazioni di protesta. Persino scioperi. E più il tempo passa più al fascismo di Mussolini viene attribuita la responsabilità di una crescente ostilità dei tedeschi che provoca il peggioramento delle condizioni di vita dei nostri connazionali. Al duce viene anche addebitato un numero sempre maggiore di manifestazioni antiitaliane: dapprima per il nostro mancato ingresso in guerra nel settembre del '39, poi a seguito del precipitare della situazione militare in Grecia e in Africa settentrionale.

A questo proposito è molto interessante quel che viene fuori dal libro di Bermani in materia di sviluppo di sentimenti ostili al fascismo e al nazismo tra gli emigrati in Germania. Finché sullo sfondo ci fu il patto che nei primi due anni di guerra legò la Germania di Hitler alla Russia di Stalin, cioè tra l'estate del '39 al giugno del '41, tra gli operai regnava uno strano clima. «Può addirittura capitare», racconta Bermani portando anche alcuni esempi, «che si proponga come capocampo un lavoratore di cui si sa che ha idee socialiste ma di cui si conosce anche la lunga pratica del mondo del lavoro e che per questo dà affidamento. Da altre testimonianze risulta che tra coloro che si recano a lavorare in Germania c'è, a volte, chi si professa comunista o socialista e, quando si fida, non ne fa mistero con i compagni di lavoro.» Ma nella seconda metà del '41 le cose cominciano a cambiare. Anche e soprattutto perché si capovolgono le sorti della guerra. Per molto tempo però viene privilegiata l'ostilità contro i fascisti a quella «contro i tedeschi». Per trovare «almeno un'embrionale presa di coscienza antinazista» bisogna aspettare il 1943, arrivare alle bellissime pagine che riguardano i campi di Baldesberg e Brandeburgo dov'erano i giovani con il contratto d'apprendista per l'Arado-Flugzeugwerke. Dopodiché le cose andarono sempre più «peggiorando man mano che si avvicinava la disfatta tedesca» e nell'ultimo anno e mezzo di guerra cominciò a metter radici un sentimento antinazista. Anche se, osserva Bermani, a seguito dell'8 settembre del 1943 «i lavoratori italiani rimasti in Germania, in genere, dopo un brevissimo periodo in cui subirono il contraccolpo dell'uscita dell'Italia dal conflitto, continuarono sostanzialmente a vivere come prima». Così tra il settembre del '43 e gli inizi del '45 di operai in Germania se ne trasferirono ancora decine di migliaia, quasi centomila, di cui molti «volontari». Dai loro racconti si scopre che all'origine di questa «volontà» non c'è nient'altro che «una "scelta" tra quello che valutavano "peggio" e quello che valutavano "meno peggio"». Cioè, come nei dieci anni precedenti, nessun sentimento di adesione alla Germania hitleriana. Laddove però, per quei non pochi operai che si trasferirono in terra tedesca pur senza essere in condizioni di cattività, la circostanza che si trattasse di prestare la loro opera alle officine germaniche non fece in alcun modo da remora. Neanche negli ultimi giorni della guerra quando erano ormai evidenti a tutti le fattezze del mostro nazista.

GUERRA PARTIGIANA: ANCHE LA SINISTRA RIVEDE LA STORIA

Perché non sia esposto a linciaggi, mettiamo subito le cose in chiaro: Massimo Storchi non è mai stato, non è, e, presumibilmente, non sarà mai un revisionista. Anzi, nonostante la giovane età (ha poco più di quarant'anni) è presidente dell'Istituto per la storia della Resistenza e della società contemporanea in provincia di Reggio Emilia. E, per così dire, siamo certi che Storchi e gli altri storici citati in queste pagine, quando per strada incontrano un revisionista, pur senza dare in escandescenze, con ogni probabilità cambiano marciapiede. Eppure i loro testi sono pieni di metodo e contenuti di quel genere contro il quale una certa sinistra storiografica lancia ripetuti e virulenti anatemi. Anatemi nel nome, appunto, dell'«antirevisionismo». Per sfuggire ai quali gli storici di sinistra si vedono costretti talvolta a percorrere il lungo e non lineare sentiero della dissimulazione. Cosa che non dovrebbe essere necessaria in un paese civile. In un paese civile, appunto.

Con ciò non vogliamo accusare Storchi di aver voluto coprire con un velo la parte più innovativa e spregiudicata del suo saggio. Diciamo soltanto che esiste una tribù di studiosi che giunge a conclusioni molto ma molto vicine a quelle comunemente tacciate di revisionismo, risultati per così dire non stridenti con quelli dei lavori di Renzo De Felice e della sua scuola. Ma evita con cura di ammetterlo apertamente. Bene: Storchi appartiene senza alcun dubbio a questa tribù di storici. Che sicuramente non hanno alcuna inclinazione politica verso destra (come non aveva neanche De Felice, a dire il vero). E che però in campo storiografico, a differenza di altri loro colleghi, supponiamo per motivi attinenti esclusivamente all'onestà intellettuale, varcano i confini del politicamente corretto. E si avventurano su terreni ancora poco esplorati dalla storiografia più tradizionale. Il suo libro *Combattere si può, vincere bisogna*, che ha come sottotitolo *La scelta della violenza fra Resistenza e dopoguerra (Reggio Emilia 1943-1946)*, prende ampiamente in considerazione documenti e letteratura di parte non resistenziale provocando con ciò una qualche forma di riequilibrio nel giudizio complessivo sul periodo in questione. Le prime, avvincenti, centoventuno pagine trattano di come, per rispondere alla ferocia nazista, i partigiani entrarono, non senza un'iniziale difficoltà su cui si soffermò Italo Calvino, nella dimensione della violenza. Centoventuno pagine coraggiose che approfondiscono aspetti su cui altri libri del genere hanno sorvolato. A cui se ne aggiungono però un'altra quarantina, sulla violenza nel dopoguerra in provincia di Reggio Emilia, che, per la franchezza con cui è trattato l'argomento, ancor più non possono passare inosservate.

Ma qui occorre fare un punto sugli studi che presentano qualche analogia con quello di Storchi. Gli storici progressisti sono concordi nel riconoscere a Claudio Pavone, in particolare al suo celeberrimo libro *Una guerra civile – Saggio storico sulla moralità nella Resistenza*, il merito di aver legittimato a sinistra l'ampliamento degli orizzonti di studio del periodo che va dal 1943 al 1945. E agli anni immediatamente successivi. Per merito di Pavone, si sdebitano Michele Battini e Paolo Pezzino nella premessa all'interessantissimo libro *Guerra ai civili*, «da quando gli storici hanno cominciato a misurare la complessità e le contraddizioni della memoria della guerra e della Resistenza, sono emersi segmenti di storia, o meglio storie, che non rientrano in quella che è stata, negli ultimi trent'anni, la memoria ufficiale». Da sempre infatti era stato privilegiato il carattere nazionale e popolare della guerra di liberazione, raffigurata come l'insurrezione di un intero popolo «che avrebbe liberato il paese dall'invasore tedesco e dai suoi pochi alleati fascisti». Ora invece si scoprono parti d'Italia in cui la Resistenza serviva sostanzialmente a presidiare la zona, offrire rifugio ai renitenti, senza dare alcun fastidio alle strutture della Rsi e alle truppe naziste. Salvo qualche atto in extremis allo scopo evidente di dare la prova d'essere esistita. Che provocò terribili ritorsioni. E qualche risentimento nelle popolazioni. «È arduo», scrive Pezzino, «per chi creda nei valori dell'antifascismo dover ammettere che in molti casi la visione che della lotta partigiana ci restituiscono le vittime delle stragi tedesche e fasciste assomiglia più a quella proveniente dai carnefici o dagli avversari della Resistenza che a quella di chi allora riteneva di aver lottato dalla parte giusta.»

Secondo Pezzino, dopo i moti del luglio '60 che portarono alla caduta del governo Tambroni, fu definitivamente messo a fuoco, talvolta «anche con spregiudicata manipolazione della realtà», il «mito della guerra di liberazione nazionale condotta da un popolo intero con l'esclusione di soli pochi rinnegati (i fascisti) e dei partigiani come eroici rappresentanti dell'intera nazione italiana». Da allora «quell'immagine è stata di gran lunga prevalente nel discorso pubblico, in maniera quasi ossessiva, cancellandone altre che, negli anni precedenti, si erano affiancate ad essa». Tant'è che «si è avuta spesso l'impressione che l'interpretazione storica sia stata, se non subalterna, almeno funzionale (consapevolmente funzionale) alla lotta politica». Giova qui ricordare che la ricerca di Battini e Pezzino è stata commissionata e «sostenuta in tutte le sue fasi» dall'amministrazione di sinistra della provincia di Pisa in occasione del cinquantesimo anniversario della liberazione.

E in un altro bel libro, *Anatomia di un massacro – Controversia sopra una strage tedesca*, ancora Paolo Pezzino, riprendendo parole e concetti del testo di cui s'è detto poc'anzi, così rendeva omaggio a Pavone: «Ci sono voluti trent'anni perché infine, per merito sopratutto del lavoro di Claudio Pavone, alla Resistenza venisse restituita la sua complessità: l'affermazione delle "tre guerre" in essa compresenti e intersecantesi, anche se discussa sul piano storiografico, ha tuttavia come liberato la memoria di quegli anni, ha riconosciuto, "da sinistra", la necessità di dare spazio alle storie e motivazioni dei perdenti, di coloro che scelsero cioè di combattere dalla parte dei fascisti e dei tedeschi e, soprattutto, ha consentito di indagare sulle molteplici, e a volte divergenti, memorie di quel periodo». Lo stesso Pezzino ha poi voluto chiamare in causa Pavone per un'osservazione ancor più sottile: il fatto che nel titolo del suo libro «si faccia riferimento alla moralità "nella" Resistenza e non "della" Resistenza indica l'abbandono di un approccio interpretativo unilineare, il riconoscimento che non tutte le storie e memorie sono convergenti e possono essere rappresentate da quella narrazione egemonica che ha sottolineato esclusivamente della Resistenza il carattere di epopea popolare e di momento fondativo della "nuova" identità nazionale».

Interessante è anche il modo, sostanzialmente equidistante, con il quale Battini e Pezzino stigmatizzano il punto di vista che focalizza l'attenzione sull'ostilità popolare nei confronti dei partigiani e quello contrario che pretenderebbe una piena adesione di popolo alla Resistenza: entrambi questi punti di vista sono accusati di prestarsi a un «uso pubblico della storia» dal quale è ormai doveroso «prendere le distanze». Pezzino ricostruisce una strage effettuata dai nazisti nel giugno del 1944 a Guardistallo, un piccolo paese della provincia di Pisa. Strage che fu la risposta degli uomini con la svastica allo scontro a fuoco nei pressi dell'abitato tra una colonna tedesca in ritirata e un drappello di partigiani. Ma che, per una complessa serie di circostanze, gran parte della popolazione locale ancor oggi addebita all'«avventurismo irresponsabile» dei partigiani. Avventurismo che, «magari in nome del "bel gesto" clamoroso», non si fermò a valutare le possibili conseguenze per la popolazione civile di quel discutibile agguato. Al punto da configurarsi, più che alla stregua di un gesto eroico, come «un'adesione ad un culto della violenza che lo ravvicina al campo avversario».

Quelli di Battini e Pezzino non sono lavori isolati. Sempre alla storiografia di sinistra appartiene un originale libretto pubblicato nel 1966, *Via Rasella – Leggenda e realtà della Resistenza a Roma* in cui Aurelio Lepre riporta una serie di registrazioni telefoniche dalle quali traspare un inequivocabile «distacco» della gente comune dalle ragioni degli attentatori. In questo libro Lepre polemizza con diversi tipi di alterazione della storia della Resistenza. Persino con un film mito della lotta di liberazione: *Roma città aperta*. Lo fa accusando Roberto Rossellini di aver deliberatamente reso «romanzesca» la realtà della Resistenza nella capitale, nonché di aver esagerato il grado di consenso di cui poté godere. E di essersi fatto con quell'opera «partecipe e complice della rimozione che riguardava anche la sua esperienza personale». In che senso? Il Rossellini di *Roma città aperta* voleva far dimenticare il regista dell'*Uomo della Croce*, prodotto nel 1942 e presentato nel gennaio del 1943 a Roma in una solenne manifestazione di regime. «Il protagonista dell'*Uomo della Croce*», scrive Lepre, «era stato un sacerdote, un cappellano militare sul fronte russo, simbolo dell'ideale cristiano contrapposto alla barbarie comunista. Anche il protagonista di *Roma città aperta* era un sacerdote, un parroco di un rione popolare, ma la continuità era data soltanto dall'abito; per il resto il capovolgimento era completo.» L'accusa dello storico al regista è quasi esplicita: «La storia della Resistenza romana tracciata nel film era, per quanto ispirata a fatti e personaggi veri, romanzesca e, in definitiva, del tutto improbabile. [...] Questo modo di ricordare e di celebrare ha aiutato la rimozione, elevando una sorta di barriera che la storia orale riesce molto raramente a superare».

Più propriamente al «filone Pezzino» appartiene anche un gran bel libro di Giovanni Contini, *La memoria divisa*. Stavolta siamo a Civitella in Val di Chiana. Anche qui, sempre nel giugno del 1944, come a Guardistallo e come qualche mese prima alle Fosse Ardeatine, si ebbe una strage nazista. Una delle più terribili stragi compiute dalla Wehrmacht in Italia, «paragonabile – quando la si consideri insieme a quella di Castelnuovo dei Sabbioni e di Meleto, che appartiene alla stessa operazione di sterminio – ai massacri delle Fosse Ardeatine, di Sant'Anna di Stazzema e di Marzabotto». Ma sulla quale si è abbattuta una maledizione. Quale? Quella di una memoria collettiva che nel tempo è andata individuando i partigiani come «i responsabili principali della strage» stessa. E sulla quale, per i complessi motivi di cui abbiamo fin qui parlato, si è steso per molti anni un vero e proprio «oblio istituzionale».

Effetto della pubblicazione di questi libri è stato, anche se stavolta non sono scesi in campo nomi di grandissimo calibro, un cauto avvicinamento fra storici che si richiamano al filone aperto da Renzo De Felice e militanti dell'antirevisionismo. Per conto di questi ultimi si è esposto, sulla «Rivista dei Libri», Gabriele Ranzato, il quale, pur mettendo più e più volte i lettori in guardia dal rischio che si corre a lasciar entrare in città «il cavallo di Troia della memoria antipartigiana», ha riconosciuto che «i lavori di Pezzino e Contini costituiscono un salto di qualità negli studi su quel periodo, segnando la fine della storiografia militante resistenzialista senza scivolare nel suo opposto». E ha gratificato di un mezzo riconoscimento perfino l'odiato De Felice: «Ha ragione Renzo De Felice quando denuncia la sottovalutazione che di questa componente [la «zona grigia», quella parte di popolazione non schierata né con i nazifascisti, né con la Resistenza] è stata fatta da quella che egli sprezzantemente ha definito "vulgata resistenziale" – ma peraltro da ogni pubblicistica e storiografia –, e merito indubbio dei lavori di Contini e Pezzino è dunque quello, tra l'altro, di averle concretamente ridato voce, restituendola alla storia». Anche se subito dopo ha precisato: «Il rischio però è che quella zona grigia che fin qui non è quasi esistita, ora esista troppo».

Sul fronte opposto, quello postdefeliciano, il bimestrale di Francesco Perfetti, «Nuova Storia Contemporanea», ha pubblicato una recensione di Giuseppe Pardini al libro di Pezzino nella quale, pur dicendo che «la conclusione è talmente ovvia da sembrare strano che siano dovuti trascorrere oltre cinquant'anni perché alcuni principi abbiano ottenuto cittadinanza nel dibattito scientifico», riconosce senza mezzi termini i meriti del lavoro dello studioso. Pur essendo ben consapevole del fatto che Pezzino appartiene a un fronte storiografico diverso dal suo, Pardini scrive: «La ricostruzione di Pezzino rasenta l'esaustività, tanto che difficilmente ci sarà qualcosa di nuovo da aggiungere allo studio dei fatti di Guardistallo».

Ma torniamo a Storchi. Anche lui per parlare della «furia» di quegli anni rende omaggio a Pavone: «In un clima così teso si esplicita quel "di più di violenza", quel "supplemento d'odio" già sottolineato da Pavone, che frequentemente caratterizza le vicende di quelle giornate dell'aprile 1945». Le stesse espressioni che hanno colpito il prefatore del saggio, Guido Crainz: «In questo libro molti dei suggerimenti e delle categorie proposte da Claudio Pavone si rivelano capaci di cogliere nel segno, di dar conto di una complessità di situazioni. E di durezze, oltre che di "sconfinamenti di campo", con il difficile approccio a quel "di più di violenza", a quel "supplemento d'odio" per dirla con Pavone, che alle guerre civili sono drammaticamente connessi». Un tributo, quello a Pavone, che è sempre più diffuso. Perfino Giordano Bruno Guerri, in un libro che appartiene a tutt'altro genere di pubblicistica, *Antistoria degli italiani*, si pronuncia assai criticamente nei confronti dell'universo partigiano, sostenendo di essere stato, almeno in parte, guidato a quegli apprezzamenti dal testo di Pavone. Anche se, forse, pur senza voler togliere alcunché a Pavone, non era proprio indispensabile che gli storici di sinistra, con poche eccezioni, attendessero una cinquantina d'anni prima di decidersi ad ampliare i loro orizzonti. Uno di loro, Pietro Scoppola, lo ha ammesso con lodevole franchezza appena coperta da un po' di *understatement*: «Tutto questo [la violenza partigiana del dopo 25 aprile] si sapeva ed era stato coperto in qualche modo dal silenzio prudente e sofferto della saggezza popolare».

In ogni modo, dicevamo, le ultime pagine del libro di Storchi, quelle sul dopoguerra in provincia di Reggio Emilia, descrivono fatti e responsabilità, comprese quelle dei dirigenti del Pci reggiano, senza quelle attenuazioni alle quali ancora al principio degli anni Novanta ricorrevano gran parte degli intellettuali post-comunisti. Si ricordano le uccisioni di fascisti. Ma anche di persone che con i fascisti non avevano avuto niente a che fare. Come l'ingegner Arnaldo Vischi al quale era stato appena dato dal comitato di liberazione nazionale il gradimento perché andasse a dirigere le Officine reggiane. Gli assassinii del capitano Mirotti, dell'avvocato liberale Ferioli, del sindaco socialista Umberto Farri. O la soppressione di preti e parroci – don Giuseppe Iemmi, don Carlo Terenziani, don Umberto Pessina – che provocarono una spaccatura nelle stesse fila della Resistenza. Soprattutto dopo l'uccisione del comandante Azor, Mario Simonazzi («partigiano cattolico ucciso da elementi comunisti», scrive Storchi senza giri di parole); e dopo l'attentato a Giorgio Morelli che sul periodico antifascista «La Nuova Penna» aveva cercato di attirare l'attenzione sull'assasinio di Azor («Attentato al quale, pur ferito Morelli scamperà, ma i cui postumi lo condurranno a morte pochi mesi dopo», scrive Storchi anche qui senza perifrasi). E l'arrivo del vescovo Beniamino Socche il quale bandì una crociata contro gli «omicidi rossi» che ebbe ripercussioni nella comunità ecclesiale (Giuseppe Dossetti per marcare un dissenso dal vescovo cambiò diocesi) e anche dentro il Pci.

Anche qui Storchi fa nomi e cognomi. E attribuisce quelle uccisioni dell'immediato dopoguerra – che in ogni caso circoscrive alla loro giusta dimensione – al «clima ispirato e tollerato dai dirigenti comunisti più vicini al segretario Arrigo Nizzoli». Mettendo anche in risalto come la federazione di Modena si sia comportata diversamente da quella di Reggio non esitando a consegnare alla polizia il responsabile di un delitto. Storchi descrive poi la lotta quasi eroica che Valdo Magnani condusse contro il gruppo di Nizzoli, per denunciare il quale si confidò con il prefetto Potito Chieffo e in conseguenza di ciò si dovette trasferire alla federazione di Parma. E l'altrettanto coraggiosa condotta di Germano Nicolini, il cui libro *Nessuno vuole la verità*, pubblicato da un editore locale quasi clandestino nel '93, è indispensabile per capire l'intera vicenda. Nonché l'opera di Palmiro Togliatti per venire a capo delle numerose bande armate che avevano nidificato tra i rami del suo partito.

Niente revisionismo, ripetiamo. Ma un approfondimento, questo sì, di temi che sono al di fuori del recinto che limitava il campo di ciò che fin qui era legittimamente arato dagli studi. Il tutto con l'adozione di testi, documenti e categorie che ancora qualche anno fa per gli storici d'area comunista ed extraparlamentare erano tabù. E per l'uso dei quali altri studiosi ebbero da quelli appena citati qualche dispiacere.

EX FASCISTI E ORIGINI DEL POTERE BATTESIMALE DEL PCI

Li chiamavano comunisti neri. O, più di frequente, fascisti rossi. Erano quegli ex seguaci di Mussolini che nella seconda metà degli anni Quaranta aderirono anziché al partito della fiamma tricolore a quello di Palmiro Togliatti. Di loro la storia ufficiale e la memorialistica Pci si sono occupate pochissimo. Quasi niente. A torto.

Nel 1996, a dire il vero, è stato dato alle stampe un interessante libro di Pietro Neglie, *Fratelli in camicia nera*, che assieme all'accurata biografia di Zangrandi a cura di Aldo Grandi pubblicata nel '94 e al fondamentale *Il gruppo – La formazione del gruppo dirigente del Pci 1936-1948* scritto da Sergio Bertelli nel 1980, è tra i pochi testi a dedicare qualche attenzione a questo argomento. Ma luce piena sulla questione sarà fatta solo con il libro *Fascisti rossi. Da Salò al Pci, la storia sconosciuta di una migrazione politica 1943-53* di Paolo Buchignani, del quale è uscita un'anticipazione sulla rivista di Francesco Perfetti «Nuova storia contemporanea».

Perché il tema merita interesse? In primo luogo

per il fatto che la trasmigrazione dal fascismo al Pci (o ai suoi dintorni) fu molto più consistente di quanto si sappia e si immagini. Poi, perché le modalità, i riti con i quali avvenne quel passaggio – e la vivace discussione che l'accompagnò – sono spie di un qualcosa che nel tempo è divenuto costitutivo della nuova identità del comunismo italiano. Che cosa? A differenza dei leader politici suoi contemporanei, Togliatti si preoccupò – con successo – di fare del Pci un partito con poteri battesimali e, diciamo così, di riabilitazione. Cioè un partito che, grazie a un lavoro sulla cultura, le idee, le parole, gli intellettuali, era in grado di valorizzare più degli altri i propri meriti e far dimenticare le colpe sue e dell'universo a cui apparteneva. Un partito, insomma, che possedeva le chiavi della legittimazione e che, dunque, poteva scegliere tra i «peccatori politici» chi fosse degno di essere reimmesso nella comunità e chi no. Questione più che mai attuale dal momento che questo potere di riabilitazione, donato da Togliatti al Pci cinquant'anni fa, è tornato utile, utilissimo al Pds nei tempi più recenti della cosiddetta rivoluzione italiana.

All'epoca, graziando e riabilitando alcuni ex fascisti anche della Repubblica di Salò, il Pci mandò un segnale di apertura a quei ceti, a quei giovani, a quegli uomini di cultura che avevano avuto rapporti, talvolta non alla luce del sole, con il mondo del fez e della camicia nera (ma anche delle leggi razziali) e che nel dopoguerra manifestavano la disponibilità a non essere, diciamo così, spietati nei confronti del comunismo staliniano pur di far dimenticare quel loro passato. E chi poteva dar loro questo certificato di oblio se non quel partito che si permetteva addirittura di concedere la tessera per il rientro in politica ai seguaci di Mussolini?

E veniamo dunque agli ex fascisti che finirono nel

Pci. Si trattava quasi sempre di giovani, ventenni o poco più. Si dividevano in tre gruppi: quelli che erano stati fascisti fino al '38-'39 come Mario Alicata e Pietro Ingrao, i quali entrarono nel Pci quasi senza problemi già alla fine degli anni Trenta o agli inizi del decennio successivo; quelli che seguirono il duce fino alla caduta del fascismo, il 25 luglio del '43, come Davide Lajolo che dedicò un libro al suo essere stato un «voltagabbana», Ruggero Zangrandi, Fidia Gambetti; e quelli che addirittura aderirono alla Repubblica sociale e in qualche caso furono persino al fianco di Junio Valerio Borghese nella X Mas dei quali si occupa più specificamente il libro di Buchignani.

Tre gruppi molto diversi, animati da complicità ma anche da odii reciproci. Che sfociavano in violente battaglie tra ex a colpi di accuse l'un contro l'altro per i legami con il passato. Un po' quel che si è ripetuto ai giorni nostri con i laici, gli ex democristiani e gli ex socialisti riammessi alla politica, dopo la caduta della prima Repubblica, nell'orbita del Pds (anche se il paragone è, per molti altri aspetti, improponibile). La generazione dei fuorusciti, ad esempio, quella che aveva il suo leader in Pietro Secchia, guardava con diffidenza agli stessi Ingrao e Alicata. Ma quando nel 1947 Zangrandi, con l'aiuto di Fabrizio Onofri, riuscì a farsi pubblicare da Einaudi il *Lungo viaggio. Contributo alla storia di una generazione* (nel quale raccontava, appunto, la sua vita di giovane fascista, compagno di scuola di un figlio di Mussolini), fu proprio Mario Alicata che, nonostante la buona accoglienza di Togliatti, sparò ad alzo zero contro quel libro. Alicata, che pure assieme a Zangrandi nel '36 aveva fondato un Istituto per la propaganda dell'universalità del fascismo di cui era presidente onorario il succitato Vittorio Mussolini, forse perché non voleva che si mettesse in piazza il suo passato, ottenne che Einaudi non ristampasse il libro di Zangrandi di cui era stato tirato un numero limitatissimo di copie. E che, praticamente, non lo facesse neppure circolare nelle librerie. Talché per poterlo leggere si dovette attendere una quindicina d'anni, quando Feltrinelli lo ripubblicò ampliato e con un titolo leggermente diverso: *Lungo viaggio attraverso il fascismo*.

Eppure a quell'epoca, nel '47, i contatti tra Pci ed ex fascisti erano già molto avanzati. Questi contatti avevano un retroterra che con gli anni è stato messo ben in evidenza dagli storici: le prime indicazioni a lavorare in seno alle organizzazioni di massa del fascismo formulate durante il VI congresso dell'Internazionale comunista (luglio-settembre 1928); le lezioni sul fascismo tenute da Togliatti presso la scuola leninista di Mosca fra il gennaio e l'aprile del 1935 in cui l'esperienza mussoliniana era stata definita per la prima volta «regime reazionario di massa»; l'appello ai «fratelli in camicia nera» dell'ufficio politico del Partito comunista riunito a Parigi nell'agosto del 1936: «Noi facciamo nostro il programma [mussoliniano] del '19, che è un programma di democrazia». E sul versante mussoliniano la pubblicazione in Italia nel 1934 del libro di Stalin *Bolscevismo e capitalismo* per opera di Giuseppe Bottai che assieme a Ugo Spirito fu esplicito fautore ed organizzatore del dialogo tra fascismo e comunismo.

Un dialogo che non si interruppe neppure nei momenti più bui della guerra civile. Nel carcere di Verona, ad esempio, dove tra il '43 e il '44 l'ex ministro delle corporazioni Tullio Cianetti, salvatosi per miracolo dalla fucilazione con Ciano assieme al quale aveva partecipato alla «congiura» contro Mussolini nel Gran Consiglio del 25 luglio, guidava il dirigente comunista Giovanni Roveda lungo i complicati percorsi che servivano a conoscere la geografia del dissenso interno al fascismo. O nell'iniziativa raccontata nell'autobiografia dell'ex sindacalista fascista Francesco Grossi che, durante la guerra partigiana, su incarico di Mussolini ebbe incontri (infruttuosi) con i comunisti Mario Gordini e Giuseppe D'Alema per trattare qualcosa di più di una tregua.

Persino nei giorni finali del conflitto il filo non si era spezzato del tutto. C'era stato il tentativo del socialista Carlo Silvestri di traghettare sulla sponda dell'antifascismo, con la benedizione di Mussolini, alcuni uomini di Salò nel nome degli ideali «di sinistra» della Repubblica sociale. E benedetto dal duce fu anche il «Raggruppamento nazionale socialista repubblicano» di Edmondo Cione, il quale Cione nell'aprile del '45 creò qualche imbarazzo al socialista Corrado Bonfantini e a Sandro Pertini raccontando di aver trattato con loro e con Silvestri una «conciliazione» tra i due schieramenti. Racconto che ebbe qualche conferma da Lelio Basso.

Come si vede in questo periodo a cavallo della fine della guerra sono i socialisti ad essere al centro della diplomazia segreta con gli ex fascisti. In particolare Ignazio Silone come è ben messo in luce dall'ottima biografia dello scrittore ex comunista poi approdato a lidi socialisti, curata da Ottorino Gurgo e Francesco De Core. Silone, direttore dell' «Avanti!», esce allo scoperto pubblicando il 27 ottobre del '45 un articolo dal titolo *Superare l'antifascismo* in cui sostiene che «occorre disancorare la vita italiana dall'atteggiamento negativo dell'antifascismo»; e l'11 novembre, in un discorso a Salerno, afferma: «Molti di noi sono rimasti prigionieri di una mentalità antifascista o quantomeno prefascista, ma i problemi difficilissimi che dobbiamo risolvere sono quelli del post-fascismo». Parole che in quella fine del '45 suscitano un grande clamore.

Ma non è che l'inizio. Silone, spinto da Nenni, favorisce l'incontro tra il giovane socialista Ugo Zatterin e il giornalista fascista Alberto Giovannini da cui sarebbe nata nel luglio del '46 la rivista «Rosso e nero». Con un editoriale, diremmo oggi, non da pentito, di Giovannini (*Il nostro passato e il nostro avvenire*) e un articolo di Zatterin (*Opinioni di un giovane antifascista*). Lo scandalo è grande: Giovannini viene sospeso dall'esercizio della professione e mandato al confino; Silone lo difende pubblicamente ottenendo la revoca del provvedimento; ma, a causa di tutto il chiasso che s'è fatto, deve lasciare la direzione dell'«Avanti!». Nel 1996, in un interessantissimo e assai ben scritto libro di memorie, *Al Viminale con il morto*, Zatterin ha rivelato non pochi retroscena di questo episodio tra i quali alcuni incontri segreti fra emissari del vertice socialista, Augusto Turati, ex segretario del Pnf, e Pino Romualdi. Va infine ricordato che tra i più rumorosamente polemici contro Silone e Zatterin, furono la corrente filocomunista del Psi e i comunisti. Che nel frattempo, però, avevano preso in materia una loro ben più consistente iniziativa.

Iniziativa che, come quella socialista, aveva una sua parte pubblica e una riservata. La parte pubblica si sviluppò soprattutto sul settimanale «Vie nuove» dopo un articolo del dicembre '46 firmato da Gianni Puccini (*La generazione tradita*). Articolo di grande apertura agli ex fascisti. Al quale rispose la lettera di un gruppo di ex camicie nere, anonime, che apprezzavano quella mano tesa. Fu poi la volta del vicesegretario del Pci Luigi Longo (*Dissenso o malinteso?*) e del leader dei comunisti cattolici Franco Rodano (*Ex fascisti e conservatori possono andare d'accordo?*). Infine scese in campo, stavolta con nome e cognome, un ex fascista, Fausto Brunelli, che scrisse: «Bisogna che le sinistre [...] ci rendano possibile una collaborazione onorata». Onorata? Voleva dire: senza che siamo costretti a rinnegare il passato. O quantomeno, non del tutto.

Poi c'è il «capodanno di Perugia». Il primo gennaio del 1947, un ex partigiano comunista, Corrado Sassi, nome di battaglia «Zuavo» e un «ragazzo di Salò», Bruno Cagnoli danno vita al cimitero di Perugia (una settimana dopo si rivedranno alla Sala de' Notari, alla presenza di Cino Moscatelli) a un pubblico incontro di riconciliazione. Prendono la parola un leader locale della Resistenza, Luigi De Florentis, e un noto fascista del luogo, Mario Fettucciari. Il 4 gennaio riceveranno una benedizione di Pietro Ingrao, sull'«Unità»: «Due elementi mi sembrano particolarmente significativi nella manifestazione di Perugia: che ad essa abbiano partecipato dei giovani e che l'iniziativa sia partita dai comunisti. [...] Esistono oggi in Italia migliaia di giovani ex fascisti delusi, disperati, sbandati nelle idee e nella vita pratica. Che cosa fare? Condannarli al rancore e alla disperazione, lasciarli come massa di manovra ai provocatori e ai cospiratori clandestini? O piuttosto avvicinarli alla vita delle organizzazioni democratiche, mostrare loro il volto fattivo e sereno della nuova Italia, immetterli nel lavoro e nello sforzo ricostruttivo della nazione? È certo che noi nel primo caso li getteremmo ancora nelle braccia di coloro che li rovinarono e li corruppero e nel secondo li avvieremmo, con i fatti, sulla via maestra della rinascita, della rieducazione democratica, della civiltà».

Contemporaneamente, siamo sempre nel '47, Togliatti, forte della credibilità che gli viene dall'aver concesso l'amnistia, concede un'intervista a «La Repubblica d'Italia» in cui loda «l'originalità» di alcune posizioni dei fascisti; qualche tempo dopo esce allo scoperto Giancarlo Pajetta sull'«Unità» con l'articolo dal titolo *Contro un antico inganno*; la rivista dei giovani comunisti «Pattuglia» ospita l'articolo di un ex repubblichino, Alvise Gigante; «Paese sera», giornale fiancheggiatore del Pci, un pezzo di Stanis Ruinas. E siamo ai personaggi centrali del saggio di Buchignani: Ruinas che, con la sua rivista «Il pensiero nazionale», fu una sorta di Caronte che aiutava gli ex repubblichini a traghettare nel Pci. Assieme a Lando Dell'Amico che finirà poi nelle spire dei servizi segreti. Molti di loro, l'Alvise Gigante di cui sopra, Giampaolo Testa, Spartaco Cilento, Luca Scaffardi, avevano addirittura fatto parte della X Mas. Il battesimo del fuoco tra i comunisti lo ebbero nei moti di piazza che seguirono all'attentato a Togliatti come si legge tra le righe del libro del latinista Luca Canali, *Ci chiamavano teppisti rossi*, che pure ancor oggi ha pudore a ricordare i cognomi di quei «compagni neri».

Il luogo in cui comunisti ed ex fascisti si incontravano era la bottega del barbiere Benedetto Avincola, vicino a via Margutta, nel centro di Roma. E della sezione Pci di via Margutta diventerà segretario l'ex fascista Testa. Un altro ex repubblichino, Massimo Uffreduzzi, secondo quel che riferisce Buchignani, partecipava nell'inverno del '49 a riunioni a casa di Luciana Castellina (di cui la parlamentare non conserva alcun ricordo), in cui si discuteva di un fronte comune per le elezioni universitarie a Roma. Momento centrale di questo affratellamento sarà l'assemblea dell'Alleanza giovanile di fine novembre 1948 a Napoli dove Enrico Berlinguer inviterà l'ex repubblichino mutilato Luca Scaffardi. Il giovane fu accolto da un grande gelo che però alla fine del suo orgoglioso intervento si sciolse in un applauso. Berlinguer si complimentò. Italo Calvino ebbe il delicato compito di riferire dell'episodio su «Vie nuove». Con grande calore.

Così fu luce verde alla trasmigrazione: secondo un rapporto interno del Pci furono 34.000 i giovani della Rsi che entrarono nel Partito comunista. Il «Pensiero nazionale» di Ruinas continuò ad essere un giornale postfascista e visse ancora a lungo, fino al 1977. Nel '50 Ruinas fu spedito in prigione per uno strano articolo in cui invitava i comunisti all'insurrezione (in quell'occasione, con altrettanto stupefacente facilità, la polizia gli sequestrò carte che provavano i finanziamenti ricevuti dal Pci). Nel '51 il direttore comunista di un giornale murale del Pci di Formia fu arrestato per aver ripubblicato due articoli del «Pensiero nazionale» contro la Dc e Pacciardi. Nel '53 Ruinas ruppe con il Pci e successivamente fu finanziato da Mattei, dall'Egitto e dalla Libia. Ma la sua vera missione si era conclusa alla fine degli anni Quaranta. E con essa quella più importante del partito di Togliatti che usò la piccola pattuglia del Caronte nero per mandare un segnale a quell'Italia, ultramaggioritaria, che aveva avuto rapporti con Mussolini e adesso voleva abbracciare il nuovo coprendo con un velo il proprio passato.

A PROPOSITO DI REVISIONISMO

Revisionista è un termine che come insulto, o addirittura anatema è riapparso più volte in questo secolo. In politica lo usò il socialdemocratico austriaco Karl Kautsky per qualificare, pur senza la connotazione negativa che avrebbe avuto in seguito, il leader riformista tedesco Eduard Bernstein (a sua volta Kautsky sarà poi messo all'indice da Lenin, ma come «rinnegato»). Fu usato contro John Maynard Keynes e tutti coloro che tra le due guerre mondiali misero in discussione il trattato di Versailles. Poi per definire il movimento sionista filomussoliniano di Vladimir Zeev Jabotinsky. Fu brandito dagli uomini di Mao contro i dirigenti comunisti, cinesi e non, accusati di aver abiurato all'ortodossia del marxismo-leninismo. E una trentina di anni fa negli Stati Uniti cominciò ad essere adottato anche nelle battaglie storiografiche. Con veemenza identica a quella usata nelle polemiche attuali. A differenza di oggi, però, negli anni Sessanta erano gli storici liberal moderati che lo impugnavano a mo' di bastone contro i loro colleghi di sinistra.

Oggetto di quelle discussioni era la dura contrapposizione tra Est e Ovest che ebbe inizio alla fine degli anni Quaranta. E i revisionisti di allora si contrapponevano da sinistra agli storici tradizionali impegnati ad addossare tutt'intera all'Unione Sovietica la responsabilità di aver scatenato la Guerra fredda. Fino a ribaltare quel giudizio, ad incolpare quasi esclusivamente gli Stati Uniti e a ricevere per questo attenzioni e complimenti dall'Urss. Elena Aga Rossi qualche anno fa, nella introduzione ad un bel libro, *Gli Stati Uniti e le origini della Guerra fredda*, ha censito con cura scrittori e testi di questa corrente storiografica. A partire da Gabriel Kolko, autore di *The Politics of War. The World and the United States Foreign Policy 1943-1945*, il quale sosteneva che alla fine della Seconda guerra mondiale «i sovietici», sono parole sue, «perseguirono una linea conservatrice e cauta dovunque potessero trovare gruppi locali non comunisti disposti a ripudiare la diplomazia tradizionale del cordone sanitario e dell'antibolscevismo». Per continuare con William Appleman Williams il quale nel libro *The Tragedy of American Diplomacy* affermava che la responsabilità per quella crosta di gelo che coprì l'Europa e il mondo intero a partire dalla fine degli anni Quaranta e andò indurendosi all'inizio dei Cinquanta, fu degli Stati Uniti che avevano adottato una politica internazionale imperialistica per assicurarsi mercati all'estero nonché una continua espansione economica all'interno. Per passare poi a Gart Alperovitz il quale in *Atomic Diplomacy: Hiroshima and Potsdam* avanzò la tesi che le bombe su Hiroshima e Nagasaki erano state sganciate sì sul Giappone ma con l'intento di intimidire e piegare l'Unione Sovietica.

Questi libri, e i molti di identica scuola che ad essi si aggiunsero, provocarono come s'è detto accanite discussioni, ebbero grande risonanza e – si deve dargliene atto – fecero progredire la ricerca storica. È vero che, come ha osservato la Aga Rossi, «gli studi revisionisti si sono esauriti senza lasciare opere che possano essere considerate definitive». Ma è vero anche, come ha attestato la stessa studiosa, che alcune delle tesi da loro avanzate e dei problemi da loro sollevati sono divenuti necessari punti di riferimento. Ed è questo che qui ci interessa.

Oggi che sono superati anche gli studi successivi che mettevano insieme il meglio delle due scuole contrapposte e che l'apertura di parte degli archivi dell'Est ha consentito indagini storiche più documentate, si deve riconoscere a quei revisionisti di allora i quali ebbero l'ardire di capovolgere le tesi tradizionali, di aver fatto fare qualche passo avanti agli studi su questa materia. Anche se l'ispirazione di quei testi non era incontaminata e dietro si potevano individuare ben riconoscibili pulsioni politiche, si può dire con assoluta certezza che è un bene che quel nuovo modo di leggere gli eventi del secondo dopoguerra abbia visto la luce. Persino quando si è trattato di azzardi storiografici. Anche per le provocazioni. E con altrettanta chiarezza si deve ammettere che, se il fare storia fosse rimasto chiuso nei recinti della tradizione consolidata, del «politicamente corretto» di quell'epoca, se non si fosse corso consapevolmente il rischio di affrontare senza pregiudizi anche le tesi dei nemici della democrazia (tali allora apparivano ed erano i comunisti, tutti o quasi di ispirazione sovietica), se insomma si fosse dato retta agli anatemi, sarebbe stato decisamente un male.

Di tutto ciò si ha conferma da un libro di Vojtech Mastny, *Il dittatore insicuro: Stalin e la Guerra fredda*. Libro che quando è apparso in Inghilterra l'«Economist» ha recensito con entusiasmo. Mettendo in risalto come non avesse niente a che spartire con il «semplicismo» di quei lontani studi revisionisti. Ma come altresì ad essi, in fondo, dovesse qualcosa.

Mastny precisa che nell'affrontare la Guerra fredda «la distinzione tra la scuola "ortodossa" e quella "revisionista" con le rispettive prescrizioni sulla condotta di Washington durante lo sviluppo del conflitto con Mosca, si è fatta sfumata». E che anche «il tentativo "postrevisionista" di trascegliere il meglio delle due scuole non è più attuale». Ma dai revisionisti prende il concetto base che a scatenare quel conflitto fu, più che l'aggressività sovietica, l'insicurezza di Stalin. Anche se, a suo avviso, tale insicurezza non va attribuita alle minacce statunitensi quanto ad una serie di cause storiche più complicate. Quali? Prima tra tutte quella derivata dal modo stesso in cui si era realizzata la presa del potere da parte dei bolscevichi nel 1917: «Nato dal colpo di mano di una minoranza e non dall'esercizio della volontà popolare, lo Stato sovietico fu sempre intrinsecamente insicuro. Esso fu il prodotto di una momentanea confusione [...] piuttosto che di un'insanabile crisi interna al regime zarista che sostituì». Cosicché «i suoi fondatori non lo considerarono sicuro fino a che la rivoluzione che avevano provocato per impadronirsi del potere non avesse trionfato anche nelle altre nazioni». Di qui il tentativo fallimentare di trascinare sulla scia bolscevica altri paesi europei. E dopo il fallimento dell'impresa fu solo «la mancanza di accordo tra i nemici che permise la sopravvivenza e l'espansione del loro Stato». Ma, «secondo la dottrina marxista, essi continuavano a sostenere che il mondo esterno rimaneva implacabilmente ostile: fosse vero o no, la costante percezione di una minaccia impedì ai leader sovietici di sentirsi sufficientemente sicuri; ciò li rese differenti da altri leader». E Stalin più degli altri, al punto che l'insicurezza provocò in lui una vera e propria patologia. Insicurezza che però, a differenza di quel che accadde agli altri leader comunisti della sua generazione, lo indusse a tenere in considerazione più i rischi dell'interno che quelli dell'esterno.

Negli anni Venti e Trenta la Germania fu il suo chiodo fisso. E, dopo il '33, Hitler in particolare. La purga hitleriana delle SA nel '34 fu un modello per il dittatore sovietico ed è ormai quasi certo che lo scioglimento del Partito comunista polacco nel '38 fu un segnale della sua disponibilità a sacrificare la Polonia sull'altare di un riavvicinamento tra Mosca e Berlino. Riavvicinamento che si tradusse nel patto dell'agosto del '39 che fu all'origine della Seconda guerra mondiale. Quel patto tra Urss e Germania nazista fu interpretato da Stalin non già, come pretenderebbe la scuola giustificazionista, alla stregua di un espediente tattico per prendere tempo, bensì come la premessa alla «fondazione di un impero mirato ad assicurare allo Stato sovietico una sicurezza duratura». I documenti di parte russa che stanno venendo alla luce sono abbastanza univoci: «Il leader sovietico non si comportava come se pensasse che il suo avvicinamento alla Germania fosse destinato a fallire. Pur avendo costruito istallazioni difensive nei territori strategici acquisiti, non fece quanto era in suo potere per prepararli ad un eventuale uso. Egli spese invece molta più energia nel tentativo di soggiogare le popolazioni locali con deportazioni di massa e altri strumenti di terrore, dando così un'ulteriore prova di quanto per lui la sicurezza fosse una questione interna e non esterna». Così Mastny.

Sono adesso consultabili le carte relative al viaggio di Molotov a Berlino nell'autunno del '40 dalle quali risulta evidente come il ministro degli esteri sovietico puntasse ossessivamente ad un allargamento dell'impero sovietico. E quelle di un anno dopo quando, ad alleanze invertite in seguito all'invasione tedesca dell'Urss, Stalin reimpostò lo stesso identico discorso di ampliamento territoriale sovietico con il responsabile della politica internazionale britannica, Anthony Eden. È stupefacente quanto fosse chiaro fin da allora (quasi sicuramente già dalla metà degli anni Trenta) l'obiettivo di Stalin.

Qualche tempo fa l'ex ambasciatore francese a Sofia e a Bucarest, Jean-Marie Le Breton, ha scritto un libro, *Una storia infausta*, in cui metteva bene in evidenza la fragilità strutturale dei paesi dell'Europa centrale e orientale nel corso di tutto questo secolo. In particolare dopo la Prima guerra mondiale il «sistema di Versailles» sorto sulle spoglie di quattro imperi – austro-ungarico, ottomano, russo e tedesco – vide nascere paesi dalla sovranità debole, con minoranze etniche ostili e frontiere contestate. A causa dell'instabilità di questi paesi esplose il secondo conflitto del secolo. E dopo la guerra quella «cintura d'insicurezza» per Stalin divenne un incubo.

Dai documenti consultati da Mastny emerge con chiarezza che negli anni Quaranta ci fu un rimescolamento tra la patologia staliniana, alcune sue primitive idee su come i partiti comunisti di tutta Europa avrebbero potuto conquistare il potere, e l'instabilità cronica messa in rilievo da Le Breton. Risultato di questo rimescolamento fu l'atroce dittatura che colpì alcuni paesi dell'Europa centrale che da allora vennero detti «dell'Est».

Epperò questo non fu il frutto di un meccanico inghiottimento di quei paesi sotto la minaccia delle baionette dell'Armata Rossa come era avvenuto ad esempio per le Repubbliche baltiche, bensì la conclusione di un percorso più tortuoso. E forse anche per questo più tragico. La tortuosità di quell'iter post-bellico fu in parte dovuta all'illusione di Stalin di poter trasformare tutta l'Europa o quasi in una serie di piccole e grandi Finlandie. Cioè di forzare tante singole situazioni, sfruttando le strategie dei partiti comunisti per una «via democratica e nazionale» in ogni paese, così da portare l'intero continente sotto la sua sfera d'influenza.

Nel settembre del '94 in un convegno a Cortona su *L'Unione sovietica e l'Europa durante la guerra fredda (1943-1953)* la studiosa russa Natalija I. Egorova approfondì, sulla base di documenti fino ad allora inediti, i termini del rimprovero che Andrej Aleksandrovic Zdanov aveva mosso soprattutto ai comunisti francesi, ma anche agli italiani e ai belgi, dopo che questi nella primavera del 1947 si erano fatti cacciare dal governo. Ne veniva fuori una certa confusione da parte del gruppo dirigente di Mosca su quale dovesse essere la strategia da adottare. La stessa confusione che adesso si intravede nelle decisioni prese per tutti gli altri partiti comunisti europei. E che nell'Europa orientale sarà pagata con la vita da parte di moltissimi dirigenti, in particolare i più staliniani, accusati volta per volta di essere all'origine di ogni singolo fallimento.

Lo spettacolo di caos descritto da Mastny è più che avvincente. Teste su teste che ruzzolano ad ogni errore di Stalin in un gorgo senza fine nel quale stava per essere inghiottito anche Palmiro Togliatti. Il dissidio tra Zdanov e Malenkov che si conclude con l'ascesa di quest'ultimo e l'uscita di scena del primo. Uscita di scena a cui seguì una morte assai sospetta. Il tutto in un clima quasi di impazzimento generale.

Confusione anche nei rapporti con gli ebrei. Nel gennaio del 1948 Stalin fa uccidere per motivi misteriosi in un implausibile incidente automobilistico l'attore *yiddish* Solomon Mikhoels, presidente di quel Comitato ebraico antifascista che era stato messo in piedi da Berija durante la guerra. È Suslov, il futuro ideologo del partito, che ha convinto senza difficoltà il despota circa la slealtà di quel Comitato. Attorno al quale, negli incubi staliniani, si stava creando addirittura la rete per dar vita ad una Repubblica ebraica di Crimea. Nel giugno dello stesso anno il leader dei comunisti cecoslovacchi Slànsky e il segretario del Partito comunista israeliano Shmuel Mikunis ottengono dal dittatore georgiano l'autorizzazione a reclutare e ad addestrare ebrei che vadano poi a combattere in Israele. Anche Slànsky farà una brutta fine e il tutto si concluderà con manifestazioni antisemite nella seconda metà dell'anno. A dare il la, sarà Ilja Erenburg con un articolo sulla «Pravda». Per gli israeliti sono anni di patimenti. «Lugubre conseguenza dell'Olocausto nazista, i rari sopravvissuti ebrei nell'Europa orientale che non avevano scelto di emigrare come sionisti erano, per questa ragione, particolarmente ansiosi di assimilarsi e perciò aderirono con zelo agli emergenti regimi comunisti», scrive Mastny. E aggiunge: «In quanto rinnegati talora pronti a trattare gli ebrei anche peggio dei gentili, furono spesso gli uomini preferiti da Stalin per lavori particolarmente sporchi, ma furono poi più vulnerabili alle purghe una volta esaurito il loro compito».

Ancora e sempre confusione. Negli ultimi mesi del 1948 i comunisti austriaci ottengono da Mosca luce verde alla preparazione di un complicato piano insurrezionale che mette nel conto dettagliatissimamente le possibili reazioni dei socialdemocratici ma non delle forze armate occidentali che stazionavano in quasi tutto il paese. Per loro fortuna, prima che tale piano sia messo in atto, da Mosca giunge il contrordine. Con un sistema analogamente improvvisato, avventuroso e demenziale, vengono fatti fuori tra sospetti e insinuazioni i gruppi dirigenti della resistenza greca e i reduci della guerra civile spagnola. All'inizio di gennaio del 1949 Stalin inaugura il Comecon e confida ai funzionari dell'Europa orientale che i paesi occidentali, in particolare Francia e Italia, sarebbero stati allontanati dagli Stati Uniti perché resi dipendenti dalle materie prime sovietiche. Forse anche per questo il dittatore non disdegnava, fino all'estate del '52 quando si ammalò più gravemente, di incontrare esponenti non comunisti dei due paesi. Uno degli ultimi, il 17 luglio proprio del '52, fu il leader dei socialisti italiani Pietro Nenni il quale aveva ricevuto il premio Stalin e che, reduce da quel colloquio, rilasciò dichiarazioni che davano risalto alle grandi novità che il dittatore gli avrebbe annunciato. Anche se, annota l'autore non senza malignità, «probabilmente per la mancanza di reale interesse», il colloquio non fu neppure registrato nell'agenda degli appuntamenti.

Dai documenti sul periodo immediatamente precedente e immediatamente successivo alla morte di Stalin viene fuori un'immagine peggiore di Krusciov, colui che tre anni dopo, nel 1956, avrebbe denunciato le malefatte del dittatore. Un Krusciov doppio e intrigante non solo finché fu vivo il tiranno, ma anche dopo; ci sono sempre più elementi per ritenere che uscì vincitore dalla contesa per la successione facendo ricorso a metodi non dissimili da quelli del suo predecessore.

Ma le conclusioni a cui giunge Mastny, riflettendo su questa stagione della quale solo adesso cominciano a conoscersi particolari preziosi, mettono in evidenza, accanto alle atrocità, anche qualche benefico effetto dell'accaduto. A patto che non si perda la memoria per le tragedie consumate sotto le insegne della falce e martello, si può riconoscere che la Guerra fredda ci ha lasciato un'Europa continente pacifico, stabile, pieno di fantasiose articolazioni politiche. Prodotte prevalentemente da chi ebbe l'ingrato compito di fronteggiare l'Urss. Ma formatesi in un contesto di apertura mentale e di interrelazione con il mondo dell'Est. Contesto che ha avuto e ha ancora un qualche debito con quei lontani revisionisti di trent'anni fa.

L'ANOMALIA ITALIANA: UN PAESE SENZA ALTERNANZA

Gli Stati Uniti ebbero una grande difficoltà a giudicare e forse anche a capire il centro-sinistra. Tra la fine degli anni Cinquanta e l'inizio dei Sessanta lo spostamento del baricentro della politica italiana in direzione del Psi di Pietro Nenni catturò, com'era prevedibile, le attenzioni degli analisti di Washington che seguirono gli eventi con un misto di interesse e di apprensione. Furono indagini approfondite anche per il timore che quegli eventi avessero come effetto uno sbilanciamento verso i comunisti. Ma le loro analisi non riuscirono a produrre chiarezza. E ora che vengono alla luce i documenti statunitensi di quella stagione, si può finalmente provare a comprendere perché gli americani giunsero sempre in ritardo e sostanzialmente non capirono il centro-sinistra. Un discorso interessante, molto interessante. E che porta lontano.

Umberto Gentiloni Silveri è il primo studioso che ha esaminato con sistematicità le carte d'archivio Usa per il periodo di cui stiamo parlando. Ne ha tratto un interessante libro, *L'Italia e la Nuova frontiera; Stati Uniti e centro-sinistra 1958-1965*, edito dal Mulino. Libro che, proprio per il fatto di essere pubblicato dal Mulino, possiede qualcosa di più di quel che ci si poteva aspettare: all'autore è stato infatti concesso di consultare i documenti privati del fondatore della casa editrice stessa (oltreché dell'omonima rivista), Fabio Luca Cavazza. Un personaggio, Cavazza, meno conosciuto di quanto meriterebbe. E assai importante ai fini del nostro discorso dal momento che, in quegli anni, ebbe un ruolo non insignificante nei rapporti culturali e politici tra Italia e America.

Gentiloni rende più volte l'omaggio – che ormai per questo genere di pubblicistica è quasi obbligatorio – a quello che Pierluigi Battista ha definito il «doppiostatismo», cioè alla teoria del «doppio Stato» secondo la quale, per dirla con grande semplicità, la storia d'Italia dallo sbarco degli alleati in Sicilia nel '43 alla vittoria dell'Ulivo nel '96, sarebbe stata sostanzialmente prigioniera di una dimensione criminale. Ma poi si discosta dai canoni più ortodossi di questa tendenza storiografica. Ad esempio prende di petto il saggio di Carlo Pinzani, *L'Italia nel mondo bipolare*, contenuto in quella *Storia dell'Italia repubblicana* pubblicata da Einaudi che è considerata una specie di *Encyclopédie* di questo genere di ricostruzione. A Pinzani l'autore rimprovera in particolare di aver trattato John Fitzgerald Kennedy come un presidente americano qualsiasi che nei confronti della nostra svolta a sinistra avrebbe mostrato una disponibilità di facciata salvo poi, dietro le quinte, ostacolarla né più né meno di quel che aveva fatto l'amministrazione precedente. Errore, scrive Gentiloni: Kennedy fu a favore della svolta. Dopodiché l'autore si consente anche un'uscita dai binari della vulgata doppiostatista: «Non convince l'immagine di un paese [l'Italia] eterodiretto da influenze esterne, l'idea di un burattinaio che da Washington tiri le fila della politica italiana; le dinamiche di formazione dei governi di centro-sinistra testimoniano l'autonomia dei partiti italiani, il loro ruolo e il complesso sistema di relazioni che si instaura con settori diversi del governo statunitense. Con superficiale semplicità la polemica degli anni più recenti ha ridimensionato e rivisitato il ruolo della classe politica più con finalità strumentali che con intenti di carattere storiografico». Accuse esplicite alla storiografia di estrema sinistra.

Tutto ciò, ovviamente, non per sostenere che gli Stati Uniti non abbiano interferito nella politica italiana. L'autore vuol solo dire che, rovistando negli archivi, si scopre che giudizi e atteggiamenti furono più casuali e articolati di quanto, soprattutto a sinistra, si sia fin qui ritenuto. Ad esempio: l'incontro tra Nenni e Saragat a Pralognan in Val d'Aosta il 28 agosto del '56 che pose le basi della riconciliazione tra socialisti e socialdemocratici non fu affatto benedetto dagli Stati Uniti. Anzi. Nonostante quel momento segnasse l'inizio del distacco definitivo del Psi dal Pci, gli americani capirono il contrario e si allarmarono. Riguardo alla possibile riconciliazione tra Psi e Psdi, un dispaccio del dipartimento di Stato afferma che «i possibili svantaggi superano di molto i benefici. Il grande partito di Nenni assorbirebbe quello piccolo di Saragat, con il risultato che l'unificazione socialista potrebbe concludersi sotto un controllo dei comunisti. Potrebbe anche essere possibile che l'obiettivo di Nenni sia quello di creare un grande fronte sotto il controllo dei comunisti». E Victor Sullam, un amico di Cavazza ben introdotto negli ambienti della Cia, gli scrive: «C'è una grande delusione nei confronti del Psdi, partito che i funzionari avevano sempre difeso da tutte le critiche, tutte le accuse di corruzione, di inefficenza e di mancanza di base nel suffragio popolare. Ora questo partito [...] ha fatto chiaramente capire a Saragat che voleva andare a letto con il Psi. Come Lei ben comprende è tutta una politica che crolla».

Lo stesso Arthur Schlesinger, consigliere tra i più importanti di Kennedy, ammette che fino al 1960 nessuno capì niente di cosa si stesse preparando in Italia. Grande fu la diffidenza nei confronti del presidente della Repubblica Giovanni Gronchi eletto nel '55: ad una sua conferenza stampa a Washington, il giornalista Frank Holeman lo presentò ricordando che «era nato vicino a Pisa, una città famosa per la sua torre che pende un po' a sinistra». Altrettanto grande la perplessità nei confronti di tutti i più importanti personaggi dell'epoca: Amintore Fanfani, il presidente dell'Eni Enrico Mattei («È persona instabile e il termine megalomania è l'unico che può descriverlo correttamente»), Aldo Moro. Che però otterrà, in un secondo momento, giudizi più benevoli: «Mi ha impressionato per la sua intelligenza, calma e sicurezza di sé. È rimasto sempre rilassato durante il colloquio sebbene più volte sia stato chiamato al telefono. È un italiano inusuale, freddo nei suoi rapporti e talvolta dà l'impressione di essere persino distaccato anche quando parla dei suoi interessi», dice di lui l'inviato di Schlesinger, James King. Nonostante l'ostilità dell'ambasciata statunitense a Roma – che dà uno spropositato risalto alle posizioni contrarie ai primi patti con il Psi di un leader della destra Dc, all'epoca già in declino, qual era Mario Scelba – nonché l'avversione dell'intero Dipartimento di Stato e dei servizi nei confronti del centro-sinistra («Se le circostanze dovessero riportare i socialisti nelle braccia dei comunisti le conseguenze sarebbero molto pericolose; a quel punto sarebbe stato meglio non aver tentato l'esperimento», è scritto in un rapporto della Cia del gennaio '63), nonostante questi atteggiamenti antipatizzanti, dicevamo, Moro conquista a poco a poco il ruolo di interlocutore affidabile. Soprattutto a metà degli anni Sessanta quando esplode la guerra del Vietnam. Anche se Cavazza ricorda «una grande difficoltà di comprensione da parte statunitense della personalità e dell'opera di Moro. L'idea che per arrivare al centro-sinistra Fanfani fosse un uomo poco unitario, che avrebbe spaccato la Dc e che Moro al contrario poteva essere l'unico a condurre in porto con successo l'operazione era uno dei punti sui quali dovevo soffermarmi di frequente».

Ma perché gli americani facevano così fatica a capire? Una possibile risposta è da cercarsi nel mancato perfezionamento del nostro sistema istituzionale. Con il procedere degli anni, gli Stati Uniti avevano sempre maggiori difficoltà a comprendere le dinamiche di un sistema non basato sulle regole che consentono l'alternanza. Dell'Italia apprezzavano, certo, il ruolo di presidio anticomunista. Ma ai loro occhi il nostro paese diventava sempre più difficilmente analizzabile. Gentiloni avanza questa ipotesi servendosi della periodizzazione e la rende esplicita nelle righe finali del saggio. Per quel che riguarda la periodizzazione, l'autore inizia la sua trattazione da cinque anni prima di quel che è indicato sulla copertina del libro: dal 1953. Perché dal '53? Seguendo un discorso già impostato da Pietro Scoppola nel 1991 nel libro, *La repubblica dei partiti*, Gentiloni ricorda che «la fallita riforma elettorale del 1953», sono parole di Scoppola, «è il primo e ultimo tentativo di dare una risposta istituzionale attraverso la modifica del sistema elettorale alla debolezza congenita del sistema parlamentare italiano. L'ampliamento dell'area di maggioranza appare dopo il '53 l'unica via di sviluppo della democrazia». Ed ecco quel che Gentiloni scrive a conclusione del suo libro: «La crisi italiana non poteva essere superata senza imboccare la strada delle democrazie occidentali, la via delle alternative di governo, del possibile ricambio delle classi dirigenti. Per queste ragioni di fondo, gli interrogativi e gli insuccessi che accompagnano la crisi e il fallimento dei governi di centro-sinistra coincidono con le debolezze strutturali dello sviluppo democratico dell'Italia repubblicana».

In sostanza: la malattia dell'Italia è dovuta al non essersi saputa dare per tempo un sistema istituzionale che agevolasse il formarsi di alternanze di governo; al posto di questo sistema delle alternanze, il nostro paese ha creato un gioco di allargamento e restringimento a fisarmonica delle coalizioni il quale alla lunga ha mostrato tutti i suoi difetti; e che ha reso la nostra vita politica per certi versi incomprensibile alla comunità internazionale. Anche e soprattutto nei momenti di svolta quale fu la nascita del centro-sinistra.

Per capire appieno questo discorso bisogna rifarsi oltre che al già citato libro di Scoppola e ad alcuni lavori di Sergio Romano, all'interessante primo capitolo (*Le radici di una democrazia speciale*) del libro di Piero Craveri *La repubblica dal 1958 al 1992* e soprattutto ad alcuni saggi di Giovanni Sabbatucci. Uno in particolare, quello a cui si è già accennato, uscito nel '90 sulla rivista «Il Mulino»: *La soluzione trasformista. Appunti sulla vicenda del sistema politico italiano*.

Questi saggi mettono in evidenza come l'Italia sia l'unico paese democratico in cui dalla nascita dello Stato unitario, dal 1861 ad oggi, mai una maggioranza precedentemente scelta dagli elettori è stata sostituita da un'altra maggioranza di segno contrario, in seguito a un verdetto elettorale. Sottolineiamo: mai. In tutte le altre democrazie nel resto del mondo (eccezion fatta per il Messico, paese che però ha molti meno anni di vita democratica di quanti ne abbia l'Italia, e, ma anche qui non del tutto, per il Giappone) questo genere di cambio si è avuto dappertutto. Nelle democrazie più giovani è avvenuto forse una sola volta ma comunque – e sottolineiamo anche questo – sempre. È evidente che tra il «mai» italiano e il «sempre» di ogni altra parte della terra (esclusi, beninteso, i paesi politicamente più arretrati del terzo e quarto mondo) c'è una distanza. Una distanza enorme, infinita, drammatica. Che sicuramente dà la misura del male di cui soffre il nostro sistema.

Sistema che, ricordiamolo, si era modellato al suo nascere sulle altre democrazie dell'Ottocento: destra contro sinistra. E che nel giro di quindici anni ebbe, nel 1876, il primo cambio. Ma quella che fu enfaticamente battezzata la «rivoluzione parlamentare» con cui centoventitré anni fa la sinistra soppiantò la destra, evidenziò la malattia. Quel passaggio dei poteri infatti avvenne non già in seguito ad una consultazione elettorale, bensì per il «tradimento» di una parte della destra, la parte più conservatrice quella toscana, la quale, pur di non veder approvata la riforma delle ferrovie che ne avrebbe compromesso specifici interessi, si alleò con la sinistra. Conquistato il potere il nuovo governo aspettò sei mesi, il tempo per consolidarsi e impadronirsi per bene delle leve del potere medesimo, e andò poi a cercare (e a trovare) il consenso nelle urne. «In seguito», scrive Sabbatucci, «questa prassi del tutto antitetica allo spirito della democrazia liberale, per cui le forze politiche, anziché andare al governo dopo aver vinto le elezioni, vincono le elezioni dopo essere andate al governo (sfruttando, con mezzi leciti o illeciti a seconda dei casi, le opportunità offerte dal potere) diventerà uno dei caratteri perenni e una delle anomalie maggiori del sistema politico italiano.»

Questa anomalia ha avuto molti strani effetti. Uno fra quelli che colpiscono di più gli osservatori stranieri è che a cavallo tra la seconda metà dell'Ottocento e i primi due decenni del Novecento, nell'Italia prefascista, nessuno dei grandi leader liberali dovette subire, stando al governo, le conseguenze di una sconfitta elettorale. Depretis restò alla guida dell'esecutivo fino alla morte; Crispi dovette cedere il bastone del comando dopo la disfatta di Adua; agli inizi del Novecento Giolitti prese o cedette il timone del governo indipendentemente dai responsi delle urne; Nitti fu bocciato alle elezioni del '19 ma rimase ugualmente in sella. E il modo in cui Mussolini vinse le elezioni del 1924 dopo aver «preso il potere» a seguito della marcia su Roma di un anno e mezzo prima, assomigliò molto a quello con il quale Agostino Depretis e il suo ministro dell'Interno Giovanni Nicotera avevano ottenuto la vittoria alle elezioni del 5 novembre 1876. Beninteso dopo essere andati al potere, grazie al «tradimento» della destra toscana del marzo precedente che aveva provocato la caduta del governo Minghetti. Insomma, in Italia la regola è sempre stata questa: prima si conquista il governo e poi, utilizzando gli strumenti a disposizione – che si sono andati affinando nei tempi ma che restano pur sempre strumenti che non andrebbero usati a questo scopo – si «conquista» il consenso.

Qui è il problema. Qui è il punto di partenza di perduranti degenerazioni e ripetute corruzioni. Perché è dimostrato che degenerazioni e corruzione non si combattono con la ricerca dell'affermazione del bene contro il male (dal momento che in ogni individuo c'è una naturale predisposizione a considerare «fautori del bene» quelli della propria parte quali che ne siano stati i comportamenti e «fautori del male» quelli della parte opposta, in ogni caso), bensì con la possibilità che opposte maggioranze si diano il cambio passando per le urne. E abbiano di conseguenza l'opportunità di passare al setaccio l'una l'operato dell'altra. Questo solo conferisce piena legittimità alle istituzioni politiche.

Forse il sistema elettorale maggioritario sperimentato nel 1953, pur essendo un sistema che aveva molti aspetti negativi, avrebbe potuto essere il momento d'avvio di una diversa evoluzione del nostro paese. Un'evoluzione più simile a quella delle altre democrazie. Ed è in questa chiave che Gentiloni fa di quell'anno la data d'inizio della sua narrazione. Anzi, qualcosa di più. L'autore si dispiace che gli Stati Uniti nella seconda metà degli anni Cinquanta non abbiano operato per favorire già allora l'instaurarsi in Italia di un sistema delle alternanze: «Colpisce il fatto che manchi nel punto di vista americano la prospettiva di un impegno volto a favorire la bipolarizzazione della dialettica politica italiana. Si ripropone un improbabile centrismo che impedisce l'alternanza, caratteristica tipica dei sistemi politici anglosassoni». Per poi valorizzare come un segnale di svolta le parole contenute in un documento della Cia del 1963: «È molto importante rafforzare l'ala socialista favorendo la riunificazione [del Psi] con il partito di Saragat. Speriamo in un regime democratico, basato sull'alternativa tra liberali e conservatori». «Quest'ultimo richiamo alla democrazia dell'alternanza è sorprendente, anche per la terminologia», sottolinea Gentiloni.

Da quel momento i segnali di un'attenzione mirata ad una possibile evoluzione verso un sistema moderno nel senso di cui s'è detto sopra, si intensificano. E Gentiloni li mette in evidenza. Dalle carte dell'ambasciatore statunitense a Roma tra il 1961 e il 1968, Frederick G. Reinhardt, vien fuori in misura crescente un nuovo motivo di critica al sistema italiano: «La dipendenza della vita politica e parlamentare dai dibattiti interni ai partiti [...]. La debolezza della coalizione è tutt'uno con la debolezza di un paese che fatica a prendere la strada della democrazia compiuta delle alternanze». Schlesinger nel '64 scrive: «La mia impressione personale è che l'Italia stia vivendo la fase della Francia prima di De Gaulle, vale a dire una separazione tra il mondo politico e il mondo reale». E in un documento sull'Italia del Dipartimento di Stato americano, sempre del '64, compare addirittura – in un contesto di lode a Cesare Merzagora che ne ha fatto oggetto di denuncia – la parola «partitocrazia», «cioè», secondo gli americani, «la concentrazione del potere decisionale degli organi esecutivi nelle mani delle segreterie dei partiti».

In quello stesso anno, per l'esattezza il 4 settembre del 1964, il Dipartimento di Stato giunge addirittura ad ipotizzare in modo avalutativo (il che per i tempi è cosa non irrilevante) il possibile interesse del Pci – siamo nelle settimane successive alla morte di Palmiro Togliatti – nei confronti dell'avvio di una dinamica bipolare: «Per il prossimo futuro noi prevediamo che lo sforzo maggiore dei comunisti sarà rivolto verso la distruzione del centro-sinistra, come precondizione per una polarizzazione tra sinistra e destra».

Vuole dire che già tra il '63 e il '65 agli occhi degli Stati Uniti l'Italia era pronta per una svolta che non è stata completamente attuata neanche oggi che sono passati più di trent'anni? Probabilmente no. Ma è certo che in quelle carte troviamo preziosi elementi di preistoria di un tema, l'introduzione di un autentico sistema maggioritario, che a fine secolo è sempre più banco di prova per la democrazia italiana.

IL GIUBILEO E LA RIVALUTAZIONE DEI PAPI DISCUSSI

La celebrazione del giubileo è accompagnata da un'ampia discussione che si svolge su un terreno specificamente storico culturale. E, come accade ogni volta che il dibattito si fa più colto, il fronte – laici irriducibili contro cattolici tradizionalisti – si disarticola e riarticola in modi non del tutto prevedibili. Capita così che persone notoriamente laiche e di sinistra (ammesso che esse stesse accettino per intero questo genere di definizione) entrino in conflitto con il senso comune del proprio campo di appartenenza. È il caso di Adriano Sofri che, in margine a una riflessione su un fondamentale libro di Arsenio Frugoni, scritto nel 1950 e ripubblicato ora da Laterza, *Il giubileo di Bonifacio VIII*, ha sorpreso i suoi lettori spendendo parole di considerazione nei confronti di quel contestatissimo papa Caetani del Trecento che Dante ci ha insegnato a spregiare già sui banchi di scuola. E a coloro che polemizzano vivacemente contro il giubileo, Sofri ha replicato in modo molto netto: «Provo una fortissima simpatia tanto per l'idea del giubileo quanto per quella del pellegrinaggio». Pellegrinaggio? Che sia detto in senso metaforico? Assolutamente no. Sofri specifica che sta parlando «del pellegrinaggio dei corpi e dei piedi e non solo di quello interiore, né del suo complemento moderno, televisivo e in rete». Ma che senso ha insistere su celebrazioni che devono cadere proprio nell'anno 2000 se, come ha ancora una volta ricordato Alberto Ronchey, neanche le date di riferimento sono certe e l'attuale scansione calendariale è in vigore soltanto dalla riforma gregoriana della fine del Cinquecento? «So bene», è la risposta di Sofri, «che il calendario è una convenzione mutevole nel tempo e nello spazio; e che gli anni sono Duemila per noi e non per tante altre genti di questo mondo. Ma perché rinunziare ai segni esteriori che promettono un appuntamento e un cambiamento; la solennità e la commozione di una sorte che ci porta in un punto speciale, proprio a Roma, o a Gerusalemme, proprio nell'anno 2000, proprio noi. La simpatia per questo Papa non si concentra forse nel suo modo di trascinare se stesso e gli altri verso questo appuntamento fatale?»

In grande sintonia con queste argomentazioni di Sofri si dipana un bel libro di Lucetta Scaraffia, *Il giubileo* pubblicato dal Mulino. La Scaraffia racconta con apparente semplicità ma riuscendo a dare un quadro impeccabile dei complicatissimi dibattiti che nei secoli hanno accompagnato questa ricorrenza – come quello tardo secentesco tra «attrizionisti» e «contrizionisti» – la storia dell'istituzione e delle celebrazioni dell'Anno Santo. Partendo dalla preistoria, dal terzo e secondo millennio a.C. quando prima in Mesopotamia e poi in Siria furono promulgati periodici editti di remissione che prevedevano un esonero dal pagamento delle tasse. Fu dalla Mesopotamia che il provvedimento passò a Israele dove questo genere di remissione assunse regolarità temporale e carattere legale: il «Levitico» disponeva che dopo quarantanove anni («sette volte sette anni») ce ne sarebbe stato uno, il cinquantesimo, di *yobel* – qui compare il nome che indica il montone alla testa del gregge, nome da cui verrà il termine «giubileo» – in cui sarebbe stata proclamata «la libertà nella terra per tutti i suoi abitanti». Dopodiché nei testi dei Padri della Chiesa troviamo il tema del giubileo «poco presente e sempre con significato metaforico»: finché la cultura cristiana conservò «la tensione escatologica delle origini, cioè la sensazione dell'imminenza del regno di Dio, non ci fu spazio per una ripresa della periodizzazione giubilare».

In altri due bei libri usciti alle soglie del 2000, *La vita quotidiana a Roma negli anni santi* scritto da Almo Paita e pubblicato dalla Bur, e *La breve storia dei Giubilei,* di Alfredo Cattabiani, pubblicato da Bompiani, si ripercorrono le storie dei pellegrinaggi nei primi mille anni dell'era cristiana. I primi furono verso la Terrasanta. E verso il terzo secolo si intensificarono a tal punto che Paolino da Nola (353-431) giunse al punto di stigmatizzare la religiosa *cupiditas*, cioè la bramosia religiosa di raggiungere quelle terre. Alle quali accorsero grandi personalità di quei secoli: San Basilio, San Gregorio di Nissa, San Gerolamo e, secondo uno storico bizantino, lo stesso imperatore Teodosio (347-395). Fiorì di pari passo una letteratura che descriveva questo genere di viaggi: dalla *Peregrinatio Etheriae*, diario di una monaca spagnola del quinto secolo, all'*Itinerarium Antonini Placentini*, il racconto di un pellegrino anonimo di Piacenza che era stato in Terrasanta attorno al 560-570 e raccontò che a Nazareth gli era stato mostrato il volume sul quale al piccolo Gesù sarebbe stato insegnato a leggere e scrivere. Nel maggio del 614 Gerusalemme era stata rasa al suolo dal re persiano Cosroe. Gran parte delle chiese fu distrutta, la reliquia della vera croce fu inviata in Persia come trofeo. Sarebbe toccato all'imperatore bizantino Eraclio sconfiggere Cosroe e riportare a Gerusalemme, a piedi nudi, la preziosa reliquia.

Quei brutti momenti vissuti a Gerusalemme fecero sì che il flusso di pellegrini cambiasse gradualmente direzione e puntasse su Roma. Attorno alla metà del settimo secolo, racconta Paita, «schiere di pellegrini salmodianti incominciavano ad affluire a Roma dalla Francia, dalla Spagna, dall'Inghilterra dalla Germania. E naturalmente dall'Italia. Roma, popolata delle tombe dei martiri e così ricca di preziose reliquie, rappresentava per quei pellegrini, stremati da interminabili viaggi, un'anticipazione della beatitudine celeste, offriva loro la speranza di un'eterna salvezza. Non tutti raggiungevano la meta sospirata: molti morivano per la strada, sopraffatti dalla stanchezza o stroncati dalle violenze subite». Altri soccombevano sulla via del ritorno. Ma, continua Paita, «i pellegrini, i fortunati almeno che riuscivano a tornare in patria, raccontavano con accenti di grande entusiasmo, delle favolose bellezze della città santa, delle sue preziose reliquie, delle imponenti rovine dei suoi monumenti famosi che al tramonto si illuminavano di bagliori rossastri». Dal tempo di Totila re dei goti che nel 546 aveva occupato la città, Roma non aveva più subito nessun saccheggio. Ma era stata abbandonata a se stessa senza che né papi né imperatori si curassero di rimetterla in sesto. I pontefici in ogni caso trasformarono le *scholae* in ospizi per raccogliere i fedeli venuti da fuori. Nell'ottavo secolo, papa Stefano II aveva eretto un albergo per poveri presso la basilica di San Pietro così da ospitare i pellegrini che arrivavano quando le porte della città erano già chiuse. Roma si stava trasformando per via della venuta dei pellegrini senza che, però, niente lasciasse presagire l'invenzione del giubileo.

Dopo l'anno mille le cose cominciarono a cambiare. Per qualche tempo il termine giubileo era stato usato semplicemente come sinonimo di indulgenza plenaria, ma nell'XI e nel XII secolo si posero le basi per l'incontro di questa parola con i viaggi dei pellegrini. All'epoca delle spedizioni in Terrasanta, soprattutto nella predicazione itinerante di San Bernardo in preparazione della seconda Crociata, la remissione dei peccati concessa a coloro che partivano si inquadrò nuovamente in una cornice più complessa. Contemporaneamente in Inghilterra, nel 1220, fu stabilita una forma cinquantennale di grande perdono in occasione della traslazione delle spoglie di Tommaso Becket a cinquant'anni, appunto, dalla sua morte. Certo, c'erano stati i monaci itineranti irlandesi che già nel V e VI secolo avevano diffuso un sistema penitenziale «a tariffa». E con l'inizio delle Crociate le indulgenze furono offerte dapprima a coloro che andavano a liberare il Santo Sepolcro, poi a quelli che contribuivano economicamente all'impresa, quindi ai volontari che partecipavano ad altri tipi di Crociata come quella contro gli albigesi. Infine a chi partecipava a battaglie contro altri eretici o persino famiglie di nemici del papa come per Bonifacio VIII furono i Colonna.

Ma è solo nel 1300 che quel papa controverso di cui s'è appena detto, Bonifacio VIII, al secolo Benedetto Caetani, constatato il particolare afflusso spontaneo di pellegrini che aveva caratterizzato le prime settimane di quell'anno, il 22 febbraio con una bolla istituì il giubileo. Giubileo che premiava non già chi in qualche modo contribuiva alle battaglie della Chiesa bensì tutti coloro che venivano a Roma e vi si trattenevano trenta giorni visitando quotidianamente le chiese di San Pietro e San Paolo fuori le mura. Il giubileo, secondo Bonifacio VIII avrebbe dovuto esser celebrato in quel 1300 e poi ogni cento anni, all'inizio di ogni secolo. La Scaraffia, come Sofri, rende un grande omaggio a quel papa odiato da Dante Alighieri. Anche se, con il rigore dello storico, non si esime dal ricordare che quel pontefice aveva «un carattere prepotente, violento», a cui si accompagnava «un odio forsennato nei confronti dei nemici della sua famiglia e una insaziabile avidità di denaro»; che perseguitò gli Spirituali protetti dai suoi rivali, i Colonna, e lasciò languire in prigione Jacopone da Todi; che «altero, duro e intollerante» fu oltretutto il primo papa a usare il proprio stemma familiare come stemma e insegna della Chiesa. Ciò non toglie però che l'invenzione del giubileo sia stata, secondo la Scaraffia, «una geniale operazione di finanziamento e di affermazione di potenza della Chiesa». Si obietterà: questa dimensione materiale del giubileo non è proprio quella che fu contestata dai protestanti nel Cinquecento e dai giansenisti nel Settecento? Sì, lo è. Epperò quelle critiche secondo la Scaraffia non avevano fondamento. La «materialità» del giubileo, afferma la studiosa, va rivalutata per intero: a partire dal «denaro» offerto dai fedeli per «comprarsi» il paradiso e «utilizzato dai papi per ricostruire Roma»; per proseguire con la rappresentazione di «una dimensione del sacro attraverso oggetti – le reliquie, le opere d'arte – con cui i fedeli possono venire in contatto»; per concludere con il pellegrinaggio «pratica religiosa che coinvolge anche il corpo del fedele». Il giubileo è inoltre «una celebrazione finalizzata a imprimere un senso religioso alla scansione del tempo, collegandolo direttamente con il traguardo finale del Giudizio universale, del quale, in un certo senso, il momento giubilare costituisce una anticipazione». Si tratta di una «occasione straordinaria che, azzerando i peccati, permette di ricominciare da capo, operando un rinnovamento che si ripropone nel tempo, ma rimanendo all'interno di un calendario istituzionale: proprio per questo il giubileo è servito a istituzionalizzare le spinte al rinnovamento totale e al ritorno alle origini che periodicamente hanno attraversato la cultura cristiana». Questa capacità della celebrazione giubilare di assorbire le tensioni escatologiche si rivelerà «un fattore di stabilità importante per la Chiesa cattolica». Tant'è che il mondo protestante, il quale non avrà niente di analogo al giubileo, sarà tormentato da un numero infinitamente maggiore di movimenti millenaristici.

Dopo quel 1300 la storia del giubileo fu assai carica di tormenti. Per oltre settant'anni, dal 1305 al 1377, la dimora pontificia fu spostata ad Avignone e poi per altri quarant'anni il tentativo di riportare quella sede a Roma diede origine al grande scisma che tormentò la Chiesa. I pontefici che si susseguirono adattarono con disinvoltura l'intuizione di Bonifacio alle circostanze. Decisero dapprima di celebrare il giubileo anziché allo scadere di ciascun secolo ogni cinquant'anni. Poi ogni trentatré. Sempre, in concomitanza con tali celebrazioni, si ebbero epidemie di peste. Le occasioni di lucro sfuggirono ad ogni controllo. Qualcosa di simile per grandiosità a quel che era stato nel 1300 si ebbe di nuovo soltanto nel 1450 quando papa Niccolò V, con la consulenza di Leon Battista Alberti, apprestò un piano urbanistico per la ricostruzione di Roma. L'afflusso di gente fu enorme. Roma non fu risparmiata né dalla peste, in estate, né, in dicembre, da un terribile incidente sul ponte Sant'Angelo dove tra calpestati e affogati morirono centosettanta pellegrini. Ma il giubileo nel suo insieme riuscì.

Dopo di allora, per mettere ordine tra le diverse

scansioni, si passò a quella definitiva, venticinquennale, che è in vigore ancora oggi. Per le celebrazioni del 1475 Sisto IV procedette a una nuova ristrutturazione urbanistica. Questa volta giunse un numero minore di pellegrini: Roma fu funestata dalla consueta epidemia di peste e da una inondazione. Ma la città si arricchì. «Il giubileo di papa Niccolò V», scrisse un cronista di Viterbo, «intrò divizioso e uscì con carestia; e quello di papa Sisto IV intrò con carestia e poi venne divizia per la molta provisione fatta e perché per le guerre venne poca gente». E si arriva così a un altro importantissimo giubileo, quello del 1500 il primo che fu definito anno santo. Riconoscerne il significato comporta per la Scaraffia la rivalutazione, dopo quella di Bonifacio VIII, di un altro papa «maledetto»: Alessandro VI, al secolo Rodrigo Borgia. Il Borgia era stato fatto cardinale prima ancora di esser nominato sacerdote ed ebbe quattro figli riconosciuti prima del pontificato e altri quattro o cinque dopo «a cui cercò di assicurare vantaggi e rendite senza alcun ritegno». Uno di questi figli fu Cesare Borgia, a costruire le fortune del quale il pontefice non esitò neanche di fronte al delitto. Quel che in detrazione papa Caetani aveva avuto da Dante, papa Borgia lo ricevette da Savonarola. E la Scaraffia è la prima a riconoscere che «il papato di Alessandro fu oscurato da tutti i più gravi vizi attribuiti alla sede apostolica dai suoi critici: il nepotismo, di cui lo stesso papa era frutto, fu da lui applicato con una tenacia e con una sfrontatezza che non era stata ancora vista sul soglio di Pietro».

Ciò detto, a parere della storica è doveroso riconoscere che «l'operato di Alessandro VI come papa non fu del tutto negativo», che fu «un buon amministratore», un «energico sovrano» e «soprattutto un custode geloso dei diritti papali e della fede cattolica». Quanto ai suoi vizi, «in realtà non furono molto più gravi di quelli dei suoi contemporanei anche se in lui risultavano particolarmente ripugnanti dato il suo contesto familiare». Ma va considerato comunque un grandissimo pontefice. Soprattutto per il fatto che ad Alessandro VI si deve l'invenzione del rito dell'«apertura della porta»: una leggenda voleva che nella basilica di San Pietro fosse nascosta una porticina d'oro piccola e stretta e che chi la individuava e la varcava veniva liberato da ogni colpa; Alessandro, individuata una porta poco frequentata sulla facciata della basilica, la fece decorare, poi murare e inaugurò l'anno santo abbattendone il muro. Muro che alla fine del giubileo avrebbe fatto ricostruire perché con la sua distruzione potesse essere dato il via alle cerimonie di venticinque anni dopo. Un rito fondamentale, con importanti valenze simboliche, che ha notevolmente arricchito quella «materialità» del giubileo di cui abbiamo detto.

Nei tre secoli successivi la storia del giubileo avrebbe conosciuto una fase alta. Pur tra le violenze del sacco di Roma, episodi funesti come il rogo a Giordano Bruno (1600), le contestazioni dei luterani e dei giansenisti, si ebbero grandi manifestazioni di vita mondana (1550), esibizione di convertiti come il pronipote di Calvino, Etienne de la Favergue (1575), o la regina Cristina di Svezia (1675). È per disciplinare i pellegrini che nacquero e si svilupparono le confraternite. Fu in occasione di giubilei, ad esempio quello del 1725, che furono edificate importanti opere come la fontana di Trevi e la scalinata di Trinità dei Monti. Venne poi, con la Rivoluzione francese, una lunga stagione di crisi dei giubilei. Nel 1825 ci fu in tono molto minore l'ultimo anno santo della Roma papalina passato alla storia per l'uccisione di due carbonari, Montanari e

Targhini, e per il perdono concesso al brigante Gasparone. Dopodiché, fatta l'unità d'Italia, per tutto l'Ottocento di giubileo non si parlò più. Nel 1900 Leone XIII promulgò l'anno santo ancorché «sotto nemica dominazione»; gli anticlericali organizzarono contropellegrinaggi «per visitare le quattro basiliche laiche: Pantheon, Gianicolo, Porta Pia e Campidoglio»; e una grande manifestazione il 20 settembre nell'anniversario della presa di Roma. Modestissime furono anche le celebrazioni in epoca fascista (1925), democristiana (1950) e di centro-sinistra (1975). Si può tranquillamente dire che quello del 2000 è il primo vero grande giubileo dopo oltre due secoli. Questo spiega il perché dell'acceso dibattito di cui si è detto. E di discussioni sul valore di questo o quel pontefice che non si avevano da tempo immemorabile.

I LIBRI DI CUI SI È PARLATO

Aga Rossi, Elena, *Gli Stati Uniti e le origini della Guerra fredda*, il Mulino, Bologna 1984
Agostino d'Ippona, *La città di Dio*, 3 voll., intr. di A. Trapé e R. Russell, trad. di D. Gentili, Città Nuova, Roma 1978-91
Alfonso Maria de' Liguori, *I peccati degli obblighi de' giudici, avvocati, accusatori e rei*, a cura di N. Fasullo, Sellerio, Palermo 1998
–, *Il confessore diretto per le confessioni della gente di campagna*, Benevento, 1769
–, *Istruzione e pratica per li confessori*, Napoli, 1757
–, *Pratica di amar Gesù Cristo*, 1768
–, *Theologia moralis*, 1748-85
Alianello, Carlo, *La conquista del Sud*, Rusconi, Milano 1972
–, *L'alfiere*, Rusconi, Milano 1942
Alighieri, Dante, *La Divina Commedia*, a cura di N. Sapegno, Ricciardi, Milano 1957
Alperovitz, Gar, *Atomic Diplomacy: Iroshima and Potsdam*, trad. it. *Un asso nella manica. La diplomazia atomica americana: Potsdam e Hiroshima*, a cura di P. Bernardini Marzolla, Einaudi, Torino 1966
Amerio, Romano, *Stat veritas*, Ricciardi, Milano 1995
Ameyden, Theodoro, *Diario*, 1649

Anonimo, *Anima di Ferrante Pallavicino*, 1644
Aretino, Pietro, *Ragionamento delle corti* (1538), a cura di F. Pevere, Mursia, Milano 1995
Arieti, Silvano, *The Parnàs*, Mondadori, Milano 1980
Ariosto, Ludovico, *Orlando Furioso* (1505), note di D. Provenzal, Biblioteca Universale Rizzoli, Milano 1955
Asor Rosa, Alberto, «La cultura» in *Storia d'Italia*, a cura di R. Romano e C. Vivanti, vol. IV, Einaudi, Torino 1975
–, *Letteratura italiana*, 10 voll., Einaudi, Torino 1982-90
Babelon, Ernest, *Le Rhin dans l'Histoire*, Ernest Leroux, 1917
Baioni, Giuliano, *Classicismo e rivoluzione*, Einaudi, Torino 1998
Barchiesi, Alessandro, *Il poeta e il principe. Ovidio e il discorso augusteo*, Laterza, Roma-Bari 1994
Battini Michele - Pezzino Paolo, *Guerra ai civili*, Marsilio, Venezia 1997
Bayle, Pierre, *Dictionaire historique et critique* (1695-97), trad. it. *Dizionario storico-critico*, a cura di G. Cantelli, Laterza, Roma-Bari 1976
Bedeschi, Giuseppe, *Storia del pensiero liberale*, Laterza, Roma-Bari 1996
Bermani, Cesare, *Al lavoro nella Germania di Hitler*, Bollati Boringhieri, Torino 1998
Bermani, Cesare - Bosio, Gianni (a cura di), *Una storia cantata: 1962-1997, trentacinque anni di attività del Nuovo canzoniere italiano*, Jaca Book, Milano 1997
Berselli, Aldo, *Il governo della destra*, il Mulino, Bologna 1997
Bertelli, Sergio, *Il gruppo - La formazione del gruppo dirigente del Pci 1936-1948*, Rizzoli, Milano 1980
Bertolotti, Maurizio, *Carnevale di massa. 1950*, Einaudi, Torino 1991
–, *Le complicazioni della vita - Storie del Risorgimento*, Feltrinelli, Milano 1998
Bevilacqua, Piero, *Breve storia dell'Italia Meridionale dall'Ottocento a oggi*, Donzelli, Roma 1993
Boccaccio, Giovanni, *Decamerone*, a cura di M. Marti,

note di E. Ceva Villa, Biblioteca Universale Rizzoli, Milano 1974

Boccalini, Traiano, *Ragguagli di Parnaso e pietra del paragone politico* (1605-15), a cura di G. Rua, Laterza, Bari 1910-12

Boissier, Gaston, *Cicéron et ses amis: étude sur la société romaine du temps de César* (1877), trad. it. *Cicerone e i suoi amici: studio della società romana del tempo di Cesare*, a cura di C. Saggio, Biblioteca Universale Rizzoli, Milano 1959

Borri, Branda, *Tractatus de Re Medica*, Milano 1632

Bossy, John, *Giordano Bruno and the Embassy Affair* (1991), trad. it. *Giordano Bruno e il mistero dell'ambasciata*, a cura di L. Salerno, Garzanti, Milano 1992

Brunner, Otto, *Sozialgeschichte Europas im Mittelalter* (1978), trad. it. *Storia sociale dell'Europa nel Medioevo*, a cura di G. Corni, intr. di O. Capitani, il Mulino, Bologna 1980

Buchignani, Paolo, *Fascisti rossi. Da Salò al Pci, la storia sconosciuta di una migrazione politica 1943-53*, Mondadori, Milano 1998

Cafagna, Luciano, *Nord e Sud*, Marsilio, Venezia 1994

Calimani, Riccardo, *I destini e le avventure dell'intellettuale ebreo*, Mondadori, Milano 1996

Callimaco, *Aitia, Giambi e frammenti*, trad. e note di G.B. D'Alessio, Biblioteca Universale Rizzoli, Milano 1996

Callistene di Olinto, *Elleniche*, 386-356 a.C.

Canali, Luca, *Ci chiamavano teppisti rossi*, Marsilio, Venezia 1996

Canfora, Luciano, *Storia di oligarchi*, Sellerio, Palermo 1984

–, *Le mystère Thucydide* (1997), trad. it. *Il mistero di Tucidide*, Adelphi, Milano 1999

–, *La lista di Andocide*, Sellerio, Palermo 1998

Cardano, Gerolamo, *Elogio di Nerone*, a cura di M. Dell'Utri e P. Cigada, Philobyblon, Milano 1986

Carré, Olivier, *L'Islam laïque ou le retour à la grande tradition* (1993), trad. it. *L'Islam laico*, a cura di A. De Ritis, il Mulino, Bologna 1997

Castelli, Alberto (a cura di), *L'unità d'Italia - Pro e contro il Risorgimento*, Edizioni E, Roma 1997

Castiglione, Baldesar, *Il Libro del cortegiano* (1528), a cura di A. Quondam e N. Longo, Garzanti, Milano 1981; nuova edizione, pref. di W. Barberis, Einaudi, Torino 1998

Cattabiani, Alfredo, *Breve storia dei giubilei*, Saggi Tascabili Bompiani, Milano 1999

Cenni, Enrico, *Studi di diritto pubblico*, 1870

Chiusano, Italo Alighiero, *Vita di Goethe*, Rusconi, Milano 1994

Cicerone, *Tuscolane*, trad. e note di L. Zuccoli Clerici, intr. di E. Narducci, Biblioteca Universale Rizzoli, Milano 1996

–, *Le Orazioni*, trad. e note di G. Bellardi, UTET, Torino 1983

–, *La casa*, intr., trad. e note di E. Narducci, Biblioteca Universale Rizzoli, Milano 1998

Citati, Pietro, *Goethe*, Adelphi, Milano 1990

Commissione della Chiesa cattolica, *Noi ricordiamo: una riflessione sulla Shoah*, 1997

Contini, Giovanni, *La memoria divisa*, Rizzoli, Milano 1997

Copernico, Niccolò, *De revolutionibus orbium coelestium* (1543), a cura di A. Koyré, trad. di C. Vivanti, Einaudi, Torino 1975

Cosmacini, Giorgio, *Il medico ciarlatano: vita inimitabile di un europeo del Seicento*, Laterza, Roma-Bari 1998

–, *L'arte lunga. Storia della medicina dall'antichità a oggi*, Laterza, Roma-Bari 1997

–, *Storia della medicina e della sanità in Italia*, Laterza, Roma-Bari 1995

–, *Medici nella storia d'Italia*, Laterza, Roma-Bari 1996

Craveri, Piero, *La repubblica dal 1958 al 1992*, Tea, Milano 1996

Crisippo, *De providentia*, frammenti, III sec. a.C.

Croce, Benedetto, *Storia del Regno di Napoli*, Laterza, Bari 1925

De Felice, Renzo, *Storia degli ebrei italiani sotto il fascismo*, pref. di D. Cantimori, Einaudi, Torino 1961
–, *Mussolini*, 4 voll., tomi 8, Einaudi, Torino 1965-97
De Roberto, Federico, *I Viceré*, intr. e cura di N. Zago, Biblioteca Universale Rizzoli, Milano 1998
–, *L'Imperio*, a cura di C. Madrignani, Mondadori, Milano 1959
Del Boca, Lorenzo, *Maledetti Savoia!*, Piemme, Casale Monferrato 1998
Della Casa, Giovanni, *Galateo* (1558), intr. di G. Manganelli, a cura di C. Milanini, Biblioteca Universale Rizzoli, Milano 1992
Desdouits, Théophile, *La lègende tragique de Jordano Bruno*, 1885
Di Benedetto, Vincenzo, *Euripide: teatro e società*, Einaudi, Torino 1971
Diderot e D'Alembert, *Encyclopédie*, 1750-80
di Lalla, Manlio, *Vita di Giovanni Gentile*, Sansoni, Firenze 1975
Donzelli, Carmine (a cura di), *Storia d'Italia. Le regioni*, «Calabria», Einaudi, Torino 1985
Dubois, Pierre, *De recuperatione Terre Sancte*, a cura di A. Diotti, Olschki, Firenze 1977
Eforo di Cuma, *Storia Universale*, IV sec. a.C.
Eschilo, *Orestea: Agamennone, Coefore, Eumenidi*, intr. di V. di Benedetto, trad. di M. Valgimigli, premessa e note di F. Ferrari, Biblioteca Universale Rizzoli, Milano 1980
Euchner, Walter, *Naturrecht und Politik bei John Locke* (1969), trad. it. *La filosofia politica di Locke*, a cura di K. Tenenbaum, pref. di G. Bedeschi, Laterza, Roma-Bari 1976
Euripide, *Ecuba*, trad. di S. Quasimodo, Mondadori, Milano 1963
–, *Andromaca*, intr., trad. e note di C. Barone, Biblioteca Universale Rizzoli, Milano 1997
–, *Elena*, intr. e trad. di M. Fusillo, Biblioteca Universale Rizzoli, Milano 1997
–, *Troiane*, intr. di V. di Benedetto, trad. di E. Cerbo, Biblioteca Universale Rizzoli, Milano 1998

Evangelisti, Paolo, *Fidenzio da Padova e la letteratura crociato-missionaria minoritica*, il Mulino, Bologna 1998
Febvre, Lucien, *Le Rhin. Histoire, mythes et réalités* (1935), trad. it. *Il Reno. Storia, miti, realtà*, a cura di A. Galeotti, Donzelli, Roma 1998
Feltri, Francesco Maria, *Il nazional socialismo e lo sterminio degli ebrei*, Giuntina, Firenze 1995
–, *Per discutere di Auschwitz*, Giuntina, Firenze 1998
Ferrario, Ercole, *Vita di Francesco Giuseppe Borro, medico e chimico milanese*, Milano 1858
Fidenzio da Padova, *Liber recuperationis Terre Sancte*, 1292
Flavio Giuseppe, *Guerra giudaica*, a cura di G. Vitucci, Mondadori, Milano 1982
Foa, Anna, *Giordano Bruno*, il Mulino, Bologna 1998
Formigoni, Guido, *L'Italia dei cattolici*, il Mulino, Bologna 1998
Forti, Carla, *Il caso Pardo Roques*, Einaudi, Torino 1998
Frugoni, Arsenio, *Il giubileo di Bonifacio VIII*, Laterza, Bari 1950
Galli della Loggia, Ernesto, *L'identità italiana*, il Mulino, Bologna 1998
Garin, Eugenio, *Intervista sull'intellettuale*, a cura di M. Ajello, Laterza, Roma-Bari 1997
Gentile, Giovanni, *Opere filosofiche*, a cura di E. Garin, Garzanti, Milano 1991
Gentile, Giovanni - Calogero, Guido, *Carteggio*, a cura di C. Farnetti, Le Lettere, Firenze 1998
Gentiloni Silveri, Umberto, *L'Italia e la Nuova frontiera; Stati Uniti e centro-sinistra 1958-1965*, il Mulino, Bologna 1998
Giannone, Pietro (1770), *Istoria civile del regno di Napoli*, a cura di S. Bertelli, Einaudi, Torino 1978
Giansenio, Cornelio, *Augustinus*, 1640
Giardina, Andrea, *La terribile storia di Nerone imperatore di Roma*, Laterza, Roma-Bari 1997
Gibbon, Edward, *The Decline and the Fall of the Roman Empire* (1890), trad. it. *Declino e caduta dell'impero romano*, a cura di M. Lo Buono, Mondadori, Milano 1986

Ginzburg, Carlo, *Storia notturna. Una decifrazione del sabba*, Einaudi, Torino 1989
Giovanni Paolo II, *Varcare le soglie della speranza*, a cura di V. Messori, Mondadori, Milano 1994
Giulio Cesare, *La guerra civile*, a cura di M. Bruno, con un saggio di G. Ferrara, Biblioteca Universale Rizzoli, Milano 1984
–, *La guerra gallica*, intr. e note di E. Barelli, trad. di F. Brindesi, Biblioteca Universale Rizzoli, Milano 1974
Giustino, *Dialogo con Trifone*, intr., trad. e note di G. Visona, Paoline editoriale libri, Milano 1988
Gobetti, Piero, *L'eresia del Risorgimento*, sta in *Scritti politici*, a cura di P. Spriano, Einaudi, Torino 1969
Goethe, J. Wolfgang, *Annali*, Facchi, Milano 1923
–, *Die Leiden des jungen Werther* (1774), trad. it. *I dolori del giovane Werther*, a cura di P. Bianconi, intr. di S. de Lugnani, Biblioteca Universale Rizzoli, Milano 1976
–, *Prometheus*, 1774
–, *Kampagne in Frankreich* (1817), trad. it. *La campagna di Francia*, a cura di Cotta, pref. M. Lesti, Sonzogno, Milano 1932
–, *Wahlverwandtschaften* (1808), *Affinità elettive*, pref. di G. Baioni, trad. di P. Capriolo, Marsilio, Venezia 1995
Grandi, Aldo (a cura di), *Ruggero Zangrandi. Una biografia*, Abramo, Catanzaro 1994
Grant, Michael, *History of Rome* (1978), trad. it. *Storia di Roma antica*, a cura di G. Giorgi, Newton & Compton, Roma 1981
Grousset, René, *Histoire des Croisades* (1934-36), trad. it. *Storia delle Crociate*, a cura di R. Maggioni, Piemme, Casale Monferrato 1998
Guazzo, Stefano, *La civil conversazione*, a cura di A. Quondam, Panini, Modena 1993
Guiraud, Jean-Baptiste, *Elogio dell'Inquisizione*, trad. di R. Cammilleri, intr. di V. Messori, Leonardo, Milano 1994

Gurgo, Ottorino - De Core, Francesco, *Silone: l'avventura di un uomo libero*, Marsilio, Venezia 1998
Helvétius, Claude-Adrien, *De l'Esprit* (1758), trad. it. *Sullo spirito*, a cura di A. Postigliola, Editori Riuniti, Roma 1970
Huntington, Samuel P., *The Clash of Civilizations and the New World Order*, trad. it. *Lo scontro delle civiltà e il nuovo ordine mondiale*, a cura di D. Vogelmann, Garzanti, Milano 1997
Infelise, Mario, *I libri proibiti - Da Gutenberg all'Encyclopédie*, Laterza, Roma-Bari 1999
Jacobelli, Jader, *Croce-Gentile. Dal sodalizio al dramma*, pref. di N. Bobbio, Rizzoli, Milano 1989
James, Thomas, *Index generalis librorum prohibitorum a pontificiis*, 1624
Jullian, Camille, *Le Rhin gaulois*, Attinger Frères, Paris 1917
Klopstock, Friedrich Gottlieb, *Oden*, 1771
Kolko, Gabriel, *The Politics of War. The World and the United States Foreign Policy 1943-1945*, Random House, New York 1968
Laqueur, Walter, *The Terrible Secret*, trad. it. *Il terribile segreto*, a cura di D. Vogelmann, Giuntina, Firenze 1983
Le Breton, Jean-Marie, *L'Europe centrale et orientale de 1917 à 1990*, trad. it. *Una storia infausta: l'Europa centrale e orientale dal 1917 al 1990*, a cura di R. Ferrara, il Mulino, Bologna 1997
Leibniz, Gottfried, *Essais de Théodicée sur la bonté de Dieu, la liberté de l'homme et l'origine du mal* (1710), *Saggi di Teodicea*, intr. di G. Cantelli, trad. e note di M. Marilli, Biblioteca Universale Rizzoli, Milano 1993
Lepore, Ettore, *Il «princeps» ciceroniano e gli ideali politici della tarda repubblica*, Istituto Italiano Studi Storici, Napoli 1954
Lepre, Aurelio, *Via Rasella - Leggenda e realtà della Resistenza a Roma*, Laterza, Roma-Bari 1996
Lewis, Bernard, *The Middle East* (1995), trad. it. *Il Medio Oriente - Duemila anni di storia*, a cura di M. Lunari, Mondadori, Milano 1996

Locke, John, *An Essay concerning human understanding* (1690), trad. it. *Saggio sull'intelligenza umana*, a cura di C. Pelizzi, intr. di C.A. Viano, Laterza, Bari 1972

–, *An Essay Concerning the True Original, Extent and End of Civil Government* (1690), trad. it. *Il secondo trattato sul governo*, a cura di A. Gialluca, intr. di T. Magri, Biblioteca Universale Rizzoli, Milano 1998

Maalouf, Amin, *Les croisades vues par les arabes* (1983), trad. it. *Le Crociate viste dagli arabi*, a cura di Z. Moshiri Coppo, SEI, Torino 1989

Machiavelli, Niccolò, *Discorsi sopra la prima Deca di Tito Livio* (1512-13), intr. di G. Sasso, premessa e note di G. Inglese, Biblioteca Universale Rizzoli, Milano 1984

Maimonide, Mosè, *Guida dei perplessi*, 1190

Mantelli, Brunello, *Camerati del lavoro*, La Nuova Italia, Firenze 1992

Mastny, Vojtech, *The Cold War and Soviet Insecurity*, trad. it. *Il dittatore insicuro: Stalin e la Guerra fredda*, a cura di A. Agrati, Corbaccio, Milano 1998

Mattioli, Vitaliano, *Gli Ebrei e la Chiesa 1933-1945*, Mursia, Milano 1997

Melitone, *Sulla Pasqua*, II sec.d.C.

Messori, Vittorio, *Le cose della vita*, San Paolo, Milano 1995

Michaud, Joseph-François, *Histoire des Croisades* (1808-22), trad. it. *Storia delle Crociate*, a cura di R. Gervaso, Sonzogno, Milano 1988

Milton, John, *Areopagitica* (1644), trad. e pref. di S. Breglia, Laterza, Bari 1933

Minois, Georges, *Censure et culture sous l'Ancien Régime*, Fayard, Paris 1995

Mommsen, Theodor, *Römische Geschichte* (1854-56), trad. it. *Storia di Roma Antica*, a cura di L. di San Giusto, commento di C. Violini, Società Subalpina Editrice, Torino 1943

Montesquieu, Charles L. de, *Esprit des lois* (1748), trad. it. *Lo spirito delle leggi*, a cura di B. Boffito Serra, intr. e note di A. Derathé, con un saggio di G. Macchia, Biblioteca Universale Rizzoli, Milano 1989

Moreau, Pierre-François, *Spinoza* (1975), trad. it. *La ragione pensante - Spinoza*, a cura di A. Santucci, Editori Riuniti, Roma 1998
Mosca, Gaetano, *Elementi di scienza politica: critica alla democrazia rappresentativa*, Bocca, Roma 1896
–, *Teorica dei governi e governo parlamentare* (1884), Istituto editoriale scientifico, Milano 1925
Narducci, Emanuele, *Processi ai politici nella Roma antica*, Laterza, Roma-Bari 1995
–, *Introduzione a Cicerone*, Laterza, Roma-Bari 1996
–, *Cicerone e l'eloquenza romana*, Laterza, Roma-Bari 1997
Neglie, Pietro, *Fratelli in camicia nera*, il Mulino, Bologna 1996
Nencini, Riccardo, *Corrotti e corruttori. Nel tempo antico*, pref. di F. Cardini, postfaz. di G. Quaranta, Loggia de' Lanzi, Firenze 1993
Nicolini, Germano, *Nessuno vuole la verità*, ed. locale, 1993
Nuvolari, Giuseppe, *Come la penso. Lettera al signor Leonardo Bargoni, sindaco del Comune dell'Isola della Maddalena*, Genova 1879
Omero, *Iliade*, trad. di G. Cerri, commento di A. Gastoli, con un saggio di W. Schadewaldt, Rizzoli, Milano 1996
Ovidio, *Ars amatoria*, trad. it. *L'arte di amare*, premessa, trad. e note di E. Barelli, con un saggio di S. Mariotti, Biblioteca Universale Rizzoli, Milano 1977
–, *Remedia amoris*, trad. it. *Rimedi contro l'amore*, a cura di C. Lazzarini, con un saggio di G.B. Conte, Marsilio, Venezia 1986
–, *Metamorfosi*, intr. di G. Rosati, trad. di G. Faranda Villa, note di R. Corti, Biblioteca Universale Rizzoli, Milano 1994
–, *Tristia*, trad. it. *Tristezze*, intr., trad. e note di F. Lechi, Biblioteca Universale Rizzoli, Milano 1993
–, *Epistulae ex Ponto*, a cura di G. Galasso, Le Monnier, Firenze 1995
–, *I Fasti*, intr. e trad. di L. Canali, note di M. Fucecchi, Biblioteca Universale Rizzoli, Milano 1998
Paita, Almo, *La vita quotidiana a Roma negli anni san-*

ti, Biblioteca Universale Rizzoli, Milano 1999
Paolo di Tarso, *Lettera ai Romani*, a cura di C. Carena, con uno scritto di M. Luzi, Einaudi, Torino 1990
Partner, Peter, *God of Battles*, trad. it. *Il Dio degli eserciti*, a cura di V. Prosperi, Einaudi, Torino 1997
Patrizi, Francesco, *Nova de universis philosophia*, 1591
Pavone, Claudio, *Una guerra civile - Saggio storico sulla moralità nella Resistenza*, Bollati Boringhieri, Torino 1991
Pellicciari, Angela, *Risorgimento da riscrivere*, Ares, Milano 1998
Perelli, Luciano, *La corruzione politica nell'antica Roma*, Rizzoli, Milano 1994
Petrusewicz, Marta, *Come il Meridione divenne una Questione*, Rubettino editore, Catanzaro 1998
Pezzino, Paolo, *Anatomia di un massacro - Controversia sopra una strage tedesca*, il Mulino, Bologna 1997
Pico della Mirandola, *Apologia*, 1487
Pinzani, Carlo, *L'Italia nel mondo bipolare*, sta in *Storia dell'Italia repubblicana*, Einaudi, Torino 1996
Pirandello, Luigi, *I vecchi e i giovani* (1913), Mondadori, Milano 1931
Plutarco, *Praecepta gerendae reipublicae*, I-II sec. d.C.
–, *Vite parallele. Pelopida-Marcello*, intr. di A. Georgiadou e S. Bocci, trad. di P. Fabrini, note di L. Ghilli, Biblioteca Universale Rizzoli, Milano 1998
Poliakov, Leon, *Histoire de l'antisémitisme* (1991), trad. it. *Storia dell'antisemitismo*, a cura di M. Sozzi, La Nuova Italia, Firenze 1996
Prosperi, Adriano, *Tribunali della coscienza. Inquisitori, confessori, missionari*, Einaudi, Torino 1996
Rabelais François, *Gargantua et Pantagruel* (1534), trad. it. *Gargantua e Pantagruele*, a cura di A. Frassineti, intr. di G. Macchia, Biblioteca Universale Rizzoli, Milano 1984
Ragionieri, Ernesto, *La storia politica e sociale*, sta in *Storia d'Italia*, a cura di R. Romano e C. Vivanti, vol. IV/3, Einaudi, Torino 1976
Ranke, Leopold von, *Die römischen Päpste in dem letzten fünf Jahrhunderten* (1834-36), 3 voll., trad. it. *Sto-*

ria dei papi, a cura di C. Cesa, presentazione di D. Cantimori, Sansoni, Firenze 1959
Rogari, Sandro, *Alle origini del trasformismo*, Laterza, Roma-Bari 1998
Romano, Sergio, *Giovanni Gentile. La filosofia al potere*, Bompiani, Milano 1984
–, *Lettera a un amico ebreo*, Longanesi, Milano 1997
Romeo, Rosario, *Risorgimento e capitalismo*, 1959
–, *Cavour e il suo tempo*, 3 voll., Laterza, Roma-Bari 1969-84
–, *Vita di Cavour*, Laterza, Roma-Bari 1990
Sagnac, Philippe, *Le Rhin français pendant la Révolution et l'Empire*, Félix Alcan, Paris 1917
Sasso, Gennaro, *Le due Italie di Giovanni Gentile*, il Mulino, Bologna 1998
Scaraffia, Lucetta, *Il giubileo*, il Mulino, Bologna 1999
Schiavone, Aldo, *Italiani senza Italia*, Einaudi, Torino 1998
Schiller, Friedrich von, *Wallenstein* (1797-99), trad. di M. Mila, UTET, Torino 1946
Scirocco, Alfonso, *L'Italia del Risorgimento: 1800-1860*, il Mulino, Bologna 1990
–, *In difesa del Risorgimento*, il Mulino, Bologna 1998
Scoppola, Pietro, *La repubblica dei partiti: profilo storico della democrazia in Italia*, il Mulino, Bologna 1991
Scullard, Howard H., *A History of the Roman World from 753 to 146 b.C.* (1951), trad. it. *Storia del mondo romano*, a cura di E. Narducci, Rizzoli, Milano 1997
Seneca, *Le Consolazioni*, intr., trad. e note di A. Traina, Biblioteca Universale Rizzoli, Milano 1987
–, *Apocolocyntosis*, intr., trad. e note di R. Mugellesi, Biblioteca Universale Rizzoli, Milano 1996
–, *Lettere a Lucilio*, intr. di L. Canali, trad. e note di G. Monti, Biblioteca Universale Rizzoli, Milano 1974
–, *La provvidenza*, intr., trad. e note di A. Traina, con un saggio di I. Dionigi, Biblioteca Universale Rizzoli, Milano 1978
Senofonte, *Anabasi*, intr. di I. Calvino, trad. e note di F. Ferrari, Biblioteca Universale Rizzoli, Milano 1978

Sergi, Giuseppe, *L'idea di Medioevo*, Donzelli, Roma 1998
Serveto, Michele, *De trinitatis erroribus*, 1531
Settembrini, Luigi, *Protesta del popolo delle Due Sicilie* (1847), a cura di A. Pesce, Tip. A. Morano, Napoli 1884
Simoncelli, Paolo, *Cantimori, Gentile e la Normale di Pisa*, Franco Angeli, Milano 1994
Sina, Mario, *Introduzione a Locke*, Laterza, Roma-Bari 1995
Spagnoletti, Angelantonio, *Storia del Regno delle Due Sicilie*, il Mulino, Bologna, 1997
Spinoza, Baruch, *Tractatus theologico-politicus* (1670), trad. it. *Trattato teologico-politico*, intr. e commento di D. Formaggio, Paravia, Torino 1958
Stalin, *Bolscevismo e capitalismo*, trad. di G. Zamboni, con avvertenza di G. Bottai, Sansoni, Firenze 1934
Stendhal, *La Chartreuse de Parme* (1859), trad. it. *Certosa di Parma*, a cura di M. Ortiz, intr. e note di A. Adam, Biblioteca Universale Rizzoli, Milano 1980
Stockton, David L., *Cicero: a Political Biography* (1971), trad. it. *Cicerone*, a cura di P. Boccardi Storoni, Rusconi, Milano 1984
Storchi, Massimo, *Combattere si può, vincere bisogna*, Marsilio, Venezia 1998
Strauss, Leo, *Persecution and the art of writing* (1988), trad. it. *Scrittura e persecuzione*, a cura di G. Ferrara e F. Profili, con presentazione di G. Ferrara, Marsilio, Venezia 1990
–, *Jerusalem and Athens*, trad. it. *Gerusalemme e Atene*, a cura di R. Esposito, Einaudi, Torino 1998
Tacito, *Germania*, trad. di L. Canali, Editori Riuniti, Roma 1983
Tasso, Torquato, *Gerusalemme liberata* (1581), a cura di B. Maier, intr. di E. Raimondi, Biblioteca Universale Rizzoli, Milano 1982
Tucidide, *Guerra del Peloponneso*, intr. di M.I. Finley, trad. e cura di F. Ferrari, note di G. Daverio Rocchi, Biblioteca Universale Rizzoli, Milano 1985
Turi, Gabriele, *Giovanni Gentile - Una biografia*, Giunti, Firenze 1995

Turiello, Pasquale, *Governo e governati*, Einaudi, Torino 1980

Valdés, Alfonso de, *Dialogo de las cosas occuridas en Roma* (1527), trad. it. *Due dialoghi*, a cura di G. De Gennaro, Istituto Universitario orientale, Napoli 1968

Viano, Carlo Augusto, *Locke*, Laterza, Roma-Bari 1997

Vovelle, Michel, *I giacobini e il giacobinismo*, trad. di C. Patane, Laterza, Roma-Bari 1998

Williams, William A., *The Tragedy of American Diplomacy*, Norton, New York 1962

Yates, Frances, *Giordano Bruno and the Hermetic Tradition* (1964), trad. it. *Giordano Bruno e la tradizione ermetica*, a cura di R. Pecchioli, intr. di E. Garin, Laterza, Roma-Bari 1981

Zaccaria, Francesco Antonio, *Storia polemica delle proibizioni de' libri*, 1777

Zangrandi, Ruggero, *Lungo viaggio attraverso il fascismo*, Feltrinelli, Milano 1962; nuova edizione con presentazione di G. Oliva, Mursia, Milano 1998

–, *Lungo viaggio. Contributo alla storia di una generazione*, Einaudi, Torino 1947

Zapperi, Roberto, *Tiziano, Paolo III e i suoi nipoti*, Bollati Boringhieri, Torino 1990

–, *Eros e controriforma - Preistoria della galleria Farnese*, Bollati Boringhieri, Torino 1994

–, *La leggenda del papa Paolo III*, Bollati Boringhieri, Torino 1998

Zatterin, Ugo, *Al Viminale con il morto*, Baldini e Castoldi, Milano 1997

Zitara, Nicola, *L'unità d'Italia. Nascita di una colonia*, Jaca Book, Milano 1976

INDICE DEI NOMI

INDICE

Finito di stampare nell'ottobre 2013 presso
il Nuovo Istituto Italiano d'Arti Grafiche - Bergamo

Printed in Italy

RCS
Libri

ISBN 978-88-17-07042-3